J.R. WARD

REIVINDICADA

IRMANDADE DA ADAGA NEGRA
COVIL DOS LOBOS
LIVRO I

São Paulo
2023

Grupo Editorial
UNIVERSO DOS LIVROS

Claimed
Copyright © 2021 by Love Conquers All, Inc.

© 2022 by Universo dos Livros
Todos os direitos reservados e protegidos pela Lei 9.610 de 19/02/1998.

Nenhuma parte deste livro, sem autorização prévia por escrito da editora, poderá ser reproduzida ou transmitida, sejam quais forem os meios empregados: eletrônicos, mecânicos, fotográficos, gravação ou quaisquer outros.

Diretor editorial
Luis Matos

Gerente editorial
Marcia Batista

Assistentes editoriais
Letícia Nakamura
Raquel F. Abranches

Tradução
Cristina Calderini Tognelli

Preparação
Bia Bernardi

Revisão
Guilherme Summa
Tássia Carvalho

Arte
Renato Klisman

Diagramação
Vanúcia Santos

Foto de capa
Jan Cobb

Design de capa
Peter Lott

Dados Internacionais de Catalogação na Publicação (CIP)
Angélica Ilacqua CRB-8/7057

```
W232r  Ward, J. R.
           Reivindicada / J. R. Ward ; tradução de Cristina
       Calderini Tognelli. -- São Paulo : Universo dos Livros,
       2023.
           384 p. (Coleção IAN : Covil dos Lobos ; vol. 1)

           ISBN 978-65-5609-340-6
           Título original: Claimed

           1. Ficção norte-americana 2. Lobisomens 3. Literatura
       erótica I. Título II. Tognelli, Cristina Calderini III.
       Série

       23-0440                                    CDD 813.6
```

Universo dos Livros Editora Ltda.
Avenida Ordem e Progresso, 157 – 8º andar – Conj. 803
CEP 01141-030 – Barra Funda – São Paulo/SP
Telefone/Fax: (11) 3392-3336
www.universodoslivros.com.br
e-mail: editor@universodoslivros.com.br

Dedicado a:
Um casal que merece um futuro.
Por mais impossível que ele possa parecer.

CAPÍTULO 1

Cidade de Walters, fundada em 1834
Norte do Estado de Nova Iorque

O DESTINO DE LYDIA SUSI apareceu para ela no véu[1] de uma quinta-feira qualquer, no início da primavera.

Enquanto corria pela trilha da floresta, num circuito de três quilômetros que a levaria pela parte mais ao norte do terreno da reserva, ela avaliava a linha brilhante que cercava o topo das montanhas. Logo aquela faixa se expandiria numa aura e, depois disso, o sol substituiria a lua, e o dia chegaria.

Seu avô sempre lhe dissera que existiam dois crepúsculos, dois lusco-fuscos, e se você quisesse encontrar seu passado, deveria ir aos pinheiros à tarde enquanto o sol se pusesse. Se quisesse que seu futuro o encontrasse, você iria sozinho para a floresta, durante a chegada do véu. Ali, ele lhe dissera, quando a distinção entre o que é regido pela luz e pelo que é domínio da escuridão estiver em seu período mais estreito, e quando a lua e o sol tentarem se encontrar antes que a rotação das suas órbitas os afastem mais, era quando os mortais se resvalavam com o infinito em busca de respostas, de direcionamento, de orientação.

Claro, isso não significava que receberia notícias boas. Ou aquelas que buscava.

---

1 Véu é a transição sagrada que transforma a noite em manhã. (N.T.)

Mas a vida não era um buffet à la carte onde se escolhe tudo o que vai no prato – outras palavras sábias de um homem que chegou aos cento e um anos de vida ainda fumando cachimbo e bebendo um copo de sima[2] depois do jantar todos os dias.

Por que se limitar apenas ao Vappu?,[3] dizia ele.

Lydia nunca acreditou nas superstições dele. Era uma pesquisadora, uma cientista, e os tipos de coisas que seu *isoisä* costumava lhe contar não combinavam com o seu Ph.D. em Biologia – e que cursara com créditos estudantis do governo federal, os quais ainda pagava.

Portanto, não, ela não buscava nenhum prognóstico do universo naquela manhã. Estava fazendo seu exercício antes de seguir para o escritório no Projeto de Estudos dos Lobos. Do jeito que a situação estava ultimamente, ela piscaria e já seriam sete da noite. Com poucos funcionários e fundos, tudo era uma luta por recursos no PEL, e quando trancasse tudo à noite, estaria exausta. Portanto, *Carpe Cardio* era seu lema e o motivo de estar correndo na escuridão enevoada...

Lydia deixou as passadas desacelerarem até parar.

A respiração saía em lufadas capturadas pelo luar e, quando uma brisa se fez na trilha, seu corpo fez o mesmo com o frio, apanhando-o no ar e levando-o para dentro da jaqueta corta-vento.

Ao estremecer, olhou para trás. A trilha em que estava era a mais larga da reserva, uma estrada em vez de uma rua, mas ela não conseguia enxergar muito bem em meio às árvores. Os pinheiros chegavam até o limite do caminho de terra batida, e a neblina flutuando por entre os troncos íngremes e as copas fartas obscureciam a floresta ainda mais.

Num cálculo rápido, deduziu que devia estar a mais ou menos uns cinco quilômetros de qualquer outro humano, uns três e meio do carro no estacionamento do início da trilha e uma centena de metros do que lhe chamou a atenção.

---

2 Sima é uma bebida fermentada de baixo teor alcoólico; uma forma de hidromel. (N.T.)

3 Vappu, um dos maiores festivais da Finlândia, é celebrado todo 1º de maio para comemorar o fim do inverno. (N.T.)

Ali, mais adiante, havia algo próximo ao chão, movendo-se.

Lutar ou fugir, Lydia pensou. *O que vai ser?*

Levou a mão às costas. Havia dois cilindros ajustados à sua pochete, e ela deixou o spray de pimenta onde estava. Ligando a lanterna e apontando-a para a frente, moveu o facho num arco amplo.

Os olhos reluziram à esquerda, um par de retinas refletindo a luz como dois pontos. O olhar estava a mais ou menos um metro do chão e as pupilas estavam próximas como as de um predador.

Lydia olhou ao redor de novo.

– Não vou te incomodar – disse. Como se o lobo cinzento falasse sua língua.

O rosnado foi baixo. Depois veio o farfalhar. O animal se aproximava dela.

– Ah, droga.

Só que...

Lydia manteve a luz focada nas agulhas caídas dos pinheiros enquanto ela também se movia adiante. Havia algo de errado com o lobo, seu andar era cambaleante e incerto. No entanto, o espírito de caçador continuava destemido – e a tinha identificado como seu alvo.

Ela estava a uns seis metros quando enxergou bem o macho adulto. Ele era forte, tinha um peso saudável de cinquenta e cinco quilos e a pelagem mosqueada branca, cinza e marrom era espessa e exuberante, em especial na cauda. Mas a cabeça pendia num ângulo estranho, e arrastava as patas traseiras enquanto continuava diminuindo a distância entre eles.

Era óbvio que o lobo cairia. Ainda que a cabeça continuasse apontada para a frente, o corpo pendia para o lado, sua força de vontade ainda estava firme, mesmo enquanto as patas, traseiras e dianteiras, cediam.

Ele aterrissou de lado na cama fofa das agulhas dos pinheiros, e a luta foi imediata, as patas inúteis batendo no ar e na forragem do chão. Quando Lydia se aproximou um pouco mais, ele rosnou, revelando as presas longas e brancas, os olhos dourados se estreitando.

– Psiu... – disse ela ao se ajoelhar.

A mão tremia quando pegou o celular. Ao ligar para um dos números entre os seus favoritos, tentou manter a respiração tranquila.

No facho de luz da lanterna, ela conseguia ver o tom cinzento das gengivas. O lobo estava morrendo e Lydia sabia o motivo.

– Maldição, atende, atende... – Sua boca metralhou: – Rick? Acorda, tenho mais um. Na trilha principal... o quê? Sim, igual... mas chega de falar, sai logo da cama. Estou a postos, uns três quilômetros do... hein? Sim, traz tudo, e *vem logo!*

Ela encerrou a ligação no momento em que sua voz fraquejou.

Enquanto sentava, encarou os lindos olhos e tentou projetar amor, aceitação, gentileza... compaixão. E algo foi transmitido, o focinho majestoso do macho relaxou, as patas ficaram imóveis, o flanco subia e descia numa respiração trêmula.

Ou talvez ele estivesse morrendo naquele exato momento.

– A ajuda está a caminho – disse rouca para o animal.

Richard Marsh, doutor em veterinária, acelerou o quadriciclo quatro por quatro pela trilha, o motor sem escapamento ecoando ao redor da floresta que, de outro modo, estava silenciosa e tranquila. Enquanto os pneus batiam em raízes, ele lutava com o guidão, virando-o para manter o curso. Com o vento no rosto, teve que piscar bastante. Deveria ter colocado os óculos de proteção. Ou, no mínimo, ter tirado as lentes de contato.

Uns dez minutos depois daquela corrida maluca, o brilho da lanterna foi percebido em meio às árvores, e ele desacelerou. Acionando o freio, parou derrapando e desceu. Sua bolsa de medicamentos era de lona, grande o bastante para acomodar um conjunto de tacos de golfe, e o peso dela incomodou seu ombro ruim quando a suspendeu da plataforma de carga e começou a marchar em meio aos pinheiros.

Parou de pronto.

– Que diabos você está fazendo?

O corpo comprido e esguio de Lydia Susi estava esticado sobre uma cama de agulhas de pinheiros... ao lado de um lobo cinzento macho adulto que, talvez, pesava tanto quanto ela. E era um animal selvagem. Capaz de tudo.

– Psiu... – sussurrou, como se soubesse que, na mente, berrava com ela.

Rick praguejou.

– Afaste-se do lobo. Você está violando qualquer regra de bom senso e padrão profissional... Qual é! Você *sabe* que não deve fazer isso...

– Cala a boca e vem salvá-lo.

A mulher estava a não mais de sessenta centímetros do focinho, os olhos fixos nas pálpebras abaixadas do lobo, com a calça e os tênis de corrida cruzados, a jaqueta frouxa e folgada ao redor do tronco. Lobos conseguem correr a uns sessenta quilômetros por hora, mas esse tipo de esforço não seria necessário para mordê-la. O animal poderia simplesmente avançar e enterrar todos os seus quarenta e dois dentes na pele macia...

– A gengiva dele está cianótica. É o mesmo anticoagulante de antes – informou ela.

– Você está deduzindo isso. – Rick abaixou a bolsa e abriu o zíper de um dos lados. – Agora, dá para se afastar...

– Você *não* vai usar tranquilizante – ela sibilou ao se soerguer.

– E você não é veterinária. E é nítido que não está pensando com clareza. Já te ocorreu que ele pode ter raiva?

– Ele não está espumando pela boca... – Abaixou a voz. – Se você o sedar, vai matá-lo.

– Ah, tudo bem, então. Vou só ficar juntinho dele e pedir para que me dê consentimento para tratá-lo. Ele pode assinar o termo de consentimento com a marca da pata...

– Rick, estou falando sério! Ele está morrendo!

Quando ela voltou a erguer a voz, o lobo se mexeu e abriu os olhos. Rick de pronto se tornou seu ponto focal, e o animal levantou a cabeça para rosnar sem forças.

– Afaste-se dele – Rick disse sério. – Agora.

– Ele não vai tentar me machucar...

– Não vou tratar dele até você estar afastada.

Rick se levantou com a arma de tranquilizante na mão direita, não iria a lugar algum. Como era de se prever, Lydia continuou falando, mas, ao notar que ele não se mexeria... acabou se levantando. Quando, por fim, arrastou-se para longe do lobo cinzento, Rick exalou o ar que nem sabia que estivera prendendo.

Em retrospecto, no que se referia à proposta do Projeto de Estudo dos Lobos, ele não deveria se surpreender com quaisquer das suas reações. Lydia fora a forasteira pela qual o veterinário não estivera procurando desde o dia em que se conheceram.

Pelo menos agora tudo progrediu mais depressa. Enquanto ela cobria a boca com as duas mãos e aproximava os joelhos do peito, o veterinário disparou o tranquilizante no flanco do animal. Devido à baixa pressão arterial do lobo, o sedativo demorou mais do que o normal a surtir efeito, mas, em pouco tempo, seus olhos dourados se fecharam e assim ficaram.

Esperava que não porque Lydia estivesse certa e ele tivesse mesmo matado o animal.

Rick levou a bolsa consigo e usou o estetoscópio, pressionando o disco metálico na parede torácica. Moveu-o ao redor.

– Você trouxe a vitamina K? Trouxe, não trouxe?

A voz de Lydia estava bem ao seu lado e ele se afastou. Ela voltara a se posicionar junto ao focinho do lobo, erguendo a cabeça para seu colo, afagando-lhe o pelo mosqueado. Por um momento, Rick se viu perdido no modo com que os dedos dela acariciavam o...

– Vai me deixar terminar de examiná-lo primeiro? – disse. – Antes de começar a prescrever antídotos?

– Mas você trouxe a vitamina K?

Rick abriu a mandíbula do animal. As gengivas descoradas, os batimentos cardíacos descompassados... Ele sabia o que estava acontecendo, e não só porque aquele era o terceiro lobo que encontraram naquelas condições no último mês.

– Farei o que for apropriado – virando, apanhou sua caneta-lanterna – e quando estiver pronto para isso. E, por favor, pode voltar a apoiar a cabeça dele no cháo? Obrigado.

Voltando-se para o animal, Lydia fez o que ele pediu – mais ou menos. Afastou-se um pouco, mas continuou curvada sobre ele, ainda tranquilizando o lobo.

Ele afastou as pálpebras e mirou a luz nos olhos. Pupilas não reagentes.

Rick ia desligar a lanterna quando uma gota de chuva caiu na bochecha do animal. Quando a gota cristalina foi descendo devagar sobre os pelos do rosto, ele contemplou o céu. Era estranho, pois a luz estivera brilhando enquanto viera pela trilha e ainda estava...

– Ah, Lydia...

Quando ela ergueu o olhar, seus rostos estavam bem próximos. Portanto, sua mão não teve que se mover muito.

Ao enxugar a lágrima seguinte da face fria, ela parou de olhá-lo. Voltou a se concentrar no lobo.

– Só não o deixe morrer – sussurrou.

Rick sentiu o tempo rastejar. No brilho do luar que se infiltrava pelas copas dos pinheiros, o rosto de Lydia estava iluminado por uma luz adorável, os planos e os ângulos que a tornavam quem ela era estavam visualmente amplificados pela iluminação. Os cabelos com mechas mais claras por natureza, presos num rabo de cavalo, tinham fios enroscados ao redor das orelhas e junto ao pescoço. E os seus lábios eram uma promessa de tudo o que mantinha um homem acordado à noite e o distraía durante o dia.

Ele também desviou o olhar.

– Claro que não vou deixá-lo morrer.

Por muitos motivos, não se surpreendeu por aquela mulher fazê-lo prometer algo que não poderia cumprir. Mas um coração inspirado torna qualquer homem um tolo.

E também o deixava solitário pra caramba.

Mas quem é que contava os benefícios de um amor não correspondido?

Capítulo 2

Uma hora e quarenta e cinco minutos depois de ter encontrado o lobo no véu, Lydia estava no quadriciclo a caminho da reserva. O sol tinha subido por completo acima da cadeia de montanhas, os raios atravessavam os pinheiros, fazendo-a pensar em moedas de ouro derramadas dos bolsos de Deus. Adiante, a trilha estava tão deserta quanto antes, nada além de sombras lançadas por toda aquela bela luz.

O motor enroscou sem aviso, a interrupção no ronronar suave sendo a última coisa de que ela necessitava. Ao acelerar, ficou aliviada com um aumento na velocidade, mas que não durou. Todo o movimento cinético cessou quando os cavalos de potência enroscaram e as rodas pesadas e nodosas do veículo – e a total ausência de projeto aerodinâmico – arrastaram-na até sua parada total.

– Mas que droga – resmungou ao cutucar o marcador de combustível.

O ponteiro vermelho não saiu da posição de vazio na extrema esquerda.

– Merda. – Descendo, olhou de um lado a outro na trilha. – *Merda*.

Resistiu ao impulso de chutar um dos grandes pneus pretos, e optou, em vez disso, por descontar sua frustração agarrando a grade posterior e apoiando o peso num empurrão. Quando o quadriciclo parou no acostamento, Lydia deixou o câmbio em ponto-morto e tirou as chaves da ignição.

Começando a correr num trote, fez a curva na trilha com passos firmes. Cerca de meio quilômetro adiante, ela chegou a uma parte onde os troncos marcavam o lugar em que avistara os olhos do lobo na escuridão. Seguiu as próprias pegadas entre as árvores e parou quando chegou à parte mexida das agulhas dos pinheiros, onde o lobo despencara, fora tratado e, por fim, transportado no quadriciclo.

Depois de um instante de triste impotência, continuou em frente na trilha. À medida que avançava, foi se desviando de moitas de espinhos, raízes elevadas e um ou outro pinheiro caído por acidente. Seguiu pela descida gradual que a levava até um reservatório de água que dividia o declive por meio de uma elevação na lateral esquerda. Quando chegou ao rio, ergueu o olhar para o caminho de pedras polidas. As chuvas da primavera ainda não tinham começado; portanto, a torrente que desceria por elas em um mês ainda chegaria. Logo, porém, haveria muito mais do que areia úmida e lama entre as rochas e pedras.

Lydia saltou sobre as peças de quebra-cabeça feitas de pedra, pulando de uma pedra lisa a outra, como se brincasse de amarelinha, mantendo o equilíbrio ao afastar os braços aqui e ali, certificando-se de evitar o líquen e a cobertura de musgo que a fariam escorregar.

Acima, corvos circundavam e chamavam uns aos outros, juízes aviários que pareciam segui-la, tecendo comentários. Recusou-se a olhar para eles, reconhecendo a presença dos *paparazzi*.

Muita antropomorfização? E pensar que se considerava uma cientista.

Lydia encontrou o primeiro abutre caído a pouco mais de duzentos e cinquenta metros do leito do rio. Morto há uns três dias, a julgar pelo estado do que restava. Um guaxinim foi o próximo, também perto da margem do rio, mas a uns duzentos metros mais para cima.

À medida que a subida ficava mais íngreme, ela considerou se devia mesmo continuar, porque aquilo era um verdadeiro caso de encontrar uma agulha no palheiro. Parou um minuto para recuperar o fôlego, e olhou para o vale por sobre o ombro. Aninhado entre as palmas das montanhas verdejantes, um lago azul na forma de uma salamandra refletia o sol. O brilho a fez piscar mesmo estando longe, mas não se podia guardar rancor de tamanho esplendor.

Em sua alma, ela sabia que era inevitável que fosse parar ali. Toda aquela beleza natural, todo aquele espaço… toda aquela ausência de pessoas.

Também era inevitável que alguém com cifras nos olhos estragasse a porra toda.

Do outro lado do vale, exatamente na mesma altitude, uma seção de vegetação perene em uma área de meio quilômetro havia sido retirada por máquinas e explosivos. A terra denteada e à mostra, e a borda de granito exposta, pareciam uma ferida na outra montanha, algo que levaria uma década para remendar e curar em partes, caso fosse deixada em paz. Mas esse não era o futuro. De um dos lados, enormes vigas de aço se estendiam para cima, como uma floresta de troncos fabricados pelo homem e que logo se transformariam em paredes grossas para sustentar telhados pesados.

Um resort surgiria ali naquele local, uma ruína no cenário, servindo pessoas à procura de uma "experiência de SPA luxuoso".

Meditação e bem-estar levados até você pela American Express e pelos bons cidadãos do Diner's Club.

O estalo de um galho a fez se virar e pegar o spray de pimenta ao mesmo tempo. Mas, no mesmo instante, reconheceu o homem alto e intenso que apareceu atrás dela sem produzir nenhum som. Até querer que sua presença fosse percebida.

– Ah, é você, xerife.

O xerife Thomas Eastwind devia ter uns quarenta e poucos anos, tinha feições fortes e os longos cabelos pretos sempre presos numa trança. Em seu uniforme, ele estava armado por completo e em pleno controle mesmo na natureza selvagem – em outras épocas, ele era o chefe em Walters. Com uma equipe de apenas três policiais, impunha a lei não apenas na reserva, mas em meia dúzia de pequenos vilarejos entre Walters e a fronteira com o Canadá.

– Encontrei o que você está procurando – informou ele. – Por aqui.

Eastwind se virou e foi cortando a floresta – e não havia dúvidas de que ela o seguiria. Felizmente, conseguiu acompanhá-lo com facilidade, ainda que suas passadas fossem longas e ele nunca tivesse colocado um pé em terreno rochoso ou irregular.

– O lobo vai sobreviver? – perguntou enquanto davam a volta nos pinheiros.

Não havia motivo para perguntar como ele sabia que mais um fora encontrado.

– Saberemos mais nas próximas vinte e quatro horas. Pelo menos é o que Rick disse.

– Era um dos seus?

– Sim, estava documentado. Macho. Ele era magnífico... É magnífico, quero dizer.

Não conversaram mais até o xerife parar e apontar.

– É ali.

No instante em que Lydia se concentrou no que ele encontrara, saltou adiante, empurrando galhos para fora do seu caminho. A armadilha de isca estava acorrentada a uma árvore, a caixa de aço inoxidável vazada e aberta no topo. Dentro dela, restos de carne presos por um cabo estavam secos.

– Filhos da puta – sussurrou ao se ajoelhar e testar os elos da corrente. – Preciso levar isto comigo...

– Fique atrás de mim.

Erguendo o olhar, viu que Eastwind tinha tirado a pistola do coldre e a segurava junto à coxa.

– Não atire em mim – disse ela.

– Não vou.

Saindo da frente, ela cobriu o rosto com os braços – o que era ridículo...

Pop!

Quando a bala atingiu a corrente, houve um *claque* e um *puf* na terra e, na pausa seguinte, um corvo voou de um galho, reclamando ao se afastar.

Ao voltar para perto da armadilha, Lydia desenrolou a corrente do tronco e ergueu o peso sobre o ombro.

– Sabe que estão matando os lobos de propósito – vociferou. – Para proteger as pessoas que não foram incomodadas pelos animais, sendo que eles têm mais direito de estar aqui do que nós.

– Vou levá-la de volta à sede. – Ele se virou e começou a se afastar.

– Meu veículo está nesta direção.

– Não pode permitir que eles façam isso. – Lydia ficou onde estava. – Sei que o resort vai criar empregos aqui, mas também custarão caro à vida selvagem.

O xerife foi andando.

– Farei com que Alonzo reboque o seu quadriciclo.

– Eles estão tirando o que não lhes pertence – ela disse em voz alta, emocionada.

Quando Eastwind continuou a ignorá-la, ela olhou com raiva para a construção do outro lado do vale. Para aquele maldito hotel com seus dois quilômetros quadrados de "serenidade e rejuvenescimento". Se pudesse explodir o lugar, teria acendido o pavio e lançado a dinamite naquele exato segundo.

Era a primeira vez na vida que pensava seriamente em homicídio.

As instalações do Projeto de Estudo dos Lobos se localizavam no início da reserva, logo depois da estrada do condado que serpenteava até a base da Montanha Deer e as margens do Lago Goodness. O estacionamento era só de terra batida com uma camada de pedriscos, e a construção era uma expansão modesta ao longo do cenário, de um andar, telhado de cedro, escondida por cicutas. Quando Lydia e Eastwind estacionaram, havia um Jeep e um sedã no lugar, além do modelo hatchback dela e de um caminhão WSP, que havia andado pela última vez quando Clinton era presidente.

– Obrigada pela carona – agradeceu ao abrir a porta.

– De nada.

Com um grunhido, ela arrastou a armadilha para fora do espaço debaixo do painel. Estava para fechar a porta, depois de apoiar o peso no ombro...

– Lydia.

Ela parou e se inclinou de volta para dentro do interior do veículo.

– Oi?

Os olhos escuros de Eastwind estavam sérios.

– Não me ofereço para te ajudar a carregar isso só porque sei que vai recusar.

Abaixando o olhar, ela meneou a cabeça.

– Preciso que você cuide do problema do outro lado do vale. Isso é tudo o que eu preciso que faça. Pare de proteger os poderosos, isso é inadequado num homem que eu sempre deduzi que fosse honrado.

Não esperou por uma resposta. Apenas fechou a porta e se afastou, não para a frente do prédio, mas para a entrada dos fundos da clínica. Ao entrar numa área aberta repleta de suprimentos veterinários e equipamentos de rastreamento, ela sentiu o cheiro de antisséptico e piscou debaixo do brilho forte das luzes no teto. As salas de exame de Rick, onde os lobos feridos eram tratados e libertos, ficavam completamente isoladas da parte administrativa.

– Eu a vi pelo monitor – Rick disse ao sair de uma das salas. Parou no processo de secar as mãos. – O que é isso? E não, você não sabe se o que havia aí foi o que…

– Ele ainda está vivo? – Ela estendeu a isca. – E é claro que foi isto o que o envenenou…

– Temos filmagem do lobo comendo…

– Teste o que restou! Jesus Cristo, Rick, eu vou conseguir o vídeo…

– Psiu, abaixe a voz.

Lydia desviou o olhar. Olhou de novo.

– Por favor, eu só… Ele ainda está vivo?

– Sim, mas vai ser difícil.

Lydia empurrou a isca para as mãos de Rick e passou pela porta aberta da sala de exames. No meio do espaço azulejado, sobre uma mesa de aço inoxidável, o lobo estava intubado, inerte, a lateral do corpo subindo e descendo graças a uma máquina. Um acesso com soro entrava numa parte da pata que fora raspada e um bipe suave marcava o ritmo dos seus batimentos cardíacos.

Enquanto se aproximava do animal, sentiu os olhos de Rick sobre si. Mas, para a sorte dele mesmo, não disse droga nenhuma sobre quão afastada ela deveria ficar dos lobos.

– Estou aqui – disse baixinho ao afagar o ombro dele. – Você vai ficar bem.

Em cima da bancada, uma manta de lã limpa estava dobrada. Após pegá-la, ela desdobrou o tecido macio e cobriu-lhe a metade de baixo do corpo. E depois só ficou ali de pé.

Seus olhos percorriam o corpo delgado e poderoso do lobo, em busca da resposta para a pergunta se ele viveria ou morreria. Só o que viu foi o desenho da manta: um beagle correndo atrás de ossos voadores e tigelas de água espalhadas num terreno gramado. O sorriso do cachorrinho desenhado lhe pareceu falso otimismo, algo que não deveria ser espalhado para as crianças.

Como se negar-lhes alguns anos antes que a realidade da idade adulta os atingiria fosse lhes fazer algum bem.

– Vou testar o que há aqui – Rick disse resignado.

Lydia esfregou uma das patas do lobo e depois andou na direção da porta.

– Me avisa o que descobrir?

– Claro. Eu ligo para você…

– Vou estar no meu escritório. – Quando ele franziu o cenho, ela inclinou a cabeça. – O que foi?

– Não vai para casa trocar de roupa?

Lydia baixou o olhar para as calças de corrida.

– A quem tenho que impressionar? E isso levaria tempo demais.

Sim, porque, claro, valia a pena arrumar uma mochila para passar a noite e aprontar um sanduíche para os quinze minutos de volta até a casinha que alugava… Mas… sair agora lhe parecia errado.

– Me avisa o que descobrir – repetiu.

Quando ela se virou, Rick disse.

– Pode deixar.

Na ponta mais distante da clínica, Lydia empurrou uma porta que dava para os escritórios da administração. A porta do diretor estava fechada – nenhuma novidade nisso. A sala de reuniões estava vazia. O depósito de suprimentos e a saleta de impressão também. Mas havia café sendo feito na sala de descanso e, na frente, o tom de "ora, ora, temos um Xeroque Rolmes aqui" de Candy McCullough já disparava que um pacote da UPS ainda não tinha sido entregue.

Foi difícil não sentir pena de quem quer que tivesse atendido àquela ligação do outro lado com o *slogan* jovial de *"O que a Marrom pode fazer por você?"*.

Mas esse era o slogan antigo, não?, Lydia pensou ao acender o interruptor junto à porta do seu escritório.

Quando as luzes se acenderam, ela franziu o cenho.

Havia algo de...

Atravessando o tapete, foi até a mesa e olhou para o telefone, para o computador, para o abajur. Para a caneca cheia de canetas e lápis. Para o bloco de anotações e para as duas pastas que Candy deixara na caixa de entrada.

Com a mão trêmula, Lydia empurrou o abajur da sua posição muito bem alinhada junto à beirada da mesa. Depois o colocou de volta no lugar.

— Você enlouqueceu — disse a si mesma ao deixar-se cair na cadeira de escritório.

— Não entendo por que você quer levar isso para o lado pessoal — Candy dizia ao entrar no ambiente. — Foi Eastwind quem a trouxe?

— Sim, eu precisava pegar uma coisa na reserva. — Esfregou os olhos cansados. — Ele vai rebocar o quadriciclo de volta para cá. Ficou sem gasolina...

Enquanto Candy fazia um som de desdém no fundo da garganta, Lydia ergueu o olhar — e perdeu o fio da meada. A mulher de sessenta anos era, em suas próprias palavras, "arredondada como uma bola de bilhar, mas não tão lisa" e seu corpo enorme estava apertado em calças cáqui e blusa branca de gola alta. O colete tinha uma padronagem tridimensional, flores e trepadeiras enroscadas em todo o seu tronco, o estilo vovó chique não combinava nada com seu olhar sério nem com o sotaque do Brooklyn nem com os cabelos curtos rentes.

— Eu... — Lydia não tinha certeza do que estava vendo. — O seu cabelo está cor-de-rosa?

– Está. – Candy fez um gesto de "e daí". – Onde está o seu café? Não pegou o café ainda?

– Hum, está bonito. A cor te cai bem.

O que era surpreendentemente verdadeiro. E ainda combinava com algumas das rosas bordadas.

– Doris quem fez. E vou buscar o seu café.

– Não precisa fazer isso. – Lydia se inclinou para o lado e abriu a gaveta de baixo. – Não estou nada cansada, pode acreditar.

– Você vai precisar, acredite em *mim*.

Quando Candy saiu, Lydia fez uma pausa. Depois balançou a cabeça e pegou lenços umedecidos antissépticos. Levantando a tampa, pegou dois e esfregou o tampo laminado da mesa, dando a volta nas canetas e lápis, no telefone, no monitor e na caixa de entrada. Uma vontade de tirar tudo de cima e dar uma esfregada geral no tampo a fez verificar a porta e fazer um cálculo mental rápido sobre quanto tempo Candy levaria para voltar com o café que não fora solicitado.

Quando você está dando uma de maníaca da limpeza, uma plateia é a última coisa que você deseja.

– Muito bem, pronta? – Candy exigiu saber ao entrar e bater a caneca na assepsia de qualidade hospitalar que secava.

– Sem querer ofender, mas o que… – Na verdade, o cheiro do café estava maravilhoso, e quando apanhou a caneca e sorveu um gole, resolveu que Candy estava certa. Precisava mesmo daquilo. – O que está acontecendo?

– Bem, antes de mais nada, você e eu vamos usar o banheiro dos rapazes de novo.

Lydia deixou a cabeça pender para trás.

– Talvez fosse melhor eu não beber nada o dia todo.

– Mas essa não é a grande novidade. Vou te dar a *grande* novidade agora mesmo. Tudo vai fazer sentido quando você vir.

– O quê? – Lydia lançou um olhar duro para a mulher. – Por favor, não me diga que subjugou o motorista da UPS e o prendeu com fita adesiva àquele caminhão de que tanto gosta. Você não pode fazer um ser humano de refém em troca de um pacote. Mesmo que esteja uma semana atrasado.

– Ei, obrigada pela brilhante ideia. Você é uma líder inspiradora. Mas não, não é isso.

Quando Candy voltou para a recepção, Lydia a chamou.

– Só para que fique bem claro, nunca vou concordar em tomar alguém como refém. Se você mantém alguém preso dentro de um armário, isso é crime…

Perfume.

Ela sentiu cheiro de perfume… uma colônia amadeirada, deliciosa…

E foi então que ouviu os passos. Pesados. Bem pesados. Masculinos.

Candy voltou a aparecer na soleira, com um sorriso travesso no rosto.

– O candidato está aqui.

– Candidato?

– Você sabe, para substituir o Trick.

– Ah, não, é para o Peter entrevistar…

– Expliquei que, como o nosso diretor está em reunião, você vai conduzir as preliminares. – Candy recuou um pouco. – Lydia Susi, apresento-lhe… como disse mesmo que era o seu nome?

– Daniel Joseph.

O homem que apareceu entre os batentes era tão alto e largo que era como se fosse uma porta viva: bloqueou toda a luz e impossibilitou que qualquer um entrasse ou saísse.

À medida que os olhos de Lydia subiam, subiam, subiam, ela viu jeans que pouco escondiam as coxas musculosas e uma camisa de flanela que tinha sido passada recentemente e um par de ombros.

Que fazia alguém ter ideias não condizentes a uma entrevista de emprego.

– Devo entrar? – perguntou ele numa voz macia, grave.

A risada que Candy emitiu pairou no ar, sumindo, quando a mulher se retirou.

O rosto do homem merecia ser olhado, e olhado de novo, as feições foram combinadas de tal forma que era impossível não se embebedar delas; tudo era equilibrado, simétrico, poderoso. Sensual também, graças àquela boca. E, claro, aos cabelos escuros que pendiam para o lado mais comprido de um corte curto, com as pontas resvalando o pescoço, afastados da testa e curvados, espessos e brilhantes, por cima das orelhas.

– Ou vamos para algum outro lugar? – perguntou ele.

Ah, mas eu já fui para outro lugar, Lydia pensou. *E isso vai me meter em apuros com o RH.*

Enquanto considerava todas as políticas internas que quebraria – e não havia algumas federais também? –, resolveu que deveria mesmo é ter rolado de lado e voltado a dormir quando o alarme despertou às cinco da manhã. Sério. De verdade.

Mas graças a Deus pelo café de Candy.

Capítulo 3

— Eu... ah... não... — Lydia se levantou e estendeu a mão por cima da mesa. — Quero dizer, por favor, entre. E te conhecer. Eu conheço. Prazer em te conhecer.

Ah, pelo amor de Deus.

— Obrigado — disse o homem.

Ele precisou de dois passos para chegar até ela, e seu braço era tão comprido que não teve que se curvar para apertar a palma dela. A pegada era firme e forte, e o contato durou menos que um segundo e meio, talvez dois. No entanto, o calor perdurou enquanto eles se sentavam. Pelo menos para ela...

Bem. Veja só. Ela nunca percebera que aquela cadeira diante da sua mesa era do tamanho de uma de casa de bonecas.

Apanhou a caneca e concluiu que Candy estava certa. Não precisava da cafeína, claro, mas o café lhe dava algo para fazer com as mãos nervosas.

— Então... — disse ela.

Quando sua mente ficou em branco, sorriu, e sentiu ser esse um jeito falso — pois ou fazia isso ou dava uma risadinha. Fitar aquele homem nos olhos criou um redemoinho aos seus dezesseis anos de idade, sugando-a de volta à sua paixão pelo Justin Bieber e por aquele garoto da aula de matemática... Como era mesmo o nome dele?

— Isaac Silverstein.

— O que disse? — perguntou o homem diante dela.

Merda.

– Peço desculpas. Eu estava fazendo uma anotação mental para uma ligação mais tarde… Mas não importa.

Deus, aqueles olhos eram da cor mais estranha que ela tinha visto na vida. Algo entre fogo e avelã. Algo que brilhava.

– De todo modo, senhor… Desculpe, como é o seu sobrenome?

– Joseph. Mas pode me chamar de Daniel.

– Muito bem, Daniel, o nosso diretor executivo está muito ocupado. – Fazendo sabe-se lá o quê. – Mas ficarei feliz em lhe dar uma ideia de como é a vaga.

Ele deu de ombros.

– Só estou procurando por um emprego…

Cerrando a mão, ele cobriu a boca quando tossiu. Pigarreou. Tossiu de novo.

– Ah, não… são os lenços antissépticos, não são?

Ela fechou a tampa e guardou a embalagem. Depois agitou as mãos por cima do tampo da mesa. Quando ele tossiu de novo, foi como se ela tivesse piorado a situação, e ela praguejou baixinho.

– Vou abrir uma janela.

– Está tudo bem, é só alergia.

– Prefiro ar fresco, de todo modo. – Ela entreabriu uma janela vertical atrás da mesa. – Sou meio estranha no que se refere a limpeza.

– Nada de errado com isso.

Virando-se outra vez, esfregou o nariz para demonstrar solidariedade, apesar de não haver nada coçando nem irritando seu rosto. Pensando nisso, talvez as narinas tivessem sido queimadas há anos por conta daquele cheiro de limpeza.

– Espero que esteja melhor assim.

– Obrigado.

– Ei, gostaria de café? Posso ir buscar para você.

– Tento não beber isso. – Ele tossiu uma última vez. – Uns dois anos atrás eu entrei numa onda de ser saudável e cortei tudo. Menos os cheeseburgers.

– Limpeza hepática. Quero dizer, não só o órgão. Mas a sua vida toda.

E era exatamente por esse motivo que ela estudava o comportamento de outras espécies. Porque precisava de dicas para si mesma.

– Hoje em dia, sim. – O rapaz cruzou as mãos e se inclinou para a frente, a cadeira emitindo um grunhido pela mudança de posição. – Olha só, vou ser franco. Não vou ficar muito tempo, e talvez isso me tire do páreo. Sou um andarilho e o meu histórico profissional vai mostrar isso. Mas também vai dizer que sou confiável e faço um bom trabalho, não sou de causar problemas.

– Quanto tempo é pouco tempo?

– Não sei, durante toda a estação quente e no outono. Talvez durante o inverno, mas, quando a próxima primavera chegar, eu me mudo. Se isso me torna pouco atraente, eu compreendo.

Mesmo uma varinha de condão reversa não o deixaria pouco atraente, ela pensou.

– De fato, gostaríamos de alguém que ficasse com a posição de modo mais permanente, mas não considero isso um impedimento. Diga, onde trabalhou por último?

– Em Glens Falls, para um complexo de apartamentos. E, antes disso, no Maine. – E indicou com o polegar para trás de si. – Entreguei a minha papelada para...

Candy reapareceu com uma pasta, como se estivesse escutando do corredor.

– O cadastro e o currículo dele, senhorita Susi.

Quando Lydia pegou o que lhe foi entregue com um olhar sério, a mulher mais velha ergueu as sobrancelhas algumas vezes e retirou a plateia de cabelos cor-de-rosa para a recepção.

Ao ficarem sozinhos outra vez, Lydia prestou atenção no que lhe fora entregue. Ensino Médio completo. Trabalhos de manutenção em apartamentos e condomínios. Numa escola de primeiro grau. Num shopping em Jersey. Nenhuma cidade grande. Nenhum trabalho que durasse mais do que oito a dez meses, mas tampouco havia períodos sem emprego.

– Parece que se ateve à região da Nova Inglaterra.

– Prefiro o frio, por isso, descer além da Pensilvânia é complicado. E, ah, claro, eu me submeto a um teste de drogas e concordo com a checagem de antecedentes. Não tenho nada a esconder.

Ele escrevera à mão as respostas no formulário de emprego, tudo com letras de forma bem claras.

– Quer dizer que prefere clima frio? – perguntou.

– Sim, e preciso do ar livre. É por isso que o que você está oferecendo é bom para mim. Posso cuidar das trilhas, das construções, dos veículos. Sei cuidar de tudo desde encanamento até parte elétrica e acabamento.

– Um verdadeiro faz-tudo.

– Isso mesmo. E não me importo com horários estendidos de trabalho.

– Você nasceu em Rochester, hum?

– Sim, mas nos mudamos bastante. A minha mãe tinha que aceitar o que podia como trabalho. Éramos basicamente ela e eu. Família pequena, você entende como funciona.

Lydia ergueu o olhar. Não havia nenhuma emoção no rosto dele, mas isso nem seria apropriado, certo? Ele estava ali à procura de trabalho, não para uma sessão de terapia amadora.

– Também venho de uma família pequena – murmurou.

– É mesmo?

– Só o meu avô e eu. Mas sempre ficamos no mesmo lugar, até ele morrer.

– Lamento que o tenha perdido. Onde você cresceu? Se não se importar com a minha pergunta.

– No noroeste do Pacífico, na verdade.

– Ah, então é por isso que você está aqui. Gosta das árvores e das montanhas.

Lydia sorriu.

– Sim, exato. Também sou alguém que gosta do ar livre.

– O que você faz aqui?

– Sou uma recenseadora dos lobos. Rastreio o número de alcateias e suas localizações em toda a reserva, estudo padrões de comportamento desde a alimentação até a reprodução. Também trabalho com o veterinário para monitorar a saúde deles. A população dos lobos-cinzentos quase foi extinta nas Adirondacks e no norte do Estado de Nova Iorque no fim dos anos 1800, mas eles foram reintroduzidos aqui na reserva nos anos 1960 quando o equilíbrio de tudo descarrilou.

— Equilíbrio?

— Sistemas biológicos necessitam de equilíbrio. Se você elimina uma espécie da equação, tudo tende a se reequilibrar de maneiras nem sempre benéficas. O melhor a fazer é deixar a natureza em paz. Os humanos, porém, não gostam de fazer isso... — Conteve-se. — Desculpe, esse assunto mexe comigo.

— Não se desculpe. Gosto da sua paixão.

Lydia pigarreou.

— Tem alguma pergunta para mim? Sobre o emprego?

Ele inclinou a cabeça para o lado.

— Sim, como os monitora?

— Quem? Ah, os lobos, quer dizer. Temos chips de GPS, como nos cães domésticos, e temos câmeras de monitoramento espalhadas pela reserva. Eu também saio a campo e uso drones em grandes altitudes. Temos oito quilômetros quadrados aqui, então há muito a ser monitorado.

— Tudo é bem interessante.

— Você só está fazendo graça comigo.

— Na verdade, não tenho nenhum senso de humor.

Lydia riu.

— Como que é?

— Não, é verdade. Não sei contar piadas e raramente sorrio.

Fechando a pasta, ela franziu o cenho e se sentou mais para a frente.

— Isso é uma pena.

— É o que é. Tenho outras habilidades.

— Você nunca ri? Nunca mesmo?

— Não, não mesmo. — Ele ergueu os ombros fortes. — É um gene que eu não tenho.

– Nunca pensei no humor como um traço recessivo. Os seus pais também tinham essa deficiência cômica?

O olhar dele se distanciou como se pensasse na sua árvore genealógica.

– Bem, tinha o tio Louie. Ele era a exceção da família, considerando o riso.

– De que forma?

O homem com estranhos e belos olhos voltou a se concentrar nela.

– Toc-toc.

– Quem é?

– Tio Louie.

– Que tio Louie?

– Viu? Não teve graça.

– Espera, como que é? – Lydia balançou a cabeça e riu de novo. – Isso não é uma piada.

– Exatamente o que eu queria dizer. Ele tentou uma piada patética de toc-toc e foi um desastre. Não tem um encerramento.

Erguendo a palma, ela tentou de verdade não rir muito.

– Mas pensei que ele era a exceção da sua… Isso deveria significar que ele *sabe* contar uma piada.

– Não, isso só ilustra o quanto estamos afundados no buraco da falta de humor. Nem mesmo quem destoava conseguiu ir muito longe. Somos lamentáveis assim.

Enquanto balançava a cabeça, Lydia não tentou esconder o sorriso enquanto sorvia da caneca de café. Era bem possível que algo acabasse saindo pelo seu nariz.

– Você é mais engraçado do que acredita ser, Daniel Joseph.

– Isso fará com que eu consiga o emprego? Porque se eu precisar subir num palco e fazer uma… sei lá, uma apresentação de stand-up, eu faço.

– Não sei bem como isso ajudaria no aspecto prático da função.

– Bem, você tem algo quebrado que eu possa consertar como demonstração?

Que tal nosso diretor executivo?

– O quanto você sabe sobre vasos sanitários? – perguntou meio baixinho.

– Leve-me para o seu encanamento, senhora. – Ele se levantou. – Eu topo.

– Mesmo?

– Se o vaso está quebrado, você chamaria o seu faz-tudo, certo? Em vez de desperdiçar dinheiro com um cara com um adesivo de uma chave inglesa na caminhonete. Por isso, deixe que eu conserte para você.

Lydia também se levantou.

– É no banheiro feminino.

– Mostre o caminho.

Dando a volta na mesa, ela sentiu uma pressão em falar que não fazia sentido – e um formigar no corpo que tinha um motivo no qual ela não queria pensar. Também sentiu vontade de jogar o cabelo por cima do ombro, o que era ridículo: considerando que estava chamando um homem para dar conta de um serviço que talvez até poderia resolver sozinha, ela não deveria bancar a sonsa. Não mesmo.

Orgulho antes do flerte.

– Aqui estamos.

No corredor, ela empurrou uma porta e foi atingida no rosto por um mundo de morango: paredes cor-de-rosa, vaso sanitário cor-de-rosa, pia cor-de-rosa, rosa cor-de-rosa… E o desodorizador de ar na bancada, bem como o sabonete líquido e a loção para mãos seguiam o tema da Nesquik.

Quando Daniel tossiu atrás dela, ela não se surpreendeu.

– Candy gosta do cheiro.

– Com certeza tem bastante dele por aqui.

– E aqui está o paciente. – Ela empurrou a porta do cubículo com o quadril. – Temos tido problemas com isso desde… Bem, desde 1973 se você acreditar na linha do tempo de Candy.

Quando Daniel se aproximou, ela recuou contra a parede de azulejos – e ainda assim não havia espaço suficiente. Dessa forma, teve o dorso da mão resvalado pela camisa macia dele e mais daquele perfume no nariz.

Que anulava até mesmo o cheiro artificial de frutas do desodorizador.

Houve uma raspada e uma batida quando ele retirou a parte de trás do vaso e mexeu na manopla. E Lydia claro que não olhou para o ajuste da parte de trás daquelas Levi's.

De verdade. Não olhou, não.

– Você está com dois problemas aqui – disse ele. – Primeiro, o vedante é velho e está rachado e não consegue vedar direito. Ele costuma vazar muito?

– Sim. E eu detesto o desperdício, então, quando está muito ruim, eu fecho a torneira aí embaixo.

– Certo. O segundo problema é que a braçadeira da correia está quebrada.

– Precisamos de um vaso novo?

– Eu não substituiria este. Estes velhos valem seu peso em ouro. As versões mais novas não funcionam tão bem com sistemas hidráulicos antigos porque não recebem vazão de água suficiente e isso faz com que parem de funcionar devido à baixa pressão. Olhando para este prédio, imagino que tenha sido construído no fim dos anos 1960, início dos anos 1970. Com isso, além dos cinquenta anos de construção, você tem canos de terracota até o seu campo de lixiviação.

– E isso é ruim?

– Raízes das árvores. Um problemão.

– Sinto como se você tivesse acabado de diagnosticar tuberculose no nosso encanamento antes da era dos antibióticos. Seja franco, o nosso caso é terminal?

– O ralo escorre lento?

– Agora que você tocou no assunto, Rick tem um pouco de dificuldade com isso na clínica. – Ela se aproximou da pia e deixou um pouco de água correr. – Como isso lhe parece?

Ele se inclinou para fora.

– Está lento.

Daniel voltou para o cubículo e houve barulho de água. Uma ou duas batidas metálicas. O som de uma correia. Descarga. Um grunhido e um pouco mais de água corrente.

Quando ele saiu, segurava uma mão na outra e foi até a pia. Usando um pouco do sabonete de morango da Candy, lavou-as vigorosamente.

— Desculpe — murmurou.

Quando ele espirrou na curva interna do cotovelo, ela meneou a cabeça.

— Você deve estar imaginando que estou tentando matá-lo com cheiros fortes. E saúde.

— Obrigado. — Ele tirou duas folhas de papel do recipiente e secou as palmas com força, batendo-as. — O plano é o seguinte. Fiz uma gambiarra, mas não é uma solução permanente. Posso procurar on-line umas peças de reposição, porém, e ele vai funcionar bem o bastante.

— E quanto ao resto do encanamento?

— Bem, aí a conversa é outra.

— Com "conversa", você quer dizer que é caro.

— Siiiiim. — Ele jogou o papel amassado no cesto, acertando-o de primeira de um jeito que a força do impacto fez a tampa girar em si mesma. — Mas isso está acima da minha alçada. Você vai precisar de uma empresa especializada para escavar os canos. Só que é capaz de correr o risco de fazer um buraco em algo indevido enquanto tenta consertar a vazão que é lenta, mas não está quebrada. É como você mesma disse, equilíbrio.

— Então, por enquanto estamos bem?

— Por um tempo. E contanto que você não sobrecarregue o sistema hidráulico, pode levar como está por mais um ou dois anos. No entanto, cedo ou tarde as raízes vão levar a melhor.

— E o que vai acontecer? Vamos ter que cavar a coisa toda? — Quando Daniel assentiu, ela balançou a cabeça. — Fico imaginando se não existe uma divindade do encanamento por aí para quem eu possa rezar.

— Quer que eu construa um templo para Dreno?

— Você pode?

– Madeira, pregos e podemos comprar algumas embalagens daquele homem careca no atacado para fazer um altar. Vai ficar ótimo.

Lydia o fitou por um instante.

– Sabe, sinto que você vai ser perfeito para este trabalho.

– Sou um tipo de "pau-pra-toda-obra", o que posso dizer?

– Vou verificar as suas referências. Mas, se dependesse de mim, diria que você é o candidato ideal.

– Obrigado, é bom ouvir isso. – Ele manteve a porta para o corredor aberta para ela passar. – Você tem o meu número. Pode me ligar a qualquer hora. Estou ficando na casa de um amigo em Glens Falls, então, se precisar que eu volte, consigo chegar em duas horas. A menos que esteja chovendo.

– Perdeu a capota do carro? – ela perguntou ao sair do banheiro cor-de-rosa.

– Moto.

Um filme romântico dos anos 1990 passou pela sua cabeça, e ela o visualizou em câmera lenta com a trilha sonora de Whitney Houston.

– Ah.

Logo após uma pausa, ele fez aquilo de inclinar a cabeça de novo.

– Bem, foi um prazer conhecê-la, senhorita… Qual é mesmo o seu nome?

– Susi. Mas pode me chamar de Lydia.

– Tudo bem. Espero ter notícias suas, Lydia.

Ele ergueu a mão em despedida e depois se virou. E foi embora.

Enquanto o observava se afastar, ela ficou com saudades. O que não fazia nenhum sentido. Não se pode sentir saudades de um desconhecido, que chegara ali atrás de um trabalho e esteve em sua presença por, talvez, vinte minutos. No máximo.

Mas ele consertara o vaso sanitário.

E tinha um cheiro maravilhoso.

Da recepção, ela ouviu sua voz grave, e as respostas de Candy; em seguida, a porta rangendo ao se abrir e se fechar.

A velocidade com que Lydia retornou ao seu escritório não era nada em que ela quisesse pensar e, quando se aproximou da janela que abrira antes, afastou as venezianas. Na luz da primavera, Daniel Joseph atravessava o estacionamento, com as botas pesadas esmagando o pedrisco.

A motocicleta dele era preta fosca e tinha aparência de ser da velha guarda, não que ela soubesse o mínimo sobre Harleys. E quando ele passou uma perna por cima e deu partida no motor, Lydia se preparou para um rugido, mas o veículo tinha um abafador no escapamento. Andando com a moto para trás, ele olhou por cima do ombro, fez uma curva e acelerou.

Outra vez ela se preparou para uma explosão de som. Não aconteceu. Somente um grunhido baixo e rouco enquanto Daniel desaparecia pela curva da estradinha, a fumaça dos canos gêmeos dissipando-se no ar fresco da manhã.

De pé junto à janela, ficou encarando o estacionamento do que parecia ser um terreno deserto, e tentou se lembrar da última vez em que teve um encontro. Quando o recuo no tempo chegou à faculdade, ela balançou a cabeça. A paixão a unira aos lobos, àquela reserva… à luta para proteger espécies nativas contra as ideias brilhantes dos humanos.

E não havia muitos solteiros elegíveis em Walters.

Uma batida forte no seu batente.

Girando, deixou as venezianas voltarem para o lugar, soltando-as.

– Rick, oi. Conseguiu analisar a isca já?

O veterinário meneou a cabeça.

– Ainda não. Eu estava fazendo café fresco… ah, você já tem.

Sem nenhum motivo aparente, pensou em como um completo desconhecido lhe causara tamanha impressão e, no entanto, Rick, com quem vinha trabalhando há dois anos, mal fora percebido. Como homem, entenda-se. Ele também tinha cabelos escuros e um rosto bonito o bastante. E seus olhos também eram ok, de um tom acolhedor de castanho e, embora ele não sorrisse muito, quando o fazia, o dente meio tortinho da frente fazia com que ele parecesse mais jovem… e charmoso. E ele estava em forma por correr pelas trilhas.

– Candy já cuidou de mim – murmurou.

– Ela é sempre boa assim. Desde que você não seja o homem das entregas.

– Verdade. – Lydia baixou o olhar para a caneca. Voltou a olhar para ele. – Quando mesmo você disse que consegue analisar a isca?

– Já vou fazer isso. – Rick apontou com a cabeça para a janela. – Quem era aquele cara?

– Só um entrevistado para ficar no lugar do Trick.

– Parecia mais um leão de chácara.

Por um momento, Rick ficou onde estava, encarando-a do outro lado da sala. E depois mencionou algo sobre o café estar pronto e saiu.

Lydia pegou a pasta com as informações de Daniel Joseph. Ao reler o que ele escrevera, demorou-se nas letras bem escritas e nos pontos colocados como alfinetes num mapa, perguntando-se sobre as informações além das que ele dera.

Família. Antecedentes. Crenças.

Namoradas.

Esposa.

– Preciso muito dar um jeito na minha vida – resmungou.

CAPÍTULO 4

Mansão da Irmandade da Adaga Negra
Caldwell, NY

— *PORRA!*

Xhex, amada *shellan* do Irmão da Adaga Negra John Matthew, ergueu-se na cama e agarrou o meio do peito. Arrancando o que a cobria, abriu caminho entre a colcha e o lençol e, quando chegou à pele nua, agarrou seus...

Mãos grandes e largas capturaram as suas e, quando ela piscou, não viu seu companheiro. Viu um homem, um humano, num jaleco de laboratório branco, assumindo o controle do seu corpo, empurrando-a, para poder inserir-lhe uma agulha hipodérmica.

O grito que escapou dela atravessou a quietude tranquila do quarto e seu pânico tomou conta. Lutou com força, chutou, arqueou o corpo, girou contra as barras de ferro ao redor dos seus punhos. Expôs as presas, atacou o antebraço, o bíceps desnudo, tudo que se aproximasse dela; o sangue fluiu para a sua boca, descendo sobre os seios descobertos.

Ela perderia aquela batalha. Sempre perdia. Não importava o quanto lutasse, cedo ou tarde era dominada e ficava à mercê dos jalecos brancos, dos experimentos, da tortura.

Um soluço sentido se libertou da sua garganta.

— *Nãããããooo...*

O assobio foi agudo e ascendente, uma explosão audível que foi aumentando de volume e oitava até possuir todo o ar ao redor dela, cercando-a e penetrando em seu terror incendiário.

Xhex parou de lutar, a respiração arfante ainda saindo e entrando pela garganta.

– John? – disse num sussurro.

Aquele assobio se repetiu na exata mesma cadência e altura, uma suave ascensão do baixo até o alto. E foi então que o véu se ergueu dos seus olhos e ela conseguiu enxergar o macho diante dela.

John Matthew estava exatamente como sempre, dos cabelos negros aos olhos azuis, do rosto forte até os ombros largos.

– *Filhodaputa* – ela gemeu. – Deus, ah... O que fiz com você?

Ele sangrava em toda a parte nos braços devido às suas mordidas, os fios de sangue manchando os lençóis de vermelho, o horror do pesadelo sendo substituído pelo horror de tê-lo machucado. De novo.

– Vou pegar uma toalha... vou pegar algumas toalhas...

Ao se afastar, ele a puxou pelos punhos. Depois articulou: *estou bem, está tudo bem.*

– Não, não, não, não...

Dessa vez, quando tentou libertar as mãos, ele a deixou – e ela caiu da cama, aterrissando num amontoado no tapete. Antes que John pudesse ajudá-la, ela virou as pernas e saltou para ficar de pé. Quando se lançou na direção do banheiro, um dos tornozelos a matava de dor. Devia tê-lo batido na moldura da cama.

Mas estava pouco se fodendo pra isso.

O banheiro ficava do outro lado, e ela sentiu como se tivesse corrido uma centena de quilômetros para chegar lá e, quando bateu um dedo na beirada do piso de mármore, segurou-se na porta, que acabou batendo de volta nela sem querer.

A luz dentro do enorme box branco tinha sido deixada acesa, portanto, no caminho até a pia, a lâmpada a iluminou por trás – transformando-a num fantasma com substância, nada além do contorno preto de uma figura.

Suas mãos tremiam tanto que abrir as torneiras equivaleu a uma cirurgia cerebral e, por fim, quando conseguiu deixar a água correr, não esperou até que esquentasse nos canos. Juntou as palmas e lavou o rosto.

O fato de o sabor de vinho do sangue do seu companheiro ainda estar em sua boca a envergonhou a ponto de sentir náuseas – e, como garantia, relanceou para a alcova onde ficava o vaso sanitário.

Sim, conseguiria chegar até lá. Se precisasse.

As pernas estavam melhores.

Mais daquela água. *Splash, splash, splash.*

Toda vez que fechava os olhos, ela voltava para aquele laboratório, e não como se fosse apenas uma lembrança. Era como se estivesse lá de verdade, em seu corpo aprisionado e sendo estudado pelos humanos.

A água fria lhe fez bem, mas o fato de abaixar as pálpebras a cada nova rodada com as palmas estava piorando a situação. Precisava voltar a *esta* realidade.

Na verdadeira realidade, isto é. *Splash. Splash. Splash.*

Quando, por fim, desligou a água, os pingos na pia eram um som suave, quase um badalo; tateou ao redor na esperança de encontrar uma toalha. Sentindo uma maciez, puxou-a e empurrou o rosto contra o tecido fofo. Depois ergueu-o, passando-o sobre a cabeça quase raspada, esfregando como se pudesse apagar os vestígios do seu trauma.

Foi quando ouviu as vozes. Do lado de fora do quarto.

Mas que porra.

Veja, essa era a consequência boa e ruim de morar na mansão com a Irmandade. Você nunca ficava sozinha quando estava na casa... Mas você nunca ficava sozinha quando estava na casa.

Levando a toalha consigo, aproximou-se da porta fechada e inclinou-se para perto do painel de madeira.

– ... certeza de que vocês dois estão bem.

Aquele era Qhuinn, o que fazia sentido. O quarto de Qhuinn e de Blay ficava na porta seguinte – ah, *merda*. Ao longe, ela conseguia ouvir os berros agudos de uma criança que fora despertada do que devia ter sido um sono abençoado num berço.

Maravilha. Arrancava sangue do seu *hellren*, acordava os vizinhos e botava o terror numa criancinha.

Houve certo silêncio enquanto John sinalizava algum tipo de resposta. Depois Qhuinn murmurou algo quanto a buscar ajuda para dias como aquele. Dias em que Xhex acordava agitada por conta de um pesadelo recorrente que não vinha mais acontecendo.

Até pouco tempo atrás.

Agora aquela porra era o pior tipo de hóspede que se poderia ter: mal-educado, barulhento e que nunca vai embora.

Houve outro trecho de silêncio enquanto John comunicava com as mãos o que não podia partilhar com a voz. E Qhuinn falou um pouco mais. Outro silêncio, mais breve dessa vez. E então o outro Irmão foi embora.

Quando a porta para o Corredor das Estátuas se fechou, Xhex deixou os ombros penderem. E depois se aprumou para sair do banheiro.

– Venha – disse com secura. – Vou limpar o que fiz.

John Matthew estava... resplandecente pra cacete na, agora, cama suja de sangue e bagunçada deles. O tronco nu recheado de músculos, dos ombros aos braços, e a barriga trincada – quando ela se aproximou, seus olhos pairaram na cicatriz em forma de estrela que marcava o peitoral.

O sinal da Irmandade. Algo que um macho recebia quando era introduzido.

No entanto, John Matthew tinha a sua de nascença.

Sentando-se, pegou as mãos dele e, com cuidado, limpou onde o mordera. Ele estava numa forma tão incrível, tão bem alimentado da sua veia de modo frequente, que Xhex praticamente via as marcas das suas presas e dos dentes da frente se fechando.

– Eu sinto muito – desculpou-se quando conseguiu confiar na própria voz.

E, mesmo então, foram sílabas truncadas em vez de palavras inteiras.

– Sinto pra cacete.

John balançou a cabeça. Depois recolheu as mãos e sinalizou. *Não fique assim. Não me importo com...*

– Mas deveria. Deveria se importar. Você está sendo aterrorizado em sua maldita cama.

Xhex, o que posso fazer para ajudar?

Ela dobrou a toalha duas vezes no colo.

– Vestir uma cota de malha? Eu sugeriria me amarrar, mas foi isso o que me colocou em apuros, para início de conversa.

Naquele laboratório, acrescentou para si mesma.

Seu companheiro sinalizava mais coisas, palavras de apoio, algo que a partia ao meio. Como aquele macho continuava com ela, não fazia a mínima ideia. Ele era tão melhor e de tantas maneiras.

– Sim – disse. – Vou lidar com isso. De algum modo.

Claro, porque seu subconsciente era controlado com facilidade. Motivo pelo qual as pessoas só faziam merdas quando estavam completamente no comando.

Tranquilo.

– Me desculpe – sussurrou.

Como de costume, em seu trabalho como chefe de segurança em diversas boates, e em sua vida, como *symphato* mestiça, ela era durona e capaz de colocar humanos embriagados e drogados, sem condições de reconhecerem o próprio Deus caso ele aparecesse diante deles, em seus devidos lugares com apenas um olhar.

Mas, naquele quarto, atrás da porta fechada...

John Matthew parou de sinalizar e apenas estendeu os braços maltratados. Não havia censura no rosto dele, nem nos olhos, nada além de amor e aceitação.

Bem... havia preocupação.

Xhex queria ser forte. Mas, ao despencar nos braços do seu *hellren*, não teve escolha.

Vou compensá-lo por isso, jurou a si mesma.

De alguma forma, em algum momento... ela descobriria uma forma de ser normal.

Capítulo 5

De volta à sede do Projeto de Estudo dos Lobos, pouco antes das seis da tarde, Lydia ergueu os olhos de uma planilha financeira desastrosa.

— Ele ainda não está aqui. Não veio mesmo?

Candy vestiu o casaco fofo.

— Não. E antes que me pergunte, não, não coloquei o diretor executivo no armário. Minhas fantasias de sequestro se atêm aos entregadores da UPS.

Recostando-se na cadeira, Lydia fez uns cálculos. Peter Wayne não vinha ao escritório há uma semana e meia já. Inacreditável.

— Ei — disse. — Ouvi o aspirador de pó. O pessoal da limpeza veio mais cedo? Era para eles virem no sábado de manhã.

— Eles não vêm mais aos sábados.

— E às cinco e meia da tarde é melhor? — Lydia franziu o cenho quando não houve resposta. — O que não está me contando? Eles se demitiram?

— Não, não se demitiram. — Candy se aproximou e depositou um envelope na sua mesa. — Aqui está o seu contracheque.

— O que aconteceu com a equipe de limpeza? — Quando Candy ficou remexendo em algo na bolsa, Lydia abaixou a caneta. — Você está de brincadeira.

Candy ergueu as palmas como se em um assalto.

— Ei, por acaso eu curto passar o aspirador. E nem vamos falar do Windex. Sou *obcecada* com janelas.

— Esse não é o seu trabalho. Espere, quem vai cuidar da limpeza da clínica? — Quando Candy só ergueu uma sobrancelha, Lydia engoliu doze tipos diferentes de imprecações. – Não, Rick não vai limpar a... ele precisa cuidar do meu lobo. Do lobo, quero dizer.

– Ele disse que não se importava.

– Mas que droga. – Lydia empurrou a cadeira para trás e marchou até a frente da mesa. – Pra mim, já chega...

Candy a segurou pelo braço.

– Aonde você vai? Peter não está aqui, e o que vai adiantar você berrar para a porta fechada dele?

Lydia encarou o corredor, sem ver os mapas da reserva nem as fotografias em preto e branco dos lobos. Em vez disso, as finanças péssimas que estivera revisando eram como um sinal em neon piscando bem na frente da sua cara.

– Vamos precisar diminuir algumas despesas – anunciou. – Não podemos bancar o substituto do Trick...

– Não podemos deixar de substituí-lo. Eastwind trouxe o quadriciclo de volta e disse que há um vazamento no tanque de combustível. Há três pontes na trilha principal que precisam de reparos ou a seguradora vai cancelar a nossa apólice – a carta está na sua caixa de entrada. O prédio de equipamentos está com uma goteira e você e eu sabemos o quanto o nosso banheiro funciona bem. Não me importo em dividir o banheiro com Rick, mas a apólice de seguros vai ser um problemão.

– Talvez eu consiga consertar as pontes.

– Claro. Em todo o seu tempo livre – sugeriu Candy. – Olha só, todos nós podemos contribuir com a limpeza, mas Trick tinha atividades na reserva que nenhum de nós tem habilidade para fazer. E a angariação de fundos está próxima. No fim, conseguiremos o dinheiro de que precisamos. Bem... de alguma forma, conseguiremos.

– Diz a verdade, Candy. – Lydia passou os olhos para a mulher mais velha. – Quando o pessoal da limpeza parou de vir?

– Há um mês.

Lydia lançou as mãos para o ar.

– Por que não me contou...

– Você não é o diretor executivo. Eis o motivo. Você não é responsável pelo modo com que este lugar é administrado.

– Contou ao Peter?

– Sim.

– E ele não fez nada?

– Hum, olha que horas são já. Preciso ir. – Candy deu um tapinha forte no ombro de Lydia. – Vai ficar tudo bem… foi isso o que eu aprendi. Podemos trabalhar para os lobos, mas somos gatinhos em nossos corações. Este lugar, e todos debaixo deste teto, têm sete vidas. Agora, pode me fazer o favor de ir embora antes da meia-noite? Você vai acabar virando uma vampira.

Quando a mulher foi embora, Lydia esfregou os olhos doloridos.

Com um movimento rápido, apressou-se pela recepção com cadeiras rústicas e edições antigas da revista *Outdoors*.

– Espere, Candy!

A recepcionista parou à porta, a luz do teto fazia seus cabelos rosa ficarem fluorescentes como se estivessem debaixo de luz negra.

– Sim?

– Por que não gosta do xerife Eastwind?

Candy olhou de novo para ela. Depois balançou a cabeça.

– O que a faz pensar assim?

– Você nunca o chama de Xerife. Nem pelo primeiro nome. Sempre por Eastwind.

– Também é o nome dele.

– E tem também o seu tom de voz.

Quando Lydia sustentou o olhar dela, Candy desviou o seu para a mesa organizada. Depois voltou-o para ela de novo.

– Ele e eu nos conhecemos há muito tempo, é só. Você sabe como cidades pequenas são. Agora, por favor, feche o seu escritório e vá para casa, entendeu? O amanhã chega rápido como um trem de carga e, como meu pai costumava dizer, vai estar carregado com mais das merdas com que lidamos hoje.

A porta se fechou atrás dela.

Lydia olhou ao redor do cômodo com ares de chalé, viu o carpete gasto, cadeiras e poltronas velhas, a mancha num canto do teto. Pensou nas trilhas e no fato de que, quando o tempo ficasse mais amigável, elas estariam mais cheias de montanhistas, cães e crianças. E passou para o quadriciclo. O prédio de equipamentos.

O vaso sanitário.

Voltando para seu escritório, apanhou o envelope e o abriu. Seu salário das últimas duas semanas totalizava pouco mais de mil e quinhentos dólares. Depois dos descontos de impostos e seguro de saúde, ela recebia novecentos e uns trocados. Sempre lhe pareceu muito.

Lydia rasgou o cheque e colocou o confete dentro do envelope, jogando tudo no cesto de lixo. Em seguida, foi para a pilha de arquivos em sua caixa de entrada. Depois que encontrou o que procurava, fez uma anotação num Post-it, pegou o casaco e a bolsa. Desligando as luzes, acionou o alarme na porta da frente e trancou tudo. Seu carro estava estacionado debaixo de um pinheiro e, ao entrar, olhou para o prédio. Vinte e quatro meses eram apenas uma piscadela no curso de uma vida inteira. Mas ela sentia como se estivesse no PEL há tempos.

E não existia nenhum outro lugar em que se imaginasse. Por tantos motivos.

Pelo menos aquele lobo ainda estava vivo, pensou ao sair dirigindo. Rick a atualizara antes de ir embora, dizendo que voltaria no decorrer da noite para controlar os sinais vitais dele e garantir que estivesse bem.

Então era isso.

Quando estava na estrada rural, pegou o celular e infringiu a lei ao fazer uma chamada e aproximar o aparelho do ouvido. Estar com as mãos livres era algo maravilhoso, a menos que você estivesse num carro de quinze anos, não equipado com Bluetooth. Isso, então, não era uma opção, pouco importando que regras estivessem sendo...

– Alô?

O som da voz masculina foi de tamanha surpresa que Lydia se sobressaltou. Estivera preparada para ser atendida pelo correio de voz.

– Ah, olá, Peter. – *Lembra de mim, uma das suas funcionárias?* – Como você está?

– Lydia, escuta, estou ocupado. Do que precisa?

Que você faça o seu maldito trabalho, Peter.

– Pensamos que o veríamos hoje. No Projeto.

Quando só houve silêncio, ela disse:

– Alô?

Eu deveria lhe informar o endereço caso tenha se esquecido de onde trabalha?

– Ah, sim, desculpe. Estarei lá amanhã. Podemos conversar sobre o que quer que seja…

– Preciso da sua autorização para alguns assuntos. Não vai poder esperar até amanhã.

– Não consigo fazer isso agora…

– Na verdade, consegue, sim. E se não fizer, sei onde você mora e vou aparecer à sua porta e bater nela até você atender…

– Do que precisa? – vociferou.

A conversa durou só cinco minutos e Lydia não se sentia melhor ao desligar. O que não era nenhuma novidade. Não poderia dizer que o diretor executivo do PEL nem dirigira, nem fora muito executivo no último mês.

Embora tivesse outras ligações a fazer, deixou o celular no colo e seguiu dirigindo. Sob as luzes dos faróis, a faixa de asfalto que marcava o curso do Rio Moth ao redor do pé da Montanha Deer lembrou-a das cenas de abertura de *O Iluminado*. Não que o pavimento estivesse em condições tão boas quanto as que se lembrava do filme – ali havia retalhos no asfalto em toda parte, como vermes tentando atravessar a estrada, as estações frias e quentes exigindo flexibilidade daquele que, por natureza, era mais estável do que as condições demandavam.

A cidade de Walters era apenas um posto de gasolina, um banco, a combinação de uma lanchonete com mercadinho, um corpo de bombeiros e um correio. Orbitando ao redor do minúsculo centro de compras existiam cerca de trinta a quarenta lares em lotes que estiveram nas famílias desde que os caçadores de pele franceses atravessaram a fronteira do Canadá durante a Guerra da Revolução.

Enquanto Lydia considerava todo o vazio em sua geladeira, resolveu parar no estacionamento do IGA. Antes de sair, pegou o Post-it da bolsa e apertou a sequência de dez dígitos no celular. Esperou para apertar o botão de ligar até entrar na metade do prédio destinada ao mercado.

Amava Susan, a caixa. De verdade.

— Oh, olá! — foi a saudação por trás da bancada. — Como estão as coisas no trabalho? O que anda acontecendo com você...

Lydia sorriu. Acenou. Apontou para o celular de maneira exagerada.

— Ligação.

Susan assentiu e fez todos os gestos de que estava tudo bem.

— Continue a falar, eu espero.

Susan beirava os sessenta, ainda cheia de energia, um brinquedinho de corda com muita energia ainda a oferecer em seu cordãozinho. Com um elaborado penteado loiro platinado e o rosto coberto de maquilagem, ela era como uma atriz em início de carreira à espera de um diretor de filmes que nunca aparecia — mas não estivera esperando à toa. Casada com o chefe dos bombeiros, os dois criaram cinco filhos em Walters e, como tantos outros, ela e o marido moraram a vida toda ali no vale, nunca iriam se aposentar, nunca se mudariam dali, diziam. Além do mais, estava engajada com outras atividades paralelas. Além de cuidar do mercado, ela era tanto a historiadora verbal quanto a principal repórter da região. O que era um serviço público maravilhoso, cobrindo tanto o passado quanto o presente. De todo mundo.

Não, de verdade. Era incrível.

Quando o segundo toque surgiu na ligação, Lydia foi para os fundos, para a seção de carnes e depois avaliou ao redor dos sete corredores de prateleiras baixas. A seleção de tudo era bem pequena, com alta contagem de calorias e pouco inspiradora, ainda mais por ser só o que vinha comprando nos últimos dois anos. Quando um quarto toque borbulhou em seu ouvido, ela desistiu de fingir que iria cozinhar e fez o contorno para entrar na parte da lanchonete. Estava sem forças naquela noite e a ideia de cozinhar o que fosse, mesmo esquentar uma lata de sopa Campbell, era demais para ela.

E isso antes mesmo de passar pela porta de vaivém e o cheiro do empadão de frango a atingir.

– Ah, meu bom Jesus… – murmurou. – É disso que estou falando.

– Alô? – a voz masculina disse em seu ouvido.

Lydia parou. Deus, o som da voz daquele homem foi como cabos de bateria ligados ao seu traseiro.

– Ah, alô. Daniel Joseph? Aqui quem fala é Lydia Susi do Projeto de…

– Ah, oi. Tudo bem?

Na pausa que se seguiu Lydia franziu o cenho quando a música do outro lado da ligação foi percebida. Era uma antiga canção dos Eagles. E o estranho era que "Take it to the Limit" também… estava tocando acima da sua cabeça.

– Lydia. Senhorita Susi?

– Você está… – Relanceou para as mesas ao encontro da parede. Depois se virou para o balcão onde ficavam os banquinhos. – Oi.

No fim da fila de caminhoneiros e habitantes locais, Daniel Joseph tinha estacionado, ocupando três lugares. E quando seus olhos se viraram para Lydia e atravessaram a dúzia de pratos meio consumidos de cozido de carne e frango à parmegiana, ela ergueu a mão. Ele fez o mesmo.

– Acho que podemos desligar – disse ao telefone.

– Claro.

Encerrando a ligação, ela andou adiante, acenando com a cabeça para os rostos conhecidos, maridos e esposas. Os viúvos. Nos recessos da mente, notou que não havia ninguém com menos de cinquenta anos, prova de que a cidade estava por um fio geracional que afinava a cada ano. A triste realidade era que o mundo se tornava mais digital a cada dia e a economia era difícil longe dos centros populacionais. Os jovens, em início de carreira ou que começavam suas famílias, precisavam de empregos que pagassem bem em centros urbanos.

– Olá. – Guardou o celular na bolsa. – Pensei que ia voltar para Glens Falls.

– Eu também. A minha moto quebrou, então vou passar a noite aqui. Quer se sentar?

Ao tirar a jaqueta de couro da banqueta ao lado, ela meneou a cabeça.

– Ah, não, só vim pegar algo para comer em casa. Onde está a sua moto?

– Um cara chamado Paul a está consertando agora mesmo. Ou vai, quando as partes chegarem aqui pela manhã.

– Ah, você foi à oficina de Paul Gagnon.

Ele ergueu o que devia ser Coca-Cola e sorveu um gole. O canudo que viera com o copo fora tirado e deixado sobre o balcão junto com o rolinho de garfo, faca e colher.

– Esse mesmo. Então, queria falar comigo?

Lydia pigarreou.

– O emprego é seu, se quiser.

– Mesmo? – O sorriso lento e reservado era decididamente devastador. – Que maravilha. Obrigado.

Quando Lydia teve que desviar o olhar, fingiu que reconhecia o caminhoneiro sentado num reservado atrás dele – embora ele não estivesse olhando-a e ela nunca o tivesse visto antes.

Mas ou fingia um cumprimento ou se sentiria como um prato quente, recém-saído da cozinha.

– Quando quer que eu comece?

Ela se sacudiu para voltar ao momento.

– Você é chamado de Dan ou de Daniel? E assim que você puder.

– Que bom. Começo amanhã. E sou Daniel, não Dan.

– Amanhã? Sério? Mas não precisa ir buscar seus pertences onde você...

– Vou passar a noite aqui de todo jeito e amanhã é sexta-feira. Trabalho durante o dia e volto para Glens Falls quando tiver terminado. A que horas eu chego?

– Bem, Trick costumava chegar às oito e meia e sair às quatro e meia.

– Esse será o meu horário, então.

– Ótimo. Eu te vejo amanhã. E cuidaremos da sua documentação logo cedo para podermos te colocar na folha de pagamento.

Daniel inclinou a cabeça daquele jeito que fazia.

– O que é isso?

– Hum… o modo pelo qual será pago? Sempre trabalhou por fora?

– Não, o seu colar.

Lydia baixou o olhar para o pingente de ouro gasto que estava pendurado no V da sua blusa de lã – e percebeu que ainda estava com calças de corrida. E os tênis de corrida. E o sutiã esportivo.

Enquanto engolia uma imprecação, pensou *ei, pelo menos isso não é uma novidade para ele*. Estivera usando as mesmas roupas durante a entrevista.

– Ah, não é nada especial. – Deu de ombros. – Só uma medalha de São Cristóvão.

– Você é católica? Desculpe, talvez isso seja muito pessoal.

– Não é muito pessoal, é que era do meu avô. Ele, sim, era católico. Não sei o que eu sou. Bem, eu te vejo amanhã.

– Sim, claro.

Quando ela se virou para ir embora, Daniel disse:

– E quanto ao seu jantar?

– Hein? – Ela olhou para o outro lado do balcão de onde a garçonete saía da cozinha. – É mesmo. Oi, Bessie…

– Já vai sair, Lydia. O de sempre.

Bessie também estava perto dos sessenta anos e tinha uma permanente nos cabelos saídos de um livro de estilos de 1985, mas ao contrário da rainha de beleza em desvanecimento que era Susan, tinha um ar de professora de ginástica. Ou talvez de alguém que ensinasse caratê para sargentos do exército. Depois de servir um hambúrguer e um prato de fritas para Daniel, ela limpou as mãos no avental e assentiu como se tivesse feito um juramento de sangue de trazer o pedido de Lydia.

Não importando os obstáculos ou o que isso lhe custasse.

– Não sabia que eu tinha um prato preferido – murmurou. Mas até parece que ela iria discutir.

Gostava de onde seus braços e suas pernas estavam, muito obrigada – e nunca tivera certeza se o comprometimento de Bessie com seu trabalho ultrapassava os limites do balcão. Por exemplo, se você mexesse com um dos seus clientes, ela te usaria como esfregão para limpar o chão?

– Quer se sentar enquanto espera? – ofereceu Daniel.

– Não, estou bem assim. – Ergueu o olhar para os itens do cardápio no cartaz afixado na parede acima das máquinas de refrigerante, para a geladeira de sorvetes e para o expositor de tortas. – Mas obrigada.

Pelo canto do olho, ela o viu desenrolar o guardanapo, colocá-lo no colo e pegar o hambúrguer com dedos espalhados pelo pão com precisão. Daniel se mostrou metódico em relação às mordidas e mastigadas, limpo e cuidadoso. Atento ao uso do guardanapo também, sem deixar que nada pingasse, a despeito, de fato, de haver ketchup envolvido e a carne estar no ponto.

Ele limpou a boca.

– Como é que você tem um "de sempre" e nem sabe disso?

– Amnésia alimentar, evidentemente. Por outro lado, vai ser uma surpresa – que, pelo menos na teoria, eu vou gostar.

– Uma entrada pedida pelo seu subconsciente. Legal.

Um momento depois, Bessie saiu pela porta de vaivém da cozinha com um prato fumegante.

– Aqui está, empadão de frango, gostoso e quentinho. – Depositou a comida ao lado do hambúrguer de Daniel e apanhou os talheres debaixo do balcão. – Também quer uma Coca Diet?

– Eu, ah… – Lydia pigarreou.

– Parece que vamos jantar juntos – o novo zelador do PEL disse. – Não é interessante como, no fim, deu certo?

Capítulo 6

Há dois anos, assim que Lydia chegara ao novo trabalho, Candy fora encarregada da sua orientação – e não apenas sobre a organização sem fins lucrativos. Havia muito que aprender sobre morar em Walters. E o conselho que se mostrou mais útil? Todos naquele código postal eram parentes. Senão por laços consanguíneos, então pelo casamento.

Portanto, você nunca diz nada de ruim a respeito de ninguém, porque estaria falando com um parente da pessoa. Como Candy dissera, assim como você não jogaria merda no ventilador, também não vai querer falar mal de ninguém, ou esse mal será jogado contra você mesmo.

Que talento com metáforas, e essa era a inferência daquela mulher da Regra de Boca Calada de Walters, Nova Iorque.

Diante do prato fumegante de comida, Lydia ergueu o olhar para a garçonete. Bessie era casada com o irmão do marido de Susan, do mercadinho. O que significava que não só as mulheres trabalhavam no mesmo prédio e faziam suas refeições juntas, como também vinham de carona para o trabalho, e voltavam, uma com a outra.

– Sinto muito, Bessie, mas tenho que voltar para casa. Você se importaria de embalar este incrível jantar para viagem?

– Ah, sim. Claro. Eu só pensei que você tinha vindo comer com este belo jovem…

– Muito obrigada. – Lydia sorriu. – E você estava certa, imagino que eu peça bastante esse empadão de frango.

Enquanto Bessie marchava de volta para a cozinha pela porta de vaivém, houve um momento de constrangimento. Da sua parte.

Daniel apenas voltou a se concentrar no seu hambúrguer.

– Imagino, então, que as notícias se espalham rápido por aqui, certo? – ele comentou entre bocadas.

– Ah, não é por isso que eu não... – Relanceou para a porta da cozinha. – Ok, tudo bem. *Tantas* coisas são espalhadas nesta cidade. Você *não faz* ideia.

– E nós não queremos que seu marido fique com ciúme.

– Ele não ficaria... Quero dizer, eu não tenho um. – Desde quando ela ficava tão desajeitada com as palavras o tempo todo? – E quanto à sua esposa?

– Nenhuma esposa, nem namorada. Andarilho, lembra?

– Sim, eu me lembro.

Bessie voltou da cozinha com uma sacola de papel na mão.

– Aqui está.

– E aqui estão quinze. Fique com o troco.

– Obrigada, Lydia. Você dá gorjetas como se estivesse na cidade grande, sabia?

– Se isso servir para me deixar famosa, eu aceito. – Sorriu para Daniel esperando que parecesse um modo profissional. Porque os olhos de Bessie passavam entre os dois como se a mulher interpretasse todos os tipos de expressões faciais. – Eu te vejo amanhã, Daniel. No trabalho.

Daniel a fitou e ergueu a mão de modo casual.

– Serei pontual. Mesmo se tiver que andar até lá.

– Onde vai se hospedar? No Pine Lodge?

– Isso. Lá mesmo.

Lydia franziu o cenho.

– Fica a uns cinco quilômetros de distância.

– E Deus me deu duas pernas, dois quilômetros e meio para cada.

– Gosto do seu modo de pensar.

– Paul disse que levaria a moto quando estiver pronta. Para o Projeto.

Lydia abriu a boca para lhe oferecer uma carona de manhã. Mas uma rápida espiada para Bessie – que ainda estava fascinada – deu um fim a esse impulso. Além disso, o Pine Lodge era administrado pela irmã e pelo cunhado de Candy, primos de primeiro grau de Susan e de Bessie por meio do casamento.

Complicado demais.

– Boa noite – disse antes de se afastar.

– Para você também.

Ao seguir para a saída da lanchonete, disse a si mesma para não olhar para trás. Para tratá-lo como trataria a Candy. Ou Rick. Apenas um colega de trabalho no PEL.

Bem quando sua mão estava para empurrar a barra da porta, ela...

Olhou para trás.

Daniel Joseph tinha abaixado a cabeça e virado na direção do seu refrigerante parcialmente tomado. Para qualquer outra pessoa na lanchonete, ele era apenas mais um homem enchendo a barriga antes de voltar para o frescor externo da primavera. Mas seus olhos... aqueles olhos brilhantes...

Estavam em Lydia.

No instante em que seus olhares se cruzaram, ele desviou. Assim como ela.

Mas quando Lydia voltou para o ar noturno, a atmosfera se tornara muito mais tropical, apesar do que dizia o termômetro.

– Raios – resmungou.

Segundo a teoria de "comece como quer que continue", ela ficaria obcecada por completo pelo homem em uma semana e meia.

– Não é isso que vai acontecer – anunciou ao atravessar o estacionamento úmido.

De volta ao carro, colocou a comida no banco do passageiro e tentou ignorar o fato de que o empadão era o primeiro passageiro quente que teve no seu hatchback desde... bem, desde quando?

Interessante como conhecer um estranho foi o que bastou para que se sentisse solitária.

Dando a partida no motor, deu ré e seguiu de novo para a estrada rural. Vinha alugando uma casinha junto ao rio desde que chegara à cidade e, a esta altura, deduziu que seu carro já sabia o curto caminho de cor. Mantendo uma mão no volante, mexeu no rádio com a outra, passando entre estações, as quatro que mal sintonizavam. Precisava de uma distração. De barulho. De um noticiário, de uma música com uma batida boa – inferno, aceitaria um comercial de uma empresa de limpeza de calhas ou de carros usados.

Parando numa das estações canadenses, acomodou-se no banco e tentou decifrar o francês.

Luzes azuis piscantes na outra pista da estrada de mão dupla a ofuscaram.

Havia o equivalente a três viaturas ali. Não, quatro. E um furgão preto e uma ambulância.

Ela freou enquanto passava pela SUV do xerife Eastwind, e com uma guinada do volante, atravessou as pistas para parar atrás do veículo dele. Saindo, cobriu os olhos com a mão para bloquear o azul piscante.

Uma figura alta com uniforme da polícia do Estado de Nova Iorque caminhou até ela.

– Senhora, vou pedir para que volte para o carro...

– O que aconteceu?

– ... e continue no seu caminho.

Ela olhou para a fileira de árvores. Lanternas brilharam quando um grupo voltou para a estrada, tendo saído da floresta.

O policial rodoviário se posicionou de modo a bloquear a sua visão.

– Senhora, vou pedir que saia agora, no meu carro ou no seu. O que vai ser?

– Quem se machucou na montanha? – Encarou o homem. – Trabalho para o Projeto de Estudo dos Lobos mais adiante na estrada, esta é propriedade nossa, parte da reserva.

– Qual o seu nome, senhora?

Antes que ela pudesse responder, membros da força policial saíram da linha das árvores – com um saco preto para cadáveres, penso como uma rede entre as mãos de dois policiais. Algo a respeito do modo como ele pendia no meio a nauseou.

– Eu cuido disso – alguém disse.

Quando o policial assentiu e recuou, ela não se surpreendeu em ver que era Eastwind.

– O que está acontecendo – ela exigiu saber.

O xerife a pegou pelo cotovelo e começou a andar na direção do carro dela. Mas Lydia fincou os pés e apontou para os restos mortais que eram levados para a parte de trás do furgão preto em vez de para a ambulância.

– Quem está ali?

Na luz piscante azul, o rosto de Eastwind era uma máscara de serenidade. Não que ele fosse de deixar transparecer muita coisa.

– Esta é uma investigação em andamento, senhorita Susi...

– Não me venha com esse "senhorita Susi". Tenho o direito de saber...

– Quando estivermos prontos para dar uma declaração...

– Esta terra é *nossa*. – Ela apontou para a placa de "Propriedade Particular – Não entre" afixada a um tronco grosso. – Quero saber o que aconteceu nela.

Eastwind olhou para o saco plástico que era carregado no carro do IML.

– Era um andarilho. Ainda não temos a identificação.

Ela fez o sinal da cruz diante do peito.

– Acidente ou algum problema de saúde? E há quanto tempo estava na montanha?

Houve uma pausa. E isso respondia à pergunta, não?

– Me conta – ela exigiu.

– Ele foi atacado por um animal. É só o que vou dizer. – Eastwind inclinou-se para perto dela e a fitou nos olhos. – E espero que mantenha essa informação para si.

– Onde ele foi encontrado?

– Isso é só o que vou...

Quando as portas duplas do furgão bateram, ela estrepitou:

— *Onde?*

— Espinhaço Granite Norte. Outro andarilho o encontrou e nos chamou. O corpo estava lá há dois dias e, agora, se me der licença.

O xerife dirigiu-se para os demais policiais e Lydia olhou para trás, na direção de onde o corpo fora retirado da floresta.

Depois de um momento, voltou para o carro e entrou. Enquanto o jantar esfriava e ela se esquecia da fome, voltou para o escritório. Quando chegou ao local, não se deu ao trabalho de seguir para o estacionamento. Parou bem na frente da entrada do PEL.

Saindo, já estava com a chave a postos quando chegou à porta, mas quando foi inseri-la na fechadura, olhou para o beiral do telhado. A noite caíra de fato desde que saíra e a luz ativada por movimento deveria ter se acendido.

O fato de não ter feito isso só acrescentou mais um item à lista de objetos quebrados. Pelo menos tinham um zelador novo, certo?

Pegou o celular e acendeu a lanterna, desejando que fosse apenas uma lâmpada quebrada, em vez de um problema elétrico.

Entrando, desativou o sistema de segurança e foi direto para a sua mesa. Acendendo o abajur ao lado do computador, acessou-o e entrou no programa de alimentação das câmeras de filmagem da montanha. Havia quase uma centena de unidades nas árvores da reserva, o que parecia bastante até, se considerasse a área.

Mas havia uma no Espinhaço Granite Norte.

Fechando os olhos, esfregou a medalha de São Cristóvão entre o polegar e o indicador enquanto esperava que essa imagem específica carregasse. As gravações eram mantidas por uma semana, antes de serem salvas de modo permanente na nuvem, portanto não importava há quantas noites ou dias o ataque acontecera. Embora Eastwind tivesse dito quarenta e oito horas.

Quando a imagem foi colocada para três dias antes, Lydia inclinou o monitor e se sentou mais perto da mesa. A visão da câmera quarenta e seis era de uma clareira que corria lateralmente de norte a sul, nada além de moitas raquíticas marcando as saliências das rochas. A lente estava colocada a cerca de quatro metros do chão e havia quatro posições nas quais a grande-angular se fixava. Na segunda-feira, a posição estivera na segunda... e isso fornecia um campo de visão de mais ou menos dez metros acima da sua localização.

O programa predefinido movia a câmera entre as suas posições a cada setenta e duas horas, numa programação coordenada com outras gravações – a menos que fosse modificada de modo manual. Portanto, havia uma grande probabilidade de o ataque não ter sido gravado. Ainda mais se aconteceu atrás de uma árvore ou entre outros pinheiros que cresciam muito próximos uns dos outros, junto à clareira.

Apertando o botão do play, Lydia continuou a esfregar o pingente que o avô lhe dera.

– Mostra... mostra...

Tudo o que se mexia era o relógio no canto direito inferior da gravação, a data estava estática, os segundos corriam, os minutos esperavam ao lado até ser seu momento e as horas não iam a parte alguma tão cedo. Aumentou a velocidade, observando o ângulo de um trecho ensolarado mudar ao longo do cenário, o voo preguiçoso dos abutres mais parecido com os mergulhos bombásticos dos pardais, as nuvens marchando pela tela, o verde se movendo como se estivesse com cócegas. Quando a noite chegou, tudo ficou em tons de verde. E o alvorecer trouxe as cores padrão de volta.

Bem dentro de si – num lugar em que ela se recusava a ficar, menos ainda reconhecer –, Lydia sabia o que iria ver, e sabia com a mesma certeza com que admitia seu reflexo no espelho. Suor frio aflorou em seu peito por debaixo das roupas e, embaixo da mesa, o calcanhar de um dos tênis começou a bater rápido.

Assim que um homem vestido com roupa camuflada apareceu no campo de visão da câmera, interrompeu a imagem acelerada, e tudo voltou ao movimento em tempo real. Olhou bem para a figura, mas não dava para ver quase nada. Ele carregava uma mochila nas costas, tinha roupas de caçador e um chapéu de aba bem enterrado na cabeça. Indo em frente, parecia confiante e atento enquanto analisava o ambiente.

O ataque veio da esquerda, o lobo saltou tão furtivamente que o homem sequer relanceou na direção do predador. Num momento, ele estava de pé; no seguinte, ele tinha uma fêmea de quarenta e cinco quilos grudada na sua garganta. O impacto do corpo do animal derrubou o humano e a loba não soltou. Mesmo enquanto socava sua cabeça e focinho, depois chutava e tentava rolar, não havia nenhum movimento daquela mandíbula. Nenhuma mudança de mordida tampouco.

Lydia apertou o botão de pausa e se recostou, cobrindo o rosto com as mãos. Quando apertou bem os olhos, só viu a loba, com a inconfundível faixa prateada que descia pelas costas, o corpo delgado e os dentes afiados como adagas.

Mesmo enquanto dizia a si mesma que se controlasse, demorou um tempo para conseguir voltar para a filmagem e fixou o olhar no contador, acompanhando o homicídio com a visão periférica. O que ainda era informação demais: durante a queda, a loba atacara apenas uma vez e fizera isso valer, os quilos por centímetro quadrado naquela passagem vital de ar esganando o homem. Quando a resistência da presa enfraqueceu e os braços pararam de lutar, houve apenas um reposicionamento, uma fração de segundo de soltura para que o animal pudesse ir para a frente, comprimindo a veia jugular, bem como a traqueia.

Quando o humano afrouxou por completo, os dentes permaneceram onde estavam.

Por um minuto e meio ou mais.

A selvageria que se seguiu foi algo de que Lydia desviou o olhar. Não houve nenhum som associado à alimentação. Nenhum cheiro também. Mas era como se os rasgos e os puxões, o cheiro cuprífero do sangue, o consumo da carne e da cartilagem estivessem acontecendo no tampo da mesa.

O total do tempo discorrido no ataque foi de uns doze minutos e, quando acabou, a loba se afastou do corpo destroçado e brilhante. A mancha vermelha no focinho e no pelo do peito era algo saído de um filme de terror.

A predadora olhou ao redor. E até ergueu o olhar para a câmera.

E, depois, saiu aos trotes, lépida em suas patas.

O corpo ficou largado à luz do sol como um banhista repulsivo, e a pesquisadora de comportamento dentro de si analisou exatamente quanta carne ainda havia no cadáver. Muita.

Abater o homem fora por diversão, não por estar com fome. E a loba trabalhara sozinha.

Com a mão trêmula, Lydia parou a gravação. Em seguida, sem um pensamento consciente, inclinou-se para o lado, abriu a gaveta de baixo e pegou seus lenços umedecidos germicidas. Tirando um, passou o pano úmido sobre a base do monitor. Quando cheiro de antisséptico fez seu nariz coçar, ela piscou rápido.

Limpo. Precisava que tudo ficasse limpo. Se ao menos ela pudesse...

Detendo-se, fitou o lenço. Estava quente agora e, quando virou a palma, a coisa era da cor da sua pele, como se fosse transparente.

O debate que aconteceu em sua mente durou uns cinco minutos e, ao chegar a uma conclusão, jogou fora o lenço, guardou a embalagem e pensou no avô. Ele não aprovaria o que ela estava prestes a fazer. Mas teria aprovado os seus motivos.

Sua subgraduação na faculdade fora em TI.

E não demorou tempo algum para localizar o programa de edição correto na web, carregá-lo e cortar o que precisava do vídeo. Depois disso, recuou alguns dias da gravação, para quando a câmera estivera na posição quatro. Revisando os necessários vinte minutos, na mesma hora, certificou-se de não haver algo que a denunciasse, algum sinal que comprometesse seu feito, como uma árvore caída ou tempo chuvoso quando deveria estar apenas um tanto nublado. Depois de dar sorte com os detalhes intangíveis, copiou o equivalente a um dia e meio de gravação e o emendou à outra, para que substituísse o ataque. Em seguida, voltou para o programa que controlava a orientação das câmeras e manipulou a direção em que a lente quarenta e seis estava apontada, travando-a na posição quatro.

A boa notícia era que, apesar de haver uma programação regular, ela também era regularmente aleatória. Dependendo do movimento das alcateias, mandava a orientação das câmeras em toda a reserva, portanto nada sobre essa mudança manual pareceria estranho.

A última coisa que fez foi não só apagar o programa de edição do computador, mas também entrar no hard drive e cobrir seus passos. Mas isso não bastaria. CPUs podem ser examinadas pela perícia, assim como cadáveres nas mesas de autópsia revelavam segredos, mesmo que se apague algo, as cicatrizes restantes podem ser encontradas.

O Dell tinha quase dez anos. Passara muito do fim da sua vida útil.

O vírus que encontrou na dark web – e com o qual infectou a unidade – instruiu o computador a desligar a ventoinha de refrigeração. E para garantir que aquilo não traria um risco de incêndio, foi até a sala de descanso e localizou algumas travessas de metal que Candy lavara e guardara depois que as sobras do Dia de Ação de Graças tinham sido trazidas há meses.

Lydia colocou o computador em uma delas e se certificou de que estivesse distante das beiradas da mesa.

A notícia ruim sobre trabalhar no PEL era que o dinheiro andava sempre curto. A boa notícia, pelo menos na situação atual? Havia bem poucos equipamentos de ponta e última geração ali. Portanto, a probabilidade de um PC antigo queimar durante a noite...

Lamento muito, policial. Foi isso o que aconteceu. Mas, pelo menos, temos a gravação da reserva, certo? Ah, não, espere, não está mostrando nada. Que pena.

Desligando o computador, ficou encarando o monitor. Aquele tipo de ataque sangrento, violento, era de fato o que validava as ações do hotel. E uma vez que Eastwind evidentemente relutava em fazer o que devia, ela teria que assumir o controle... e Deus bem sabia que Lydia faria qualquer coisa – *qualquer coisa mesmo* – para proteger os animais que não podiam se defender.

Não importava o seu custo pessoal nisso. Ou o que traria de volta do seu passado.

Sim, era evidente que um ataque de animal acontecera. Mas ninguém precisava de imagens como aquela vazando e acabando na internet

– e Deus bem sabia também que era para lá que tudo era enviado nos últimos tempos. Algo como aqueles doze minutos seria usado para assustar mais as pessoas quanto aos lobos, ameaçando a reintrodução deles naquela parte dos Estados Unidos.

Predadores eram uma parte necessária ao ecossistema.

No que se referia a ela, o planeta podia ter menos humanos, considerando-se todos os danos que causavam.

Com isso em mente, levantou-se e foi para a parte da clínica. Acedendo a luz, caminhou para onde o lobo estava enjaulado. Ele não levantou a cabeça, mas seus olhos sonolentos se abriram no instante em que sentiu o cheiro de Lydia. Pelo menos ele não estava mais no ventilador.

– Oi – ela disse ao se agachar. – Sou eu de novo.

Daniel Joseph estava acostumado a ser um fantasma. Era bom nisso. Tinha que ser. Era uma questão tanto de objetivo quanto de sobrevivência.

Portanto, ao acompanhar o avanço de Lydia Susi dentro das instalações do Projeto de Estudo dos Lobos, não fez som algum. Também não acionou nenhuma luz de segurança, embora houvesse uma razão totalmente não metafísica para isso: ele as desenroscara na noite anterior quando descera da montanha para avaliar o local.

E, como bônus, não havia câmeras de segurança no lugar, o que era uma boa notícia.

Só seria visto por aquela mulher, ou por qualquer outra pessoa, nos seus termos e quando quisesse ser visto. E de jeito nenhum, se escolhesse isso.

Por exemplo, ele não costumava comer fora. Mas, quando era necessário, aparências tinham que ser criadas e depois mantidas. Por isso, comera entre o povo local para estabelecer a impressão de que era como todos os outros. Nada de especial. Nada a ser notado.

Misturando-se.

Ao se mover pela lateral do prédio, a escuridão da noite era o seu escudo; a habilidade do seu corpo de ser completamente silencioso enquanto em movimento o tornava parte das sombras, assim como o ar frio, como a névoa da montanha... como o luar que emergira das nuvens à procura da terra lá do seu poleiro, bem alto nos céus.

Observara a mulher através das fendas da persiana que cobria a janela enquanto ela trabalhava no computador, digitando no teclado, vendo as imagens do ataque de um lobo. Era evidente que ficara perturbada com a carnificina e, em seguida, fizera algum tipo de trabalho, alternando entre telas, usando o mouse, movendo as coisas de lugar. Depois disso, Lydia deixara o escritório e voltara com um contêiner largo de metal que colocara debaixo da mesa. Por fim, saíra de vez, apagando as luzes.

Sua passagem pelo prédio de um andar foi marcada por cômodos ou corredores escuros que, de repente, enchiam-se de luz; e ele a imaginou ligando interruptores que não precisava tatear para encontrar. Ela seguia para os fundos e, quando ele chegou a uma fila de janelas altas, ergueu-se do chão ao beiral para espiar dentro.

Lydia caminhou para uma sala do lado oposto do prédio, e a porta se fechou de forma automática atrás dela.

Esperar na noite era algo que lhe vinha de modo natural e, quando ele voltou ao chão, seu corpo se acomodou numa posição estável que só variava com o inflar e desinflar ritmado do peito.

E se ela ficasse ali por meia hora, uma ou o resto da noite? Não importava para Daniel...

Primeiro viu os faróis. Um par descendo o caminho que dava para o prédio.

Virando-se para ficar de frente com a fachada escura do prédio, deu as costas para a entrada e uniu as mãos. Os faróis do carro passaram pelo dorso da sua jaqueta de couro preta, pelo chapéu preto e pelos jeans escuros – e seguiram em frente, parando perto da entrada dos fundos.

Que ficava a apenas três metros de onde ele estava.

Assim que um homem saiu e fechou a porta com o quadril, Daniel virou a cabeça de lado para poder enxergar melhor. O carro era um Jeep de modelo mais antigo, o mesmo que vira estacionado durante o dia. O motorista tinha óculos nada especiais, roupas normais e um corte de cabelo comum.

De repente, o homem encarou a lateral do prédio, mas não porque o tivesse notado observando. Ele se concentrou no carro velho da mulher.

Quando voltou a se virar, havia um ar de tristeza acentuada nele; os ombros penderam em sinal de derrota, os olhos mirando o chão e ali permanecendo. Demorou um tempo para dirigir-se à porta, como se tivesse que se preparar para enfrentar a mulher ali dentro.

A porta de trás do prédio se abriu de repente.

– Ah, é você – disse a voz feminina. – Veio dar uma olhada nele?

De seu posto de observação próximo, Daniel testemunhou uma máscara cobrir as feições do homem, tudo enrijecendo, a compostura substituindo o desolamento genuíno.

– Diga que você não tentou verificar seus sinais vitais – foi a resposta aborrecida.

– Claro que sim. Logo depois de ter feito uma cirurgia no cérebro dele.

Quando a mulher avançou um passo, a luz que saía do prédio iluminou metade do rosto, metade do corpo dela – e atraiu toda a atenção de Daniel. Ela era tanto comum quanto atraente de modo extraordinário, uma combinação preocupante: com os cabelos clareados pelo sol presos num rabo de cavalo, calças de corrida azuis e tênis preto e vermelho, ela poderia ser qualquer mulher perto dos trinta que se mantinha em boa forma, mas que não se preocupava excessivamente em combinar as roupas.

Havia algo a respeito dela, porém, algo intangível e incômodo pra cacete, que fazia Daniel olhá-la duas vezes. Toda vez que a via.

O veterinário cruzou os braços e franziu o cenho.

– O que está fazendo aqui?

– Tive que voltar para o escritório para terminar...

– Quer dizer que a sua mesa agora está na minha clínica? Jesus, Lydia, eu disse que viria vê-lo...

– Não voltei por causa do lobo, ok? Estou verificando o orçamento do próximo trimestre e esqueci um relatório que Candy tinha preparado para mim. Já que estava aqui, pensei em vir ver se ele estava bem... e ligar para você, caso não estivesse. Só isso.

Houve uma pausa.

– Eu só queria que você confiasse em mim.

Não, Daniel pensou. *Você só queria que ela o amasse.*

Da parte de Lydia, a mulher não só parecia não ter sentimentos recíprocos quanto parecia estar alheia aos dele.

– Qual é, Rick. Você me conhece. Se estou debaixo deste teto, acha que não vou dar uma espiadinha nele?

Rick desviou o olhar. Olhou de novo.

– Lamento ter descontado em você.

– Perdoado, esquecido. Mas se vai verificá-lo, quero ir com você.

– Poderia me lembrar, de novo, quando você foi para a faculdade de veterinária? – o homem murmurou resignado.

– O que posso dizer? A escola noturna é algo maravilhoso.

Quando os dois entraram no prédio, houve a batida da porta de tela se fechando e depois mais forte quando outra, mais sólida, também se fechou.

Daniel voltou a se erguer no beiral da janela alta.

Através do vidro, observou quando a mulher e o homem procederam até a porta pela qual ela passara antes.

Deixando-se cair no chão, ele ficaria ali só à espera de que eles voltassem.

E depois veria o que estava com vontade de fazer com eles.

Ao longe, o uivo de um lobo ecoou pela noite, entremeando-se pelos pinheiros, trafegando como que viajando pelo ar, como se tivesse asas, desde a garganta de um predador até os ouvidos de Daniel.

Ele abriu a alma para a canção assombrosa.

Era o seu som predileto em todo o mundo.

Capítulo 7

Na manhã seguinte, Lydia foi a primeira pessoa a chegar ao PEL. Ao abrir a porta da frente, o cheiro de queimado era inconfundível, mas não pronunciado, e ela rapidamente inseriu o código do alarme. Apressando-se para o escritório, acendeu as luzes e deu a volta na cadeira.

No chão debaixo da mesa, na travessa de metal, a torre do seu computador não mostrava nenhum sinal de vida mesmo estando com o fio conectado na tomada e tendo sido deixado ligado.

O cheiro pungente de plástico e metal derretidos a fez esfregar o nariz.

Sentando-se no carpete, fechou os olhos vermelhos e cansados. Estivera tão preocupada que um incêndio se iniciasse e se espalhasse pelo prédio inteiro que, depois que ela e Rick foram embora, decidiu ficar. Escondendo o carro atrás da garagem de equipamentos, acomodou-se para esperar a aurora. Seu saco de dormir a mantivera aquecida o bastante, mas as costas não apreciaram o banco do motorista como colchão.

E houve o monitoramento constante.

Antecipou que a qualquer instante acontecesse uma daquelas explosões de Hollywood, com chamas amarelas e laranja se espalhando em toda parte, a vida precária do lobo em perigo, sendo sua invasão de resgate o único motivo pelo qual ele sobreviveria.

Quando o véu por fim chegou, depois a aurora, ela se retirou do seu esconderijo e voltou para casa para um banho rápido, uma banana madura demais e uma fatia de torrada que a fez perceber que o empadão de frango ainda a esperava no maldito carro.

Que desperdício...

A tossida veio da porta e ela ficou atenta. Inclinando-se para o lado, olhou ao redor da mesa.

E corou como se sofresse uma insolação instantânea.

– Ah, é você – disse. – Bom dia.

Daniel Joseph cobriu a boca com o punho e tossiu de novo. Depois abanou o ar com a mão.

– Tudo bem por aqui?

– Meu, ah... – Deslizou para a cadeira e apontou para baixo da mesa. – O meu computador virou churrasco ontem à noite e se autodestruiu.

Daniel deu a volta com uma fluidez que parecia estranha devido ao seu tamanho e força, e quando se ajoelhou e puxou a travessa de metal, Lydia se aproveitou de um instante para inspirar fundo. Isso, o mesmo perfume. E enquanto tentava não farejar muito, ele tossiu novamente ao puxar o fio da tomada.

– Eu juro – disse ela –, o meu escritório não é sempre fedido. Não posso prometer nada a respeito do banheiro de morangos, porém.

– Tudo bem. – Ele puxou a bandeja para fora da mesa. – Não sou perito em computadores, mas acho que este aqui já era.

– Estava no último respiro já há algum tempo. Eu o coloquei na travessa um tempo atrás porque temia que...

Ele ergueu o olhar.

– Que exatamente isso acontecesse.

– ... que exatamente isso acontecesse. – Ela corou quando os olhos se encontraram. – Peguei no verde primeiro.

Daniel se acomodou nos calcanhares, equilibrando o braço no desktop.

– Pode me explicar o que isso quer dizer? De pegar no verde, o que significa?

– Bem, quando duas pessoas...

– ... dizem a mesma coisa...

– ... dizem a mesma coisa...

– … ao mesmo tempo – ele terminou. – Peguei no verde primeiro.

– Exato.

– E é isso.

– Agora que você mencionou, é parecido com a piada do seu primo Louie. Não faz muito sentido e não tem graça.

Ele sorriu muito de leve.

– Tio Louie.

– Desculpe. Tio. E não primo.

E, simples assim, o tempo desacelerou. E parou de vez.

Enquanto Lydia fitava aqueles incendiários olhos cor de um castanho esverdeado, teve um pensamento ao fundo de que Daniel era tão grande que seus rostos estavam no mesmo nível mesmo com ele apoiado em um joelho. Também soube que… se ele se inclinasse para a frente, e ela fizesse o mesmo…

Seus lábios se encontrariam.

Sai dessa agora, disse a si mesma.

No entanto, ficou bem onde estava – assim como Daniel. O que a fez imaginar se ele estaria com o mesmo pensamento.

– Como posso ajudar? – perguntou em uma voz rouca.

Lydia meneou a cabeça.

– Desculpe, eu… ah, com o computador? Não, está tudo bem. Quero dizer, não está. Agora virou uma escultura para o gramado, mas vou pegar outro para usar.

Quando sua voz sumiu, ela refletiu que as pessoas não costumam sustentar o olhar nos outros com muita frequência, não é? Pelo menos não assim.

– É um gramado muito feio.

– Hein? – Tentou acompanhar a conversa. – Ah, verdade. Fiz uma piada. Mas não se preocupe, não era engraçada.

– Eu não saberia dizer. – Mesmo assim, ele sorriu ao se pôr de pé. – Então, por onde quer que eu comece?

Pense numa pergunta com tantas respostas. E agora que Daniel voltava a ficar na vertical, foi impossível que os olhos de Lydia não viajassem corpo acima. Ele vestia jeans escuros de novo, outra camisa de flanela e a mesma jaqueta de couro preta folgada que deixara no banco ao lado na lanchonete na noite anterior. Porém, tudo parecia uma revelação. Não, uma revolução... na moda masculina.

Ok, estava perdendo o juízo.

– Como está a moto? – disparou.

– Boa, imagino. Estou esperando que Paul ligue e a traga para cá.

– Então veio a pé mesmo.

– Vim, sim.

Lydia franziu o cenho.

– Paul não está esperando que a UPS entregue a peça, está?

– Ele disse que um amigo estava de passagem e a traria.

– Que bom, assim as suas chances aumentam. – Lydia ergueu o indicador. – Um conselho: não pergunte sobre entregas para Candy. Dificilmente você sairá vivo dessa conversa. A esta altura, acho que a UPS nos evita porque eles têm medo dela.

– Boa dica, obrigado.

– E quanto a começar os trabalhos, as luzes de segurança não acendem – disse. – Na frente do prédio e em toda a lateral. Deixe que o leve até o prédio de equipamentos onde as lâmpadas estão guardadas. Também há um buraco no telhado ali que eu gostaria que você desse uma olhada. Mais tarde, podemos repassar o mapa das trilhas, e mostro onde estão as pontes quebradas. Estive na reserva no início da semana para fazer um levantamento. E, ah, o quadriciclo está com um vazamento no tanque de combustível – pelo menos é isso o que o xerife disse quando o rebocou ontem.

– Cuido de tudo.

Ela se levantou.

– Sabe, gosto muito mesmo do seu jeito.

Bem como da amplitude dos seus ombros, pensou consigo.

Ao dar a volta na mesa, tropeçou na ponta da bota de caminhada e Daniel a segurou pelo braço quando seu corpo se projetou para a frente.

– Você está bem? – ele perguntou quando seus olhos voltaram a se encontrar.

– Ah, estou bem, sim. – Deus, que cheiro bom era aquele...
– Obrigada...

Uma cabeça com cabelos curtos rosa apareceu pelo batente da porta. E parou ali.

Lydia recuou.

– Oi, Candy...

– Bem, eu ia perguntar o que estava pegando fogo...

– Daniel Joseph vai se juntar a nós como nosso zelador, começando hoje. – Lydia tentou sorrir enquanto também lançava sinais para que ela não completasse aquele comentário sobre fogo. – Peter o contratou ontem à noite.

– Contratou? Da sua poltrona em casa? – A mulher ergueu uma sobrancelha. – Multitarefa com a pipoca no colo enquanto surfa na Netflix? Puxa! Mas, então, o que estava queimando aqui?

Está bem. Candy precisava *muito* de um lembrete quanto ao decoro no escritório.

– Meu computador sofreu combustão espontânea – murmurou Lydia.

– Bem, o do senhor Wynne está livre. Pegue o dele. Porque, adivinha?

– Adivinha o quê?

– Ele não vem de novo. Acabei de receber uma mensagem de voz. – A mulher deu as costas. – Vou fazer café se alguém mais precisar.

Duas horas mais tarde, o sol estava quente nas costas de Daniel enquanto martelava pregos no telhado de cedro do prédio de equipamentos. A estrutura era grande o bastante para abrigar uma família de quatro pessoas, e até tinha uma cozinha embutida e um chuveiro. Também era um museu, um sítio arqueológico e uma loja de ferragens: havia potes cheios com todo tipo de prego e parafuso que ele já vira na vida; ferramentas desde as genéricas, como martelos e chaves de fenda, até outras mais obscuras – possivelmente de uso médico, até onde ele podia opinar. Também havia chapas de madeira, blocos de concreto, troncos de árvores aleatórios, duas escadas, três baús misteriosos – que ele ainda tinha que abrir – e a carcaça do motor de um Chevy, que parecia estar sendo usado para segurar copos.

Tudo estava coberto por uma camada de poeira, mas tudo ainda funcionava.

Bem, exceto pelo motor oco do carro, e, de novo, até isso talvez fosse funcional – os orifícios dos pistões estavam ocupados por copos de plástico com manchas vermelhas.

Então, encontrou o rolo de papel de piche de que precisava para tapar o buraco no telhado, bem como o combo de martelo e pregos necessários, e mais três telhas extras para substituir as que foram danificadas por uma tempestade.

O movimento foi percebido à esquerda, e Daniel parou no meio de uma virada, os olhos aguçados rastreando a invasão no seu campo visual.

Do outro lado do prédio dos escritórios, uma figura saiu para a luz do sol, cruzando para a balaustrada baixa, fitando o lago no vale além das árvores.

Seu corpo soube de quem se tratava antes mesmo que os olhos o informassem de que era Lydia Susi.

E isso era um problema.

Assim como o momento que tiveram junto à mesa dela. E aquele da noite anterior. E no instante em que a conheceu.

Enquanto seus pensamentos se transferiram para a imagem dela sentada na cadeira do escritório olhando para cima, para o seu corpo, ele não percebeu que abaixava o martelo. A boa notícia era que sua mente se desviou daquela secada que ela lhe dera. A ruim foi que trocou por uma preocupação com a mulher em si, enquanto Lydia se inclinava sobre a grade e continuava encarando ao longe.

A vista estava obscurecida – pelo menos a dela. A sua estava ótima, considerando que Daniel não estava nem um pouco preocupado com o lago bem abaixo, nem com a montanha do outro lado do vale. Não, a mulher era um cenário suficiente para ele; tudo, desde o perfil até os ombros e a curva da bunda, e as pernas compridas mais do que bastavam para que seus olhos se ocupassem. E Daniel concluiu que era uma pena que ela tivesse trocado as calças de corrida por um par folgado com bolsos laterais usado em trilhas.

No entanto, o humor também era algo a ser notado. Mesmo enquanto a brisa cálida brincava com as mechas loiras ao redor do rosto e os pássaros cantavam com alegria ao seu lado, Lydia ainda era uma imagem de conflito: era claro que disputava uma queda de braço mental com algo ou alguém. E ele ficou imaginando se seria consigo mesma.

Ela mentira ao dizer que colocara o computador na travessa dias antes. Ele a vira fazer isso na noite anterior.

Meio irônico que a estivesse espionando no momento em que ela mesma providenciava que seu computador se autodestruísse durante a noite.

Abaixando o martelo, desceu pela calha apoiado nas mãos e pés e saltou sobre a sarjeta, aterrissando no chão com um quique. Enquanto andava até o prédio principal, subiu os jeans e passou uma mão pelos cabelos. Suas botas eram pesadas, mas ele se certificou de que fossem silenciosas quando chegou aos pedriscos úmidos; passando para a grama, abaixou a cabeça enquanto atravessava diante das janelas da recepção, para que a recepcionista de cabelos rosa pensasse que estava ocupado com algo importante.

O que não era mentira.

Lydia o queria. Fisicamente, isto é. E ele usaria isso em proveito próprio.

Mas Daniel também a queria. Por isso teria que tomar cuidado – e, nisso, eram um par. Ele também se debatia por dentro.

Peguei no verde.

Ao chegar à varanda, continuou silencioso porque queria que ela permanecesse focada – desejava observá-la por um pouco mais de tempo. Também sentiu a necessidade de estar no controle – de ambos.

– Vê algo fora do lugar? – perguntou quando estava pronto.

Seu alvo se virou e levou a mão à base da garganta.

– Não ouvi você.

– Desculpe se me esgueirei.

– Tudo bem. – Lydia voltou a olhar para a vista. – Só estou agitada.

Daniel permaneceu em silêncio, dando-lhe espaço para dizer algo, qualquer coisa, estava curioso para ver como começaria a conversa.

Bem quando ela pareceu se perder na vista do lado de novo, ele deu um incentivo:

— É o que estava no jornal hoje cedo?

Ela se virou e ergueu os olhos através da luz do sol mosqueada, aqueles castanhos captando a luz dourada de modo que a íris ficou da cor do uísque.

Que adequado, pensou distraído. Um homem poderia se embebedar neles. Mas não ele. Ele poderia ficar alegrinho, mas, para Daniel Joseph, nada de se embriagar, muito menos de perder a consciência com isso.

— Eu vi na sala de descanso — murmurou. — A primeira página do jornal. Li a matéria sobre o andarilho que foi encontrado não muito longe daqui.

— Foi bem uns sete quilômetros reserva adentro.

— Como disse antes, pertinho. Comparando com a fronteira com o Canadá.

— Você não corre perigo trabalhando aqui, se é isso o que o preocupa.

— Não tenho medo.

Lydia o considerou por um momento e afastou uma mecha de cabelo do rosto.

— Talvez devesse. Lobos são animais selvagens. As regras deles são outras.

— Deixe-me corrigir a minha declaração. O medo é uma criação da mente. É uma ficção interna. — Ergueu as palmas. — Se você se recusa a acreditar nele, é fogo sem oxigênio. Uma faísca sem lenha.

Os olhos de Lydia voltaram para a vista da água e da montanha oposta.

— Você ainda não se deparou com o mal verdadeiro. E eu o felicito pela boa sorte.

— Você não está olhando para o lago, está? É aquela coisa na montanha, a construção.

— Uma abominação — murmurou ela. — Um verdadeiro soco no olho.

Daniel se juntou a ela na grade.

— Então é ali que o hotel vai ficar.

– Não se eu puder impedir. – Uma risada dura escapou dela. – Mas não posso.

– Esse, então, é o seu mal.

– Eles estão tirando o que não têm o direito de tirar – e antes que me diga algo do tipo "mas são donos da propriedade, podem construir o que quiserem", vou te parar aí mesmo. Eles estão envenenando os meus lobos na minha propriedade, o que é mais do que ilegal.

– Assassinato de animais em primeiro grau?

Olhos raivosos se viraram para Daniel.

– Você acha que isso é engraçado?

– Não tenho senso de humor, lembra? E não estou expressando uma opinião, estou apenas tentando esclarecer a sua. Não me envolvo em assuntos que não me dizem respeito.

– Bem, às vezes você tem que se envolver porque é o único jeito de conseguir dormir com a consciência tranquila. – Lydia pigarreou. – Ou imagino que você possa passar pela vida sem se conectar a nada, flanando acima de tudo enquanto pula de um lugar a outro. Eu diria que esse tipo de isolamento não lhe faz companhia, mas, sim, o mantém entorpecido. Mas o que é que eu sei, certo?

A porta de correr se abriu atrás deles, com a recepcionista de cabelos rosa se inclinando para fora.

– Lydia, o diretor executivo está aqui e quer vê-la no escritório dele.

– Peter está aqui? – Surpresa se fez no rosto da sua mulher. – Pensei que ele não viria.

Não que ela seja sua, Daniel observou para si mesmo.

– Surpresa, surpresa. E ele quer uma audição real com você, sua sortuda.

Lydia abaixou a cabeça e entrou. Quando ela fechou a porta de correr, ele pensou que fosse olhar para trás. Não olhou.

Deixado a sós, Daniel estreitou o olhar para o local da construção do outro lado do vale.

Se ao menos ela soubesse da verdade, pensou com um sorriso reservado. Os lobos eram mais do que assunto seu para se preocupar.

Mas precisava manter isso para si durante toda a sua estada. Em especial, de alguém como Lydia.

Capítulo 8

LYDIA PASSOU PELA PORTA aberta do escritório de Peter Wynne. Bateu no batente e esperou que o homem erguesse o olhar do telefone.

Enquanto isso, observou o topo dos cabelos claros. Ele os mantinha curtos e numa divisão lateral rígida, passando fios por cima de partes que começavam a rarear, apesar de ainda não ter chegado aos quarenta. Do mesmo modo, o resto parecia envelhecer prematuramente, o blazer azul-marinho com calças de flanela cinza, a camisa social com gravata fina não eram o tipo de roupas que alguém da geração dele usava.

Era como se alguém o tivesse despejado no presente saído direto de uma Men's Warehouse[4] de 1987.

Praguejando, ele bateu o celular com a tela para baixo e olhou para cima através dos óculos de armação de metal – surpreso ao vê-la ali.

– Jesus! Não apareça de fininho assim.

Ela ergueu as mãos.

– Desculpe, mas você pediu para me ver.

– Não, não pedi.

Ah, Candy.

– Bem, já que estou aqui, preciso da sua assinatura no contrato do funcionário novo...

– Assine por mim.

Lydia franziu o cenho.

4 Men's Warehouse é uma cadeia de lojas especializada em vestuário masculino. (N.T.)

– A minha assinatura não tem autorização para...

– Meu nome. Assine por mim. – Ele fez um gesto de dispensa e voltou para o celular. – Agora, se me der licença, estou ocupado.

Lydia relanceou para trás de si. Depois fechou a porta. Ele digitava rápido uma mensagem, os dedos voando pela tela.

Quando voltou a erguer o olhar, franziu o cenho como se estivesse confuso. Como se tivesse perdido a noção do tempo, ou esquecido que a dispensara.

– O que agora?

– Você está bem? – perguntou Lydia. – Sei que não nos conhecemos fora do trabalho, mas é evidente que algo está acontecendo.

Peter Wynne inspirou fundo, do modo como as pessoas fazem quando querem ser deixadas sozinhas e sabem que se berrassem a plenos pulmões o efeito seria contrário.

– Estou bem. – Seus olhos voltaram para o celular. – Só estou ocupado me preparando para a reunião do Conselho do mês que vem.

– Então você viu as finanças?

Quando Peter só voltou a digitar, Lydia se aproximou da mesa, plantou as mãos no tampo e se inclinou na direção dele.

– A última vez em que esteve aqui um dia inteiro foi há um mês. Não preciso dos detalhes e não necessito de uma explicação... o que quero é ou uma carta de demissão ou um comprometimento com esta organização. Você é o diretor executivo...

Dessa vez, a imprecação foi exausta.

– Não tenho tempo mesmo para isso agora...

– Não se trata do que você precisa. É sobre tudo o que não pode acontecer aqui, a menos que deixe este lugar ou dê um jeito em si mesmo. Esta organização precisa de um líder e você é quem está no carimbo do PEL. Algo tem que mudar e eu estou lhe dando uma oportunidade de tomar uma decisão antes que eu a tome no seu lugar.

– Você não pode me demitir.

– O Conselho pode. E eles não sabem das suas ausências porque tenho feito o seu trabalho. Isso pode mudar com um telefonema.

Peter voltou a abaixar o celular. E quando se recostou na poltrona, houve um rangido.

– Tudo bem, assino a documentação do contrato de trabalho se o trouxer agora. Depois tenho que ir.

Lydia encarou o homem. Ele tinha emagrecido e já fazia um tempo que não cortava os cabelos. Um lado do colarinho não estava abotoado e havia uma mancha na gravata.

– Jesus Cristo – ele estourou. – Qual é o seu problema?

– Você está com medo – ela se ouviu dizer. – O que está acontecendo, Peter?

– Saia. Saia agora. – Ele levantou a voz. – Estou falando sério, Lydia. Você e eu nunca tivemos um problema antes, mas se não me deixar em paz, teremos um bem grande.

Endireitando-se devagar, ela meneou a cabeça.

– Vou procurar o Conselho. Só para deixar tudo bem claro entre nós. Isto não pode continuar.

– Nisso você tem razão – murmurou ele ao verificar o celular outra vez e se levantar.

– Então quer que eu faça isso para que você seja demitido?

– Não tenho tempo para discutir com você. Assine aquela merda por mim... E saia do meu caminho.

O homem deu a volta na mesa e passou por ela, o ombro batendo no seu. E foi nesse momento que ela sentiu seu cheiro. Ele não tomava banho há dias.

Abrindo a porta, saiu apressado. Na recepção, Candy lhe disse algo, mas não houve resposta. Ou talvez tivesse havido apenas algum resmungo que ela não conseguiu ouvir.

O telefone na mesa de Peter tocou e Lydia se sobressaltou. No segundo toque, ela se esticou e o tirou o gancho.

– Alô? – disse.

Houve um período de silêncio.

– Alô? – repetiu.

Clique.

Desligando, foi para a janela da recepção. Enquanto Candy desviava o olhar de uma planilha com nomes, um Mercedes branco, que Lydia nunca vira antes, saiu apressado do estacionamento, fazendo pedriscos voarem.

— Vou sentir saudades dele — murmurou Candy. — Como sinto das moscas de junho.

Lydia a fitou. Pigarreou.

— Você acabou de passar uma ligação para o telefone do Peter?

— Ah, ok. Era da bunda dele, pedindo que realocasse a cabeça para o lugar ao qual pertence. Está muito abarrotado lá embaixo, muito escuro e...

— Estou falando sério. Alguém ligou para ele?

Candy franziu a testa.

— Não, mas ele tem uma linha direta.

Com um mau presságio, Lydia voltou para o escritório do homem. Avaliando ao redor, viu os três diplomas na parede. A disposição dos equipamentos de escritório sobre a mesa. A fila de livros nas prateleiras. O mancebo para casacos que tinha um cardigã lentamente se distorcendo por estar pendurado num gancho pela etiqueta no colarinho.

— Por que você veio aqui hoje? — murmurou ao encarar a cadeira dele. — O que estava procurando...

— O que está fazendo? — Candy perguntou da porta.

Lydia respondeu distraída:

— Vou ficar aqui dentro um tempinho. Não quero que ninguém entre.

— Rick é o único por perto.

— Nem o Rick.

A expressão de Candy se congelou.

— O que está acontecendo, Lydia?

— Vou descobrir.

Enquanto o sol baixava no céu, Daniel enfim guardou o martelo onde o encontrou no prédio de equipamentos. Num lugar aleatório sobre a bancada de trabalho, que tivera uma vida árdua. Mais alguns nacos arrancados do tampo e só Deus saberia o que aquilo era.

Quando se virou, parou.

– Não a ouvi.

A mulher que estivera na sua mente a tarde inteira estava parada na porta aberta, o sol se infiltrando por trás dela. Como se reluzisse.

– Acho que dois podem participar desse jogo de chegar de mansinho. – Lydia mirou o piso de concreto. – Bem, eu vim para...

– Posso fazer uma pergunta?

Ela pareceu hesitar antes de erguer o olhar de novo.

– Claro. Não sei se posso responder, mas vou tentar.

– A luz do sol sempre te encontra?

A cabeça dela se moveu um pouco para trás, como se ele a tivesse surpreendido.

– Desculpe... o que disse?

Esticando-se ao longo da bancada, Daniel pegou um tecido vermelho. Estava manchado, mas não tanto quanto os outros. Enquanto esfregava as palmas, demorou o tempo que quis na tarefa.

– Só estou imaginando. – Deu de ombros. – Na varanda e agora, aqui? Parece que o sol gosta de você.

Daniel não olhou para trás porque queria que ela tivesse aquele momento e sabia que, caso fizesse contato visual, Lydia se sentiria compelida a dispensar seu comentário. Mudar de assunto. Seguir em frente.

– Não sei bem como responder a isso – sussurrou ela.

– Você não tem que dizer nada.

– Foi uma pergunta.

– Mais para retórica, na verdade. – Nesse momento, ele a olhou. – Desculpe se tornei a situação meio embaraçosa.

– Não tornou.

– Está mentindo. – Deu de ombros de novo. – Mas parece que sou eu quem lhe deve um pedido de desculpas. Estou forçando todo tipo de limite, não? Não sou um canalha, prometo.

– Sei que não é.

– Não, não sabe. Mas vou provar para você. – Deixou metade da boca se erguer num sorriso. – Acho que não estou acostumado a isto.

– A quê?

Ele abaixou as pálpebras.

– Quer mesmo que eu responda?

Ela pigarreou e apoiou as mãos no quadril.

– Não, e acho que talvez seja melhor para nós que não faça isso. De todo modo, vim aqui para pedir desculpas pelo modo como agi na varanda. Não tenho o direito de fazer qualquer tipo de insinuação sobre você ou sobre a sua vida. Deixei que a frustração levasse a melhor, e isso não só é injusto, como não é profissional. Então, me desculpe.

– Não se preocupe com isso.

– Não, de verdade.

– Nem me lembro direito do que disse, para ser franco. – Abaixou o pano. – Não sou muito bom nisso de memória recente e, sim, talvez seja por conta de eu ser um andarilho.

– Eu não o julgo – Lydia respondeu com sinceridade no olhar.

Deus, ele podia aguentar ser olhado daquele jeito por um tempo. Por ela, mais especificamente.

– Tudo bem se você me julgar. Não leve isso a mal, mas eu não ligo para o que as pessoas pensam de mim. – Quando um sentimento estranho vibrou em seu peito, ele apontou para cima. – A respeito do telhado. Desculpe se o conserto me tomou tanto tempo. Depois que encontrei o estrago mais óbvio, descobri um monte de telhas soltas do lado norte – acredito ser de onde vêm as tempestades. As lâmpadas foram trocadas no prédio principal e na segunda estarei de volta para começar os reparos das pontes. O tempo vai estar bom... o quê?

– Hein? – disse ela, distraída.

– Você está com a testa franzida.

– Estou? – perguntou. – Na verdade, só estou aliviada que você tenha tido algum progresso em qualquer coisa por aqui. Tudo me parece tão... intransponível no momento. Mesmo uma lâmpada nova é um milagre para mim.

As mãos dela tremeram um pouco quando as ergueu para o rosto. Pressionando-as contra os olhos, parecia tentar arrancar algo.

– Dia longo? – perguntou Daniel com suavidade.

– Todos têm sido assim nos últimos tempos.

– E por quê?

– É como sempre foram. – Os olhos dela se desviaram para o prédio principal. – Sabe, isso me faz pensar em algo que o meu avô sempre dizia, "a realidade é uma moeda". Tem uma cara e uma coroa e você só consegue enxergar um lado de cada vez.

– O que, na verdade, não está claro para você?

– Ah, não importa. – Fez um gesto de dispensa no ar para minimizar as palavras. – Já tem um lugar para ficar na cidade? Para quando você voltar, quero dizer.

– Tenho algumas dicas.

– Já conheceu a Shirley? Da imobiliária Walters? Se precisar de referência, fico feliz em ajudar.

– Mesmo que eu esteja apenas flanando pela vida?

Lydia corou.

– Pensei que não se lembrasse.

Ele deu de ombros uma vez mais.

– Não quero lembrar o que você disse. Que tal assim?

– Eu insultei você, então.

– Não, você hesita. E não gosto de algo que hesita.

Quando as sobrancelhas dela se ergueram, Daniel se descobriu sentindo o mesmo tipo de surpresa.

– Não acabei de dizer isso – murmurou ele.

– Não?

– Não. – E balançou a cabeça enquanto a fitava. – Não disse.

Lydia desviou os olhos. Voltou a olhar.

– Daniel Joseph, nunca Dan, suspeito que as águas que correm aí são muito profundas.

– Posso fazer outra pergunta?

– Claro. Vá em frente.

– Qual é a verdadeira política quanto aos funcionários do Projeto de Estudo dos Lobos jantarem juntos? – Levou as mãos à frente. – Não estou falando de você. Quero saber se posso levar Candy para jantar. Acho que ela é solteira e estou otimista quanto à semana que vem.

Lydia começou a sorrir.

– Você terá que ver com o pessoal do RH quanto a isso.

– Quem é o RH?

– Acho que sou eu. Considerando que o nosso diretor executivo anda um tanto distraído nestes dias.

Daniel deu um passo à frente, apenas porque seu corpo queria estar próximo ao dela.

– Então, senhora RH. Posso levá-la para jantar ou não?

O rubor que a atingiu na face era bom, a cor acentuava as bochechas... a coluna do pescoço... os lábios.

– Pensei que isso se referia a Candy.

– Menti porque estava tentando não ser óbvio. Dessa forma, se não fosse permitido não passaria vergonha com você.

– E mesmo assim, você expôs as suas intenções.

– O que posso dizer, não sou um bom mentiroso. – Moveu a mão no ar. – Então, o que me diz? Só jantar. Nada mais – e pode ser num lugar público, também. Você sabe, para o caso de eu ser um galanteador.

– Você é um galanteador?

– Não, não sou. – Apontou para a motocicleta. – Tenho a minha identidade de "não galanteador" na minha carteira logo ali.

– Não sabia que existia uma entidade governamental que lida com a liberação de galanteadores.

– Existem todos os tipos de agências para todos os fins, como essa.

– Ah. Quanto mais se sabe... – Apontou com a cabeça para a moto. – Quer dizer que Paul cumpriu sua palavra?

– Isso. E você considere o convite para jantar, mas não este fim de semana, claro. Tenho que ir buscar minhas coisas, não que eu tenha muitas.

– O minimalismo é pouco valorizado. – Ela riu. – Sou engraçada.

– Eu não saberia. – Inclinou-se para perto. – Mas aceito a sua palavra.

Os olhos de Lydia abaixaram – para a boca – e depois voltaram rápido para o olhar dele.

– Daniel...

Ele mostrou as palmas.

– Espere. Sei o que vai dizer.

– E o que seria?

– Que você não quer complicações. – Deu de ombros. – Mas, veja, isso é o bom dos andarilhos. Também não estamos atrás de nada sério.

– Então por que começar com um jantar?

– Considerando os seus estudos em biologia, estou surpreso por ter que explicar como o corpo humano funciona. Você sabe, consumo de alimento, a conversão de gordura, carboidratos e proteínas em energia? É algo necessário à vida. – Quando ela lhe lançou um olhar, questionou: – Quer que eu pegue uma lousa e uma caneta? Talvez alguns diagramas possam ajudar...

– Muito bem, viu? Você já mentiu uma vez para mim.

– Menti?

– Você tem, sim, senso de humor.

Quando alguém saiu pelos fundos do prédio, ambos olharam para o estacionamento. Aquele veterinário, Rick, empurrava os óculos mais para cima do nariz aquilino. Quando percebeu que estava sendo observado, olhou na direção deles e desacelerou as passadas.

Depois abaixou a cabeça e foi para seu carro.

– Tenho que ir falar com o Rick, espere.

Com passos leves, trotou e interceptou o Jeep na ré. Inclinando-se enquanto a janela do motorista era abaixada, ela trocou algumas frases com o homem. Em seguida, assentiu e recuou um passo, acenando para o cara.

Está totalmente apaixonado por ela, Daniel pensou.

Soube pelo modo com que o carro não se mexeu enquanto Lydia voltava para o prédio da manutenção. Porque, quando enfim o motorista acelerou, saiu com velocidade. E Daniel estava disposto a apostar que os olhos do veterinário estavam grudados no espelho retrovisor enquanto descia o caminho.

– Vou voltar para o escritório – disse ela. – Já vai embora?

– Sim, eu gostaria de voltar logo para Glens Falls.

– Tudo bem. Nos vemos na segunda-feira. Cuide-se.

– Sempre.

Ela se virou. Virou de volta.

– Não posso jantar com você, lamento. Simplesmente, não... não pareceria certo. Não sou sua chefe, mas somos uma organização pequena... entende?

– Com toda certeza – murmurou ele. – Você é profissional e respeito isso.

Com um aceno, como se tivessem chegado a uma posição negociada, tão obstinada quanto uma parede de tijolos, ela ergueu a mão e murmurou uma despedida.

Daniel a observou ir. E teve certeza de que Rick recebeu essa mesma mensagem em algum momento. Explicava o anseio no rosto dele.

Se Daniel fosse um cara diferente, teria entendido como o outro se sentia.

Que bom que não tinham nada em comum.

Capítulo 9

De volta ao interior do prédio principal, Lydia se aproximou de Candy, que vestia o casaco.

— Ei, o Daniel preencheu a papelada para entrar na folha de pagamento?

— Claro que sim. Já coloquei tudo no sistema.

— Ah, que bom.

— Quer saber o que ele informou? — Candy ergueu uma sobrancelha. — Por motivos puramente profissionais, é claro.

— Não é da minha conta...

— Ele tem 28 anos. Seu endereço de correspondência fica em Glens Falls. Não há nenhum contato para emergência listado e nenhum parente. Existem quatro "quatros" no seu número de CPF – não sei bem o que isso significa, mas é o meu número favorito, por isso considero um bom sinal. E, ah, verifiquei com o banco. Você não sacou o seu contracheque mesmo tendo ido à cidade na hora do almoço. Então, concluo que é assim que vamos conseguir pagar o salário dele?

Lydia abriu a boca. Fechou de novo.

A mulher ajustou a bolsa no ombro.

— Isso não é certo. Você também tem contas para pagar.

— Talvez eu apenas não tenha conseguido ir ao banco.

— Claro. E este cabelo rosa convence a todos de que não faço parte da AARP.[5]

---

5 AARP é um grupo de interesse com sede nos Estados Unidos que se concentra em questões que afetam pessoas com mais de cinquenta anos. Segundo a organização, ela contava com mais de 38 milhões de associados em 2018. (N.T.)

Lydia teve que sorrir. O suéter do dia era cor de lavanda com uma fileira de borboletas ao redor do colarinho e dos punhos. Debaixo da parca da mulher, era como se a primavera tentasse se libertar do peso do inverno. Uma metáfora feita de lã.

— É por isso que tingiu suas mechas sedutoras? – perguntou.

— Sedutoras? Isso é sério? – Candy deu de ombros e seu olhar se distanciou. – Não sei, às vezes... você só não quer olhar para si mesma. Mesmo que seja por um punhado de dias e por algum motivo idiota. Considerando-se que estou para voltar para casa sozinha para alimentar meu gato e decidir qual prato pronto congelado colocar no micro-ondas, acho que dá para entender o motivo de eu querer uma mudança.

— Ah, Candy...

Um indicador se ergueu em riste. Depois, ela levou a palma para trás do ouvido.

— Pedi compaixão? Acho que não. Estou bem contente com as minhas escolhas. Não tenho que lavar a roupa de mais ninguém, sempre sei o que há ou não na minha geladeira e o controle remoto é meu. Há muitas mulheres em todo o país que adorariam tudo isso.

— Juro que não senti pena. Acredito que ser independente é muito importante.

— Que bom. Mas você ainda vai ter que retribuir.

— Pelo quê?

— Por colocá-la como contato de emergência do nosso novo zelador – e não me olhe assim. Primeiro, não estou bancando a casamenteira e, segundo, é política da empresa. Todos precisam ter um, e eu teria listado Peter, mas ele anda por aqui? Portanto, foi você. Agora meu horário de trabalho já acabou e não vou mais falar sobre isso até segunda-feira às oito e meia da manhã – bem, talvez uns minutos depois, se eu acabar atrás do caminhão do Miser de novo.

— Candy. Não acredito que não esteja bancando a casamenteira.

— Nada de conversa de trabalho até segunda...

— Você fez uma numerologia com o número de CPF dele...

– Só fiz uma observação.

– Você disse que era um bom sinal.

Ela deu de ombros.

– Não posso ajudá-la. Até segunda de manhã, não vou falar sobre trabalho e vocês dois são trabalho.

– Motivo pelo qual não podemos namorar...

– A-há! – Aquele indicador voltou a aparecer. – Eu *sabia* que você gostava dele.

– Espere... o quê? Não gosto dele. Quero dizer, a não ser por ser outro ser humano.

Candy gargalhou.

– Vi como você olha para ele. E ele também.

Lydia abriu a boca. Fechou. Sentiu como se estivesse num navio afundando – ou talvez já estivesse no fundo do mar.

– Não sei o que dizer. – Continuou falando rápido antes que Candy explicasse e ela ouvisse coisas demais sobre tudo aquilo que todos tinham notado. – Mas o que quero é perguntar se você tem a lista dos convidados. Para a angariação de fundos do mês que vem. Eu ia envelopar os convites e endereçá-los no fim de semana e, sim, sei que você já não está mais trabalhando, mas pense no quanto facilitarei o seu trabalho se cuidar de tudo isso para você.

– Hum... – Candy pressionou os lábios rosados. – Você está testando a sua sorte, não? Acabei de bater o ponto, mas você vai me poupar bastante trabalho. Hum...

– Existe mesmo uma escolha?

Candy voltou para trás da sua mesa e pegou uma pasta.

– Se esperar até segunda-feira, eu ajudo. Se fizer antes disso, fica por conta própria. Esta é a lista principal. Quinhentos nomes.

– Aceito a responsabilidade com total conhecimento dos obstáculos que enfrentarei.

Quando Lydia foi pegar a lista, Candy a tirou do seu alcance.

– Você tem Band-aids?

– Para quê?

– Você não faz ideia dos cortes de papel. E não lamba. Use isto. – Abriu a gaveta de cima e jogou uma cola. Depois transferiu a posse da pasta. – *Seinfeld* era engraçado e tal, mas os cancerígenos existem de verdade e, sim, usei tinta vegetal para tingir meus cabelos. Não me julgue. Na verdade, pegue dois bastões, para o caso desse acabar. E os envelopes estão na sala de suprimentos, em cima da caixa de convites. Ainda não imprimi as etiquetas, mas estão no e-mail que enviei ao Conselho para a revisão final. Você foi copiada. As etiquetas são as da Avery, que sempre usamos para os materiais das reuniões do Conselho.

– Você tem tudo organizado.

– A angariação de fundos está logo aí e precisamos do dinheiro. Posso até fazer a parte do Peter na noite se ele não puder, só para trazer alguma grana para casa. Colocamos aquele cardigã horroroso dele em mim e eu tinjo o meu cabelo da cor do desespero da meia-idade.

– Pensei que ele era loiro.

– Ele é. Um tom lamentável.

Lydia teve que rir.

– Tenha um bom fim de semana.

– Você também. – Candy dirigiu-se à porta. Parando, olhou para trás. – Escuta, se ele te convidar para sair, aceite.

– Peter? – Lydia se retraiu. – Jamais…

– O nosso novo zelador. – Numa voz mais baixa, ela disse: – A verdade é que ninguém quer ser como eu, e você já tem muito em comum com a minha vida, e numa idade muito mais jovem do que eu tinha quando tirei o pé do acelerador e pus no freio. Aceite, Lydia. Não vai se arrepender.

Antes que pudesse haver qualquer outra argumentação – ou mais assuntos de RH recebendo um "de jeito nenhum" –, Candy escapou dali e fechou bem a porta.

Em circunstâncias normais, e por razões óbvias, Lydia teria dado seguimento à conversa até o estacionamento. Mas depois da noite passada no carro, da situação com Peter e da realidade de que Candy era capaz de dar nó até mesmo em Deus, uma reação de se dar por vencida ficava bem próxima do instinto de sobrevivência.

Voltando para os fundos, Lydia entrou no escritório do diretor executivo e se sentou atrás da escrivaninha. No computador dele, carregou seu e-mail no navegador, encontrou a mensagem de Candy sobre as etiquetas, e abriu o arquivo. Na sala de impressão, colocou o papel na impressora e retornou ao escritório, acionando o início do processo.

Do outro lado do corredor, o barulho da máquina funcionando foi suave, laborioso, e ela o usou como música de fundo enquanto começava a se infiltrar no computador de Peter. Reservou os assuntos tecnológicos para as horas extras porque, considerando o que fizera na noite anterior, não estava com pressa alguma de que as pessoas soubessem o quanto era habilidosa com um teclado.

Olhou tudo no hard drive: todos os arquivos, tudo o que ele apagara, o histórico de busca na internet, o que estava no calendário desde cinco anos antes.

Enquanto mergulhava naquilo, teve a sensação de usar luvas de um receptor numa partida de beisebol, pronta para a bola, para a resposta.

E ela sabia qual seria.

Tinha esse sexto sentido.

Cerca de uma hora mais tarde, depois que o sol se pôs e a impressão das etiquetas terminara há muito, uma batida reverberou na porta da frente do prédio. Em seguida, silêncio. Para o som exigente ser retomado na sequência.

Erguendo-se, subiu o zíper do blusão até a garganta. E desejou que fosse à prova de balas.

Não que estivesse paranoica nem nada assim.

Claro.

Ao seguir para a recepção, sentiu que havia sombras em toda parte, mesmo com todas as luzes acesas. E, ao relancear pelas janelas da sala de espera, as luzes ativadas pelo movimento deveriam tranquilizá-la. Não tranquilizaram.

Ela não conseguia ver quem estava do outro lado. E não havia luzes no estacionamento.

Se Candy tivesse voltado porque se esquecera de algo, ou se Peter resolvesse aparecer, eles teriam a chave. E Rick teria entrado pelos fundos se tivesse voltado para examinar o lobo, que continuava vivo por um fio.

Aproximando-se da porta, considerou a ideia de fingir que não estava no prédio, mas como isso daria certo com seu carro logo ali?

– Senhorita Susi? – uma voz grave a chamou do lado de fora.

Lydia se adiantou e abriu a porta.

– Xerife?

Eastwind tirou o chapéu e se curvou de leve. Em seu uniforme, e com aquela expressão séria, ela acreditou que fosse algemá-la, colocando-a no banco de trás do carro. E depois? *Orange is the New Black*. Por, talvez, dez anos? Ou mais?

– Encontrei com a Candy na lanchonete – disse ele – e ela me disse que talvez você ainda estivesse aqui. Posso entrar?

– Por favor. – Abriu passagem ao recuar um passo. – Como você está? *Mais importante, como eu estou? Sou uma criminosa ou...?*

– Bem, obrigado. Você está trabalhando até tarde.

– Somos só cinco aqui no PEL. – *Bem, quatro que aparecem no trabalho*. – Alguns dias acabam se estendendo.

– Sei bem como é isso. – Ele olhou para a mesa de Candy. Para o escritório de Lydia. Verificou a sala de espera. – Eu gostaria de lhe pedir ajuda. E, para que fique claro, não estou com um mandado nem nada assim.

– Claro. Do que precisa?

– A sua reserva tem câmeras afixadas, correto?

Bingo!, pensou ela.

– Sim, temos.

– E por quanto tempo guardam as imagens?

– Para sempre. – Quando ele pareceu surpreso, ela assentiu. – Não é como as câmeras de segurança em negócios e lugares públicos. Precisamos dos dados por objetivos científicos. Tudo fica mantido na nuvem.

Eastwind meneou a cabeça.

– De onde venho, nuvens fazem chover. Bloqueiam o sol. A lua. Não sirvo para esta época.

Ela sorriu, embora o coração estivesse acelerado.

– Existem vantagens na tecnologia. E isto se refere ao andarilho, certo?

– Sim, isso mesmo.

– Eu ficaria contente em lhe dar uma cópia da filmagem do Espinhaço Granite Norte. Quer que recue três dias? Quatro?

– Quatro seria o ideal. Não sabemos exatamente quando o ataque aconteceu.

– Pode não ter sido um lobo, sabe? – Quando ele emitiu um murmúrio de dispensa, Lydia tentou dar de ombros com casualidade. – Enviarei os arquivos em seguida. Só preciso de um endereço de e-mail e você receberá um Dropbox.

– Um Dropbox?

– Uma forma de compartilhar documentos pesados.

– Ah. Que ótimo.

Lá na montanha, o homem estava no comando. Ali dentro? Ele era desajeitado de uma forma que até seria engraçada – se não fosse pelo fato de estarem falando sobre a filmagem que ela obstruíra da justiça.

– Já vou avisando – disse – que as nossas câmeras são limitadas. Só conseguem captar parte de cada localização e elas se movem por um sistema de posicionamento. É possível que não tenhamos nada no vídeo.

– Ainda assim é mais do que temos no momento.

– Muito bem, só estou aqui imprimindo umas etiquetas, aí posso enviar os vídeos antes de ir embora. – Pegou um bloco de notas e uma caneta de um potinho de Candy. – Qual é o e-mail?

– Pegue este cartão. – Ele pegou um no bolso de trás. – Está aqui embaixo.

Lydia pegou o que lhe foi oferecido.

– Então… já identificaram o homem?

– Não, ainda não. Mas iremos.

– E encontraram um carro? Nos inícios das trilhas ou algo assim?

– Ainda não.

– Então, como ele chegou à propriedade? Andarilhos têm que começar as trilhas por algum lugar. A menos que tenham atravessado o vale vindo de outro lugar... como do hotel.

– Esta é uma investigação em andamento e não posso comentar.

Ela apoiou as mãos no quadril.

– Mostrou a foto dele no hotel? O que disseram?

– Olha só, senhorita Susi, você sabe qual vai ser a minha resposta...

– O que havia na mochila?

– Como é? – Os olhos escuros se estreitaram.

Merda. Talvez tivesse se denunciado.

– Bem, se ele era um andarilho, devia ter uma mochila, certo? Alguma chance de haver pedaços de carne envenenada nela? – Quando o xerife só a encarou, ela balançou a cabeça. – Aquela cadeia de hotéis não faz parte da nossa comunidade. Por que os protege? E, por favor, não me venha com "investigação em andamento". Isso não cola comigo.

O xerife inclinou a cabeça. E voltou a colocar o chapéu.

– Obrigado pela sua ajuda. Aguardo os arquivos.

E quando o homem lhe deu as costas, Lydia disse:

– Quanto isso ainda vai durar? Quanto você vai deixar passar?

O xerife saiu em silêncio e fechou a porta sem fazer barulho.

– Maldição – murmurou Lydia.

Virou-se e foi para os fundos das instalações, passando pelo escritório de Peter. Na parte dedicada à clínica, empurrou a porta da sala de exames. Quando sua respiração parou, abraçou-se.

O lobo estava de lado, com uma máscara de oxigênio cobrindo o focinho, o flanco subindo e descendo.

Ela ficou na soleira, sentindo uma raiva sem fim.

Quando recuou, tomou cuidado para que a porta não fizesse nenhum barulho ao se fechar. Marchou de volta ao seu escritório e pegou o celular. Procurando o que precisava na internet, fez uma ligação e esperou começar a tocar...

– Redação da WNDK. Como posso ajudar? – uma voz masculina sucinta disse.

CAPÍTULO 10

Esquina da 12ª Avenida com Rua Market
Centro de Caldwell

AH, A MALDITA RESSACA DE um dia mal dormido, Xhex pensou enquanto se recostava, com dor de cabeça, na parede mais distante da boate. Mas que raios, estava mais para vários dias.

Em toda a sua volta, humanos cortavam, deliberadamente, seus laços com a realidade, usando drogas, álcool e orgasmos com desconhecidos, para extinguir a queimação de suas vidas corriqueiras. Quer trabalhassem em empregos de merda ou para pessoas que odiavam... ou estivessem em relacionamentos fodidos... ou preocupados com um pai doente... ou o que quer que fosse o motivo pelo qual reclamassem, aqui eles conseguiam se libertar de todo o peso que os oprimia.

Como *symphato*, Xhex conhecia os detalhes de tudo o que eles evitavam. Tudo bem, não sabia nomes e aniversários, mas as emoções estavam à disposição do seu consumo, seu lado maligno alimentando-se dos sentimentos tóxicos que moviam os humanos, que os definiam... e que, no fim, ameaçavam destruí-los.

Embora, claro, talvez houvesse pessoas ali comemorando algo, uma formatura, uma promoção, um apartamento novo ou um relacionamento. Mas os bons sentimentos não eram alimento para ela, por isso excluía as alegrias.

E ia atrás dos acidentes de carro.

Em retrospecto, talvez fosse pelo modo como sua própria vida estivesse nos últimos tempos. Ela bem sabia que estava perto de se estilhaçar.

– A tristeza adora companhia – murmurou enquanto seu fone continuava a borbulhar relatos.

Blasphemy era uma boate nova, parte do portfólio de empório de Trez Latimer que servia a todo tipo de consumo de produtos legalizados – e não tão legalizados assim. Ele agora gerenciava quatro, e cada um tinha uma atmosfera diferente. Este, apesar do nome, não tinha um tema antirreligioso, embora fosse pintado de preto e vermelho e tivesse muitos detalhes góticos. A clientela era bem *steampunk*, que, para o seu gosto, era muito melhor do que o glamour dos lábios cheios de Botox.

Mas ninguém pediu a sua opinião.

Melhor assim.

Seus olhos vasculhavam o ambiente de modo automático, seus instintos entremeando-se pela multidão na pista de dança, no bar, junto aos banheiros, sempre à procura de brigas que pudessem acontecer e drogas que estivessem sendo negociadas e usadas com muita obviedade, e penetrações de fato acontecendo.

Eles podiam se pegar o quanto quisessem. Mas não podiam...

– Alex?

Ao som da voz masculina, ela virou a cabeça. T'Marcus Jones era um humano com físico de boxeador peso-pesado e, embora fosse um contratado novo, não foi difícil respeitá-lo. Ele era ponderado, não reativo e tinha tantos músculos que, caso precisasse brigar, venceria. Mesmo que a briga acabasse sendo uma de solo.

E, ah, Alex Hess era o nome humano que ela sempre usara em Caldwell.

– O que foi? – perguntou.

– Temos um cara fumando no corredor dos fundos. – T'Marcus apontou com a cabeça na direção dos banheiros. – Fui lá pedir que ele saísse...

O humano fez uma careta e esfregou a testa como se seu lobo frontal tivesse sido perfurado por um picador de gelo.

– Tudo bem – respondeu. – Fique no meu posto. Eu cuido disso.

T'Marcus a encarou.

– Não vou desapontá-la. Eu não...

– Eu sei. Está tudo bem.

Ela o deixou encarregado da pista – testemunho do quanto já confiava no homem – e seguiu pelo corredor em questão. Passando pelo banheiro feminino, seus ouvidos captaram muitos gemidos. No banheiro masculino, do outro lado, estava tudo silencioso, mas era improvável que assim continuasse.

O corredor de teto baixo fazia uma curva no fim, mas Xhex sentiu o cheiro do tabaco turco antes de chegar à esquina.

De alguma forma, apesar de saber quem era, ainda foi uma surpresa desconfortável ver Vishous perto da saída de emergência. O Irmão estava inclinado, com um coturno apoiado na parede, o corpo coberto de couro tenso como um arco.

– Sabe – disse ela ao se aproximar –, existem leis.

Os olhos diamantinos e gélidos de V. se desviaram para ela e ele coçou o cavanhaque com a mão coberta pela luva preta.

– Existem? Fale-me a respeito.

– No Estado de Nova Iorque não é permitido fumar em lugares públicos...

Ele moveu a mão do cigarro para a frente.

– Isto a está incomodando?

– Não.

– Essa é a única lei que obedeço. O Estado de Nova Iorque pode ir se foder.

– Não sei bem se isso é anatomicamente possível. Já que é uma extensão de terra. – Xhex estacionou na frente dele. – Então, o que o traz aqui?

– Como você está.

Não foi uma pergunta. Mas, qual é, como se ela fosse responder àquilo com a verdade.

– Ótima. Você?

– Perfeito. – Ele exalou. – Não, acho que estou melhor do que isso.

– É bom saber que o seu ego continua intacto.

E foi nesse instante que ele se calou. V. só fumou e ficou encarando a ponta acesa do que ele enrolara, talvez depois da Primeira Refeição, devido à hora.

– Desembucha – murmurou ela. – Se isso é algum tipo de intervenção das boas, vai ter mais sorte falando com um objeto inanimado.

– Intervenção? Não. Eu seria a última pessoa a me colocar no caminho de uma autodestruição.

Ela não tinha tanta certeza disso. Debaixo de uma carcaça dura... bem, havia sim um assassino implacável. Mas ele tinha o próprio código de lealdade, todo centrado nas pessoas daquela mansão na qual ela morava.

– Então você só precisava de um lugar para fumar? – Xhex gesticulou ao redor. – A cidade é grande pra cacete, cheia de parques com bancos...

– Sonhei com você – V. a interrompeu com firmeza. – Durante o dia.

A respiração de Xhex ficou presa na garganta.

– Ah, puta que o pariu.

Havia assuntos que uma pessoa não queria ouvir: o seu companheiro está perdido em campo; aquele seu membro não vai voltar a crescer; Lassiter está com o controle remoto.

E bem ali, com uma lista de alegrias? Vishous, filho de Bloodletter, dizendo que tivera um sonho com o seu nome.

Assim como ela só rastreava os viciados, os desesperados, os descontentes da boate, ele só via o que era ruim. Notícias muitos ruins.

Sobre o futuro.

– O quê – disse rouca. – Me conta logo, cacete, independentemente do que for.

Demorou um tempo para o Irmão responder – e seus olhos quase brancos de bordas azul-marinho se desviaram para ela antes de falar. Enquanto o medo a perfurava no peito, uma única palavra chegou às ondas sonoras – e Xhex se sentiu ainda pior.

– Licantropos.

CAPÍTULO 11

DOIS DIAS MAIS TARDE, na manhã de domingo em Walters, Lydia encontrou pegadas na terra do lado de fora da casa que alugava.

A casa de dois andares com dois quartos, banheiro e lavabo não passava de um corredor, apesar de as únicas coisas nas duas laterais serem um gramado baixo e muitas árvores. Por conta da cidade em que se localizava, nem era preciso dizer que os vizinhos mais próximos estavam a meio quilômetro e que a sua entrada para carros era de cem metros.

Ao pisar na varanda, estava com os tênis de corrida, a jaqueta corta-vento com o zíper fechado e fones nos ouvidos. Às dez da manhã, o ar ainda estava fresco e, acima, o céu estava limpo, de um azul ainda pálido. No entanto, a luz do sol aquecia seu rosto, e isso lhe dava uma sensação boa.

Tranquilizadora também – o que, considerando a sua ginástica mental desde a sexta à noite, era tudo o que precisava. Mesmo sendo do tipo que não durava.

Depois de trancar a porta, alongou as panturrilhas nos degraus e apreciou pensar, por apenas um instante, no simples problema de escolher esquerda ou direita quando chegasse ao fim da sua entrada de carros. A direita a levaria pela estradinha rural por um quilômetro, antes de poder cortar o caminho para uma trilha e fazer algumas corridas intervaladas nas inclinações da montanha. Pela esquerda, seguiria para a cidade, passando pelo correio, pelo supermercado/lanchonete e pelo banco, que estaria fechado. A decisão parecia óbvia, pois havia mais trânsito na estrada – relativamente falando –, mas ela não queria entrar na reserva.

Não confiava em si mesma para não ir parar na construção do hotel.

A princípio, não entendeu bem o que chamou a sua atenção. Mas, ao observar ao redor, sentiu de novo a mesma sensação de quando teve a certeza de que alguém mexera em seu escritório.

Seu alarme de algo fora do lugar nunca errava.

E foi nessa hora que viu as pegadas ao redor da varanda. As depressões na terra úmida mal eram visíveis, mas a luz era sempre um grande revelador, e as sombras sutis lançadas pelas elevações formando um desenho eram inconfundíveis.

Pisando no gramado esquálido e meio amarronzado, agachou-se. As pegadas eram grandes, e o estranho é que não tinham os vincos de um solado. Eram lisas e meio retangulares – e davam a volta até a janela da sala de estar. Davam toda a volta no primeiro andar da casa.

Ao rastreá-las, tomou cuidado para não atrapalhar a trilha, e tirou fotos com o celular. Junto à porta dos fundos, acendeu a lanterna do seu Samsung e tentou ver se, quem quer que fosse, tinha subido na varanda, deixando terra ou algum outro resíduo.

Difícil saber.

Retornou para a frente, entrou e verificou todas as janelas. Todas estavam trancadas, as velhas trancas de latão no lugar e todos os vidros intactos – ainda que, pelo tamanho da casa e pela tranquilidade das noites, ela teria ouvido se algo fosse quebrado ou rompido.

Um torpor frio a trespassou.

No sábado à tarde choveu um pouco. Considerando a nitidez e a profundidade das pegadas, parecia que o solo tinha que ter estado úmido... portanto, deduziu que tinham sido deixadas em algum momento durante a noite.

De volta à cozinha, olhou para as bancadas limpas. Para o fogão, com a chaleira do avô e a frigideira, que ela comprara há um ano, apoiadas nas bocas frias. Para a mesa, com suas duas cadeiras, uma única toalhinha de jogo americano e o prendedor de guardanapo – bem como para seu laptop, que devia valer entre seiscentos e setecentos dólares.

O Lenovo era o único objeto portátil de valor que possuía. Bem, também havia a TV que viera com a casa, e ela também estava onde fora vista pela última vez.

Um a um, abriu todos os armários. As gavetas. A porta da pequena despensa.

Acometida por uma motivadora paranoia, foi para a sala de estar e levantou todas as almofadas do sofá. Pegou os controles remotos e voltou a guardá-los. Mediu a distância entre o contorno do tapete e a saia da poltrona velha. Verificou a cúpula do abajur.

Depois se virou na direção da escada.

Alguém teria entrado na casa enquanto dormia? Ela não tinha alarme, nem câmeras de segurança, tampouco detectores de movimento. E fechaduras podiam ser abertas, mesmo com trancas.

Enquanto subia os degraus de pinho, evitou aquele que rangia, embora não houvesse mais ninguém na casa. Não podia haver mais ninguém – e não houvera. De outro modo, teriam machucado ela ou roubado algo, não que possuísse muitos objetos de valor.

Quando chegou ao patamar de cima, olhou através da porta do único banheiro. A luz do sol a tranquilizava, mas só porque a parte do seu cérebro que acreditava em magia lhe dizia que nada de ruim poderia acontecer durante um ensolarado dia de primavera.

Coisas ruins acontecem à noite.

Quando você está dormindo sozinha numa casa.

Não em plena luz do dia. Não importava o que havia na terra do lado de fora daquelas janelas.

O quarto de hóspedes – não que um dia já tivesse recebido algum – ficava diante do seu e Lydia foi para lá primeiro, sem saber bem o que esperava encontrar. Um afundamento no travesseiro? Uma depressão na colcha feita à mão? Um copo de água ao lado da cama?

Como se ela tivesse recebido um hóspede cuja presença lhe passara despercebida.

Nada.

Verificou o armário de cedro do corredor onde guardava lençóis extras e os seus suéteres durante o verão. Nada estava fora de lugar, mas até parece que alguém roubaria um produto da Martha Stewart de tamanho *queen*...

Engolindo o medo, voltou para a porta do próprio quarto. Não havia como alguém ter entrado ali. De jeito nenhum.

Ao lado da cama, alisou o edredom, que arrumara assim que se levantara. Espiou debaixo dos dois travesseiros. Na mesinha de cabeceira, verificou que o alarme antigo, o de rádio, que tinha desde os tempos da faculdade e ainda usava, permanecia alinhado com o canto com perfeição.

Nada estava fora de lugar.

Verificou as gavetas da cômoda e o armário raso com seu vestuário de roupas práticas e casuais. Chegou até a olhar debaixo da cama.

Pouco antes de sair, espiou por cima do ombro.

Do outro lado, havia um banco junto à janela cheio de almofadas onde, em teoria, poderia se sentar, banhando-se na luz matutina num domingo, aconchegada com o jornal ou um livro, sorvendo goles de chá de camomila num roupão confortável e meias fofas. Talvez um gato peludo de olhos verdes se enroscaria aos seus pés e, caso houvesse alguma corrente de vento, poderia puxar uma manta para as pernas.

Tivera essa nítida visão no segundo em que entrara no quarto. Foi o motivo de ela ter escolhido aquela casa.

Claro, nada dessa ilusão de Instagram acontecera: ela não relaxava, raramente lia; odiava chá e não tinha um gato. Mas a fantasia persistira de todo modo.

No corredor, esfregou o rosto e pensou *nada fora arrombado e nada fora roubado*. Portanto, havia outro motivo para aquelas pegadas evidentes – por exemplo, uma mensagem de que estava sendo observada. E ela sabia o motivo de ter sido enviada.

Na sexta-feira à noite, passara duas horas ao telefone conversando com o produtor de TV da WNDK, e depois lhe enviara fotos da isca--armadilha, da carne e dos resultados dos testes que Rick fizera para determinar que veneno fora usado. Tivera dúvidas quanto a enviar fotos do lobo, mas, no fim, enviara uma imagem ao homem, informando-o de que poderia usá-la, mas em nenhuma circunstância poderiam fotografar ou filmar o animal eles mesmos, perturbando-o de alguma forma.

Uma equipe iria entrevistá-la no escritório.

A construção do hotel continuava nos fins de semana. Estava disposta a apostar que o produtor fora até lá. E o canal com certeza ligara para a sede da corporação para colher alguma declaração.

Lydia estava ciente de que tinha provas frágeis para levar o assunto adiante, mas o início da construção coincidia com o aparecimento das armadilhas e três lobos envenenados. Portanto, havia uma possibilidade de que os advogados da cadeia de hotéis se envolveriam na história e tudo aquilo acabaria sendo rotulado como difamação.

Eles eram bons em exterminar.

Deveria ligar para Eastwind?, perguntou-se ao descer.

Espiando pelo vidro da janela ao lado da porta da frente, olhou para a sua entrada. Mal avistava a estradinha ao longe.

A casa ficava no que o povo local chamava de "parte agitada" da cidade. O que equivalia a dizer que o trânsito local para o centro de Walters – o pouco existente – passava por ali, mas não havia postes de luz no asfalto. Nem no seu caminho de cascalho. Apenas uma lâmpada na frente e outra na porta dos fundos, sendo que nenhuma era ativada por movimento, nem era ligada com regularidade.

Só que isso, de fato, estava para mudar.

Visto o quanto escurecia? Qualquer um podia ter estacionado um pouco mais distante na estradinha e entrado pelo seu caminho para carros, andando até a sua casa para dar toda a volta…

Seu carro. Maldição, seu carro ficava estacionado a céu aberto porque não havia uma garagem, e ela não o trancara. Nunca trancava.

– Outra coisa que vai mudar hoje à noite – murmurou ao sair e atravessar o gramado.

Espiando pelo lado do motorista, esperou ver os bancos esfaqueados e o porta-luvas aberto como uma ferida.

Nada.

Esticando a mão para a maçaneta, recuou-a e cobriu os dedos e as palmas com a manga. Quando foi abri-la, chegou a pensar que uma bomba explodiria. O que era loucura.

A maçaneta fez um barulhinho quando ela a puxou, sobressaltando-a.

– Relaxa – murmurou ao escancarar a porta.

Nenhum *bum*! Nada fora do lugar, mesmo quando olhou no banco de trás. E abrindo o porta-luvas verificou a documentação. Tudo estava como fora deixado.

Deu a volta e espiou o porta-malas.

Nenhuma caixa com barulho de tique-taque. Nenhuma cabeça humana. Nenhum bilhete ameaçador feito com letras descombinadas, cortadas de uma revista.

Após fechar o carro, apoiou-se contra a lateral e cruzou os braços diante do peito. Enquanto encarava a casa, ficou feliz por ter frequentado a Boston University e adquirido o hábito de sempre trancar as portas. Boston era uma cidade grande e o crime acontecia em qualquer lugar com muitas pessoas.

O crime também se infiltrava em lugares isolados.

Seus olhos retornaram para as pegadas debaixo da janela da sala de estar. Que bom que ela sempre tinha uma arma letal consigo.

Quando o celular tocou dentro do bolso, Lydia se sobressaltou com um grito. E depois o pegou. Era do código de área 518, e ela pensou que podia ser Daniel.

– Alô. – Aguardou por uma resposta, esperando que fosse ele. Querendo que fosse ele. – Alô?

Quando não responderam à sua saudação, nem mesmo um atendente de telemarketing dizendo que ela tinha um reembolso da Amazon ou uma opção de pagamento do seu empréstimo estudantil, ela desligou. Memorizando o número, entrou na web e inseriu-o numa busca reversa.

Uma faixa de texto apareceu no topo da sua tela.

Do mesmo número.

Abrindo-a…

Ergueu o olhar. Olhou ao redor.

Quando um tremor a trespassou, concentrou-se na imagem. Era dela, recostada no carro, olhando para o celular na luz do sol.

Seu coração deu um salto e depois bateu mais forte.

Com mãos trêmulas, guardou o celular. A boca estava seca, então engoliu algumas vezes. Em seguida, inspirou fundo.

Andando adiante, mirou para o lugar em que a foto tinha que ter sido tirada, por causa do ângulo. Um metro depois de avançar, passou a trotar. Depois a correr. Quando a jaqueta se agitou e os ouvidos arderam com o vento, seus olhos se fixaram numa aglomeração de árvores.

Sua mente parou de pensar nos perigos enquanto o corpo assumia o comando.

Só o que ela sabia era que ninguém a intimidaria.

Mesmo que isso a matasse.

CAPÍTULO 12

– ENTÃO, COMO FOI o fim de semana?

Quando a voz de Candy foi percebida, Lydia deu um pulo e ergueu o olhar de trás do computador de Peter Wynne. Embora Lydia estivesse no prédio do PEL, e supostamente estivesse trabalhando, ainda assim foi um choque ver a mulher. Em retrospecto, ela sentia como se tivesse ficado afastada por um tempo enorme, prova de que as emoções, se fortes o bastante, podem fazer você sair de férias.

Claro que, no seu caso, tinham sido ruins, o equivalente de um cruzeiro de luxo e um vírus estomacal como companheiro de cabine.

– Oi? – Candy insistiu.

Lydia forçou-se a se concentrar como devia.

– Oi, ei... uau, olha o seu cabelo.

– Loiro de novo. – Passando a mão cheia de anéis pelos cabelos curtos, a mulher deu de ombros. – Você sabe o que Dolly Parton diz.

– Trabalhando das nove às cinco?[6]

– É preciso muito dinheiro para ficar simples assim. – Candy gargalhou com a própria piada. – Bem, vi a pasta que você deixou na minha mesa. Conseguiu fazer todos os convites. Incrível.

– Vou levá-los ao correio durante o meu intervalo de almoço.

– É uma boa ideia. E, olha, você parece bem à vontade aqui.

---

6 Dolly Parton é uma cantora, compositora, atriz e filantropa norte-americana, e uma das suas canções se intitula "Working 9 to 5", em tradução livre: "Trabalhando das nove às cinco". (N.T.)

– Pareço? – Lydia relanceou ao redor para os painéis de madeira e os diplomas. – Não me sinto assim.

– Bem, posso ajudá-la com isso.

– Vai me trazer uma poltrona?

– Não é uma má ideia. Mas que tal começarmos com café?

Quando Candy se dirigiu para a sala de descanso, Lydia a chamou:

– Você já foi traficante no passado?

– Está recusando cafeína? – foi a resposta.

– Não – Lydia murmurou ao esfregar os olhos.

Ficara acordada a noite inteira, a impressão de que objetos se moviam nas sombras ao redor do quarto, ou de que havia pessoas espiando pelas janelas, observando-a, impediram-na de dormir. E embora morasse na casa há dois anos, nunca percebera o quanto cada simples rangido, gemido e assobio do vento conseguia ser alto, atravessando seu corpo. Era como se ela fosse um diapasão para uma trilha sonora de um filme de terror.

Falando nisso, onde estava aquela motocicleta? Mesmo com o escapamento abafado, ela teria ouvido a Harley. Talvez Daniel Joseph tivesse repensado quanto ao emprego.

Ou, quem sabe, por ser um andarilho, simplesmente tivesse ido embora. O "não por muito tempo" se resumindo a meras quarenta e oito horas num trabalho em vez de uma estação ou duas.

Esticando-se atrás de si, entreabriu a janela, e o cantar dos passarinhos ficou mais alto, a brisa fresca atingiu seu nariz.

– Estamos hoje aqui apenas de corpo presente, sem alma? – Candy inquiriu ao voltar com duas canecas. – Os convites atrasaram o seu trabalho? A sua aparência está um lixo.

– Ah, muito obrigada – Lydia agradeceu ao pegar o que lhe era oferecido.

– Não foi um elogio.

– Me referia ao café. – Lydia tomou um gole e seus olhos marejaram quando a língua e o céu da boca queimaram. – Quer sentar um pouco?

– Se vai me despedir, vai ter que aspirar o escritório sozinha.

– Não estou te demitindo.

– Que pena, eu bem que precisava de umas férias de desempregada. – Candy se sentou e ajeitou o suéter verde-floresta. – Para talvez fazer aquele lifting facial que eu sempre quis. Então, o que foi, líder destemida?

Enquanto a denominação jocosa era entendida, Lydia pensou no modo com que correra para a floresta na manhã anterior, determinada a chutar o traseiro de alguém que muito bem poderia ter atirado na sua cabeça, até onde ela sabia.

Mas não vira nada dentro do limiar das árvores. E não vira evidências de que alguém tivesse estado lá, tirado uma foto sua: as agulhas dos pinheiros não pareciam mexidas, não houve o som de ninguém batendo em retirada a pé, de carro, moto e nem quadriciclo. Teriam apenas desaparecido?

Quando voltou andando para casa, seu corpo inteiro tremia. Líder destemida? Nada disso, nem de longe.

– O que a fez se livrar do cabelo rosa? – murmurou. Porque não queria mesmo tocar naquele problema. Não até que chegasse ao fim da caneca.

E só o que Lydia tinha eram problemas.

Candy deu de ombros.

– O rosa foi bobagem. Simples assim. Agora me dê os detalhes do sábado e do domingo. Dá para ver que não foi à cabeleireira. Parece que você foi arrastada ao contrário por cima de uma roseira.

– Sabe, você não é muito jeitosa com as palavras, Candy.

– Acha mesmo? Não imaginava. E então…?

– Não.

– Não. O quê?

– Não vi Daniel Joseph. Ele estava fora da cidade, e eu lhe disse na sexta-feira, não saio com ninguém do trabalho. Não estou saindo com ninguém.

Nunca, acrescentou para si.

– Bem, isso é uma pena. – Candy ajeitou o brinco de argola. – Eu daria corda se não tivesse cento e vinte e seis anos de idade. Então, do que quer falar comigo?

Lydia deu mais um gole no café, mas tomou mais cuidado com o líquido quente.

– Eu, hum... queria saber se Peter andou recebendo algo aqui que parecesse... estranho.

– Do tipo comida entregue lá de Plattsburgh? – Quando Lydia só a encarou do outro lado da mesa, Candy revirou os olhos. – Para sua informação, você tem que *estar* no lugar para receber qualquer tipo de encomenda. A menos que seja eu e a UPS. Eu juro, se aquele motorista der as caras aqui, eu vou...

– O que for, Candy. Um pacote, um envelope. Algo endereçado a ele que você tenha aberto e no fim era algo pessoal.

– Não que eu saiba. – Candy relanceou por cima do ombro como se se certificasse de que estavam sozinhas. Depois se sentou mais à frente e fez o impensável. Abaixou o tom de voz para um sussurro. – O que descobriu aqui?

– Absolutamente porra nenhuma. – Lydia meneou a cabeça. – Ou ele está aprontando alguma e tem uma mente genial, ou só perdeu o interesse por este trabalho e não se importa com o que pode acontecer.

– Estou achando que pode ser esse último. Não quero ofender, mas nunca considerei o nosso garoto Peter dos mais brilhantes. – Candy se levantou. – E falando em trabalho, a assistente de C.P. Phalen quer saber se você vai estar no escritório hoje.

Lydia se sentou mais ereta.

– O novo membro do Conselho?

– Esse mesmo.

– O que ele quer comigo? Tem certeza de que não está procurando o Peter?

– Ah, não. É você mesma. Foi o seu nome que a mulher perguntou.

Lydia franziu o cenho.

– Por que não me disse de cara?

– Imaginei que precisasse de café na circulação antes. De todo modo, não há pressa. O grande e glorioso C.P. Phalen só chegará aqui... – A mulher consultou o relógio. – Em cerca de quarenta e cinco minutos.

– *O quê?*

– Ei, pelo menos você não está com a calça de corrida hoje.

– Foi só uma vez na semana passada – Lydia murmurou distraída. – Tudo bem, umas duas vezes no último mês.

– Com essas suas pernas, você pode se safar ao fazer isso. E o bom é que eu trouxe uns donuts comigo...

– Talvez vão despedir Peter.

– Vão ter que encontrá-lo primeiro.

– O meu lobo ainda está vivo – Lydia disse de repente. – Eu te contei? Ele conseguiu aguentar durante o fim de semana.

– Estou feliz. – Houve uma pausa. – Sabe, não sou muito de dar conselhos. Mas os ricos não gostam muito quando o resto de nós tenta provocá-los. Você precisa tomar cuidado. Eles estão acostumados a conseguir o que querem e impedir o que não gostam.

– C.P. Phalen está no maldito Conselho. Ele deveria ficar do nosso lado.

– Ele não é um dos ricos a que eu me referia. O pessoal daquele hotel é que são malditos.

– Ouviu algo na cidade sobre eles perturbarem as pessoas? Tipo, aparecerem em lugares que não deveriam?

– Não que eu saiba. – Candy foi para a porta. – Obrigada por cuidar dos convites.

Antes de a mulher se retirar, Lydia disse:

– Se eles me despedirem, você me garante que Rick vai cuidar do meu lobo?

Candy a fitou.

– Esse é o trabalho dele, querida. E ele pode ser um nerd, mas é um bom homem. Na verdade, você deveria sair com ele.

– Você não estava tentando me arranjar com Daniel Joseph?

– Qualquer homem disponível.

– Não estou à procura de um porto numa tempestade, Candy. Não é assim o ditado? Qualquer porto disponível...

O rugido baixo de um motor potente se infiltrou pela janela meio aberta.

– Falando em portos... – Candy disse com um sorriso. – Ou ele é a tempestade?

– Isto não é um livro de romance, sabe?

– Que pena. E eu aviso quando o bom e velho C.P. Phalen chegar. Com todo o dinheiro que esse povo do Conselho nos dá, eles nunca sequer apareceram aqui.

– Só ouvi as vozes deles pelo viva-voz do telefone.

– Por que as reuniões do Conselho são sempre a portas fechadas e fora daqui?

– Não sei. Só o Peter viu alguns deles em pessoa.

– Bem, eu achava que eram algo que ele tinha inventado para se dar mais poder e autoridade por aqui. Porque, afinal, esta é uma organização tão grande e importante. E, sim, vou passar o aspirador lá na frente antes que o chefão chegue.

Candy saiu da sala. Voltou.

– Eu te pareci tão amargurada quanto aos meus ouvidos?

Lydia emitiu um murmúrio de negação.

– O lado bom é que você deu vazão a tudo antes que nosso membro do Conselho chegue.

– Gosto da sua perspectiva. Vou pedir para Daniel vir para que você atraque o barco no cais dele – ah, não, espere, deveria ser o contrário. A menos que você seja safadinha. – Candy esfregou uma das sobrancelhas finas. – Estou passando muito dos limites hoje, não? Normalizo meus cabelos e todo o antissistema sai pela minha boca. Não é uma melhora muito grande.

– Talvez haja um meio-termo com uma mecha cor-de-rosa. Dessa forma você só poderia imprecar durante as horas de folga?

– Hum, mas e se eu fizer isso só durante o trabalho?

– Esta conversa está muito acima da minha alçada. Não sou paga para isso.

– Bem, se você continuar rasgando os seus contracheques, tecnicamente tudo está. – Candy se inclinou pelo batente da porta e emitiu um *tsk-tsk*. – Esvaziei o seu lixo e encontrei os pedaços.

– Eles estavam no envelope.

– Ah, então eu estava certa. Para sua informação, não confesse antes de saber o quanto a outra parte sabe... Ah, olá, Daniel. Ela está aqui, e eu vou deixar vocês a sós com suas docas e cordas. Piada interna, difícil de explicar. Ela tem uma reunião às dez horas, a propósito. Tchauzinho.

Quando Candy se afastou, Lydia apoiou a cabeça nas mãos.

– Oi – disse sem levantar a cabeça.

– Olá. – Houve uma pausa. – Parece que recebeu um upgrade de escritório.

– Não é permanente. Só estou aqui por causa do computador...

– Você está bem?

Acho que posso ser demitida, respondeu para si.

– Claro – respondeu. – Como foi o fim de semana?

– Sem acontecimentos especiais. Com isso quero dizer que a moto ainda está funcionando. O seu?

– Normal. – Desde que estivesse fazendo parte de um documentário de crime real. – Pensei que poderíamos pegar o mapa da reserva para eu mostrar onde estão as pontes que precisam de conserto. Podemos fazer isso antes da minha reunião?

Porque, se fosse demitida, poderia, pelo menos, garantir que os montanhistas estariam seguros.

Alguns deles, isto é.

Daniel entrou no escritório e franziu o cenho para a mulher atrás da mesa. Quando seu nome próprio fluiu em sua consciência, tentou mantê-la apenas como "a mulher". Não funcionou. Em retrospecto, tampouco funcionara durante o fim de semana.

Por tanto motivos.

– Lydia, você está bem? – perguntou de novo.

– Claro. – Ela lançou um sorriso fugidio e pegou algo no canto da mesa. – Aqui está o mapa.

Enquanto estendia as folhas, ele observou os cabelos dela caindo para a frente. Não os prendera naquela manhã e ele gostou de como a luz fraca sobre os fios, de alguma forma, acentuava suas várias cores.

– Aqui está a trilha principal que dá a volta na bacia, como a chamamos. – O dedo dela acompanhava uma linha marrom, marcada com estrelas amarelas intermitentes num arco ao redor do lago. – Embora existam trilhas menores cobrindo toda a face oeste, precisamos mesmo nos ater a esta – especialmente onde ela é cruzada pelos dois rios que descem do cume, assim como o riacho largo que se bifurca aqui. – Ela tocou em vários pontos no mapa. – As três pontes estão marcadas, como pode ver, e todas elas precisam de algum cuidado. Temos tábuas soltas e partes podres nos corrimãos. Também quero avaliar a integridade estrutural dos suportes. No que se referir a repará-las, sei que temos madeira no abrigo – e se você usar a que temos primeiro, seria ótimo, mesmo não ficando perfeito. Estamos meio que contando os trocados por aqui...

– Você está péssima. Não dormiu na noite passada, dormiu?

Lydia relanceou rápido para cima.

– Eu... ah... Claro que dormi. Como um bebê.

– Então qual o estado do outro cara?

Ela balançou a cabeça como se ele estivesse falando num idioma estrangeiro.

– Desculpe, o que disse?

– Na briga de bar que você ganhou. Essa deve ser a explicação para essas olheiras.

Ela riu num rompante que não o enganou.

– Ah, o meu adversário está arruinado por completo. Nariz fraturado. Perdeu um ou dois dentes. Tiveram que lhe dar pontos.

– Muito bem, gosto de mulheres que sabem lutar com as mãos. – Quando os olhos de Lydia se arregalaram, ele prosseguiu: – Significa que sabem se defender sozinhas. Andarilho, lembra? Quanto menos houver para proteger, menos complicações terei.

– Esse sim é um perfil on-line perfeito como carta de recomendação. – Ela sorriu com mais sinceridade. – Podemos voltar às pontes?

– Claro. Você me dizia que quer que eu use a que temos primeiro?

– Isso, seria maravilhoso se você puder fazer isso. – Afastou os cabelos do rosto. – E existem outros lugares que precisam de cuidados.

Algumas inclinações têm degraus que precisam ser limpos e os suportes de corda têm que ser testados. Mas as pontes são prioridade.

– Quando o tráfego nas trilhas começa a aumentar?

– Logo. As chuvas de primavera mantêm alguns afastados, e logo em seguida vem a estação das moscas pretas.

– Isso existe?

– São do tamanho de burros por aqui. Sabe-se que algumas andaram carregando crianças montanha afora.

– Sério? E eu que pensei que isso fosse apenas uma lenda na internet.

– Ah, meu Deus. – Ela cobriu o coração com a mão. – Acho que você acabou de fazer graça.

– Fiz? – Sorriu lentamente. – Sabe, eu estava tentando.

– Você está melhorando. Quando chegar ao fim da sua temporada aqui, o seu nome do meio será Henny Youngman.

– Quem é esse?

– O mestre das piadas curtas. Dê uma pesquisada nele. – Ela ficou séria. – Você tem spray de pimenta?

– Para quê?

O olhar dela mostrava o quanto isso devia ser óbvio.

– Há animais selvagens lá fora.

– Não importa o que a manchete do jornal diga, você não precisa se preocupar comigo. Prometo.

Sem nenhum motivo aparente, ele não conseguiu se desviar dos olhos dela. Talvez fosse pela maneira com que Lydia o fitava, tão preocupada. Tão preocupada com o seu bem-estar.

Daniel não estava acostumado a isso. E não queria estar.

Ela voltou a sorrir.

– Porque os seus punhos estão registrados como armas letais ou algo assim?

– Digamos apenas que sei cuidar de mim.

– Está bem, valentão. Mas tome cuidado, está bem? E você tem celular. Pode sempre me ligar, ok?

Ela era tão intensa, como se fosse galopar num cavalo para salvá-lo, ainda que ele não fosse nada seu. Ainda que Lydia não soubesse o quanto ele sabia cuidar de si contra qualquer ameaça que lhe fosse feita. Ainda que… ele conseguisse se ver como o único que a salvaria.

— Você gosta de resgates, não? — ele murmurou.

Depois de um instante, ela meneou a cabeça lentamente.

— Não, não gosto. É… horrível. Isso pode partir seu coração em mil pedaços, e a única garantia que você tem é que sempre vai fracassar porque não pode resgatar a todos.

— Por que fazer isso consigo, então? — ele disse de modo reservado.

— Do jeito que você fala, até parece que tenho escolha. — Inspirou fundo. — Então, sim, consigo entender o apelo de ser um lobo solitário como você.

— Escolha interessante de palavras.

— É? — Meneou a cabeça. — É a minha escolha de linguagem, o que posso ver. Quer dizer, o que posso dizer.

— A mulher que estuda os lobos.

— Essa sou eu. E falando em trabalho… lembra que o quadriciclo está com um vazamento no tanque? — Inclinou-se para o lado e apanhou a bolsa. — Pegue, pode usar o meu carro para levar a madeira e as ferramentas para onde precisar delas. Não é nada elegante, mas tem tração nas quatro rodas e consegue passar pela trilha. E não, você não pode usar a sua moto, nem que seja só para olhar. Não vamos atrapalhar ainda mais a vida selvagem do que devemos. E essa chavinha abre os cadeados de todos os portões.

Quando ela jogou o molho de chaves, Daniel o pegou em pleno ar.

— Quer que eu tente consertar o veículo primeiro? Talvez seja apenas algum cabo solto. Fita adesiva é bem poderosa neste mundo, juro.

— Claro. Mas fique com as chaves por causa dos portões ou caso pareça um trabalho muito demorado.

Na área da recepção, alguém passou pela porta da frente, e Lydia olhou por cima dele.

Perfume?, ele pensou ao também espiar por cima do ombro.

Ao longe, Candy disse algumas palavras num tom baixo, em seguida, houve um rangido vindo pelo corredor.

Quando a recepcionista mais velha, que já não tinha os cabelos rosa, apareceu em seu campo de visão, o rosto não revelava nenhuma expressão. Absolutamente nenhuma.

– C.P. Phalen está aqui para ver você.

Enquanto Candy recuava e se afastava, seus olhos caíram para o carpete e ali ficaram – conforme uma mulher de um metro e oitenta, com cabelos brancos esculpidos, vestindo um terno preto elegante passava pela soleira.

– Senhorita Susi – disse ela num tom neutro e suave. – Eu gostaria de conversar com você. A sós.

Daniel olhou para Lydia.

– Vou trabalhar nas trilhas. E devolvo o mapa quando tiver terminado.

Não se surpreendeu quando Lydia apenas assentiu e murmurou um agradecimento. Passando pela mulher de cabelos brancos, fitou-a direto nos olhos, como teste.

Ela o ignorou.

O que era bom. Era isso o que ele queria.

Na sala de espera, a recepcionista já estava de volta à sua mesa e ao telefone.

– ... com certeza *não* entregaram. Não, liguei ontem para vocês e fui transferida de ramal em ramal. Você vai me passar para um supervisor ou vou entrar no meu carro e dirigir até... Onde fica a sua sede?

Enquanto Daniel dobrava o mapa e o guardava no bolso, descobriu-se esperando, pelo bem de quem quer que fosse o gerente, que houvesse diversos quilômetros – ou talvez um oceano – entre aquela mulher e qualquer que fosse o prédio que ela procurava.

– Não, o pacote não chegou, não está aqui – Candy estrepitou. – E eu lhe disse, a assinatura que você me enviou é ilegível. Todos aqui assinariam seus nomes como se deve, portanto, não sei para onde vocês o levaram ou para quem pensaram que...

Daniel passou pela porta da frente e olhou para a esquerda. No estacionamento, um Audi A8L preto parecendo um míssil de defesa de alta tecnologia estava ao lado de um modelo antigo.

Não foi verificar o quadriciclo. Aquilo poderia esperar.

O hatchback de Lydia estava destrancado, e ele teve que empurrar o banco do motorista todo para trás para caber ante o volante. Ao inserir a chave, o motor de Matchbox voltou à sua vida anêmica e, quando deu ré, relanceou por sobre o ombro para garantir que não bateria no prédio.

Não precisava do mapa. Conhecia a montanha de cor.

Seguindo pela principal trilha, parou num acostamento e foi até o portão, destrancando-o com a chavinha de Lydia. Passando o carro, voltou a trancar tudo e depois foi em frente a uma velocidade de poucos quilômetros por hora. O progresso era sacolejante, as raízes das árvores se projetavam para fora do chão, e a trilha se estendia até o esquecimento por conta do passo de lesma.

Um barulho de algo raspando foi tão alto que ele freou.

Quando tentou se mover de novo, a resistência de algo crítico ao funcionamento ficando presa num objeto imóvel o fez grunhir.

Após desligar o motor, saiu do carro e acendeu sua lanterna, deitando-se de costas no terreno sujo, de terra compactada. Comprimindo-se debaixo do carro, avaliou o...

Não, não era uma raiz. Era uma pedra. Que estivera escondida debaixo de algumas agulhas de pinheiro.

Era o tipo de coisa que, caso ele não estivesse pensando em Lydia, teria visto a um quilômetro de distância e desviado. Desse jeito, havia um cacete de uma metáfora acontecendo, à qual ele se recusava a reconhecer e...

Daniel parou o facho quando passou por um espaço na suspensão.

– Ou seria uma fenda... – resmungou consigo. – E que porra é essa?

A caixa preta era do tamanho de um maço de cigarros. Nada piscava, nem emitia barulho. Ancorado magneticamente.

Era evidente que não era uma bomba, ou ele já teria explodido no ar. Ou Lydia.

Não, aquilo era um rastreador.

Alguém estava de olho nela.

Capítulo 13

Antes que Lydia tivesse a oportunidade de convidar C.P. Phalen a entrar no escritório de Peter Wynne, a mulher alta tomou a iniciativa, dando um passo à frente e fechando a porta. A autoridade, implícita de alguma forma, não foi uma surpresa: era claro que estava acostumada a ter o controle, a estar no comando, e, por uma fração de segundo, Lydia considerou oferecer a cadeira de Peter à mulher. A mesa dele. Sua própria casa.

Ah, não, espere, essa era alugada.

– Vou me sentar aqui, Lydia, se não se importar.

A mulher vestia uma jaqueta trespassada e calças pretas retas, saltos altos – parecendo alguém que andava pela 5ª Avenida em Manhattan, a caminho da passarela de um estilista. Em vez de pegar uma cadeira do outro lado de uma mesa simples para despedir alguém que, sem dúvida, ganhava menos que o mordomo dela.

Lydia pigarreou.

– Esta é uma surpresa, senhora Phalen.

De tantas maneiras. Embora não devesse ser relevante que o pressuposto "ele" fosse, na verdade, a exata definição de uma "ela".

– Acha mesmo? – O sorriso dela era frio, e condescendente por causa do que a mulher vestia e do modo com que cruzou as pernas na altura dos joelhos. – Não imaginou que o fato de um funcionário de alto escalão desta organização sem fins lucrativos procurar a mídia com acusações contra uma cadeia nacional de hotéis causaria uma visita minha?

Lydia baixou os olhos para as mãos. Cruzou-as. Descruzou-as.

– Não me arrependo do que fiz.

– Creio que isso seja claro, visto o que contou ao canal de TV. Mas você criou um problema para mim.

– Se você é a diretora do Conselho – Lydia cravou-lhe um olhar firme –, então deveria proteger os animais da nossa reserva, ainda mais os que dão o nome à mesma organização que você dirige.

– Você é sempre franca assim?

– Se o assunto é, de fato, importante para mim, sim. – Lydia se levantou. – E antes que me demita, quero lhe mostrar algo. Venha comigo. Por favor.

A expressão de C.P. Phalen permaneceu exatamente a mesma, nada se alterou em toda aquela Tilda Swinton.[7] E seu corpo tampouco se moveu. Lydia teve a impressão de ser porque a mulher não estava acostumada a ser surpreendida – ou a receber ordens –, e uma pessoa inferior acabara de fazer os dois com ela. Mas Lydia não se desculparia por nada disso também.

Bem quando a tensão se tornava insuportável, pelo menos para ela, C.P. Phalen se pôs de pé. Ou melhor, em seus saltos agulha.

Caramba, como ela era alta. Tinha bem mais que um metro e oitenta.

– Mostre o caminho. Mas não desperdice o meu tempo.

Lydia assentiu.

– Não desperdiçarei.

Conduzindo a mulher pela porta de aço da área da clínica, Lydia a abriu. Rick estava num banquinho diante de uma bancada, trabalhando num rastreador desmontado e, quando ele ergueu os olhos, se surpreendeu e a fitou de novo.

---

7 Katherine Mathilda "Tilda" Swinton é uma atriz britânica vencedora do Oscar de Melhor Atriz Coadjuvante por sua atuação em *Conduta de Risco*. É mundialmente conhecida por seus papéis na série de filmes *As Crônicas de Nárnia* e nos filmes *Doutor Estranho* e *Precisamos falar sobre o Kevin*. A autora a mencionou como referência por sua aparência. (N.T.)

– Esta é a nossa diretora do Conselho, C.P. Phalen. Senhora Phalen, este é Rick Marsh, o nosso veterinário. Tenho certeza de que já ouviu o nome dele antes.

– Claro que sim. – A mulher escultural avançou e estendeu o braço sem anéis, relógio ou pulseiras para ele. – Senhor Marsh, é um prazer enfim conhecê-lo. Você faz um trabalho fantástico aqui.

Rick apertou a mão oferecida, mas ainda parecia confuso.

Bem-vindo ao clube, pensou Lydia.

– Senhora – disse ele.

– Por favor, me chame de C.P. – A mulher espiou ao redor, para os equipamentos médicos e suprimentos no espaço azulejado, os cabelos prateados espessos brilhando debaixo das luzes fortes do teto. – Difícil de acreditar que ainda não vim visitar este lugar.

De fato, Lydia pensou, de súbito cansada de tudo a respeito do Projeto: o Conselho que não permitia que os funcionários participassem das reuniões, de Peter os deixando na mão o tempo todo, da falta de recursos, daquele maldito hotel.

– Você deveria vir com mais frequência. – O sorriso de Rick era contido, mas ele tendia a ser reservado com pessoas que não conhecia. – Estou contente que esteja aqui agora.

– Como ele está? – Lydia perguntou.

– Aguentando.

– Vamos vê-lo agora.

Sem dar a Rick a chance de responder, empurrou a porta da sala de exames – e, por um momento, esqueceu-se de tudo, a não ser do lobo. Ele ainda estava sedado, deitado de lado com uma máscara ao redor do focinho, e ela deu uma olhada nos monitores. Não entendia muito, mas via que os batimentos eram regulares e que a pressão sanguínea parecia decente.

– Quer saber o motivo de eu ser franca e insistente? – perguntou rouca. – Por que eu procurei a mídia? *Este* é o motivo. Os Hotéis Corrington fizeram isso, e esse não é o único. Tentei falar com a força policial local para que levassem a sério, tentei conversar com o nosso suposto diretor executivo, tentei fazer uma varredura da reserva eu mesma, procurando por armadilhas envenenadas...

Quando sua voz se partiu, ela se deu um chute mental no traseiro e se controlou.

– Ainda assim, isto aconteceu. Fui eu quem o encontrou e, se tivesse demorado um pouco mais, ele teria morrido. Diabos, ainda pode morrer. Portanto, se quer me demitir? Vá em frente. Mas não, não me arrependo e faria de tudo para deter essa matança sem sentido da vida silvestre.

O som daqueles saltos atravessando o piso de azulejos foi baixo e, quando a mulher parou diante da gaiola, abaixou a cabeça. E fechou os olhos.

Algo a respeito daquela reverência inesperada deu a Lydia permissão para ficar emotiva, uma onda de calor a atingiu no rosto e provocou lágrimas nos olhos. Mas, de novo, ela se recusou a ceder. Uma ação era necessária e se o Conselho pensou que a silenciariam ao demiti-la? Estavam muito enganados...

– Não vim demiti-la – disse a voz suave.

Lydia franziu o cenho e se virou para a mulher.

– Não?

C.P. Phalen meneou a cabeça, mas não olhou para ela. Continuou concentrada no lobo.

E, de repente, um par de olhos cinzentos muito sérios se voltou para Lydia.

– Quero saber o que você faz – disse a mulher num tom sério.
– Tudo.

Um pouco depois das 11h30, Daniel retornou para o prédio principal do PEL no carro de Lydia. Ao parar no estacionamento, o Audi já não estava mais lá, e quando saiu e alongou as costas rígidas, algum instinto o fez dar a volta na varanda que dava para a vista. Como esperado, Lydia estava de novo diante da grade, encarando além do lago, a cicatriz na montanha oposta.

Quando tossiu para chamar a atenção dela, Lydia se sobressaltou, levando a mão à garganta.

— Ah, oi. Puxa, você não fez nenhum som.

— Força do hábito, imagino.

— Quer dizer que você gosta de se esgueirar?

— Não. — Foi para junto dela, mas ao diabo com a vista. Ele só queria olhar para a mulher que o atormentava como um fantasma sem nenhum bom motivo. — Só é conveniente não atrair atenção para si às vezes.

— Isso me parece suspeito.

— Prefere que eu comece a tocar ukulelê, então? Ou trombone?

Os olhos dela, aqueles adoráveis olhos cor de uísque, se crisparam nos cantos quando sorriu.

— Você faria isso?

— Claro. Seria péssimo em qualquer um dos dois, mas topo.

— Só para manter este emprego — disse ela.

— Hum, salários são importantes, sabe? E, falando em dinheiro, não bati o seu carro.

— Não achei que fosse bater. — Ela voltou a olhar para as árvores, o perfil tenso, os cabelos agora presos num elástico como se os fios soltos a tivessem incomodado. — Como estão as pontes?

Gosto mais daqui, pensou ele.

— Só consegui ver duas delas — informou — e não estão nada boas. Mas, pelo menos, sei como consertá-las para que você consiga passar mais uma estação com elas sem gastar muito dinheiro. Vou fazer com que o quadriciclo volte a funcionar para levar a madeira para lá. Seria peso demais para o seu hatchback.

— Temos madeira suficiente no galpão?

— Veremos.

Quando se calou, esperou que Lydia dissesse algo mais. Mas ela só se concentrou na vista, um verdadeiro estudo em alguém com ideias demais na cabeça.

— Muito bem, desembucha — exigiu. — Você foi demitida?

Os olhos de Lydia se voltaram para ele.

– O que o faz perguntar isso?

– Qual é, uma mulher como aquela aparece aqui como se fosse dona do lugar, dirigindo um carro que vale mais do que todas estas instalações? Ou ela é uma *headhunter* tentando contratar alguém ou é do alto escalão para lançar alguma bomba.

– Bem, ela não me demitiu. – Lydia deu de ombros. – E ela não é tão ruim quanto pensei que fosse.

– Quer me contar o que está acontecendo? – Quando ela voltou a se concentrar na vista, Daniel disse: – Pode se abrir comigo.

Houve um longo período de silêncio. Depois, ele se viu compelido em dizer:

– Sabe o que é bom sobre os andarilhos?

Lydia murmurou:

– Você nunca tem que se preocupar em se tornar um acumulador?

– Bem, isso é verdade. Mas também sabemos cuidar de nós… e dos outros. Portanto, como posso te ajudar?

– Pensei que não se envolvesse nos assuntos que não fossem seus – comentou ela.

– Sou funcionário daqui. Isto é da minha conta.

Lydia se virou e fitou a porta de correr que dava para o prédio. Do outro lado do vidro, a recepcionista falava ao telefone. Desligou. Anotou algo num bloco de papel. Acessou o e-mail para escrever algo.

– Tenho um punhado de convites para postar – disse distraída. – Uns quinhentos. Pode me ajudar a levá-los para o correio?

– Sim. Claro.

– Vamos – disse absorta. – Ainda está com as minhas chaves?

Ele pegou o molho de dentro do bolso e as suspendeu.

– Bem aqui.

Lydia pareceu aprumar os ombros.

– Maravilha. Você pode dirigir.

CAPÍTULO 14

– Já encontrou um lugar para ficar?

Quando fez a pergunta, Lydia tentava parecer casual em tudo o que fazia, tudo o que dizia. Embora seu corpo tremesse e ela tivesse ajustado o cinto de segurança e se acomodado no banco do passageiro no que esperava parecer uma postura relaxada. E ainda que a voz ameaçasse aumentar uma oitava dando uma de soprano tensa, ela a conteve num alcance normal. Tampouco permitiu pressão na fala, portanto desacelerou as palavras, equilibrou o tom.

Foi como passar uma lixadeira em suas emoções.

Nesse meio-tempo, do lado do motorista, Daniel Joseph transbordava em tudo, sua amplitude sendo reconfortante.

– Não, ainda não encontrei nada. – Deu a ré e uma virada. – Mas algo vai aparecer. Sempre aparece.

Ela o fitou com uma ruga na testa.

– Então vai ficar no Pine Lodge até...

– Não sei bem onde vou ficar. Aquele lugar é caro, embora seja interessante usufruir de água corrente.

– Mas esta noite você vai ficar lá?

– Sim, claro.

Chegando à estrada, Daniel deu a seta para a esquerda.

– Não – disse ela. – Vamos para o outro lado.

– Mas o correio fica ao lado do banco, não?

– Se puder ir para a outra direção, seria ótimo. Primeiro só preciso ver uma coisa.

– Tudo bem. Você dá as ordens.

Esperaram que um caminhão passasse e depois ele acelerou, o carrinho de Lydia gemendo como se fosse obrigado a carregar para o asfalto muito mais carga do que a que estava acostumado.

Na estrada em si, a setenta quilômetros por hora, ele relanceou na direção dela.

– Então vamos para a sua casa? Não fica longe daqui.

– Como sabe onde moro? – Lydia perguntou.

Não que fosse segredo de Estado. Muitas pessoas sabiam onde ela morava.

Infelizmente.

– Comi na lanchonete, lembra? – Daniel revirou os olhos. – Naquela noite em que quase comeu seu empadão comigo. Depois que você foi embora, me passaram a história da sua vida. Onde você mora, o fato de estar solteira desde que chegou há dois anos, que você é muito séria e não saiu de férias nem tirou um fim de semana de folga. Bem, houve as duas idas a Plattsburgh por causa daquele tratamento de canal. E, ah, você é muito séria. Já mencionei isso?

Ela apoiou o cotovelo na janela e esfregou a cabeça dolorida.

– Bessie te contou tudo isso?

– Bem, sendo justo, a maior parte fiquei sabendo no lado do mercado, quando fui comprar uma Coca e um pacote de Doritos depois que você me entrevistou. Eu estava esperando uma cópia do seu registro dental, mas acho que a máquina de xerox estava quebrada.

– Como foi que eu surgi na conversa? – Lydia gemeu. – Espere, deixe-me adivinhar. Sou a única solteira num raio de sessenta e cinco quilômetros de terreno montanhoso e você não tem uma aliança.

– Basicamente. Tudo começou quando ela quis saber o motivo de eu estar na cidade e eu contei.

– Susan é muito fofoqueira. – Lydia o encarou. – E imagino que agora eu não tenha mais segredos para você, hein?

Daniel abaixou as pálpebras.

– Eu não diria isso.

Quando a respiração de Lydia ficou presa, imagens de pele nua e de corpos na horizontal, e de tapetes de pele diante de uma lareira transformaram tudo numa versão moderna de *Bridgerton*. Nada de útil, mas algo para colocar em pausa, guardando para depois.

No momento que Daniel voltou a se concentrar na estrada, ela fez o mesmo e tocou nos lábios. Formigavam como se ele a tivesse beijado.

– Desculpe – disse ele.

– Pelo quê?

– Pelo que está se passando na sua mente agora. Você não quer que eu fale sobre isso, mas acho que sabe do que estou falando.

Voltando a observar a lateral da estrada, Lydia murmurou:

– Candy acha que eu deveria sair com você.

– Eu sabia que ela era uma mulher de inteligência rara. A menos, claro, que tenha chegado a essa conclusão por você não ter outras opções. Eu ainda tiraria vantagem dessa lógica, só não a admiraria tanto.

Lydia teve que rir. Mas não durou.

– Você está certo, por acaso. Eu quase fui demitida hoje.

Ele franziu o cenho.

– Então está suspensa ou algo assim?

– Não.

– Para que aquela mulher veio aqui, então? E, a propósito, não creio que ela devesse ficar perto de nada parecido com um cachorro.

– Por quê?

– Ela é a Cruella de Vil. – Quando Lydia gargalhou num rompante, Daniel chegou a sorrir. – Ah, qual é, você sabe que ela tem um casaco feito de algo terrível dentro do armário.

– Posso só dizer que acho que você tem dismorfia cômica?

– O que posso dizer? – Os olhos sensuais dele encontraram os dela. – Você me inspira.

Quando o rosto de Lydia corou, ela aliviou a pressão do cinto sobre o peito e se aprumou no banco.

– Ok, a entrada está perto. Aqui, bem aqui.

Ele virou o volante e freou, levando-os para um caminho pavimentado de carros, sombreado por uma aleia de bordos. Ou estaria, se os galhos ainda não estivessem desprovidos de folhas. Do jeito que estavam, havia uma sombra sinistra das árvores esqueléticas, o gramado morto, as folhas caídas que farfalhavam sobre o caminho.

– Para onde vamos? – Daniel perguntou enquanto o carro seguia em frente sem pressa.

– Preciso... – Que diabos Peter Wynne estava fazendo? – Eu quero saber se o meu diretor executivo está em casa.

– Era com ele que eu deveria ter feito a minha entrevista de emprego? Há quanto tempo anda sumido?

– Vamos só ver se ele está aqui. – Ela olhou na direção dele. – Acho que deveria ter contado antes.

– Contado o quê? Que vamos nos deparar com a cena de um crime? Hum, essa pode ser uma informação importante em ocasiões futuras. Você sabe, lembre-se disso da próxima vez.

– Não vai ser a cena de um crime – ela murmurou ao se sentar mais adiante a apoiar as mãos no painel.

Ele acelerou um pouco mais.

– Tem certeza disso?

Não.

– Sim, claro. As pessoas não são assassinadas em Walters.

– Diga isso àquele transeunte que está em todos os jornais.

– Aquilo *não* foi um homicídio.

– Ataque de lobo perigoso, então.

– Isso não é engraçado.

– Então por que está sorrindo?

Ela esfregou a boca para que voltasse a ficar numa linha reta.

– Por que mesmo estamos discutindo sobre isso?

Enquanto os bordos passavam por eles, cada vez mais pareciam sentinelas passageiras protegendo o caminho que parecia raramente utilizado, e Lydia se preparou para... bem, ela não sabia para o quê.

Mas seu sexto sentido soava um coro de alarmes e sua pele formigava de ansiedade.

E estava muito feliz por Daniel estar com ela.

Na curva final, o celeiro convertido de Peter Wynne surgiu. A estrutura de dois andares tinha pranchas vermelhas e brilhantes molduras brancas, tudo parecendo ter sido retirado de uma caixa de papelão recém-saída de uma loja de brinquedos e colocada no que deveria ter sido um gramado sintético com cavalinhos, cachorros e caçadores ferozes de rato de plástico. Aquele modelo novo de Mercedes que Lydia não reconhecera estava estacionado na lateral, e, se fosse uma aquisição nova de Peter, o símbolo de status reluzente parecia bem o estilo dele – embora, considerando o salário, ela ficou se perguntando como ele conseguia bancar aquilo, além da reforma que fazia na propriedade.

Talvez tivesse dinheiro de família. O que explicaria todos aqueles blazers e calças de lá da Brooks Brothers.

– Belo lugar – Daniel disse ao parar no círculo da frente e estacionar o carro. – Pertence a uma revista de decoração.

– Eu só quero ver… – Ela abriu a porta e saiu. – Se ele está em casa ou não.

Daniel desligou o motor e desceu do veículo.

– Aquele carro não veio para cá sozinho. A menos que o seu garoto tenha visitas.

– Ele, em definitivo, não é meu – resmungou Lydia.

Quando chegou à porta envernizada, espiou para trás. Daniel avaliava o terreno, o corpo estava relaxado, as mãos no bolso, a expressão alerta, mas desinteressada. E foi quando ela percebeu três galhos caídos. As folhas que se amontoavam debaixo das moitas crescidas demais debaixo das janelas. O fato de haver três jornais dentro de sacos plásticos enfiados na fenda da caixa de correio.

Virando-se para a porta, ergueu a aldrava e deixou o peso cair uma vez. Duas. Uma terceira vez.

Ela conseguia ouvir o som reverberando lá dentro.

— Nenhuma resposta? — Daniel disse ao se aproximar por trás dela. Ela balançou a cabeça.

— Mas o carro...

— Vamos dar a volta até lá atrás.

Antes que ela pudesse responder, ele se afastou, dirigindo-se para o suv e observando o banco da frente. Depois continuou, verificando a fachada da garagem anexa.

Lydia chegou a pensar que estavam invadindo a propriedade. Deveria ligar para o xerife, se acreditava mesmo que havia algo errado. Mas queria respostas mais do que se preocupava com a lei e, além do mais, não confiava na lei.

Passando pela lateral curta do celeiro, chegou aos fundos e não se surpreendeu com a construção feita. Uma varanda fora acrescida e se estendia por todo o comprimento da estrutura — e, na vertical, havia um espaço extra no segundo andar que dava para o gramado extenso e para o limite distante das árvores.

— Negócios na frente, festa atrás — Daniel observou ao se aproximar de uma porta com sinos de vento.

— Isto deveria estar se movendo. — Lydia se aproximou dele. — Sinto o vento.

— Está num ângulo ruim para a brisa, pelo visto. — Ele cerrou o punho e bateu no batente. — Oi?

A voz de Daniel era grave e profunda, do tipo que chamaria a atenção de qualquer pessoa no interior da casa. E ainda de algumas pessoas do outro lado do vale.

Quando ele repetiu a rodada de golpes com o punho, Lydia foi para a primeira das janelas. Ajustando as mãos às laterais do rosto, inclinou-se na direção do vidro. A sala de estar estava disposta ao redor de uma tv de tela plana, que tinha sido deixada ligada; a mobília branca era equilibrada por tapetes vermelhos e fotografias em preto e branco de cenas da natureza afixadas em painéis de madeira nas paredes. Parecia mais com o cenário de um filme romântico de Natal numa casa de interior.

Só que estava uma bagunça. Jornais em todos os lugares. Canecas meio cheias na mesinha de centro, pratos com restos de comida no chão, e até algo se solidificando numa tigela no braço do sofá.

– Caramba – murmurou ela. – Peter costuma ser maníaco por ordem e limpeza.

– Vou entrar.

– Espere, o quê? – Ela avançou e segurou a manga de Daniel. – Não podemos.

– Por que não? Estamos batendo à porta do homem cujo carro está estacionado logo ali. – Daniel olhou pelo canto da casa. – E é por isso que viemos. Não?

– Tudo bem, talvez seja melhor ligarmos para o xerife.

– Ok, pegue o celular.

Lydia hesitou. Olhou para a longa fileira de janelas.

– É para isso que pediu que eu viesse com você – Daniel murmurou. – Você quer entrar e sou meio que o tipo de cara que não se importa com trancas. Mesmo quando elas não são as minhas.

Ela ergueu o queixo.

– Eu pedi que viesse por causa dos convites. Eles pesam muito.

– Então por que não estamos no correio? – Inclinou-se na direção dela. – E você não confia muito na força policial daqui, confia?

– Não confio em ninguém.

Ele assentiu.

– Sabia que você era esperta. Então, ou você chama o xerife agora ou vou cuidar da nossa entrada.

– Isto é invasão de domicílio.

– Não. Jura? Por que não desenha um diagrama para mim? – Ele recuou um passo. – Você decide na contagem de três ou tomo a decisão por nós.

– A porta está trancada…

– Um.

– Sério, Peter pode estar ali dentro…

– Então por que ele não responde? Dois.

– E ele é do tipo que ligaria para o xerife para…

– Ou você pode ligar. Três.

Quando ela só o fitou... e depois assentiu com a cabeça, ele tirou a jaqueta. Envolveu o punho com a manga.

– Espere, o que vai...

Com um soco decidido, ele quebrou o vidro de baixo à direita da janela da porta, o quadrado se soltou da massa de vidraceiro e o baque do lado de dentro quando se estilhaçou no piso de pinho envernizado foi tão audível quanto um praguejar em plena igreja.

Inserindo a mão, Daniel mexeu com a tranca ou com a maçaneta, e logo abriu a porta.

Enquanto a segurava aberta, disse numa voz tranquila:

– Quer ir na frente ou vou eu?

Lydia piscou. E esfregou os olhos.

Sabe, só para o caso de aquilo ser um sonho estranho e que houvesse a possibilidade de ela despertar.

Quando abaixou as mãos para descobrir que, sim, ele de fato abrira a porta da casa de Peter Wynne, tentou se imaginar telefonando para Eastwind e seus colegas uniformizados da polícia. Assim que entrassem na casa? Ela jamais obteria alguma resposta.

Inferno, uma vez que a lei entrasse na propriedade, eles a obrigariam a ir embora – depois de fazerem um monte de perguntas às quais ela não queria responder.

– Damas primeiro – disse ela meio asperamente.

Daniel ficou surpreso por Lydia tomar a dianteira. Pensara que o deixaria ser a ponta da lança proverbial. Mas havia benefícios de ela estar à frente.

Ele conseguiu sacar a arma e mantê-la junto à coxa sem ter que explicar nada para ela...

– Ah, *Deus*... – Lydia se retraiu e encostou a dobra do cotovelo no rosto, à moda dos vampiros. – Que *cheiro*.

O fedor o golpeou em seguida e até ele se retraiu.

– Hum, parece que temos lixo bem velho pela casa.

– Por que está tão quente aqui? – Ela abanou diante do rosto. – Deve estar uns vinte e cinco graus aqui dentro.

– A lareira foi deixada acesa.

O primeiro andar inteiro era aberto, a cozinha à esquerda, a sala de estar tinha virado uma fraternidade, com todo aquele resto de comida nos pratos sujos e lixo à direita. Quando Lydia se aproximou da lareira a gás, Daniel foi verificar a pia, que estava cheia com mais pratos e canecas. Em cima do fogão Viking novinho, havia uma panela sobre uma das bocas com algo vagamente semelhante a alguma carne – pelo menos ele achava que fosse. Aquilo estava tão podre que ele não sabia ao certo que tipo de proteína fora.

– Muito tempo sem faxina – ele murmurou.

Todas as bancadas estavam manchadas de gordura, encardidas... cascas de ovos quebrados em cima da tampa do lixo... e algo pingara no chão junto ao fundo da geladeira.

– O que aconteceu com ele? – Lydia perguntou ao apanhar uma das revistas do chão, fechá-la e deixá-la na mesinha auxiliar.

Ao analisar ao redor do resto do interior da casa, Daniel percebia que tudo tinha sido reformado e decorado por profissionais; o esquema de cores branco e vermelho estendendo-se para a sala de jantar e para a saleta de TV da frente. A atmosfera de um falso rústico, o piso de pinho cor de mel reluzia com o verniz recente, as vigas expostas e os painéis de pinho brilhavam, o cheiro de carpete novo e de tinta de parede ainda recente eram um subtom para todo aquele lixo fedorento.

Alguém assinara uma boa quantidade de cheques para conseguir aquela atmosfera acolhedora.

E isso havia sido feito recentemente.

– Queimaram algo aqui – Lydia comentou junto à lareira.

Daniel guardou a arma e se aproximou dela. Ao passar pelos sofás, notou que estavam todos desarrumados. Não só as almofadas estavam fora de lugar, mas boa parte dos encostos também.

O lugar era um cenário bagunçado.

Lydia se ajoelhou, abriu as portas de vidro da lareira e começou a pegar fragmentos de papel branco chamuscados das chamas azuis e amarelas.

Num impulso, ele agarrou o punho dela.

– Quer se queimar?

– Precisamos saber o que é...

– Deixe estar. – Esfregou os dedos dela. – O que quer que tenha sido, já era.

Lydia imprecou. E inclinou a cabeça.

– O que é isso?

– Apenas cantos de uma folha...

– Não. O barulho.

Quando ela se levantou e olhou para a frente do celeiro, Daniel tentou ouvir com atenção.

– Não estou ouvindo nada.

– Algo está pingando. – Ela olhou para a sala de jantar. – Alguma coisa escorrendo.

Daniel não ouviu até que viraram num canto do cômodo. Quando ficou evidente. *Plic... plic... plic...*

Juntos, passaram ao lado de uma comprida mesa rústica com cadeiras estofadas e uma passadeira branca, com um tapete cheio de nós debaixo do conjunto.

– Acho que eles não gostam de vinho tinto por aqui – murmurou ele. – Pelo lado bom, se alguém fosse assassinado durante os petiscos, você saberia.

– A menos que fosse por estrangulamento.

– Bem observado.

Junto à porta da frente, Lydia parou de repente e ergueu o olhar para a escada de madeira.

– É um alagamento...

Era verdade, água descia do patamar de cima num fluxo lento que se empoçava na base das escadas e desaparecia pelo ralo mais próximo, como saliva da boca.

– Precisamos subir – disse Lydia.

O filho da mãe está morto, Daniel pensou. Portanto, não, nada de damas primeiro dessa vez.

Indo à frente, subiu os degraus dois de cada vez, as botas chapinhando no fluxo de água, atrapalhando a corrente. No alto, o segundo andar também era um espaço aberto, mas havia uma porta deslizante de pinho fechada mais adiante. Debaixo dela, infiltrando-se pelo espaço entre as tábuas, a água escapava.

Daniel olhou para a direita. Um closet com portas de vidro mostrava todo tipo de compartimentos com roupas limpas, penduradas em cabides que combinavam. E, do outro lado do loft, havia uma cama king-size encostada na parede oposta – porém, o edredom e os lençóis brancos estavam manchados. Mas não de sangue. Só estavam sujos, todos amassados, como se tivessem sido lavados há um mês.

Não havia motivo para sacar a arma de novo.

– Estou com uma sensação ruim sobre tudo isso – Lydia sussurrou ao seu lado.

Ele também, mas não pretendia dizer.

Puxando a manga por cima da mão, ele empurrou o painel de lado...

– Mas... que *porra* – Lydia sussurrou.

CAPÍTULO 15

QUANDO LYDIA AFASTOU O ombro pesado de Daniel da frente, conseguiu enxergar melhor tudo o que não fazia sentido algum no banheiro de Peter Wynne: as torneiras prateadas da banheira branca estavam abertas, libertando uma correnteza enquanto o ralo estava fechado, o ladrão de água não sendo páreo para o volume que se acumulava. Do mesmo modo, ambas as pias na bancada de mármore branco estavam abertas e as cubas se transformaram em piscinas de borda infinita, que se derramavam no piso azulejado. E o chuveiro estava escancarado, o cabeçote no meio do enclave de mármore despejando-se em cima de um ralo bloqueado com uma toalha branca.

A enchente resultante ensopara os capachos brancos, fazendo-os flutuar numa lagoa agitada, e os quadrados encharcados batiam na soleira de mármore no batente da porta. Nesse meio-tempo, as paredes, todos os espelhos e as janelas escorriam com a condensação e duas fotos emolduradas pingavam pelos cantos.

Lydia pensou que aquilo começara com água quente. O ar denso e úmido agora, porém, estava frio. Há quanto tempo a água estava escorrendo?

Mais importante, por que alguém teria feito isso?

Ao observar ao redor de novo, ela viu a escova de dentes de pé num porta-escovas entre as pias gêmeas, as tolhas de monograma penduradas e o vaso e o bidê com as tampas abaixadas.

Lydia inspirou fundo, mas não sabia bem o que esperava cheirar.

Mentira.

Sangue... ela procurava o buquê cuprífero de sangue, mas não era um cão farejador. Só o que conseguiu foi um matiz de cloro por conta de a água ter sido tratada.

– Alguém encobriu algo – ela afirmou com seriedade.

Não sentiu a necessidade de explicitar o que seria em voz alta. Mas sabia que Peter Wynne estava morto, e tinha a sensação de que fora morto ali dentro.

Girando, cambaleou – e viu a porta de vidro do closet. A ordem ali dentro, comparada ao caos do restante da casa, era sinistra. Como o rádio de um carro ainda tocando depois de um acidente.

Mas nem tudo estava arrumado ali. Ao entrar no espaço estreito, num dos cantos do carpete branco, havia uma pilha bagunçada de pijamas com monograma, como se o usuário sofresse de suores noturnos e estivesse desgostoso com a privação de sono. Também havia camisetas de baixo misturadas, manchadas com o que parecia ser comida. Cuecas boxer. Meias.

Saiu dali. Daniel estava junto à cama, inclinado para baixo, olhando debaixo do colchão sem tocar em nada.

– Desligamos a água? – perguntou ao espiar para fora das janelas do segundo andar.

Os fundos da propriedade davam para uma descida que acabava num lago construído – ou, pelo menos ela deduzia, por causa do contorno de cimento e pedras. As árvores tinham sido aparadas e, bem perto do limite da floresta, ela conseguia ver o que restava de um antigo cocho e abrigo de cavalos.

– Vamos verificar o resto da casa – Daniel disse. – Mas, não, não tocamos em nada.

Desceram pelo rio das escadas e viraram à direita até entrarem numa biblioteca que não tinha nada de especial. Do lado mais oposto, havia um corredor que levava de volta à área principal.

– O que faremos? – ela perguntou ao ressurgir na saleta de estar. – Quero dizer, sei que deveríamos ligar para...

Pelo canto do olho, percebeu a tela da TV silenciosa. Era um canal afiliado de Plattsburgh e um repórter olhava para a câmera – com uma imagem da sede do PEL acima da cabeça.

– Onde está o controle? – Ela se virou. – Onde está o...

Daniel se aproximou da tela plana.

– Deixa comigo.

Ele cobriu a junta do dedo com a manga e aumentou o volume no botão da lateral do aparelho.

– ... relatando uma história em andamento. Uma fonte do Projeto de Estudo dos Lobos acusou os incorporadores da propriedade McBridge, de vinte mil metros quadrados na Montanha Bread Loaf, de envenenar a vida selvagem. A cadeia de hotéis Corrington, famosa por suas acomodações de luxo ao redor do mundo, está construindo um *resort* no terreno, tendo recebido a permissão de zoneamento há dois meses. Preocupações com a reserva vizinha e sua população de lobos, em relação à segurança dos hóspedes do SPA e retiro, foram mencionadas nos memorandos internos obtidos pela WNDK. Acompanhe a história completa com a equipe recebedora de prêmios no Ao Vivo às Cinco...

Praguejando, Lydia encarou o jardim dos fundos. Depois franziu o cenho ao tentar ver aquela construção dentro da formação de árvores.

– Precisamos voltar e dar uma olhada lá.

– Lá onde?

– Lá – ela disse, apontando para a floresta.

Em algum lugar da casa, um telefone começou a tocar, um toque eletrônico ecoando pelos cômodos vazios, interrompendo os pingos vindos do átrio na frente da casa.

– Temos que ir embora – disse Daniel.

Ele estava perto do sofá, com os braços cruzados diante do peito, a cabeça se movendo de lado a lado enquanto olhava para a tela da televisão. Em seguida, seus olhos se fixaram nos dela.

– Temos mesmo que ir agora, Lydia. Podemos conversar sobre os próximos passos no carro, mas... temos que sair. *Agora.*

Ela queria argumentar – mas sem motivo. Ele estava certo. Inferno, nunca deveriam ter entrado.

– Está bem.

Saíram sem dizer mais nada, passando pela porta dos fundos que ele quebrara para invadirem. Depois de fechar a porta, pegou no braço dela e a apressou para o carro – e a maneira com que ele olhava ao redor fez com que Lydia sentisse a nuca eriçada. Ou talvez a nuca fosse reagir assim de todo modo. No hatchback, ela foi para o lado do motorista por força do hábito, e Daniel não pareceu se importar com quem estivesse ao volante. Quando Lydia se largou no banco num baque, estava muito longe do painel, então enfiou a mão entre as pernas, puxou a barra para deslizar o banco para a frente de maneira manual.

Daniel lhe entregou as chaves. Ela deu partida.

O coração batia tão forte que ela conseguia ouvi-lo também, e descobriu-se engolindo compulsivamente, apesar de estar com a boca seca.

Acelerou e os pneus rodaram no cascalho, e virou o volante num círculo, conduzindo sua lata velha pela aleia de bordos. Perto da junção com a estrada, não se deu ao trabalho de dar a seta. Apenas virou entrando na estrada sem trânsito algum.

– Devagar – disse ele. – Vamos acabar batendo.

Lydia aliviou o pé do pedal e relanceou para ele, encontrando-o se segurando na janela e no painel.

– Desculpa.

– Tudo bem…

– Espera, aquela van está vindo na nossa direção. – Ela se inclinou à frente. – É a equipe de reportagem?

E era isso mesmo: na pista oposta, uma van branca com antena parabólica no teto vinha acelerada como um morcego saindo de uma caverna. Quando passou ao lado deles, o logo da NBC era um vislumbre de cores. WNDK.

– Eles vão à casa do Peter. – Ela espiou pelo espelho retrovisor. – Aposto que vão para o Peter…

Quando o veículo fez uma curva na estrada, ela freou e guinou o volante para mudar de direção. Acelerou e o motor zuniu debaixo do capô.

– Não vamos para lá de novo – Daniel disse ao voltar a se segurar.

– Tenho que saber se eles estão indo para o Peter.

– Não seja louca. Acabamos de invadir a porra da casa. Quer explicar para eles, diante da câmera, por que estivemos lá? E não chamamos a polícia?

– Temos um xerife na cidade – murmurou. – Não uma polícia.

Antes que Daniel dissesse mais alguma coisa, Lydia guinou o volante para a direita e avançou por uma estradinha de terra da largura de um carro. Agarrando-se ao volante para não bater a cabeça no teto, ela brigou contra os buracos enquanto Daniel esticava as mãos e se segurava na porta e no console. Pela terceira vez.

– Onde… diabos… estamos… indo? – ele disse entre dentes enquanto sacolejavam.

– Esta estrada é paralela à propriedade do Peter – ela disse por cima do barulho. – Conseguiremos ver…

– Jesus… Lydia. Nós vamos… ser pegos.

– Eles não vão… saber que estamos aqui.

– Se estamos perto… o bastante… para vê-los. Eles estão perto… o suficiente para… nos ver.

Ela se forçou a tirar o peso do acelerador. Além do mais, não queria deixar partes do carro para trás. Como o motor inteiro ou, quem sabe, um eixo.

– Eles não vão ficar olhando para a floresta – disse ela quando tudo passou a um leve balançar de barco. – Vão estar mais interessados no que está acontecendo naquela casa.

– E quando chamarem a polícia para vasculhar a propriedade?

– Já teremos ido embora a essa altura. Nunca saberão que estivemos por perto.

– Tem certeza disso? – murmurou ele. – Porque deixei os meus molares neste caminho todo esburacado, e as arcadas dentárias são admissíveis num tribunal.

Perseguição. Sem. Sentido.

Quando Lydia por fim parou o carro, Daniel olhou para além dela, onde o celeiro de Peter Wynne deveria estar – e não viu nada mais do que mato e troncos de árvores. A propriedade não estava nada visível.

Quando ela saiu, ele quis puxá-la de volta para o carro para enfiar-lhe um pouco de bom senso. Estavam cortejando complicações de uma variedade muito ruim ali, e por mais que isso não o incomodasse, Lydia se depararia com problemas que não conseguiria resolver sozinha. E por mais que fosse verdade que ele não tinha interesse em cuidar de ninguém, às vezes essa sua regra de ouro perdia um pouco o lustro.

Bem, não às vezes. Só no caso de Lydia Susi. Com ela, se via tragado. Mantido. Trancado.

Maldição.

Daniel também saiu, e antes que conseguisse lhe dar mais uma dose do tipo "caia na real", ela apontou para as árvores.

– Por aqui – disse ao sair na frente sem ele.

A trilha em que os colocou era, para os humanos, tão sacolejante quanto a estradinha era para os veículos, um caminho estreito em que só cabia uma pessoa desafiando a largura dos seus ombros. Mais à frente, ela abaixava a cabeça e segurava os galhos que atravessavam o caminho, o corpo ágil e seguro, flexível e forte. O ar estava fresco e úmido, cheirando a terra e o que florescia ali.

Uma Colônia de Ideia Ruim pra Caralho.

Em retrospecto, fora ele quem forçara o assunto ao quebrar o vidro da porta. A diferença, argumentou consigo, era que ele não estava querendo uma revisita à cena do primeiro leve delito deles.

Leve, isto é, se comparado ao que fora feito ao proprietário do celeiro.

Aquela cascata no banheiro era a ocultação de um homicídio, como nenhum outro visto por ele antes.

– Só mais um pouco – sussurrou Lydia depois de terem avançado uns bons trezentos metros.

Quando ajustou o curso uma vez mais, os arbustos foram afinando um pouco e ela o levou até um carvalho grosso. A princípio, Daniel não entendeu bem o que Lydia estava fazendo – mas, em seguida, viu tábuas pregadas no tronco. O posto de observação camuflado estava a uns seis metros do chão, e ela começou a galgar os degraus como se fosse uma gata, subindo sem pausas.

Ele a seguiu de perto.

E tentou não olhar para o que estava... bem acima da sua cabeça. Porque espiar o traseiro dela não só era um ato indiscreto e indiscutivelmente devasso; era, com certeza, inapropriado, considerando-se que estavam prestes a espionar pessoas.

Não era hora de iniciar nada sexual.

Lá em cima, a plataforma tinha cerca de três metros de comprimento por um e meio de largura, com paredes altas o suficiente para encobrir até mesmo o seu volume todo agachado. E, surpresa, a vista era perfeita, as copas dos pinheiros se afastando um pouco e permitindo uma vista desimpedida... dos fundos do celeiro reformado.

Onde muita coisa estava acontecendo: um homem em roupas casuais com uma câmera apoiada no ombro estava diante da porta dos fundos ao lado de uma mulher arrumada vestindo uma saia vermelha e blazer. Ambos estavam inclinados para dentro da porta aberta.

Eu a fechei, Daniel pensou. Aquela porta estivera fechada quando ele e Lydia saíram.

A equipe da WNDK conversava com intensidade. E logo a mulher pegou o celular.

— Estão ligando para a polícia – disse ele.

— Para o xerife – Lydia murmurou.

— Podemos voltar para o carro agora? – Quando ela meneou a cabeça, Daniel se inclinou para mais perto da mulher. – Não queremos estar aqui quando o *xerife* chegar.

— Isto não faz parte da propriedade do Peter. Estamos no pedaço de terras do marido de Bessie Farlan. Temos todo o direito de estar aqui.

— Você gosta de viver perigosamente?

– Não – respondeu ela. – Detesto.

Daniel se sentou e verificou se o que estava debaixo dele era, de fato, tão resistente quanto parecia ser. Por sorte, tudo parecia estar aguentando bem. Mas, pensando melhor, aquilo devia ter sido calculado para aguentar dois atiradores de espingarda com barriga de cerveja e suas doze latas de Budweiser de alta qualidade.

– Acho mesmo que já vimos o bastante – opinou.

– Chamaram Eastwind – ela murmurou ao se concentrar em enxergar através de uma das fendas entre as tábuas. – E ele não vai fazer nada. Maldito, não entendo por que está protegendo Corrington.

– Lydia, sei que estou parecendo um disco quebrado...

– Está bem – ela sibilou como que para si mesma. – Vou fazer o trabalho pesado. Vou encontrar provas – ou o diabo que for necessário. Mas não vou ficar parada, deixando que essas pessoas...

– *Lydia.*

– ... arruínem esta terra. Não me importo com o que façam comigo ou como vão tentar me assustar...

Daniel franziu o cenho ao captar o que ela dizia.

– Como é? Eles fizeram algo para você?

Enquanto ela continuava a resmungar ao mesmo tempo que fitava o celeiro, ele a cutucou no ombro. Quando, por fim, Lydia desviou o olhar do cinegrafista e da repórter, ele a segurou pela mão para garantir que estava prestando atenção.

– O que fizeram com você? – Ele ergueu uma palma quando ela abriu a boca. – Não, você não vai mentir para mim, porra. Você me arrastou para isto. Não tem o direito de começar a editar a história agora.

Os olhos dela voltaram para o celeiro, as sobrancelhas mais abaixadas, os lábios apertados numa linha fina. Quando uma brisa surgiu, o rabo de cavalo dela foi na direção de Daniel e ele sentiu uma lufada do seu xampu.

– Pode confiar em mim – disse com suavidade.

A risada dela foi curta.

– Não foi você quem me disse para não confiar em ninguém?

– Eu não me referia a mim mesmo.

– Bem, ainda não verifiquei as suas referências pessoais. – Isso foi dito de maneira distraída. Como se fosse uma anotação mental que surgira como lembrete na sua proverbial tela cerebral. – Eu não conheço você.

– Quis que eu viesse com você por um motivo. Nada relacionado ao peso daqueles convites.

Quando ela cruzou os braços diante do peito e não respondeu, Daniel pegou seu celular. Indo para a lista de contatos, selecionou um número, apertou o botão de enviar e esticou o aparelho para Lydia.

– Toma – ele a incitou quando ela só ficou olhando para aquilo.

– Para quem você ligou?

– Pega. É para você.

A mão dela tremia quando a esticou, e ele chegou a pensar que a estava pressionando demais. E depois resolveu que não. Ela conseguia aguentar. Podia estar com medo, mas não sairia correndo.

Lydia aproximou o aparelho do ouvido com as sobrancelhas se unindo.

– Hum… alô? Ah, sim. – Ela lhe lançou um olhar que lhe dizia que aquele não era o momento certo para isso. – Eu… hum, desculpe. Você teve um funcionário chamado Daniel Joseph? Ah, bom. Bem, o meu nome é Lydia Susi e ele se candidatou a uma vaga para a organização sem fins lucrativos para a qual trabalho. Você está listado como referência dele… ah! Mesmo?

Quando ela voltou a olhar pela fenda entre as tábuas, houve uma série de pausas. E alguns outros comentários confirmatórios da parte dela.

Depois disso, Lydia desligou; enquanto lá no celeiro a repórter erguia o celular para o ouvido.

– O que disseram? – perguntou Daniel.

– Eles amavam você. – Ela o fitou. – Disseram que você não poupava esforços, mesmo em tarefas menores. Disseram que o recontratariam num segundo. Parabéns.

Ele pegou o celular da mão dela. Quando entrou na lista de contados de novo, Lydia disse:

– Você já tem o emprego. Não precisamos...

– Isto não é por causa do emprego. – Ele apertou o enviar novamente e voltou a lhe estender o celular. – Vamos. Pega.

– Daniel.

– Ou você vai falar comigo sobre o que aconteceu com você. A escolha é sua.

Ela afastou o celular.

– Estamos no alto de uma árvore...

– Sei onde estamos. Fale com eles ou fale comigo.

– Você é sempre insistente assim?

– Você é sempre teimosa assim?

Enquanto se encaravam, Lydia pegou o celular, encerrou a ligação, e o guardou no próprio bolso.

– Vai tê-lo de volta quando parar de fazer ligações.

Daniel piscou. E, em seguida, riu com suavidade.

– Você acabou de me colocar de castigo?

– Sim, isso mesmo. Agora seja um bom garoto e me dá um tempo. Ou nada de sobremesa.

Lydia voltou a espiar entre as tábuas – e ele não resistiu. Os olhos trafegaram dos ombros descendo pela curva da coluna.

Sobremesa é uma ótima ideia, pensou.

E o fato de Daniel querer que ela participasse desse duplo sentido era um clichê. Em retrospecto, ele tinha quase certeza de que Lydia diria o que fosse em qualquer situação e ele seria capaz de encontrar um significado envolvendo uma posição horizontal.

Em cima da hora. Vamos entrar em contato. Dar as cartas certas.

Mesmo palavras simples não estavam livres das suas ideias idiotas.

Cenoura, por exemplo.

Caramba, que doentio ele era.

Concentrando-se no perfil dela, sentiu uma torção nas entranhas que não tinha nada a ver com seu sangue quente.

– O que eles fizeram para você, Lydia – repetiu ele com seriedade.

CAPÍTULO 16

ANTES QUE PUDESSE RESPONDER à pergunta direta de Daniel, Lydia teve uma sensação de alerta se espalhando pela nuca.

Girando, encontrou outra fenda nas tábuas, a qual lhe permitia enxergar o celeiro. Ao tentar identificar o que chamara sua atenção, seus batimentos cardíacos triplicaram. Bem quando começava a se frustrar consigo...

Um homem vinha em meio às árvores, seguindo para o posto de observação. Vestindo um uniforme militar preto, tinha um boné enterrado na cabeça, que escondia o rosto, e todo tipo de armas e munições presas ao quadril e às costas.

– Ai... meu Deus – sussurrou.

Ao seu lado, Daniel também percebera e rolava de lado para poder olhar por outro buraco.

Perto. Mais perto. De modo que agora ela conseguia ouvir as passadas no terreno úmido. Quando seu nariz começou a coçar, ela o esfregou. E esfregou de novo. Se espirrasse...

O homem estava a dez metros. Seis. Três.

E parou.

Fechando os olhos, ela estremeceu e cobriu a boca com a mão. Perguntas como "quem era ele" e "para quem trabalhava" eram muito menos importantes do que se ele iria ou não sacar aquelas armas, descarregando chumbo na plataforma em que estavam.

Seu coração batia tão forte que parecia um rugido em seus ouvidos, e ela rezou, *rezou* para que...

Os passos foram retomados… e começaram a sumir.

Lydia não se conteve. Tinha que olhar. Cheia de esperanças de não pisar na tábua solta na base ou nas laterais, virou-se e observou o homem, o soldado, tanto faz, marchar para longe deles.

– Fique aqui – Daniel sussurrou.

Com uma mão veloz, ela agarrou a jaqueta dele.

– Aonde você vai…?

– Ele está procurando pelo seu carro.

Lydia balançou a cabeça.

– Não tem como ele saber que estamos aqui. Esta propriedade não tem câmeras…

– Fique aqui. – Ele cravou o olhar nela. – Eu volto para te buscar.

– Daniel…

– Vigie o celeiro. Fique aqui.

A despeito do seu tamanho, Daniel não fez barulho algum ao se levantar e passar a perna pela parede da plataforma. Em vez de descer pela escada, ele se pendurou na lateral e depois despencou para o chão, permanecendo escondido pelo tronco grosso do carvalho. Sem emitir som algum, ele foi se afastando, seguindo o rastro do outro homem.

Ela ficou ali… talvez por um minuto e meio.

Sim, Daniel era grande e forte. Mas talvez ela pudesse ajudar ou… sei lá.

Ao inspecionar a floresta, certificou-se de que nada mais se aproximava. Depois saiu da plataforma, descendo pela escada no tronco. Quando pisou nas folhas e agulhas de pinheiros, não seguiu os homens. Triangulou uma aproximação até onde Daniel interceptaria o soldado, passando por pinheiros, num trote rápido que a levava adiante.

Em meio às árvores, viu o soldado ainda caminhando pela floresta.

Mas o avanço dele não durou muito.

O ataque foi tão rápido, tão opressor, que ela arquejou. Daniel Joseph de alguma forma se esgueirou atrás da figura e saltou nas costas do homem como se tivesse sido impulsionado por uma mola. Com o corpo um tanto paralelo ao chão, os braços grossos se projetaram pelos lados e, em seguida, ele deslocou seu alvo do chão, usando a força cinética do seu movimento para tirar vantagem e empurrar o rosto do homem para baixo. Não houve um segundo de tempo de recuperação. Antes que o outro cara pudesse reagir, Daniel enfiou o joelho na lombar e o antebraço na nuca, e o soldado – ou que diabos fosse ele – ficou completamente incapacitado.

Daniel se inclinou para baixo e disse algo no ouvido do homem.

E arrancou-lhe o boné, agarrando um punhado de cabelos, puxando o crânio para cima. Passando o braço livre ao redor do pescoço do homem, segurou o próprio punho e... começou a puxar para trás. Com força.

De modo que a parte interna do cotovelo agisse como um torno ao redor da traqueia do soldado.

– O que está fazendo? – Lydia perguntou ao saltar adiante.

Correndo até ele, não se importou se a ouviriam.

– Pare. *Pare!*

Daniel não olhou para ela. Não aparentou tê-la ouvido. Encarava adiante, as veias saltando no pescoço, na testa, sem dúvida no corpo todo. Ele sequer respirava.

Assim como sua vítima.

O soldado debaixo dele arquejava, o rosto ficava rubro à medida que lutava por ar, os dedos enluvados se agarravam à barra de ferro que esmagava suas vias respiratórias.

– Pare – Lydia exclamou. – Você vai matá-lo!

Agarrou o braço de Daniel e começou a puxar. Mas era o mesmo que tentar desprender algo parafusado. Nada se movia.

Enterrando os calcanhares no chão, ela se inclinou para trás e grunhiu.

– Solte-o...

Os sons que o outro homem fazia eram terríveis. Assim como os golpes que desferia com força decrescente no seu assassino.

– Não, *não!*

Os pés de Lydia escorregaram e ela caiu de joelhos, mesmo isso lhe dando menos alavancagem, ainda mais sobre a cobertura das agulhas dos pinheiros. Enquanto se esforçava, lágrimas escorreram pelas faces, e ela teve um pensamento distanciado, seguindo uma linha de como aquilo poderia estar acontecendo. Como tinha passado da reunião com C.P. Phalen para lutar contra a força sobre-humana de Daniel enquanto ele matava...

Acabou em um instante. Ao mesmo tempo, Daniel soltou o que estava segurando e libertou-se da mão de Lydia, e o morto despencou de cara na terra, Lydia caiu para trás, aterrissando de bunda com tudo.

– Você o matou! – Ela engatinhou à frente e empurrou Daniel. – O que você fez?

– Psiiiiu...

Enquanto ela batia nele, estapeando-o na cabeça e nos ombros, Daniel a segurou pelos punhos, imobilizando-a.

– Ele está vivo... Jesus, Lydia, relaxa...

– Ele está morto...

– Não, *não* está. – Daniel a afastou com um empurrão e rolou o homem de costas. – Veja por si mesma. Ele está respirando, porra.

Lydia enxugou os olhos com o antebraço. O homem – soldado, tanto faz – estava... sim, de fato, o peito dele subia e descia. Devagar, verdade, mas ritmadamente – e sua coloração ainda estava rosada devido à luta.

– Você tentou matá-lo – ela gemeu.

– Não, eu queria deixá-lo inconsciente. – Daniel apontou na direção em que ela estacionara o hatchback. – Volte para lá e entre no carro. Ele sabe onde você está. Está atrás de você.

– O quê?

– Ele veio aqui por sua causa.

Lydia sacudiu a cabeça para clareá-la.

– Espere, como sabe que eu estava sendo perseguida?

– Não tenho tempo para explicar. – Com um puxão forte, ele abriu a frente da jaqueta preta. – E, não, não vou matar ninguém. Só quero lhe dar uma chance de escapar.

Dito isso, começou a despir o homem de todas as suas armas. Duas pistolas. Uma faca de lâmina prateada parecendo letal. Clipes de balas.

Os olhos de Lydia se arregalaram.

– Para mim já chega. – Tateou nos bolsos à procura do celular. – Vou ligar para o xerife...

– Ligue para a Guarda Nacional, não me importo. – Daniel se mexeu e começou a tatear os bolsos das pernas. – Só faça isso da porra do seu carro enquanto dirige para longe daqui. Vá! Antes que ele acorde.

Quando Lydia tirou o celular de Daniel em vez do seu, ela verificou o homem. Ainda respirava.

– Não sei quem é esse cara. – Daniel já estava nas panturrilhas e removeu outra faca do tornozelo esquerdo. – Mas ele é perigoso pra cacete, a menos que você não saiba para que todo este metal que estou tirando dele é usado. E se você não quer que eu o mate, precisa sair daqui *agora*.

– Venha comigo – disse ela num rompante. – Podemos ligar juntos...

– Não, tenho que continuar aqui para garantir que ele não vai seguir você. – Daniel meneou a cabeça. – Não sei o que você fez ou para quem ligou ou... merda, não sei de nada. A única coisa de que tenho certeza é que ele sabe onde você está...

Lydia se levantou.

– Apenas deixe-o aqui. Vamos.

– Há um rastreador. Debaixo do seu carro. – Quando Lydia se retraiu, Daniel observou ao redor de novo. – Eu o encontrei hoje de manhã quando encalhei na trilha. É um rastreador de GPS grudado magneticamente atrás do chassi do lado do motorista. É por isso que acho que este homem, quem quer que seja ele, está atrás de você. Acho que está seguindo o sinal emitido pelo seu carro e, sim, eu ia te contar. Agora, me devolva o meu celular e vá embora. Vá para um lugar seguro. *Por favor*.

Lydia visualizou as pegadas debaixo das suas janelas.

Então foi isso o que fizeram enquanto estavam na sua propriedade, concluiu. Eles não entraram na casa, colocaram um rastreador no seu carro.

– Você precisa vir comigo – disse com rispidez.

– Não, preciso ficar aqui. Se ele acordar, nós dois teremos um problema, não? Só me dê o meu celular e eu ficarei bem. Sempre fico.

Lydia jogou o celular para ele e espalmou o próprio.

– Vou ligar para o xerife vir buscar você.

– Não dou a mínima para o que vai fazer. Contanto que seja do seu carro e em movimento. Vá. Antes que ele recobre a consciência. O que vai acontecer daqui a um minuto, talvez menos.

Lydia começou a arfar, como se já tivesse começado a correr.

– Mantenha-o aqui. Vou chamar o xerife.

– Não conte que fomos até o celeiro. Não me envolva nisso.

– Eastwind deve estar no Peter agora. É ele quem deve ter atendido ao chamado daquela repórter.

– Bom para os dois, e eu com isso? Por favor, só saia logo daqui. Vai!

– Vou ligar para a polícia – ela disse ao se virar.

– Você tem um xerife, lembra – ele rebateu.

Dito isso, ela disparou a correr sobre a folhagem rasteira. Olhou para trás apenas uma vez. Daniel a encarava ainda ajoelhado ao lado do soldado, com uma expressão séria no rosto. Como se, talvez, estivesse se perguntando em que diabos se metera.

Junte-se ao clube, pensou ela.

Daniel viu Lydia sair correndo, as passadas diminuindo de volume até silenciarem com o som suave da jaqueta corta-vento folgada. O carro dela estava a uns quinhentos metros dali, longe demais para ele ouvir o som do motor sendo ligado.

Por isso, concedeu-lhe quatro minutos. Enquanto esperava, pegou uma das armas que tirara do guarda. Havia um pente cheio dentro dela.

Quando um gemido escapou do homem incapacitado, Daniel avaliou todas as diversas armas e munições espalhadas no chão. Extraiu um cilindro de uma pilha e afixou-a ao tubo oco do cano de uma automática, atarraxando-o.

Verificando outra vez se Lydia não mudara de ideia e voltara, aguçou os ouvidos. Olhou ao redor de novo.

Em seguida, encostou o silenciador na testa do homem e disparou um único tiro no lobo frontal dele. Nenhum som da arma, mas o corpo se moveu, as extremidades se erguendo por um segundo e aterrissando num baque.

Daniel recolheu todas as armas, guardando-as nos bolsos. Depois rolou o homem e tateou suas costas. Nenhuma identidade; nenhuma novidade. Celular, contudo, no bolso de trás das calças de combate.

Quem quer que fosse, mais se parecia com um militar do que com a força policial, com todos aqueles equipamentos e nenhum distintivo; motivo pelo qual Daniel tinha certeza de que se tratava de um guarda pessoal de algum tipo. Mas para quem ele trabalhava?

Pondo-se de pé, enfiou o boné no bolso, segurou-o pelas axilas e ergueu o corpo para uma pegada de bombeiro. Com atenção onde pisava, abriu caminho pelo interior da floresta, distante do local da execução.

Daniel não tinha um plano determinado sobre onde esconder o corpo. Portanto, fez o que sempre fazia. Confiava que o ambiente lhe forneceria uma solução para o seu problema. E, como esperado, como se a floresta estivesse contente em ajudá-lo, uma caverna baixa apareceu e ele enfiou o cadáver no confinamento escuro e úmido. Tomou cuidado para não mexer em nada mais do que o absolutamente necessário, movendo-se como se estivesse na cena de um crime.

Rá-rá.

Ei, talvez Lydia estivesse certa quanto ao seu senso de humor.

Na-não.

Pegou o celular e ligou a lanterna. As paredes de pedra úmida reluziram, mas a terra no chão absorveu a luz.

A faca do soldado era tudo o que precisava.

Quando Daniel se inclinou sobre o rosto do homem, segurou o celular entre os dentes para que o facho fosse para onde queria. Em seguida, abriu o olho direito com o polegar e o indicador. A lâmina prateada tinha uma ponta cirúrgica e, inserindo-a no canto externo...

Ele libertou o olho da sua órbita, o nervo ótico era uma confusão de fios por trás.

Depois que repetiu a remoção do outro lado, pegou uma bandana do bolso de trás e enrolou seu pequeno prêmio. Desligou a luz e saiu agachado da caverna, endireitando-se quando teve certeza de que não bateria a cabeça.

Ao analisar ao redor de novo, enfiou o tecido na jaqueta e se afastou dali.

Ao voltar para onde a execução acontecera, as folhas que cobriam o chão estavam reviradas – algo evidente mesmo se você não estivesse procurando por isso. Nem era preciso dizer que também havia um pouco de sangue.

Olhou para o céu cinzento.

– Venha, chuva. Se não se importar, uma ajudinha viria a calhar.

Ajoelhando-se, cavou entre as folhas e agulhas de pinheiros, até chegar à terra. Precisou procurar um pouco com as mãos… mas encontrou a bala. Graças ao granito uns quatro centímetros mais embaixo, a bala não penetrara muito fundo.

Não havia nada que pudesse fazer sobre a marca na pedra a não ser encobri-la.

Pelo menos não estava preocupado com a força policial local. Cidades pequenas como aquela não tinham farejadores profissionais que iriam desconstruir uma área do tamanho daquela clareira só para o caso de talvez encontrarem possíveis pistas.

Ainda mais quando tinham duas testemunhas oculares que diziam que um homem tinha sido engasgado em vez de morto.

Com uma última olhada, e alguns chutes da bota, virou-se e seguiu na direção da trilha, do caminho… da estradinha rural asfaltada.

A sensação de estar sendo seguido não era nenhuma novidade. Estava acostumado às suas façanhas o acompanharem de perto.

Mas o fato de se importar com o que Lydia Susi pensava sobre ele era uma maldita inconveniência.

CAPÍTULO 17

ENQUANTO LYDIA CORRIA PARA O CARRO, o coração triplicou de velocidade e os olhos se moviam de lugar em lugar, as árvores parecendo se mexer enquanto ela virava a cabeça para a direita e para a esquerda. Mas nada veio na sua direção, ninguém trajando roupas pretas, ninguém armado, ninguém...

Nem mesmo Daniel.

E se o outro homem tivesse acordado? E se estivessem lutando agora, e Daniel tivesse sido subjugado porque o elemento surpresa já não estava do seu lado?

Enquanto uma onda de pânico entontecedor fritava seu cérebro, ela se forçou a pegar as chaves e entrar no hatchback. Ligando o motor, surgiu o pensamento de que deveria descobrir o que diabos fora colocado debaixo do carro, mas a imagem mental daquelas armas que Daniel tirara do soldado a curou desse impulso.

De volta à estradinha. Para pedir ajuda. Para salvar Daniel.

Passando a marcha à ré, girou o corpo para trás e recuou no caminho estreito, a trilha gêmea de marcas na terra como um trilho de trem, e isso era bom. Ela precisava de ajuda para ficar no curso certo.

Levou uma eternidade para ressurgir no céu aberto, doze anos como se fossem um momento. E quando chegou ao asfalto, mal olhou para o trânsito. Apenas recuou direto no meio da estrada, guinou o volante e disparou dali. Precisava se afastar o bastante para ligar para o xerife.

Quando o celular tocou, ela se assustou e se atrapalhou com o aparelho.

– Alô?

– Estou bem. Está tudo bem...

– Daniel! – Ela freou sem motivo algum. – Onde você está?

– Estou saindo da floresta a sudoeste. Não faço ideia de quanto tempo vou levar para chegar à estrada.

– Onde está o soldado? Ou sei lá quem ele era?

– Eu o amarrei com um cordão plástico que ele tinha. Eu o deixei lá e saí correndo.

– Graças a Deus. – Ela fechou brevemente os olhos. – Estou procurando por um lugar para encostar...

– Vá para onde ninguém possa vê-la e lhe direi onde o rastreador está. Você precisa tirá-lo e jogá-lo fora rápido. Ainda está em perigo até que faça isso...

Naquele mesmo instante, o início de uma das trilhas da reserva surgiu. Era da rota que conduzia para a "parte feia", como diziam os locais, portanto não havia ninguém estacionado na pequena área sombreada.

– Encontrei – disse ela ao parar. – Quero dizer, parei.

– Bom.

– Tem certeza de que está bem? – Deixou a marcha em ponto-morto. – Você está...

– Só estou dando uma corrida legal no meio da floresta. Apreciando a vista. Você sabe, "turistando".

Ela voltou a fechar os olhos.

– Para onde vou debaixo do carro?

– Do lado do motorista. Está logo atrás da roda da frente. Você verá com a lanterna do celular.

– Está bem.

Saindo do carro, Lydia se abaixou e foi se encaixando. O calor se espalhava do bloco do motor, transmitido pelo metal da lataria, e o cheiro de óleo e de terra a fez espirrar.

– Ainda está aí? – ela disse ao colocar Daniel no alto-falante e ligar a lanterna.

– Estou aqui. – A voz dele ficou mais baixa. – Onde você está?

– Debaixo do carro.

– Onde você parou?

– Trilha Burning Tree. No estacionamento. Não há mais ninguém aqui.

– Muito bem, vire a cabeça um pouco para a direita. Está...

– Achei.

A coisa preta era maior do que ela pensara, mais ou menos do tamanho da sua palma, e quando ela movimentou a luz ao redor, foi como algo saído de um filme do 007.

– Alguma possibilidade de, se eu tirar, isto explodir? – perguntou. Houve uma pausa.

– É, isso pode acontecer. Não sei.

Lydia bufou.

– Lembre-me de nunca te perguntar sobre as minhas chances de ter câncer.

– Na-não, em relação ao câncer você está segura. Come bem, se exercita. Mas... como é a sua genética?

– Sou uma completa vira-lata – murmurou ao segurar o aparelho com firmeza. – Muito bem, faço uma contagem regressiva ou só arranco de vez?

– Simplesmente vá em frente.

– Excelente oportunidade de viver o slogan da Nike.

Fechando os olhos, ela inspirou fundo...

– Merda! – disse ao arrancá-lo.

– Lydia? *Lydia!*

– Ah, meu Deus, está piscando. – Virou o aparelho na mão. – Que diabos é isto?

– Joga fora! Joga o mais longe que conseguir... só joga essa porra na floresta.

Num arrastão que a fez bater a cabeça ao sair de baixo do carro, ela se levantou num salto e lançou o braço para trás, colocando todas as suas forças ao dar uma de Lamar Jackson,[8] jogando o aparelho no meio das árvores.

– Lydia? – disse a voz de Daniel. – Você...

– Sim, eu joguei.

– Saia logo daí.

Ela não desperdiçou um segundo sequer. Entrou no carro. Nem colocou o cinto de segurança. Deu a ré e derrapou na terra antes de sair em disparada.

– Você está bem? – perguntou Daniel.

Com uma mão trêmula, ela levou o celular ao ouvido apesar de ainda estar no alto-falante.

– Não. Não estou. Não. Onde você está?

– Ainda na floresta.

– Você está seguro?

Houve uma pausa, durante a qual ela ouviu o som dele correndo e respirando.

– Você não tem que me salvar, Lydia. Já disse, estou sempre bem.

Já na estrada, ela só dirigiu em qualquer direção para a qual o carro apontava. Toda vez que piscava, ela via vislumbres de imagens que desmantelavam ainda mais a sua compostura: o banheiro da casa de Peter Wynne, o soldado andando debaixo do posto de observação... e depois, o que Daniel fizera para proteger a eles dois.

A repórter já ligara para Eastwind. Ela sabia disso. A quem mais poderiam procurar?

– Lydia?

– Não sei aonde estou indo – murmurou.

– Então continue dirigindo.

– Como pode dizer isso?

– Porque é só o que você precisa fazer. Não bata em nada e deixe-se ir.

Ela piscou. Piscou de novo.

---

8 Lamar Jackson é um jogador de futebol americano que atua na posição de quarterback pelo Baltimore Ravens na National Football League. (N.T.)

Quando algo bateu no seu para-brisa, Lydia se assustou. Mas era só chuva, salpicos de gotas grossas que aterrissavam como minúsculos punhos no vidro.

– Está chovendo – falou ao telefone, ainda no alto-falante.

Lydia chegou a pensar que estava com medo de encerrar a ligação, como se a conexão deles pelo telefone fosse o que o mantinha a salvo, que o mantinha vivo. Mantendo-a assim também.

– O que vamos fazer? – ela sussurrou ao encarar os limpadores.

– Agora você só está dirigindo, Lydia. É só nisso que precisa pensar. Você tem que dar uma chance para a adrenalina sair de você antes de conseguir raciocinar.

– Peter está morto.

Houve mais uma pausa, sem nada além dos passos de Daniel soando pela conexão.

– Sim, provavelmente.

– Acha que foi o homem uniformizado quem o matou?

– Não sei. Pode me dizer por que alguém haveria de querer machucar o seu chefe?

Lydia pensou em todos aqueles papéis queimados na lareira.

– Não, mas vou descobrir.

Enquanto Daniel corria pelas árvores, manteve o celular colado ao ouvido. Do outro lado, conseguia ouvir o barulho do carro de Lydia e o que acreditou ser o deslize dos limpadores de para-brisa.

Bem na hora, ele pensou ao erguer o olhar para a chuva.

Os carvalhos e bordos agora estavam sem folhas e não davam cobertura, e os pinheiros nunca foram bons guarda-chuvas. Isso tudo era uma boa notícia para ele.

– Lydia? – ele disse ao desacelerar para uma caminhada.

– Hum?

Olhou para trás de si e viu que a barra estava limpa. Com um pouco de sorte, isso duraria um pouco… porque um backup para aquele cara de preto, agora morto, seria um problema.

– O que eles fizeram com você? – perguntou Daniel. – O que aconteceu?

Não se surpreendeu quando Lydia demorou para responder. Em seguida, espantou-se quando ela lhe contou o que, em seu íntimo, ele já sabia ser a verdade.

– Alguém veio e espiou pelas minhas janelas no sábado à noite. Foi quando devem ter colocado o rastreador no meu carro. E depois… tiraram uma foto minha enquanto eu estava do lado de fora de casa, pouco depois de ter notado as pegadas e verificado o que poderiam ser.

Caralho.

– Quem você acha que foi? – ele perguntou.

– O hotel. Tudo isso aconteceu depois que eu procurei a mídia.

– Mais alguma coisa que não tenha me contado, Lydia?

– Não, só isso. Juro pelo meu avô.

Daniel parou. Virou de lado. Esperou. Confiava em seus instintos na floresta mais do que tudo, mas estava distraído. E é assim que você acaba morto. Algo que aquele guarda aprendera à maneira do *rigor mortis*.

– Você tem um gramado? – perguntou ao voltar a se concentrar e continuar andando.

– Um gramado… está se referindo à minha casa? Sim.

– É grande? Como o que vimos na casa do seu diretor executivo?

– Acho que sim. Por que está…

– Você se importa se eu armar a minha barraca no fim da sua propriedade? Não tenho dinheiro para ficar no Pine Lodge por muito tempo, e prometo que não vou entrar na casa a menos que me peça ou precise que eu entre. Mas, dessa forma, tenho um lugar para ficar e você não estará sozinha… e há um chuveiro no prédio da manutenção, por isso nem preciso pedir o seu banheiro emprestado.

Em resposta, houve somente o som do motor e dos limpadores através da conexão.

– Por que você faria isso? – ela perguntou, exausta.

– Preciso de um lugar para ficar.

– Você não ia se hospedar no Pine Lodge, ia? Você ia armar a sua barraca em algum lugar da montanha.

– Acampar é o paraíso dos andarilhos. – Ele espiou por cima do ombro uma vez mais. – E tanto faz se é em terreno elevado ou num gramado reto, o resultado é o mesmo.

– Há lobos em toda esta área.

– E cá estava eu pensando que o L do PEL era para lontras. Ei, eu estaria mais seguro no seu gramado, não estaria? – Ele lhe deu tempo para responder. – Lydia, sei que não me conhece, mas me tranque do lado de fora. Tranque toda a sua casa. Você estará segura dentro dela e, se alguém aparecer e começar a andar por lá... posso detê-los enquanto você pede ajuda. Já provei que sei fazer isso.

Houve uma longa pausa.

– Estou com medo.

– Sei que está. Então, me deixe ajudar. E ninguém precisa saber. Fica só entre mim e você.

– Tenho que ir – disse ela, distraída. – Vou ligar para o xerife agora.

– É bom. Vamos levar a lei até aquele guarda. Ele não ia a parte alguma tão rápido quando o deixei onde o derrubei.

– Quero ir pegar você.

– Consigo ver a estrada através das árvores daqui onde estou. Vou andar pelo acostamento.

Ele encerrou a ligação e guardou o celular. Àquela altura, a chuva caía constante e, caso tivesse sorte, qualquer vestígio de sangue já teria sumido quando voltassem para lá. E se não tivessem?

Bem, havia lobos naquela floresta, não?

CAPÍTULO 18

ENQUANTO LYDIA SEGUIA NA DIREÇÃO da cidade, ligou para o número de Eastwind – e não se surpreendeu quando foi direcionada para o correio de voz. Discando de novo em seguida, teve esperanças de ver Daniel Joseph no acostamento e, quando a segunda chamada não foi atendida, ela imprecou. Uma terceira tentativa enquanto passava pela casa de Peter Wynne e pelo caminho que tomaram para irem até o posto de observação – graças a Deus!

Lá estava Daniel, uma figura imponente caminhando ao longo da faixa oposta da estradinha rural de costas para ela. Bem quando via se podia atravessar a estrada para chegar até ele, o xerife atendeu ao celular.

– Eastwind.

Ela soltou o ar que nem sabia estar prendendo.

– Xerife… aqui é a Lydia do PEL. Preciso da sua ajuda. Tenho que vê-lo…

– Estou num chamado agora, mas posso…

– Você está na casa de Peter Wynne. Eu sei.

O volume da voz do xerife abaixou.

– Para falar a verdade, estou.

Dando a seta, Lydia atravessou a pista oposta e parou na frente do caminho de Daniel. Enquanto ele se aproximava, seus olhos o inspecionaram pelo espelho retrovisor – mas não havia nenhum ferimento arterial que ela conseguisse enxergar. Nem um claudicar. Nenhuma contusão no lindo rosto.

– Preciso conversar com você – disse ela a Eastwind. – Agora.

– Posso ir encontrá-la quando tiver terminado aqui...

– Não, precisa ser neste instante. Na Travessa Farlan. Encontre-me a meio quilômetro da entrada. Tenho algo... que você precisa ver. Delegue o que está fazendo para Anthony ou Phil. Preciso de você *agora*.

Daniel tentou abrir a porta. Estava trancada, e Lydia brigou com a maçaneta e com os botões como se nunca tivesse entrado naquele hatchback antes.

– Muito bem – concordou o xerife. – Eu a vejo em cinco minutos. Mas não disponho de muito tempo.

Lydia encontrou o botão para destravar a porta e o apertou, um som destrancando o carro por dentro. Quando encerrou a ligação, olhou para Daniel.

Ele se apertou para sentar-se no banco de passageiro. Fechou a porta enquanto empurrava os cabelos molhados pela chuva para trás. Quando ele a fitou com casualidade, era como se não tivessem feito nada de mais extraordinário ou cansativo do que deixar os convites no correio: nenhuma investigação bizarra na misteriosamente vazia e inundada casa de Peter Wynne; nada de espionar a repórter e o câmera; nenhum soldado estranho sorrateiro debaixo do posto de observação, e Daniel...

– Oi – ele disse. Num tom de voz tranquilo, bem do tipo "como tem sido o seu dia?".

O tremor chegou como uma onda, o corpo vibrando tanto no banco que ela se segurou ao volante.

– Temos que voltar para o posto de observação. Eastwind – o xerife – vai nos encontrar lá.

– Tudo bem. Você está bem para dirigir?

– Não, não estou.

A chuva estava forte agora, e os limpadores não estavam dando conta do dilúvio. Enquanto eles se moviam de um lado a outro, Lydia encarava o para-brisa.

– Um passo de cada vez – disse ele com tranquilidade. – Corte o impossível em fatias.

– Como consegue estar tão calmo?

– Só dê meia-volta com o carro.

Quando um caminhão passou por eles, Lydia mandou para o inferno a meia-volta e seguiu de ré. Girando o corpo e segurando o apoio de cabeça do banco do passageiro, dirigiu até a Travessa Farlan.

O pequeno recorte na floresta chegou mais rápido do que ela esperava e, enquanto os conduzia pela estradinha de terra em meio às árvores, estudou a placa amarela e marrom da estrada. Tão oficial para algo que seu avô chamaria de caminho de cabras.

– O que vai dizer quando ele perguntar o motivo de não ter ligado da casa do Peter? – Daniel perguntou. – Você precisa estar preparada.

Olhando para ele, fez uma pergunta cuja resposta temia.

– Você já esteve preso?

– Você já verificou os meus antecedentes.

– Isso não é um não.

– Não tenho como forjar meu registro. – Tamborilou os dedos no console como se estivesse frustrado, mas Lydia não sabia se com ela ou consigo próprio. – Quando era novo, tive alguns problemas. Sem importância. Detenção juvenil. Nada depois de adulto.

Ela assentiu enquanto sacolejavam pelo caminho.

– É que parece que você já fez isto antes. Com a lei, quero dizer.

E invasão de domicílio.

E forçar um homem a ficar na horizontal no chão.

– Não confunda imparcialidade com familiaridade.

Ficaram em silêncio enquanto Lydia avançava cada vez mais propriedade adentro. Acima, os galhos despidos e as copas dos pinheiros de pouco adiantavam para impedir a chuva, por isso ela continuou com os limpadores ligados. Um pouco mais adiante, parou onde imaginou que tivessem parado antes. Após desligar o carro, abriu o capô e saiu. Quando se inclinou na direção do motor quente, Daniel se juntou a ela pelo outro lado.

– Precisamos…

– Se quer fazer parecer que fomos retardados – murmurou ele esticando um braço –, só precisamos fazer isto.

Ele puxou um par de cabos.

– Você leu a minha mente – Lydia retrucou quando um par de faróis surgiu iluminando para cima e para baixo na direção deles. – Aqui vem ele. Acho que vou deixar o capô levantado.

Quando Daniel só assentiu, ela empurrou os cabelos úmidos para trás.

– Não estou acostumada a nada disso. E *odeio* mentir.

– Sei disso – disse ele.

O suv de propriedade da cidade de Walters do xerife tinha faróis dianteiros de um modelo novo, gélidos, e, na floresta, num dia nublado, eram ofuscantes. Eastwind os apagou ao desligar o motor, e colocou o chapéu ao sair do carro. Aquilo tinha uma cobertura de plástico, como uma touca de banho, mas o restante dele se molhou tanto quanto Lydia e Daniel se molhavam.

– Olá, xerife. – Lydia ergueu uma mão enquanto tremia. – Obrigada por vir nos encontrar.

O xerife tocou a aba do chapéu impermeável e inclinou a cabeça.

– Do que se trata? Parece que você está precisando mais de um guincho do que de mim.

– Não se trata do carro. – Lydia se apressou pelas palavras. – Alguém tem me seguido. Estavam na minha propriedade no sábado. – Ela apontou na direção de Daniel. – Nós estávamos indo para o correio quando percebi um carro suspeito atrás de mim. Parei mais adiante e vim para cá, imaginando que os despistaria. Quando o carro morreu, Daniel e eu entramos na floresta. Encontramos um posto de observação e decidimos nos esconder lá enquanto pedíamos ajuda e foi assim que soubemos que você estava na casa do Peter. Dava para ver o celeiro da plataforma e ficou claro que havia algo de errado.

– E ninguém veio aqui atrás de vocês?

– Na verdade, sim, vieram. – Ela relanceou para Daniel. – De alguma maneira, o homem me seguiu. Nos seguiu. A pé até o posto de observação.

Eastwind se concentrou em Daniel, os olhos castanhos astutos.

– E você é?

– Daniel Joseph – foi a resposta. – O novo zelador do Projeto de Estudo dos Lobos. Eu só a estava ajudando com os convites porque as caixas são muito pesadas.

– Um de vocês consegue descrever esse homem?

Lydia falou:

– Ele parecia um soldado. Vestido todo de preto. Parecia... profissional.

– E onde está ele agora?

Lydia encarou Daniel.

– Lá na floresta. Onde Daniel... cuidou dele.

– Eu queria protegê-la. – Daniel deu de ombros. – Eu o desarmei e o dominei para que ela pudesse escapar. Depois eu mesmo saí, e fui até a estrada.

– Quando voltei para o carro – disse Lydia –, tentei descobrir o que fazer para consertá-lo. Mas não entendo de carros. Fiquei com medo. Foi quando liguei para você.

Tantos furos. A história dela era uma completa confusão, mantida unida não com fatos e verdades, mas com um monte de asneiras. Mas o que mais poderia fazer? Também não confiava em Eastwind.

– Vamos voltar lá. – Ela apontou para a floresta com a cabeça. – Eu o levo até ele.

– Claro – murmurou Eastwind. – Mostre-me tudo.

– Ele estava aqui. Nós o deixamos aqui.

Lydia franziu o cenho e se ajoelhou onde as folhas e as agulhas de pinheiros tinham sido mexidas. No meio do restante de folhagem não perturbada, a briga entre Daniel e aquele homem de uniforme preto deixara marcas evidentes, a terra ficando exposta e cinzelada pelos calcanhares e pelas pontas das botas de ambos bem como pelo corpo do soldado.

Mas a outra parte daquela briga não se via por ali.

Deus, pensou ela. Ele estava solto. Em algum lugar.

E visto que ela se aproximara às pressas para tentar impedir o que pensava que fosse um homicídio, o homem a vira e sabia que Lydia também vira o rosto dele.

Ela apontou na direção do posto de observação.

– Nós estávamos lá, mas foi aqui que Daniel saltou em cima dele. Eastwind observou ao redor. Depois se concentrou em Daniel.

– E você diz que o desarmou?

– Isso. Mas não levei as armas. – Daniel abriu a jaqueta de couro, mostrando os bolsos e o cós da calça jeans. – Mas bem que desejei ter levado.

– Que tipo de armas ele tinha?

– Uma semiautomática. Uma faca. Balas.

– E o quanto você o machucou? – perguntou o xerife.

– Eu só o desmaiei. – Olhou para Lydia. – Só queria que ela conseguisse se afastar, por isso no momento em que ele ficou inconsciente, parei. Quando imaginei que ela estivesse longe o suficiente, prendi as mãos dele com o que já era dele mesmo e saí correndo na direção da estrada.

– Vocês viram o seu rosto? – Eastwind pegou o celular que vibrava, mas direcionou quem quer que estivesse ligando para o correio de voz. – Conseguiriam identificá-lo, se preciso?

– Vi o rosto dele – disse Lydia. – Consigo, sim, identificá-lo.

Eastwind ergueu uma mão como se fosse impedir uma argumentação antes mesmo de ela começar.

– Não estou duvidando de você, mas o que a faz acreditar que ele fosse uma ameaça a você?

– À parte de todas as armas? – Daniel murmurou com secura. – E o fato de ele ter nos seguido até aqui?

– Bem, não há armas visíveis aqui. E não há ninguém por perto. – O xerife olhou para Lydia. – Por isso, pergunto: o que lhe deu a impressão de estar sendo perseguida?

– As pegadas debaixo das janelas na minha casa. – Ela pegou o celular, foi até as fotos. – Aqui estão. Veja isto.

Eastwind pegou o celular dela e passou pelas fotos. Com um movimento de pinça, aumentou uma das imagens.

– Quando isto aconteceu?

– Sábado à noite, acho. Eu as descobri no domingo de manhã.

Os olhos castanhos dele se ergueram da tela.

– Por que não ligou para mim?

– Não tinha certeza da importância disso. Mas agora sei, e é por isso que pedi que viesse para cá, apesar de saber que está ocupado.

– Teve também o rastreador de GPS no carro dela.

Quando Daniel falou, as sobrancelhas de Eastwind se ergueram.

– Como que é?

Daniel assentiu.

– Encontrei hoje cedo quando peguei o carro emprestado para trabalhar nas pontes das trilhas. Fiquei preso numa rocha, e quando fui olhar o tamanho do estrago debaixo do carro foi que vi. Não sabia exatamente o que era o aparelho, só entendi depois que o homem nos seguiu até aqui.

– Esta propriedade é enorme. Como ele sabia que vocês dois estavam num posto de observação?

– Ele não sabia – rebateu Daniel. – Ele estava procurando de maneira aleatória e deu sorte. E *ainda* está solto por aí procurando por ela.

– Fui eu quem procurou a mídia – disse Lydia. – Sei que você viu o noticiário, ou foi contatado pela própria WNDK. Eu liguei para falar sobre Corrington e, se o hotel pode envenenar os lobos, pode fazer ainda pior. Peter Wynne – bem, algo aconteceu com ele, não foi? E não ligo se a minha história não faz sentido para você porque sei o que vi e sei quem estava atrás do meu carro e depois procurando por nós nestas árvores.

Eastwind lhe devolveu o celular.

– Eu queria que tivesse me procurado no domingo.

– Eu também, mas não queria reagir sem necessidade. Depois disto, porém… – Mexeu nas agulhas dos pinheiros com a ponta das botas. – Não quero que, o que quer que tenha sido feito ao Peter, seja feito comigo.

– Como sabe que algo aconteceu com ele?

– Você não queria deixar a casa dele. – Cruzou os braços diante do peito. – Há um carro de reportagem e duas patrulhas ali. Considerando-se que há quatro homens no seu departamento, incluindo você, você convocou todos exceto o que está de folga esta tarde.

– Onde está o rastreador de GPS? – Eastwind olhou para Daniel. – Deixe-me adivinhar. Você o tirou e o jogou fora.

– Claro que sim. Quando chegamos à estrada, eu o joguei na parte de trás de um caminhão.

– Você tem boa pontaria, então.

– Não é isso. – Daniel deu de ombros. – Eles pararam para perguntar se precisávamos de carona. Eu joguei na caçamba aberta.

– Então você está disposto a colocar outra pessoa em perigo.

– Estão procurando por ela. Não ligam para ninguém mais.

– E, deixe-me adivinhar – Eastwind olhou para Lydia. – Nenhum de vocês sabe quem dirigia o caminhão. Nem anotou a placa?

Lydia meneou a cabeça devagar.

– Não, não anotamos.

– Podem ao menos me dizer de que cor era? – perguntou o xerife entediado.

Como se não estivesse acreditando em uma palavra sequer do que eles diziam.

CAPÍTULO 19

Naquela noite, em Caldwell, à mesa de jantar da mansão da Irmandade, Xhex finalmente entendeu que diabos estava acontecendo com os seus pesadelos. Não estivera em busca da revelação. Desde que V. largara a merda da bomba sobre a sua visão a respeito dela, catalogara tanto aquela alegre conversa entre eles quanto seus despertares surtados no imenso buraco negro do seu cérebro, sob o título: "Nem agora, nem nunca, porra".

O destino, contudo, era como uma hera venenosa. Uma vez que resvala em você, é tenaz e irritante – do tipo que não some sozinha.

Portanto, lá estava ela, sentada ao lado de John Matthew para a Primeira Refeição, mexendo nos ovos do prato com alegria, na esperança de que ele não percebesse o quanto ela não estava comendo... quando, de repente, olhou para o outro lado da enorme mesa.

Darius, que construíra aquela mansão muito antes dos Irmãos sequer pensarem em morar juntos debaixo do mesmo teto, criara uma sala de jantar grande o bastante para comportar uma cidade – e a mesa que ele encomendara aguentava bem as pontas naquele espaço enorme. Todos os lutadores, suas companheiras, os filhos e vários convidados especiais podiam ser acomodados às laterais.

E Deus sabia que Fritz era o tipo de mordomo que acreditava que, quanto mais houvesse, mais felicidade haveria. Se aquele macho pudesse alimentar mil todas as noites depois que o sol se pusesse? *Doggen* feliz.

O barulho das conversas podia ficar um pouco intenso, porém, todos os Irmãos falavam uns por cima dos outros para manter o costume; a fanfarrice e a amolação fazendo parte das funções dos seus trabalhos, era evidente. E ela ergueu o olhar só porque Rhage começou a rir por causa de algo que Butch dissera a Lassiter... e não importava o humor em que ela estivesse, Hollywood lançando sua cabeça de modelo para trás e rindo de sacolejar a barriga até ficar da cor de beterraba e ter que enxugar os olhos com o guardanapo de tecido era algo que valia a pena testemunhar.

Era como um filhote de corgi tentando morder uma bola de tênis. Valia a pena ver.

Enquanto observava Rhage gargalhar, algo em sua visão periférica ficou registrado, um pequeno sino cognitivo tocando.

Ao virar a cabeça, surpreendeu-se com o que seus instintos a alertaram. Nate, o filho adotivo de Murhder e Sarah, estava na dele. Na verdade, ele se retraíra em seu tamanho muito maior, os ombros encurvados para dentro, o queixo abaixado, os cotovelos junto ao tronco – como se quisesse, desesperadamente, não ser notado.

Ela entendia o motivo.

Apesar de o garoto ter *todos* os direitos de estar sentado naquela cadeira – embora Nate fosse apenas um "garoto" por ter há pouco tempo passado pela transição –, ele estava constrangido e oprimido.

Pensando bem, só fazia três ou quatro meses desde que saíra do mesmo tipo de laboratório em que a própria Xhex fora mantida.

Ainda era muito recente para ele. E levaria um longo, longo tempo até que seu cérebro se reconectasse e suas percepções sensoriais diminuíssem.

Essa era a questão quando se é a experiência: o seu corpo não te pertence. Enquanto enfiam doenças e drogas nele e você tem que lidar com reações descontroladas a coisas às quais não consentiu, o seu cérebro é forçado a se reconciliar com todas as suas emoções. Para ela, desconectara-se através da raiva e, quando teve a chance de se libertar, aproveitara-a. Nos seus termos.

Mas Nate tinha sido apenas uma criança. E haviam matado a *mahmen* dele...

Como se sentisse a sua encarada, os olhos do garoto se ergueram para os seus. Seu primeiro instinto foi o de desviar, mas não. Xhex lhe devia mais do que isso. Ele era um sobrevivente, assim como ela, e havia boas chances de que, se o evitasse, ele interpretaria isso como um sinal de pena. Ou de que o culpava por ter sido fraco demais para sair.

Xhex sorriu o mais que podia – o que não foi muito. E ergueu uma mão num aceno casual.

Ele corou, como se pudesse ler sua mente e soubesse que ela estava administrando suas reações. Mas, depois de um instante, retribuiu o aceno com a mão.

Ambos desviaram os olhares ao mesmo tempo.

A cutucada em seu joelho a fez virar a cabeça para seu *hellren*.

– Já terminou? – perguntou a John Matthew.

Seu macho balançou a cabeça. Depois sinalizou: *Quer dar uma volta?*

Como diabos ele a conhecia tão bem assim? Em retrospecto, estavam juntos pelo que parecia uma eternidade.

– Sim – respondeu com suavidade. – Eu gostaria.

Os dois se levantaram juntos e deixaram os pratos – porque se você pegasse qualquer objeto da mesa para levar de volta à cozinha, teria que enfrentar a cara de cachorro triste de Fritz, o coração partido e os olhos marejados com autocondenação por ter fracassado na tarefa de limpeza.

Rhage tentara isso uma vez com um guardanapo e a casa inteira acabou se culpando pela incansável autoflagelação do *doggen*.

Quando Xhex e o companheiro passaram pela lateral da mesa até o arco de entrada que dava para o átrio, assentiram e sorriram para as pessoas. John Matthew deu um tapa nos ombros de Qhuinn e de Blay. Ela ignorou de propósito os olhos semicerrados de V.

Não, desculpe, V., pensou ela.

Deu-se conta, em seguida, de estarem no escritório, mas seguiram em frente. Abrindo as portas francesas, segurou-as para John Matthew e logo estavam os dois no terraço vazio. Embora fosse primavera, estavam no norte do Estado de Nova Iorque – e numa montanha. Portanto, nenhuma mobília, a piscina estava coberta e os arbustos de flores e árvores frutíferas do jardim continuavam protegidos do frio.

John Matthew fechou as portas atrás de si e ficou para trás, deixando que ela vagasse. Algum tempo depois, talvez cinco minutos, quem sabe dez... ou talvez, doze horas... ela parou e ergueu o olhar para o céu noturno.

– Dizem que há alienígenas o tempo todo ali em cima. – Quando ele assobiou num crescente, Xhex espiou por cima do ombro. – Não, de verdade. As pessoas no norte do Estado os veem o tempo todo. A crença é que é uma espécie de segredo de Plattsburgh.

John Matthew contraiu os lábios como que para dizer que era algo interessante.

– É. Nem tudo o que atravessa o céu é uma estrela cadente.

Ela escondeu parte da amargura da voz, embora estivesse pouco interessada se os humanos tiravam fotos de alienígenas ou de balões atmosféricos. Puta que o pariu, ela era uma vampira. Seria mesmo possível que os ETs não existiam?

– Descobri por que venho tendo os pesadelos. – As palavras foram ditas rápidas, como se pudesse se livrar da porra toda ao dizer as sílabas com rapidez. – Nate.

John Matthew assentiu. E sinalizou: *Eu deveria ter feito essa conexão.*

– Eu também. Mas, é isso, ele é o motivo de eu estar tendo os pesadelos. O que ele passou está trazendo tudo de volta. Você sabe.

Ela odiava a fraqueza, a emoção, o fato de que, debaixo da superfície, havia uma dor e um sofrimento para os quais não se voluntariara e dos quais não conseguia se livrar. Pensando bem, fora vendida pela própria família para aquele laboratório, em retribuição a uma violação que eles pareciam incapazes de perdoar.

Murhder fora seu amante no passado. E foi por causa desse relacionamento que seu próprio sangue lhe ensinara uma lição. Ou assim pensaram eles...

John Matthew assobiou, e quando ela o olhou, John sinalizou: *Mas a visão de Vishous não era sobre o laboratório. Era sobre os licantropos.*

– Não vou me preocupar com esse presságio de merda. Pelo que podemos saber, ele comeu algo da Arby's à uma da manhã e a carne defumada não caiu bem.

Então, no que você está pensando?

– Não estou. – Ela praguejou quando ficou claro que ele não acreditava na sua mentira. – Ah, qual é. O meu lado *symphato* está passando para você?

John Matthew só deu de ombros. E quando ele a encarou, Xhex baixou o olhar pelo corpo imenso dele. Estava vestido de preto, com a camiseta justa e as calças de couro tão escuras quanto as sombras que ele perseguiria em campo ao proteger a raça dos vampiros de seu novo inimigo.

– Eu te amo – disse emocionada.

Seu *hellren* formou uma imprecação com os lábios. Depois sinalizou: *Porra, você está pensando em ir para a Colônia, não está?*

Capítulo 20

A escuridão abundava, densa e carregada de sombras.
Oprimindo a terra enquanto clamava as almas dos injustos.
A terra, uma cova ampla, na qual os mortos vagam,
procurando, buscando todos os que perderam...

Enquanto a noite caía em Walters, Lydia estava sentada à mesa da cozinha com uma caneca de sopa de tomate Campbell entre as palmas, o antigo poema vagando em sua cabeça na voz do avô, na língua do avô. Os fragmentos eram tudo o que restava em sua memória de uma parte completa, como se as palavras fossem um tecido desintegrado com a idade.

– Para, para, para...

Ao falar em voz alta, tomou mais um gole da beirada da caneca. Não sentiu gosto de nada, não saberia dizer se estava quente o suficiente, não sabia se a tinha preparado com água ou leite.

Mentiras são uma doença, o avô sempre dissera. E muitas delas eram terminais.

O peso no peito, com certeza, parecia uma doença.

Relanceando pela janela ao lado da mesinha, tudo do lado de fora estava escuro – mas não como era em Boston. Não era um escuro de cidade. Walters era um breu do interior, igual ao que crescera na periferia de Seattle, sem nada ambiente lançando um brilho, nenhuma iluminação urbana difusa e suave para tranquilizar a pessoa assustada e infeliz de que nem tudo estava perdido. Nem tudo era um buraco no qual você poderia cair.

Ainda mais se você é um pecador. Ou se mentiu.

– Perdoe-me, vovô – sussurrou.

Abaixou a caneca, considerando o sempre reconfortante cheiro revoltante. E ao atentar para identificar o quanto, de fato, consumira da sopa; a vista do líquido denso e viscoso só piorou tudo.

Lembrou-a de sangue.

Levantando-se, levou seu miserável jantar para a pia e desviou o olhar enquanto lavava a caneca.

A cozinha tinha sido reformada pela última vez nos anos 1980, os armários de um violeta saído direto do programa *Home Improvement*, o piso de linóleo tinha um esquema de cores azul e rosa combinando. Os eletrodomésticos eram pretos e não combinavam com nada. A pia era de aço e estava opaca devido ao uso e à limpeza.

Mas nada disso era o que entretinha seus pensamentos, e não porque tivesse se acostumado à decoração baseada ao estilo Candy: havia uma janela acima da pia. Outra junto à mesa. E uma terceira que se abria para a garagem afastada e para o jardim dos fundos.

As mãos tremiam quando ela se apressou e afastou a cortina fina. Em seguida, disparou para fora da cozinha e foi direto para a porta da frente com sua tranca. Quando virou a lingueta de latão e puxou, a pegada na tranca da sua firme gaiola de metal produziu um estampido.

Levando a outra mão para cima da primeira, dobrou os joelhos e se apoiou com todo o peso para trás. E puxou de novo.

– Está trancada.

Mesmo enquanto dizia o óbvio para si mesma, não acreditava. E, ao se endireitar, quis voltar a testar tudo, de novo e uma vez mais, como se pudesse deixar a tranca mais forte através do esforço repetitivo.

Virando, deixou-se recostar contra o painel de madeira e se abraçou.

A casa era tão pequena que, a não ser pela cozinha e pela sala que acabara de percorrer, só havia mais um cômodo no térreo: um escritório com uma mesa, um pufe qualquer e uma mesinha lateral onde ela colocara a impressora sem fio. Uma vez que ele ficava do lado oposto da escada, não chegava absolutamente luz alguma da cozinha lá.

Passando pela soleira, aproximou-se da janela que dava para o jardim de trás com o coração na boca e o corpo eletrizado.

Nivelando as costas com a parede, inspirou fundo algumas vezes. Depois espiou através dos antiquados painéis ondulados. Como se se protegesse de um tiroteio.

Imaginou que haveria um rosto ali, um estranho com olhos malignos, de uniforme preto, voltando para fazer aquilo que fracassara nas árvores.

Nada. E enquanto Lydia continuava a olhar ao longo do gramado queimado, a realidade pareceu mudar para ela, o passado movendo-se para a frente, tomando o lugar do presente. Ela sempre se sentira uma fraude entre outras pessoas, e talvez fosse esse o motivo de ter inventado as mentiras com tanta facilidade, dizendo-as em voz alta para Eastwind. Mas isso não significava que qualquer parte disso lhe caía bem.

Perturbada, voltou para a cozinha antes de sequer saber, antes de estar ciente, de ter decidido se mover ou de ter escolhido um lugar para ir.

Na porta dos fundos, observou de longe enquanto a mão se esticava na direção da maçaneta brilhante de latão. Assim como aquela da frente da casa, a maçaneta era original da construção, velha e embaçada, a não ser onde as palmas a lustraram e poliram através do uso.

Sua intenção foi a de testar a tranca, assim como fizera com a da frente. E, depois, retestar quando seu cérebro se recusasse a aceitar o que viam os olhos.

Em vez disso, a mão direita foi para a trava e soltou o mecanismo. Em seguida, a esquerda virou a maçaneta e abriu a porta.

Ao pisar na varanda de trás, Lydia inspirou fundo e sentiu o resquício do cheiro da chuva que caíra durante toda a tarde. O cheiro da terra e das coisas que brotavam, das velhas telhas de cedro e das poças formadas no piso do caminho de entrada, mais um anúncio da chegada da primavera. Mas a temperatura ainda estava baixa.

Ou talvez fossem as suas entranhas. Ela se sentia congelada debaixo da pele.

Do outro lado do jardim, próxima à linha das árvores, a tenda de Daniel estava armada e quase impossível de ser avistada: se não estivesse procurando por ela, mesmo sua excelente visão não teria notado a sutil mudança na intensidade da escuridão.

Não havia nenhuma luz para entregar a presença de Daniel. Nem fogo.

Ele devia estar com frio.

De dentro da tenda uma figura alta surgiu, a altura do homem se esticando acima da linha superior da tenda de nylon preta.

Ciente de estar visível, ela levantou a mão.

Daniel veio na sua direção, caminhando ao longo da grama desbotada. Quando parou diante de Lydia, estava perto o bastante para ela conseguir ver seus olhos. E a sombra da barba por fazer. Todas as ondas do seu cabelo um pouco comprido.

– Tudo bem?

– Não muito – disse. – Você?

– Estou bem. Descansando só.

– Como soube que eu estava aqui fora?

– Descansar não é o mesmo que dormir. E me certifiquei de conseguir ver a sua casa pela telinha da tenda.

Ela passou os cabelos por cima do ombro e esfregou os antebraços.

– Está aquecido o suficiente lá?

– Sim. – Deu uns tapinhas na jaqueta que cobria os peitorais. – Isto é de material isolante.

Quando ela não disse nada mais, ele abaixou a voz.

– Você fez o que tinha que fazer com Eastwood.

– Eastwind – ela o corrigiu. – E não acho que ele acreditou em nós.

– Não importa se acreditou. É o que ele pode ou não provar que importa. E não existem provas que refutem a nossa história.

Ela desviou o olhar.

– Acredito mesmo que ele está determinado em manter o hotel feliz. Ele quer empregos, os impostos, o tráfego. Mas ainda assim odeio ter mentido para ele.

– Qual era a sua escolha?

Seus olhos voltaram para Daniel.

– A verdade.

– Se acha que a sua vida é complicada agora, experimente ser suspeita no assassinato de Peter Wynne.

– Ah, eu não seria.

– Acha mesmo? O seu superior desaparece e você se beneficia com a sua morte por ficar com o emprego dele. Isso no mínimo a transformaria numa pessoa de interesse.

– Não quero ser diretora executiva. Sou cientista, não administradora.

– Está sentada no escritório dele, não? Usa o computador dele, certo?

– Isso não significa... quer dizer, eu não conseguiria matar ninguém.

– Você ficaria surpresa com o que consegue fazer quando é obrigada.

– Bem, *não o matei*. Que tal assim?

Daniel ergueu as mãos.

– Não estou te acusando. Só estou dizendo o que o seu amiguinho xerife pensaria se soubesse que entramos naquele celeiro e demos uma volta por lá. Pelo menos não vi nenhuma câmera de segurança dentro, nem fora – o que é uma surpresa, a propósito, e o único motivo pelo qual ficaremos bem.

Lydia esfregou os olhos.

– Você está seguro aí fora?

– Sim. Não se preocupe com...

– ... você. Sim, já me disse isso antes. – Ela apontou com a cabeça por cima do ombro na direção da tenda. – Comeu algo?

– Doritos e Coca-Cola. Eu tinha uma sobra no meu alforje de quando fiquei sabendo de toda a sua vida no mercadinho.

Com o cenho franzido ela abaixou as mãos.

– Não era para você estar numa onda saudável?

– Você não imagina o que eu costumava comer. E beber. E fumar.

– O que seria: pneus de borracha e blocos de cimento?

– Exato, ambos borrachudos e secos. Uma excelente combinação, mas, pelo menos, o meu colesterol estava bom.

Ela sorriu de leve.

— E esse salgadinho horrível foi só o que você comeu?

— Calorias são sempre calorias; vou sobreviver. E a lanchonete abre às seis da manhã. Pretendo comer três porções de panquecas, além de bacon e ovos, assim que puder.

Lydia relanceou por cima do ombro.

— Tenho comida. Fui às compras no sábado.

— Comeu alguma coisa? Estou achando que não.

— Deixa eu fazer alguma coisa para você jantar. Assim, pelo menos...

— O quê? Vou poder morrer de barriga cheia no seu gramado de trás? — Quando a cabeça dela se virou rápido para ele, Daniel fez uma careta. — Desculpe, cedo demais?

— Demais mesmo. — Gesticulou para a porta aberta. — Não sou nenhuma chef gourmet, mas sei fazer algo melhor do que Tostitos e Coca.

— Eram Doritos. E não vou recusar.

Ela se virou de costas.

— Você não tem que fazer isso — ele disse com presteza.

— Eu sei — Lydia respondeu ao olhar por cima do ombro para Daniel. — Mas contanto que não faça mais piadas sem graça sobre bater as botas no meu quintal, fico feliz em alimentá-lo. Além do mais, preciso fazer alguma coisa para ocupar a próxima hora e dezessete minutos.

Ele franziu a testa e consultou o relógio.

— Você tem algum compromisso às nove?

— Não se pode ir para a cama antes das nove. — Ela entrou na casa. — É o mesmo com as pessoas que se recusam a tomar uma taça de vinho antes das cinco. É um marco no dia. Depois das nove, posso desabar e tentar dormir.

— Você tem a mesma regra para a hora de acordar?

— Nunca antes das quatro. — Ela gesticulou com a mão. — Vai entrar?

Ele esticou os dois indicadores.

— Espera, está me dizendo que quatro e quinze da madrugada está ok? Para acordar?

— Isso mesmo.

Balançando a cabeça, ele passou pela soleira.

– Cara, estou surpreso por você não se deitar às sete e meia da noite.

– Parece que estávamos destinados a jantar juntos, hein?

Enquanto Daniel dava uma mordida no sanduíche que Lydia preparara com os restos das últimas três noites em que não comera, ela bebericava seu chá. Interessante como ele preenchia a casa. Mesmo estando apenas na cozinha, era como se estivesse em todos os cômodos ao mesmo tempo.

– Acho que, na verdade, é um "almojanta". – Quando ele ergueu uma sobrancelha, ela deu de ombros. – Almoço com jantar. Almojanta. Porque, convenhamos, é melhor do que "jantamoço".

Quando a boca de Daniel se retorceu, ele abaixou a cabeça, como se não quisesse que seu sorriso fosse visto.

– Quem diria, uma refeição completamente nova.

– Se você estivesse comendo suas panquecas e ovos com bacon agora seria "desjantar".

– "Jantesjejum".

– Viu, você entendeu direitinho. – Tomou mais um gole da sua caneca. – Está úmido demais lá fora?

– A tenda é à prova de água. – Ele limpou a boca com um guardanapo que tirara do porta-guardanapos. – E antes que me pergunte, já terei ido antes do nascer do sol. Não haverá sequer nenhum sinal de que estive aqui.

– Quero te pedir uma coisa.

Os olhos dele dispararam para os seus, mas o rosto continuou relaxado. Pensando bem, ela teve que se perguntar se Daniel chegaria a reagir caso um caminhão em alta velocidade fosse na direção dele. O homem tinha o sistema nervoso de um objeto inanimado.

E quem haveria de pensar que isso seria algo que ela um dia invejaria.

– Manda ver – disse ele.

– E você pode dizer não.

– Sei disso. – Tomou um gole do leite que pedira. – Então, o que tem para mim, Lydia Susi?

– Quero ir à construção do hotel.

Daniel parou no meio de uma mastigada.

– Ok. Para fazer o quê?

– Não sei. Só quero ver o que tem lá.

– Se tiver um par de binóculos, você consegue fazer isso da varanda lá na empresa.

Ela moveu a caneca em círculos sobre o tampo da mesa com o indicador.

– Quero encontrar provas.

– De quê?

– De qualquer coisa. – Ela desistiu de qualquer semelhança com tranquilidade e abaixou a cabeça para as mãos. – Não sei o que estou fazendo.

– Se acha que tentar enganar Eastwind em relação ao posto de observação foi uma festa, tente ultrapassar os limites da propriedade do hotel. Eles terão câmeras de segurança em toda parte e guardas e...

– Eu não deveria ter mencionado o assunto...

– Ah, mas eu topo. – Quando ela ergueu a cabeça, Daniel assentiu. – Pode me chamar de Nancy Drew.[9] Mas vou dizer que você precisa tomar cuidado com até onde quer levar isto. E precisa estar preparada para ser flagrada.

– Podemos ir durante o véu.

– O que é isso? – Ele deu sua última abocanhada e limpou os lábios. – E olha só para mim, estou aprendendo tantas coisas hoje. Almojanta. Desjantar. Véu.

Ela corou.

– É o período pouco antes da aurora. Quando está um tanto escuro,

---

9 Nancy Drew é um personagem fictício, detetive em uma série de mistério norte-americana criada pelo editor Edward Stratemeyer. A personagem apareceu pela primeira vez em 1930. Os livros são escritos por diversos autores e publicados sob o pseudônimo coletivo Carolyn Keene. (N.T.)

mas não completamente. Dessa forma, não precisaremos de lanternas para encontrar o caminho. E se vestirmos roupas pretas, seremos ainda mais difíceis de avistar.

– Ok. Quando vamos. Que noite?

– Saio para te encontrar às quatro e quinze da madrugada. – Ela não estaria dormindo de todo modo. – Podemos… droga. Estou sem carro, né?

A maldita lata velha fora rebocada para a garagem do Paul, e Candy teve que lhe dar uma carona do trabalho – depois que Lydia passou o restante da tarde tentando agir de forma normal, sem dizer nada sobre o que acontecia na casa do Peter.

Assim como a respeito de tudo o mais que acontecera.

– Vamos de moto. – Daniel se levantou e levou o prato para a pia. – Estou deduzindo que vamos estacionar em algum lugar afastado da propriedade e seguir a pé?

– Isso.

Quando ele verteu um pouco de detergente na esponja, Lydia se viu observando-lhe as mãos. Eram grandes. Bronzeadas. Calejadas. As mãos de alguém que trabalhava com elas, nada parecidas com as de Rick ou de Peter.

Eram mãos… sensuais, na verdade.

– E aí – insistiu ele. – Já?

Lydia se forçou a voltar para o momento presente, mas fracassou ao tentar redirecionar os olhos da água que descia pelos dedos de Daniel enquanto enxaguava o prato.

– O que disse? – murmurou.

– Perguntei se você já foi lá antes.

– Pensei nisso. Mas… não.

– Então temos um plano.

Ele colocou o prato no escorredor e a sua imagem ao lado da caneca de sopa lhe pareceu íntima. Como duas pessoas deitadas na cama.

– Você tem o meu número no seu celular – disse ele. – Pode me ligar. Nesse meio-tempo, serei como um cão num ferro-velho, protegendo tudo por aqui.

Ela teve que sorrir disso.

– Sinto como se o estivesse amaldiçoando com essa história.

– Não está. Sou um homem adulto e experiente. Se eu não quisesse lidar com isso, não estaria na sua propriedade, na minha tenda, com um saco de dormir desenrolado.

– Você é muito gentil.

Ele se recostou na beira da pia e cruzou os braços diante do peito imenso.

– Não sei bem se a palavra é essa.

– O que você sugeriria, então?

– Não sei.

Pondo-se de pé, ela parou de fingir que bebia seu Earl Grey morno.

– Talvez você acabe se lembrando.

Quando Lydia tentou ir para a pia, Daniel ficou onde estava... de modo que ela acabou parando diante dele.

E foi quando aconteceu a mudança no ar.

Quando nenhum dos dois se moveu, o mundo se condensou num espaço eletrizado entre os corpos, uma eletricidade tremeluzente surgindo. Chiando. Aquecendo.

– Passa aqui – murmurou ele. – Deixa que eu lavo para você.

Lydia não fazia ideia do que Daniel dissera. Mas quando ele estendeu a mão, depositou a caneca na palma dele. E não soltou.

– O que mais quer que eu faça por você? – ele perguntou numa voz baixa.

– Nada.

– Mentirosa. – Mas não havia censura em seu tom. – Conte-me o que quer, Lydia. Só estamos nós dois aqui. Atrás de cortinas fechadas. Nenhum olho em nada.

A voz dela também se aprofundou, um tom rouco entremeando-se entre as palavras.

– Pelo jeito com que você fala, se não há testemunhas, a árvore não produz som algum quando cai.

– Uma pergunta impossível de responder, não?

– Mas ela ainda bate no chão com força.

– Não tenho como discordar disso.

O que você está fazendo?, Lydia se perguntou ao simplesmente fitá-lo nos olhos.

– Só para sua informação, Lydia, eu não penso demais. – Estendeu a mão e ajeitou uma mecha solta de cabelo atrás da orelha dela. – Aceito as coisas como são. Às vezes, essa é a única maneira de ser livre no mundo.

– Não estou muito certa da cabeça.

– Quem está? – ele sussurrou ao se inclinar para baixo e aproximar a boca da orelha dela. – A vida é curta. Precisamos fazer o que podemos para vivê-la enquanto estamos aqui.

Deus, que cheiro o dele...

Lydia inspirou fundo. E não queria expirar. O fato de querer algo dele dentro de si, mesmo que fosse só sua fragrância, parecia loucura.

– Eu não sou assim – protestou.

– Assim como?

– Assim.

– Você vai ter que ser mais específica. – Ele se afastou. – Conta para mim.

Afaste-se, Lydia, ela pensou. *Você precisa se afastar desse homem antes que faça alguma idiotice.*

– Onde você quer me tocar – disse ele rouco.

– Agora não é hora.

– Claro que é.

Que Deus a ajudasse... mas, por acaso, ela concordava, mesmo não havendo lógica nenhuma naquilo.

Com dedos trêmulos, Lydia resvalou o lábio inferior dele, as pontas sussurrando pela boca – rompendo o espaço significativo entre os dois, o espaço que não era apenas ar e centímetros, mas tempo, gravidade e vida.

De alguma forma, ela não conseguia acreditar que tocava nele.

– Não sei o que estou fazendo – disse ela.

– Quero ser a sua curva de aprendizagem.

Dito isso, ele abriu a boca... e sugou o indicador dela, a língua quente, deslizante, circundando a pele enquanto os olhos ardentes entravam direto em sua alma.

Lydia gemeu e não havia como esconder aquele som. Mas, visto que ele a fitava, ela não tinha certeza se teria se contido mesmo que conseguisse.

Quando a boca de Daniel se retraiu lentamente, ela arquejou com a sensação.

E quis ir adiante.

Capítulo 21

De tantas maneiras, Lydia deveria ter sabido. Do instante em que Daniel Joseph aparecera na soleira do seu escritório, houve alguma coisa nele. Mas ela não esperara... *aquilo*.

– A menos que me diga para ir embora – disse ele numa voz rouca –, eu vou beijar você.

Enquanto Lydia o fitava no rosto, ambos sabiam o que ela queria. Do que precisava. Ainda assim, ela os manteve em suspenso por uma ou duas batidas de coração.

– Não quero que você vá.

– Ótimo – ele grunhiu.

Quando abaixou a cabeça, houve um ribombo de satisfação no peito dele – mas logo ela não ouvia mais nada. Não pensava em nada. Não se preocupava com nada.

Por mais alto e forte que ele fosse, os lábios foram suaves contra os seus. Gentis também, como se Daniel soubesse que ela queria ser manipulada com cuidado – não porque não o desejasse, mas exatamente por desejá-lo. Demais. E, Deus, havia mais motivos para se afastar do que para se aproximar, só que não havia como negar a química. A conexão. A excitação.

E a experiência foi ainda melhor do que a prévia.

Ciente de que iria parar aquilo antes do que queria, e muito mais tarde do que deveria, Lydia ergueu os braços e os passou ao redor dos ombros de Daniel. O corpo grande era sólido como rocha debaixo da jaqueta, os músculos subiam pelo pescoço, e foi para lá que suas mãos foram.

Ela só queria ver se os cabelos eram tão grossos e macios quanto pareciam... Eram.

Quando Lydia se enterrou nas ondas, ele ronronou em resposta, como se fosse um felino grande e ela tivesse descoberto o lugar predileto em que gostava de ser afagado. Foi nesse instante que Daniel a abraçou pela cintura. Porém, Lydia não se sentiu aprisionada. Tinha a sensação de que, mesmo enquanto os lábios eram acariciados com suavidade, ele logo a soltaria.

Não que ela tivesse alguma intenção de ir a qualquer lugar tão cedo.

Centímetro a centímetro, seus corpos se tocaram por completo, os seios contra o peito dele, a frente das coxas, os quadris resvalando. Foi quando o beijo se aprofundou, a língua dele lambendo a sua...

Com um gemido, ela o segurou com mais firmeza na nuca, nos cabelos, uma sensação de desespero deixando-a mais agressiva do que deveria ser – agora ela o segurava com força contra si, o agarrava. Mas ele a acompanhava. Uma das mãos passou do ombro para a cintura, para o quadril, e Lydia se moveu contra a palma de Daniel, imaginando como seria estar nua com ele a acariciando assim.

Com aquelas mãos de trabalhador.

Daniel recuou e afagou seus cabelos, afastando-os do rosto.

– Você beija bem, sabia?

– Beijo? – Ela sorriu como uma idiota. – Eu podia jurar que era você.

– Acho que somos nós. – Os olhos analisaram o rosto dela. E um dos cantos da boca se ergueu. – Vou embora agora.

Lydia exalou surpresa – mas até parece que se deitaria com ele naquele piso de linóleo da cozinha.

Na verdade, não é uma ideia ruim, ela pensou ao relancear para baixo.

– Tudo bem – concordou. – Eu entendo. Trabalhamos juntos e...

– Não é por isso que estou indo.

– Então, por quê?

Ele tracejou sua bochecha. Depois a linha do maxilar.

– Se eu ficar, não vou deixar você dormir nada. – Ele deu um passo para trás. – Sabe onde me encontrar se precisar de mim. E nos vemos depois de termos a permissão de acordar às quatro e um da manhã.

Ela assentiu.

– Boa noite, Daniel.

Virando-se, ele ergueu uma mão acima do ombro. Quando chegou à porta, disse:

– Não se esqueça de trancar.

E se foi.

Apoiando a cabeça nas mãos, Lydia se sentiu debaixo de uma lâmpada de calor. Ou como se tivesse engolido uma. E, na mesma linha, sentia as roupas apertadas, irritantes. E os lábios formigavam. E o corpo ansiava.

Nesse meio-tempo, a solução para tudo isso abria caminho pelo gramado. No escuro. No frio.

Quando trancou a casa, a necessidade de chamá-lo foi quase grande demais.

Para se certificar de que não o faria, foi para as escadas e subiu. Por sorte, o quarto dava para o jardim dos fundos e, mantendo as luzes apagadas, esticou-se sobre a cama e curvou-se de lado. Colando os braços junto ao peito e suspendendo os joelhos, ficou olhando pela janela.

Se fosse dia, ela conseguiria enxergá-lo entrando na tenda – e o imaginou inclinando-se para baixo, embrulhando o corpanzil no confinamento frágil, esticando-se sobre o saco de dormir. E, com tal pensamento horizontal, não conseguiu deixar de pensar sobre onde estariam caso ele não tivesse se afastado. Ou se ela o tivesse chamado de volta.

O desejo sexual era doloroso. E fazia com que todos os motivos de não se deitar com ele parecessem insignificantes. Covardes.

Esticando a mão para o bolso de trás dos jeans, pegou o celular e o segurou junto ao peito.

Aquilo era o mais perto que ficaria de Daniel Joseph naquela noite.

Talvez sempre, dependendo do que estivesse lá fora na floresta com ele...

As passadas subindo os degraus da escada eram tênues e ela se virou. Mas sentiu a fragrância da espuma de barbear caseira.

– Ah, graças a Deus – sussurrou. – Onde esteve?

O aroma da sua infância se intensificou, e ela esperou que a escada rangesse e as tábuas do corredor registrassem a lenta progressão até seu quarto.

À sua volta, a temperatura caiu uns cinco graus e, quando ela estremeceu, teve a ciência de que estava clinicamente insana.

Mas, em seguida, o fantasma do avô apareceu entre os batentes da porta. Como de costume, pouco se via do rosto, ou mesmo das roupas antiquadas; no entanto, a figura em forma e aquela fragrância lhe trouxeram lágrimas aos olhos.

Fazia tempo que ele não a visitava, sua última aparição fora quando ela decidia se devia ou não aceitar o emprego no PEL.

Ele aparecia em momentos decisivos desde seu falecimento.

– *Isoisä* – sussurrou ela. – Ele é perigoso?

Como de costume, não houve resposta da aparição. E mais uma vez Lydia ficou sem saber se ele viera para tranquilizá-la.

Ou para alertá-la.

– Pode ficar um pouco? – implorou. – Por favor. E não me esqueci das regras, juro.

Ele não ficou com ela. Nunca ficava. Bem diante dos seus olhos, o fantasma desapareceu, como se nunca tivesse estado ali.

Reclamando, Lydia voltou a se deitar de costas, a solidão em que vivia era um peso tangível sobre si. A aparição era só mais um lembrete de que existiam dois mundos para ela, o interno e o externo – e, por mais que isso fosse verdade para todos, numa noite como aquela? Com um homem a quem desejava lá no gramado e um perseguidor que podia estar em qualquer parte?

Tudo isso parecia tão irreconciliável.

Pensando bem, talvez já tivesse adormecido e isto, assim como tantas outras coisas, era apenas um sonho ruim.

Enquanto avançava pelo gramado desbotado, Daniel esperou ouvir seu nome ser chamado a qualquer instante. Praticamente ouvia as sílabas roucas, o desejo, a frustração sexual angustiante na voz de Lydia.

Meio que irônica essa satisfação que sentia em fazê-la arder de desejo. Porque também era um golpe em si mesmo.

Não conseguia se lembrar de ter se sentido tão animado com uma mulher. Nunca. Mas isso não devia estar certo. Deve ter havido alguém mais pairando em seu passado, outra mulher que o tivesse atingido assim, comendo-o vivo em seu próprio desejo sexual.

Parando, voltou a olhar para a casa. As janelas do andar de cima estavam escuras. Será que já tinha ido se deitar?

Jesus, por que diabos fora embora?

– Porque você não é um cretino completo, eis o motivo – disse em voz alta.

Havia coisas que ela não sabia, que mudariam o modo com que o considerava.

Para se impedir de chutar o próprio traseiro, deu uma volta ao redor das armadilhas que montara. Nada estava fora de lugar, os gravetos equilibrados e os galhos, dispostos com precisão no chão, não tinham sido perturbados.

Dentro da tenda, Daniel tirou a pistola e se esticou, mantendo a arma na mão. Com um braço como travesseiro, ficou encarando o teto de nylon.

Os sons noturnos o cercavam, os pios das corujas, as passadas leves de um cervo à esquerda, o barulho de um guaxinim pela propriedade, todos os sinais lhe dizendo que não havia nada num raio suficiente ao seu redor. E de Lydia.

Ao fechar os olhos, rearranjou o corpo, cruzando os tornozelos e apertando a pegada na arma.

Arma engraçada, uma pistola. Acessível em tantas situações. Mas também eram limitadas. Às vezes, é melhor chegar perto do inimigo. Resolver o assunto à moda antiga.

Quando o passado chegou batendo à porta, meneou a cabeça como se suas lembranças fossem uma pessoa querendo uma conversa que ele não desejava ter. A boa notícia? Tinha uma distração poderosa a oferecer para a mente.

Embora, como de costume, isso também viesse com suas próprias complicações.

Quando visualizou Lydia encarando-o com aqueles olhos dourados, com os lábios entreabertos, com o rosto corado de expectativa, sua ereção voltou a inflar instantaneamente. Exigindo atenção.

Talvez colocá-la sob os holofotes não fosse o melhor dos planos.

Ainda mais com seu pau confinado num ângulo esquisito dentro das calças de combate. E, claro, quando foi rearranjá-lo, o contato da mão na braguilha bastou para ele sibilar entre os dentes. Com um empurrão firme, tentou diminuir o aperto, mas quanto mais empurrava a extensão rija, mais o membro latejava com o próprio batimento cardíaco.

Resolvendo ignorar a viga impertinente, reposicionou o braço debaixo da cabeça e fechou os olhos como se batesse as portas de duas caixas-fortes.

Uh-hum.

Só o que conseguia pensar era na sensação de Lydia debaixo da sua boca, no modo como seu braço se encaixou ao redor da cintura dela, a pegada das mãos dela em seus ombros, nos cabelos.

Aquilo durou uns bons cinco minutos.

Depois de voltar às lembranças, ele baixou o zíper e enfiou a mão…

– *Caralho*.

Cerrando os dentes, acariciou-se, as lembranças daquela mulher como um maçarico em seu sangue, o calor irradiando-se para a superfície, o lábio superior se curvando para trás. Para cima, para baixo, firme… mais rápido… foi impiedoso com seu membro, mas ele sequer ligava para isso. Teria batido com um martelo se isso lhe desse o orgasmo que tão desesperadamente ansiava…

A imagem nítida do seu dedo se libertando dos lábios dela o fez perder o controle. Mal teve tempo de apanhar uma camiseta para cobrir a cabeça da ereção antes de gozar.

No último segundo, antes que o orgasmo tomasse conta dele por completo, teve o bom senso de soltar a arma. De outro modo, com todo aquele esforço, era possível que acabasse atirando no maldito pé.

Ou em algo que não voltaria a crescer.

Com um grunhido e um rolar de quadris, se permitiu gozar – e quando as ejaculações saíram aos jorros, Daniel não parou. Era como se Lydia fosse alguma espécie de estímulo erótico, a lembrança dela contra seu corpo lhe dando um gás que não se extinguiria em apenas um alívio. Ou dois.

Três.

O tempo todo, ele imaginou que a preenchia, gozando dentro de seu corpo, bombeando para que o sexo dela fosse preenchido.

E, ao mesmo tempo, ele sabia que aquilo era uma fantasia que viria a se concretizar.

Que Deus tivesse piedade de ambos.

Capítulo 22

Isso, Xhex pensou, *voltaria para a Colônia.*

Enquanto a Primeira Refeição se encerrava na sala de jantar e os membros da residência da Irmandade se dispersavam, ela saiu pela entrada grandiosa da mansão com John Matthew bem ao seu lado. Estavam ambos muito bem armados, mas não iam a campo. Primeiro porque ela não fazia parte da Irmandade e não lutava pela raça dessa forma – e mesmo que fizesse e lutasse, casais nunca tinham permissão para lutar juntos.

– Tudo certo?

Quando fez a pergunta, era direcionada para si mesma. E quando John Matthew assentiu de maneira decidida, Xhex sentiu que ele respondia por ambos. Segurando-lhe a mão, ela o puxou para perto, e ele baixou os lábios para os dela para um beijo demorado.

Estou com você, ele articulou quando o frio vento primaveril os golpeou no rosto. *Sempre.*

– Eu não te mereço, porra.

Sim, ele sinalizou. *Merece.*

Com isso, desmaterializaram-se, ambos se movendo em moléculas dispersas para longe, ao norte e oeste, para a planície do lado oposto da cadeia de montanhas do Parque Adirondack.

Ela sentiu como se estivesse indo para a boca do inferno.

A Colônia fora criada porque os *symphatos* não eram bem-vindos nas proximidades dos vampiros há gerações – e por uma tremenda boa razão. O lado paterno da sua linhagem era um diabo não disfarçado. Membros da subespécie eram sociopatas com poderes especiais, completamente alheios e desconectados de coisinhas irritantes como moral, empatia e compaixão.

E, sim, seu irmão se encaixava com perfeição nessa sopa tóxica.

Reposicionando-se junto a uma lagoa com cara de propaganda do estilo de vida rural, ela descobriu que John já estava a postos, com duas armas letais nas mãos, os olhos estreitados observando o cenário bucólico.

Mas o cacete que aquele era um lugar de relaxamento. A despeito do banco ao lado do salgueiro-chorão e das mesinhas de piquenique junto à trilha de bicicletas, aquilo não era nenhuma municipalidade – e nada pelo qual você gostaria de passar, muito menos relaxando quietinho.

Mas esse era o objetivo. Era uma armadilha para atrair humanos, uma isca para que uma troca acontecesse e brinquedos pudessem ser juntados: a entrada para o labirinto subterrâneo da Colônia era aquele abrigo a meros trinta metros de distância. Havia cerca de meia dúzia desses novos postos de observação espalhados pela área de quase dois quilômetros quadrados, cada um camuflado pelo mesmo tipo de "nada acontecendo aqui", "não há nada para ver". Neste caso em particular, a construção comum e frágil junto a um conjunto de banheiros públicos tinha um lance de escadas, e existia um motivo para não haver cadeados em nada, nem avisos, nenhum desencorajamento à exploração humana.

Aqueles malditos *symphatos* sabiam muito bem como construir boas ratoeiras, não é verdade?

John Matthew a cutucou no ombro e, quando ela fitou-o em resposta, ele sinalizou: *Rehv está aqui. Ele vai garantir que nada aconteça.*

Por conta da preocupação nos olhos dele, sua reação imediata seria dizer algo do tipo "não estou preocupada". Mas jamais poderia esconder qualquer informação do seu *hellren*.

– Rehv é um cara decente – foi só o que conseguiu dizer.

Bem, na verdade, o rei dos *symphatos* era muito mais complicado do que isso. Assim como ela, era mestiço, com uma combinação das características tanto dos vampiros como da carga genética perigosa dos pais deles. Mas, pelo menos, ela não tinha que tomar dopamina para se manter sob controle. Por outro lado, Rehv tinha que se medicar para ficar equilibrado.

A porta do abrigo se abriu e uma figura num manto vermelho-sangue saiu, como um cantor de música gospel que perdera seu posto no altar.

Quando o vento mudou de direção e ela captou o cheiro de Blade, suas presas desceram e ela empunhou uma arma.

A gargalhada nojenta que veio com a brisa a fez duvidar de tudo aquilo: do encontro; da busca em que ela parecia estar caindo; da realidade de estar se sentindo sem controle algum. E, à medida que seu irmão diminuía a distância, ele estava exatamente como ela se lembrava, alto e forte, os cabelos ondulados muito negros como um bando de corvos orbitando ao redor da sua cabeça.

Era isso ou um halo maligno.

– A irmã pródiga retorna – disse ele num tom arrastado.

– Poupe-me das suas asneiras, está bem?

– Isso são modos de cumprimentar a sua linhagem? – Blade olhou para John Matthew. – E este quem é? Espere, deixe-me adivinhar, ele é o seu...

Blade não teve oportunidade de terminar o que, sem dúvida, seria algum insulto bizarro, talvez com uma conotação sexual. John subjugou o *symphato* num piscar de olhos. Num segundo estava parado atrás do outro macho; no seguinte, tinha um antebraço grosso ao redor do pescoço do irmão dela, encostando um dos seus canos direto na têmpora da "linhagem".

No silêncio que se seguiu, Xhex pensou... *e esse é um dos motivos pelos quais se vinculara ao cara.*

Nesse ínterim, Blade – também conhecido como Horácio, pela Colônia – não piscou. Apenas sorriu para ela, as presas longas e brancas.

– Quer dizer que ele se vinculou, hein? – foi sua resposta.

– Isso mesmo – confirmou ela. – E não vou me sentir mal se ele meter uma bala no seu lobo frontal. No entanto, ele *vai* ganhar uns boquetes por ter feito isso.

As sobrancelhas de John Matthew se ergueram. Em seguida, ele articulou: *legal*.

Blade não ficou impressionado.

– Ah, mas nesse caso você não vai conseguir aquilo que veio procurar, não é? Que desperdício de tempo viajar daquela gaiola dourada na qual você mora na montanha. E pense nas contas da lavagem a seco – está ventando bastante aqui e minha massa cinzenta vai acabar manchando todo esse couro... querida irmã.

– Tenho certeza de que existem outros meios de descobrir o que preciso saber.

– Será que existem?

– Sempre existem.

– Então, mande-o puxar o gatilho. Agora. Vai.

Xhex cerrou os molares.

– Pare com seus joguinhos, Blade, é entediante.

– Ah, na verdade, eu acho bem divertido. – Blade cantarolou algumas notas do tema de *Jeopardy!* – E fico feliz em lhe contar o que precisa saber, mas o seu maridinho vai ter que tirar essa peça de metal da minha têmpora.

Depois de um instante, ela assentiu para John Matthew e seu companheiro recuou tão rápido que Blade teve que se equilibrar. Ao se endireitar, seu manto rubro se moveu à frente, parecendo vivo e tentando atacar Xhex.

Seu irmão relanceou para John Matthew.

– Sabe que tenho o mesmo nome de um assassino de vampiros, né?

– Ele não está nem aí – Xhex o interrompeu. – E é só o seu apelido.

Blade a ignorou.

– O gato comeu a sua língua, garotão? Ou você é só o tipo de garanhão calado e forte?

– Fale-me do laboratório – ela exigiu saber. – Existe outro, certo? E fica aqui por perto.

Virando a cabeça, Blade transferiu o foco para ela. E, por um instante – apenas por um instante –, ela podia jurar que o olho esquerdo dele tremulou como se estivesse tendo alguma reação emocional. Ele, porém, disfarçou isso rápido. E ela não tinha como adivinhar o que havia sido.

– Sim, existe um laboratório. E está funcionando de novo.

Atrás da sua fachada de compostura, Xhex estava ciente de que suas entranhas se liquefizeram de terror. Mas, naquele jogo de que está tudo bem, dois podiam brincar.

– Onde fica? – Quando Blade não respondeu, ela se aproximou. – Você também é mestiço, "querido irmão". Portanto, não finja que a sua culpa não está transparecendo. Você se incomodou quando me entregaram para os humanos.

– Ao diabo que me incomodei...

– ... e ainda se incomoda. – Ela deu de ombros. – E é por isso que veio aqui. Não foi porque Rehv o obrigou. Ele não pode te obrigar a fazer porra nenhuma. Você ainda se sente mal e imaginou que, se me contar o que sabe, isso o aliviará.

Enquanto os olhos de Blade se estreitavam, ela meneou a cabeça.

– Para sua informação, não me importa que você seja um filho da puta egoísta. Na verdade, esse é o único motivo pelo qual eu confiaria em qualquer coisa que saísse da sua maldita matraca.

– Ah, mas que *symphatozinha* é você, irmã. – Só que Blade desviou o olhar. E depois voltou. – E não sinto nenhuma culpa.

Xhex encostou um indicador no meio do peito do irmão.

– Sei o que há aqui dentro. Eu vejo você, irmão.

Quando ele afastou a mão com um safanão, John Matthew voltou a erguer a pistola da mão direita bem na direção do crânio do macho.

Blade deu uma olhada para o cano da 40 mm.

– Por favor. Poupe-me. – E voltou a se concentrar em Xhex, deixando de lado as tolices. – Não sei dos detalhes, mas posso lhe dizer onde consegui-los. Talvez. Existe alguém que sabe e, se for uma boa menina, eles lhe falarão. Mas isso depende de você.

– Se me trair, a Irmandade da Adaga Negra irá *ahvenge* a minha morte. Você sabe disso, certo? E Rehv não os deterá.

No silêncio que se seguiu, ela ficou se perguntando se o macho tentaria alguma bravata em relação a isso. Mas não. Porque sabia que era verdade.

Blade só cruzou os braços diante do manto.

– Você tem que ir à Montanha Deer. Em Walters. Farei com que a pessoa a encontre na trilha principal. Arranjarei tudo.

Xhex inclinou a cabeça.

– Muito justo.

– Terá que ir sozinha.

– Não tenho medo – disse ela, séria. – E, repito, eu pensaria duas vezes a respeito do que vai aprontar. Se me foder, a chuva de merda que a Irmandade vai jogar na sua cabeça vai fazer o Armageddon parecer uma festa.

Com esse comentário jovial, ela e John Matthew se desmaterializaram dali. Dizer que foi um alívio ir embora... era pouco.

Dizer que estava ansiosa pelo que aconteceria em seguida... era pura insanidade.

Mas, às vezes, você tem que fazer umas merdas que não quer.

Só para poder dormir durante o dia.

Capítulo 23

Na manhã seguinte, às quatro e vinte e três da madrugada, Lydia pisou na varanda de trás e olhou para as árvores. Depois deu uma volta, olhando ao redor da propriedade.

Trancando a porta atrás de si, guardou as chaves no bolso da jaqueta corta-vento e ajustou o cós das calças de corrida. Com sutiã esportivo e camiseta de nylon, ela criava a ilusão de que era apenas alguém saindo para uma corrida matinal – e ainda garantia que, caso tivesse que escapar de uma situação ruim, estaria usando os equipamentos certos.

Era esse o pensamento que passava pela sua mente quando...

Podia não haver luar por conta das nuvens, mas o véu chegara ao céu, o preâmbulo sagrado do alvorecer brilhando através dos galhos desnudos das árvores e das copas dos pinheiros a leste.

Bem quando o brilho foi percebido pelos olhos de Lydia, no instante em que seu olhar se ergueu e se direcionou para a sua fonte, uma figura saiu de dentro da linha das árvores. Os ombros largos de Daniel e as pernas fortes criavam uma sombra escura no meio do misterioso brilho da montanha.

Se quer ver seu futuro, ela ouviu na cabeça, *vá até a floresta no véu, e o que estiver por vir lhe aparecerá.*

Daniel parou no meio do gramado.

– Bem na hora.

O som da voz dele a arrancou do seu encantamento, libertando-a do confinamento do antigo provérbio que dizia não acreditar.

Avançando, ela tentou transparecer estar tão calma e pacata quanto a manhã...

— Gostaria que fosse computada — ele disse quando Lydia se aproximou.

— O quê?

Daniel deu um cutucão no punho.

— Minha pontualidade. — Ele se curvou de leve. — E eu lhe ofereceria o meu braço, mas isso pareceria ousado demais. Então vamos lá.

— Ah, sim. Certo. Muito bem...

Cale a boca, disse a si mesma.

— Onde está a moto? — perguntou.

— Lá onde eu estava. Eu te mostro.

Juntos, seguiram para as árvores, e ela analisou ao redor onde a tenda dele estivera. Ou, pelo menos, onde achou que estivera. Não havia sinais de que ele passara a noite ali na floresta.

— Campista asseado — observou ela.

— Melhor acreditar nisso. A Harley está logo ali.

A motocicleta estava um pouco escondida por uma cobertura camuflada que combinava com a paleta de cores cinza, marrom e verde da natureza, e Daniel puxou a cobertura. Enquanto a dobrava, perguntou-lhe alguma coisa e ela respondeu, mas sem acompanhar muito bem a conversa.

Sem que se desse conta, ele já passava a perna sobre o banco e olhava para ela por cima do ombro. A boca dele se moveu, e Lydia não ouviu nada. Era como se o mundo tivesse ficado sem alto-falantes, um estéreo com componentes vitais desconectados.

Era a luz. Era... o véu.

Enquanto o fitava, ele tinha um halo ao redor da cabeça e do tronco, e a iluminação era tão pronunciada que ela piscou — e teve que erguer o braço para que os olhos não fossem cegados.

— Lydia?

— A luz está tão forte.

— Que luz?

Sentindo-se tola, ela se forçou a abaixar o braço. E franziu o cenho.

– Ah, sumiu. A luz desapareceu.

– Você está bem? Está começando uma enxaqueca ou algo assim? Não, não era isso.

Eu estava errada sobre o lobo na floresta na outra manhã, pensou. *Você, Daniel Joseph, é o meu futuro.*

– Estou bem – sussurrou. – Não tenho dores de cabeça assim.

– Você tem sorte. – Ele endireitou a moto do seu apoio e saltou em uma bota para dar a partida, o ronrono grunhido assustando mesmo sem haver motivo. – Suba.

Aproximando-se ainda mais, ela tentou se equilibrar enquanto erguia uma perna e tentava passar por cima dos alforjes.

– Apoie-se em mim. – Ele esticou o braço. – Eu seguro você.

Apoiando a mão no bíceps dele, Lydia subiu na moto, o assento inclinado levando sua coxa direto para o traseiro de Daniel. Quando o cheiro dele atingiu seu nariz, ela fechou os olhos brevemente...

Por trás das pálpebras, só o que enxergou foi o perfil dele ressaltado por aquela iluminação brilhante e misteriosa.

Lydia praguejou, escancarou os olhos e esfregou o rosto.

– Tudo bem aí atrás? – perguntou ele. – A propósito, nunca uso capacete. Mas tenho habilitação para motos e você pode se segurar em mim.

Quando Daniel acelerou, ela foi empurrada para trás e, por instinto, suas mãos subiram para a cintura dele. Mas, depois disso, foi cauteloso com a velocidade, encontrando o caminho sacolejante na estradinha de terra que ela lhe dissera para tomar, aquela que, por ironia, os levava direto para a propriedade McBridge – e de lá para a estrada lateral, que atravessava a estrada rural principal.

Uma vez no asfalto, ele acelerou a moto, e, por um momento, Lydia foi capaz de esquecer para onde iam e o que fariam. Era só o homem, a moto, o estimulante ar matinal, tão limpo, tão fresco, tão puro. Enquanto seguiam acelerados, as árvores passavam nas laterais da estrada, e os aromas da floresta e da terra invadiam seu sangue.

Acelerado, tudo estava acelerado. Seu coração. Sua mente.

Seu corpo.

Virando a cabeça de lado, encostou a face nas costas dele. Por mais perturbador que o show de luzes tivesse sido, aquilo... parecia normal. Parecia certo.

Bem, exceto pela parte em que invadiria a propriedade do hotel.

Mas nenhuma preocupação nisso. Não era como se nunca tivesse invadido uma propriedade antes.

– Merda – disse para o rugido do vento.

Daniel não era uma pessoa matutina. Nunca fora. Mas era interessante o quanto Lydia o transformava num madrugador. E quanto àquele pequeno trajeto na estrada? Com ela se segurando nele, apoiada em suas costas? Ele se viu tentado a seguir em frente.

Quem sabe, sei lá, até a maldita Califórnia.

Cedo demais ela se endireitou e o cutucou no ombro.

– O início da trilha é por aqui – gritou em seu ouvido.

Ele desacelerou e atravessou um estacionamento com um banheiro rústico, uma placa entalhada anunciando o nome da trilha e não muito mais do que isso.

Indo para trás do banheiro, ele guardou a moto junto de uma caixa d'água. Não era de todo inútil, era menos óbvio do que totalmente escondido. Mas tanto faz. Melhor do que deixar a Harley ao léu.

Quando desligou o motor, Lydia desmontou, e isso foi uma perda de proporções colossais. Forçado a imitá-la, quando tudo o que queria era puxá-la para junto de si por muito mais tempo, desmontou e ajustou a cintura dos jeans.

– Mostre o caminho – disse ao tirar a chave da ignição.

Com um aceno, Lydia seguiu para a trilha, a passos largos, lançando adiante aquelas suas pernas. Ele aumentou o ritmo e ficou bem ao lado dela. Depois de terem avançado uma boa distância, ela o puxou pela manga e o levou para dentro da floresta em si. Foi então que a inclinação começou, o terreno se erguendo, tornando-se mais rochoso.

A luz a leste ganhava intensidade e isso era muito ruim.

Na verdade, a situação toda era ruim, mas ela era do tipo que faria aquilo sem ele.

Portanto, ela o faria com ele.

Bem quando Daniel começava a se perguntar como saberiam onde ficava o hotel, uma cerca de metal de seis metros de altura com placas de "Propriedade Particular" se apresentou.

– Deixe-me adivinhar – disse ele ao lançar um pouco de terra na cerca para se certificar de que ela não era eletrificada. – Chegamos à parte de subir para ir para o outro lado da nossa aventura.

Ela o encarou.

– Esta cerca avança por oito quilômetros. E a única entrada é pelo posto do vigia.

– Você vai ficar bem subindo… – Daniel balançou a cabeça. – Ou… você pode simplesmente ir direto por aí.

Lydia era como um gato, agarrando a cerca como se tivesse sido uma ginasta numa vida anterior. E ele começou a segui-la quando… congelou.

– Espera – disse ele.

Quando ela o ignorou, Daniel ergueu uma mão e a segurou pelo tornozelo.

– Para.

Ela baixou o olhar para ele.

– O que foi?

A cabeça dele balançou de um lado a outro por vontade própria. E para fazer parecer que de fato percebera algo no ambiente, olhou de propósito ao redor.

Mas era um alerta interno que lhe dizia que não, eles não deviam subir ali.

– Lydia, não podemos fazer isso.

– Do que você está… – Ela se soltou da pegada dele e olhou para o topo da cerca. – Vou sem você, então…

– Não! Você não pode…

Naquele instante, os faróis de um veículo atravessaram a escuridão parcial da madrugada.

– Desça – ordenou. – Agora.

Lydia se soltou e ele a pegou em pleno ar, levando-a consigo ao chão e cobrindo-a com o próprio corpo. Quando ele parou de respirar, assim como ela, ambos olharam para a estrada do outro lado da cerca. Um caminhão que passava por eles era branco com algum logo na lateral.

E não foi o único.

Os veículos de construção vieram em seguida, reboques chegando com caçambas, guindastes, escavadeiras. Eram como uma banda marcial de equipamentos de retirada de terra, e ele teve que se perguntar o motivo de serem trazidos tão cedo assim.

– Vão iniciar uma construção em algum outro local? – Lydia sussurrou.

O cheiro de diesel dissipou os aromas da terra e dos pinheiros, e o rugido do peso reverberava através do solo.

Devem ter sido umas quinze máquinas pesadas.

Assim que o desfile cessou, nem ele nem Lydia se moveram. Mas como poderiam saber se mais viriam?

– O que estão fazendo aqui tão cedo? – ela perguntou.

– Vamos seguir em frente, mas vamos ficar deste lado da cerca. Se formos vistos, não será da conta deles porque não estaremos nas terras deles...

Daniel baixou o olhar para ela, pretendendo continuar. Mas ao fitá-la no rosto, a sensação dos seios contra seu peito e da coxa entre as pernas dele o fez perceber que, não fossem todas aquelas roupas, estaria dentro dela.

Bem, desde que não estivessem a apenas uma cerca de metal de toda aquela coisa divertida de invasão de propriedade.

Quando os olhos dela focalizaram sua boca, ele balançou a cabeça.

– Cara – murmurou. – Lugar errado, hora errada, hein?

Com uma imprecação, ele se levantou e lhe estendeu a mão. Quando Lydia a segurou, ele a ajudou a se levantar, e apreciou o rubor em sua face. Por mais sensual que ela fosse, por mais excitado que ela o deixasse, havia uma reserva na mulher debaixo da qual Daniel queria entrar.

– Uma pena do caralho mesmo – disse ele ao recomeçarem a andar.

Tinham avançado uns quinhentos metros quando chegaram ao limite de uma imensa clareira, a terra desnuda semelhante a um caso premente de alopecia montanhosa. Os construtores estavam fazendo a fundação num cume achatado, que ia direto por dois terços da elevação até o topo. Na parte de baixo, o lado marcava o vale que seria uma vista incrível para os quartos com frente para o leste.

– Cacete – sibilou ele. – O que é isto?

Lydia viu o que ele viu na mesma hora, e os dois pararam ao mesmo tempo. Uma pessoa junto à cerca de metal, absorvida por completo no que estava fazendo... com um alicate.

Quem quer que fosse, cortava sistematicamente os elos.

– Rick? – Lydia o chamou. – Que diabos você está fazendo?

Capítulo 24

Lydia reconheceu a jaqueta cinza e preta. E, quando disse o nome de Rick, a figura segurando o alicate se sobressaltou junto à cerca.

As feições do veterinário eram reconhecíveis mesmo no véu, e a surpresa que se formou em seu rosto era exatamente igual à que passava pela mente de Lydia.

– O que você está fazendo? – ela repetiu ao se aproximar.

Ele se sentou para trás numa espécie de derrota – e foi quando ela viu a bolsa de lona. Não a médica, mas uma tão grande quanto aquela.

Quando parou junto a ele, Rick não disse nada, apenas meneou a cabeça.

Foi com uma sensação de dissociação que ela se ajoelhou ao lado da bolsa. Tinha um par de zíperes gêmeos que davam toda a volta na parte de cima, e quando os puxou, a tampa de acesso se abriu, revelando...

– O que é isto? – disse quando um frio desceu pela sua coluna.

No entanto, ela já sabia.

– Meu Deus, Rick. Isto é uma bomba.

Os canos estavam colados com fita adesiva, fechados nas extremidades, conectados a um celular de modelo antigo.

Ele se levantou e largou o alicate como se fosse um zumbi. E quando só ficou encarando adiante, através dos elos da cerca para a propriedade do hotel, foi como se toda a consciência dele tivesse se afunilado para fora do corpo.

Um par de mãos grandes entrou no campo de visão de Lydia.

Daniel segurou as alças da bolsa e afastou o volume do alcance de Rick. Enquanto acompanhava o movimento, Lydia percebeu que havia uma arma na mão livre de Daniel. Junto à coxa.

Então não a imaginara na casa de Peter Wynne.

– Sinto muito – disse Rick numa voz distanciada. – Não sei o que estou fazendo aqui.

De alguma forma, ela acreditava nele, e era interessante o modo com que a clareza se fazia numa pessoa. Porque enquanto continuava ali de pé, Lydia percebeu que não... não faria nada para deter o hotel. Não recorreria a homicídio. Claro, numa hipótese exagerada, a jura de matar era uma forma de validar e dar vazão à sua raiva, seu desejo de vingança, seu sofrimento.

Mas no que se referia a uma bolsa de lona carregando um explosivo caseiro?

Não, ela não levaria as coisas adiante nessa extensão.

– Por favor, não faça isso – pediu a Rick. – Sei que está tomado pela raiva. Sinto o mesmo.

A risada de resposta foi dura quando ele olhou para ela.

– Você não sabe como me sinto. E é esse o problema, não?

– Não estou entendendo.

– É você, Lydia. – Desviou os olhos para Daniel. – Sempre foi ela.

– Eu o quê?

Rick meneou a cabeça de novo sem parar de olhar para Daniel.

– Jesus, mesmo agora, ela ainda não me vê. Tome cuidado, meu chapa. Ela é diferente de qualquer outra mulher que já tenha conhecido – e não digo isso como um elogio.

Lydia esfregou os olhos.

– Rick, você não está dizendo coisa com coisa...

– Então, o que vai fazer? – o homem exigiu. – Ligar para Eastwind? Me entregar?

Daniel se pronunciou.

– Não entendo por que faríamos isso. Você só estava dando umas aparadas. Jardinagem. Esse tipo de coisa. Nem está na outra propriedade.

Rick pareceu surpreso.

— Por que diabos você me protegeria? Pensando bem, que rival sou eu, sou só...

— Para, para com tudo. — Lydia balançou as palmas diante de si. — Com tudo. Vamos voltar para casa.

— Você é cúmplice num crime. — Quando Rick apontou para a cerca cortada, o sorriso no rosto dele era atormentado. — Essa provavelmente é a única coisa que faremos juntos, não? Meio que irônico.

— Você não está pensando direito. Vamos cada um para um lado agora, mas nós vamos levar a bolsa. Você precisa conversar com alguém, conseguir alguma ajuda. Posso me informar...

— Para ajudar um amigo – disse ele. — Você pediria informação para ajudar um amigo.

Lydia apoiou a mão no ombro dele.

— Porque você é. Rick, você não me conhece. Não está apaixonado por mim. Se tem algum sentimento, é baseado numa fantasia.

Ah, caramba, ela pensou ao relancear para Daniel. Um conselho que ela deveria tomar para si.

E como não tinha notado a obsessão de Rick? Até então, ele sempre pareceu profissional e intenso a respeito do seu trabalho. De fato, toda vez que ela estava por perto, ele costumava estar irritado.

Mas, pensando bem, amor não correspondido podia causar isso.

— Você não conhece a verdadeira Lydia – ela repetiu.

— Ah, bem, você também não me conhece – Rick rebateu. — E há muitas coisas que uma pessoa inteligente como você pode extrapolar na vida, mas jamais conseguirá enxergar o coração de outro. Não de verdade. Não a menos que haja retribuição. Então, ligue para Eastwind ou não. Arranje o número de um terapeuta porque eles sabem ser *tão* úteis. Esqueça que isto um dia aconteceu. Já não me importo mais. Só não presuma saber pelo que estou passando, está bem? Não a culpo por não me querer, mas não vou ser mal interpretado.

Quando ele a encarou, Lydia pensou naquilo que Rick fora fazer ali.

— Tudo bem. — Apoiou as mãos no quadril. — Que tal assim: ferir pessoas não é o caminho para conquistar as atenções de uma mulher.

— Você odeia o hotel.

— Mas não os funcionários inocentes que estão trabalhando aqui. Você feriria pessoas que só estão tentando ganhar a vida. Isso é imperdoável de muitas maneiras.

Rick balançou a cabeça. Depois desviou o olhar. Depois de um silêncio tenso, disse:

— O seu lobo está melhorando, a propósito. Os índices dele estão bons. Eu o tirei das máquinas à meia-noite e o observei por três horas. Também alimentei e dei água. Ele está quase totalmente recuperado. Eu diria que pode ser libertado em mais vinte e quatro horas.

— É nisso que temos que nos concentrar. E deixaremos que a lei cuide do resto. Está bem?

Quando Rick não respondeu, ela se viu desejando que ele concordasse. Renunciasse a seu plano doentio de lhe fazer uma espécie de tributo, atraindo sua atenção… para conquistar seu amor.

— Por favor — suplicou. — Vamos só deixar que a lei cuide de tudo em relação ao hotel.

— Não era isso o que você sentia na outra manhã.

— Bem, é assim que me sinto agora.

Depois de um longo momento, a cabeça de Rick se virou na direção dela.

— Estou exausto pra cacete. Faz dias que não durmo. Vou voltar para a minha casa e tomar um banho. Esperarei por Eastwind lá. Sei que vai ligar para ele porque você sempre faz o que é certo. Essa é uma das suas melhores qualidades. Você sempre faz o que é certo.

— Rick…

Quando ele a encarou, a voz se partiu.

— Prometa que fará o que é certo. Não consigo mais fingir.

Sem esperar por uma resposta, o homem se virou e saiu andando. Lydia teve o pensamento de que ele não sabia para onde estava indo. Talvez isso estivesse certo, talvez errado.

— Venha — disse Daniel. — Vamos voltar pelo caminho pelo qual viemos.

Ela relanceou por cima do ombro para o corte na cerca. E apanhou o alicate.

Daniel manteve a bolsa aberta quando ela guardou a ferramenta. Foi ela quem fechou os dois zíperes.

Enquanto seguiam até a motocicleta, Lydia permaneceu em silêncio antes de chegarem até o início da trilha.

— Preciso ir falar com o Rick — disse ela.

— Vou destruir isto. Não se preocupe.

— Tenho que ver o que de fato há aí.

Daniel depositou a bolsa e a abriu. Quando mirou a lanterna do celular e iluminou o conteúdo, nada tinha mudado. Um punhado de canos, fios e o celular estavam exatamente iguais.

— Isso é uma bomba, certo? Estamos seguros?

— Sim, eu desconectei os fios do detonador. — Daniel sacudiu a sacola. — Ouviu esse barulho? Há pregos dentro desses canos. Ele não tinha a intenção de ferir pessoas, Lydia. Ele queria matá-las.

Daniel não precisou perguntar aonde iriam em seguida.

Quando Lydia ligou para o xerife e teve que deixar uma mensagem, não foi surpresa que ela tivesse dito ao homem que dirigisse para sua própria casa. De modo conveniente, Eastwind vivia numa fazenda a quatro minutos de distância, e ao se aproximarem da rua em que ela ficava, o fato de que a estradinha estivesse sinalizada como "Travessa Eastwind" deixava claro que o xerife e os seus ancestrais tinham estado na propriedade há muito tempo.

A casa era dos anos 1930, de dois andares, com fachada branca e detalhes bem mantidos em um preto brilhante, a ponto de serem urbanos. Atrás da casa, havia um celeiro e uma campina cercada, mas nenhum animal por perto.

Quando os faróis da Harley cruzaram a frente da casa colonial, todas as janelas estavam escuras. Pensando bem, eram cinco e quarenta e cinco ainda. E antes que eles tivessem parado de vez, Lydia desmontou da moto e correu para a porta da frente. Agarrando a aldrava em forma de cabeça de leão, bateu o latão ao ritmo de uma canção do AC/DC e o esforço foi recompensado. Momentos depois, Eastwind atendeu, com um roupão de flanela azul-marinho ao redor do corpo delgado, pés calçando chinelos e os cabelos compridos ainda trançados como se nunca tivessem a permissão de estarem soltos.

Lydia falou rápido e Eastwind tentou fazer com que ela fosse mais devagar, quando Daniel resolveu trazer uma ajuda visual para aquela festa – porque isso tornaria a situação muito mais compreensível.

Tragicamente, bombas de canos múltiplos falavam por si só em todo o tipo de situação.

Quando ele deu um passo à frente com a bolsa, Eastwind deu uma espiada, mas não demorada, como se Daniel fosse um assunto de menor importância.

– ... bolsa. Daniel está com ela... – Lydia observou por cima do ombro. – Ah, que bom. Pode mostrar para ele o que há dentro?

Daniel tentou revelar, inclinando a bolsa para a frente de modo que a luz da lamparina acima iluminasse dentro dela.

– Rick está indo para casa. – Lydia cruzou os braços diante do peito como se estar nas imediações do explosivo a deixasse desconfortável. – Precisamos ir conversar com ele.

– Vou me vestir e já vou para lá. – Eastwind estendeu a mão. – E eu fico com a bolsa, muito obrigado.

– Fico feliz em entregá-la a qualquer um – Daniel disse ao passar a coisa para o xerife.

– Também vamos para lá. – Lydia ergueu as mãos. – Pode parar. Trabalho com Rick há dois anos. Ele é um amigo e está... confuso. Perturbado. Não está raciocinando.

– Como vocês dois sabiam que ele estaria na propriedade do hotel?

Eastwind fez a pergunta de maneira casual, mas Daniel não se deixou enganar. O homem tinha olhos como lentes de uma câmera, e elas gravavam tudo.

– Fomos fazer uma trilha matinal. – Lydia deu de ombros. – Quando chegamos à cerca de Corrington, não queríamos invadir, então só fomos acompanhando a lateral dela. Encontramos Rick usando o alicate. Está na bolsa também.

– E ele só disse para vocês que ia para casa? – o xerife exigiu saber. – Por que não ficaram com ele e ligaram para mim?

– Ele parecia derrotado. Exausto. E sabia que eu entraria em contato com você. Ele disse…

– O que ele disse?

– Que eu sempre fazia o que era certo. Veja bem, ele sabia que tínhamos que entregá-lo. E estamos com a bomba…

– Como sabem se ele não tem mais no carro? Ou na casa?

Lydia abriu a boca. Fechou. Depois balançou a cabeça.

– Ele não é um perigo para ninguém mais. Vou para lá agora para garantir que ele esteja bem. Ele…

– Ele está apaixonado por ela – Daniel interveio. – E pensou que, em vez de uma dúzia de rosas, seria bom explodir o hotel. É por isso que ela quer ir lá. Ela se sente um tanto responsável, e, do seu ponto de vista, eu gostaria que ela estivesse lá. Ela saberá falar com ele como ninguém mais. Eu mesmo vi isso.

– Ele sabe que o que ia fazer é errado. – Lydia abaixou o olhar. – Mas isso não é nenhuma desculpa.

– Não – disse Eastwind. – Não é. E vocês não vão lá sem mim. Levo cinco minutos para me vestir.

Quando o xerife voltou para o interior da casa, Daniel retornou para a moto. Passou a perna por cima. Esperou segurando o guidão.

Quando sentiu que Lydia estava atrás dele, deu a partida.

– Não vamos esperar por ele, vamos?

– Não – concordou Lydia. – Não vamos.

CAPÍTULO 25

A CASA DE RICK NÃO ficava muito distante do centro da cidade, e enquanto Lydia dava instruções a Daniel sobre aonde ir, ela pensou em todos aqueles momentos que partilhara com o veterinário do PEL: risadas na sala de descanso com Candy, rastreando alcateias da reserva através das câmeras ou na montanha, identificando os lobos e soltando-os.

Rick estivera tão comprometido com a missão deles quanto ela e sempre pareceu ter a cabeça no lugar – embora, agora, enquanto pensava nisso, ele vinha se mostrando mais tenso e irritável ultimamente. Ela deduzira que fosse pelas dificuldades financeiras do PEL e pelo modo com que vinham sendo obrigados a economizar nos suprimentos da clínica.

Era evidente que algo estivera acontecendo e, Deus, ela rezava para que fosse apenas o que ele sentia por ela. Se fosse isso, Daniel tinha razão. Ela se sentia, sim, responsável, embora nunca o tivesse encorajado, nem o seduzira.

Murmurando de tristeza, lembrou-se de Rick aproximando-se dela no meio da floresta, enquanto amparava o lobo envenenado, tão desaprovador, tão competente.

Jamais imaginaria que acabariam ali.

O que quer que esse "ali" fosse.

Ainda que, de fato, ele acabasse preso.

O chalé de Rick – que ele possuía, não alugava – ficava no fim da estradinha, num campo cheio de flores na primavera e no verão. Não havia garagem e o Jeep dele estava estacionado ao lado do chalezinho.

Quando Daniel parou atrás do veículo, Lydia desmontou, mas não foi direto para a porta.

Que estava aberta, apesar do frio.

Um medo subiu por sua coluna e Lydia vasculhou as janelas com os olhos. As cortinas estavam todas fechadas, o que nunca fora o caso. Quando lhe dera carona para casa ou tivera que entregar alguma coisa, ela sempre conseguira ver o interior do lugar. Mas talvez se devesse ao fato de o inverno ter sido tão frio e ele tivesse tentado diminuir a conta de aquecimento.

– Fique aqui – ouviu-se dizer.

– Se precisar de mim, e só avisar.

Ela assentiu de modo distraído e seguiu pelo caminho de pedras. Seguindo o desenho cinza e arroxeado até a porta, engoliu em seco.

– Rick? – chamou em voz alta. – Sou eu, posso entrar...?

O som do disparou foi tão alto que ecoou em seus ouvidos.

– *Rick!*

Quando o eco do *bang!* se dissipou, Lydia se apressou para dentro e derrapou no tapete da sala. Sua respiração soou alta em seus ouvidos, olhou ao redor em pânico, mal notando a mobília.

– Ah, meu Deus, ah, meu Deus... – continuou repetindo as palavras, um mantra que a impedia de hiperventilar. – Rick?

Avançando, foi para a cozinha nos fundos. Nenhuma bagunça, nenhum lixo, nenhum prato na pia nem nada nas bancadas. Estava limpo demais, como se ele tivesse deixado tudo em ordem antes de ter saído. Porque não esperava voltar.

A casa era o completo oposto da de Peter. No entanto, ela sentia como se só fossem lados diferentes de uma moeda de ruindade.

O cheiro de pólvora chegou ao seu nariz quando se virou para sair da cozinha. E foi então que Lydia viu através de uma soleira estreita... um cômodo escuro repleto de prateleiras. Com as cortinas fechadas, uma tela de computador era a única fonte de iluminação, o brilho azulado e fantasmagórico a atraindo até lá.

Debaixo dos seus pés, as tábuas rangeram e, quando o suor brotou da testa, ela a enxugou com a manga. Os pulmões se esforçavam para bombear ar. E com a garganta apertada como estava, teve que abrir a boca para sugar o ar.

Assim que entrou no escritório, Lydia viu os pés aparecendo por baixo do lado de lá da escrivaninha.

Os tênis de corrida de Rick estavam frouxos, os solados enlameados, as pontas pensas de lado.

– Rick – ela se engasgou ao saltar adiante...

A espingarda tinha caído sobre o peito, como se ele estivesse sentado no chão quando puxou o gatilho. E ficou óbvio que ele colocara o cano na boca.

Despencando ao lado dele, Lydia cobriu a própria boca. Depois virou de lado, plantou as palmas no tapete e sentiu ânsia.

Com os olhos contraídos, continuou a ver os detalhes do rosto com horrenda nitidez, o queixo vaporizado, o nariz destruído, um dos olhos pendurado.

Seu amigo, o homem que conhecera e com quem trabalhara lado a lado, o veterinário a quem respeitava e valorizava... não existia mais.

E ela sentia como se fosse culpa sua...

Mãos quentes a puxaram para trás, e Lydia despencou na compaixão que lhe era oferecida, soluços sacudindo seu tronco enquanto se segurava no peito forte. Com a cabeça num ângulo afastado daquele horror, e com o corpo amparado, ela não conseguia pensar numa única razão para se controlar e, quando emitiu um gemido, uma voz grave e profunda falou usando sílabas reconfortantes.

Embora ela não entendesse as palavras, os murmúrios de Daniel eram tudo o que a mantinham no planeta.

Ele ainda a abraçava quando Eastwind entrou.

– Não tocamos em nada – ela ouviu Daniel dizer. – E ele puxou o gatilho bem quando ela chegou à porta de entrada.

Lydia pretendia levantar a cabeça e falar.

Mas, no fim, não tinha voz.

Mais tarde naquele mesmo dia, Lydia andou até o trabalho.

Depois de tudo o que acontecera, ela precisava de ar fresco, e com seu carro na oficina de Paul, não tinha opção a não ser aparecer na garupa da moto de Daniel.

Considerando que Candy era a única outra pessoa no local, isso provavelmente não seria um problema, mas ela sentiu que tinha que respirar um pouco sozinha. Deus, parecia que existia metade do oxigênio na atmosfera do que de costume.

E, à medida que seguia pela estrada rural, sentia dores no corpo todo, da cabeça aos pés; prova, supôs, da conexão entre corpo e mente: não estava machucada, não tinha se exercitado em demasia, não estava doente. Mas os músculos latejavam como se tivesse sido colocada dentro de um jarro sacudido, nenhuma parte do corpo tendo deixado de ser batida.

Ela e Daniel ficaram umas duas horas na casa de Rick, no jardim, sob a luz do sol. Lydia ficara sentada, com os braços equilibrados sobre os joelhos até que os cotovelos tivessem adormecido assim como as mãos penduradas. Ao seu lado, Daniel tinha se esticado na grama queimada, com as pernas cruzadas na altura dos tornozelos e um braço dobrado debaixo da cabeça. Parecia um cão cochilando, de vez em quando erguendo uma pálpebra ante sons além dos pios dos passarinhos e dos carros ocasionais passando na estradinha, e da conversa em tom baixo dentro da casa.

Os dois assistiram aos outros policiais chegarem. Testemunharam o médico-legista chegando na van quadrada. E quando chegou a hora do saco preto para cadáveres ser removido da casa numa maca, ela e Daniel ficaram de pé.

Era incompreensível que Rick Marsh estivesse vivo naquela madrugada, no véu. Junto àquela cerca. Com uma bomba numa bolsa de lona.

Mas algumas coisas não eram fáceis de entender.

O xerife Eastwind foi a única outra pessoa a ficar o tempo todo. E num dos momentos de calmaria, anotara as declarações deles. Perto do meio-dia, ela e Daniel por fim foram embora, sendo que ele a deixou em casa antes de ir tomar um banho no PEL.

Não disseram muita coisa. Ele pareceu entender que Lydia precisava de espaço.

Não que isso tivesse ajudado. Nem um pouco.

De volta em casa, ela comeu um pouco de cereal e descobriu que estava faminta. Uma caixa velha de arroz pilaf Near East resolveu a questão de maneira abastada em calorias, mas deficiente em nutrientes. E sentando-se para comer, pensou em Daniel e na sua onda saudável.

Voltando ao presente, olhou ao redor para o verde-escuro das coníferas, para o cinza da estrada e para o amarelo da linha tracejada que dividia o asfalto em dois. Acima, o céu basicamente sem nuvens era de um azul resplandecente e o brilho amarelado do sol era prova de que não importava o quanto o inverno durasse, nem quão intenso fosse, a primavera sempre chegava.

Quando seus olhos voltaram a marejar, ela os enxugou.

A boa notícia era que estava chegando ao caminho de carros do PEL, e então podia se concentrar e abrir a caixa de correio para apanhar o que houvesse lá dentro. Abaixando a portinhola preta, enfiou a mão para pegar um punhado de cartas e malas diretas – e a normalidade de apanhar a correspondência diária lhe pareceu errada.

Amparou o fardo modesto junto ao peito enquanto avançava na direção do prédio principal.

No estacionamento, o carro de Candy e a Harley de Daniel estavam lado a lado.

O Jeep de Rick nunca mais ficaria debaixo daquela árvore.

Lydia não foi para a frente do prédio. Levou a correspondência para a entrada da clínica. Estava trancada, por isso usou sua chave e abriu a porta devagar. Luzes ativadas pelo movimento se acenderam no teto, voltando à vida num tremeluzir e iluminando a área antes escura. Tudo estava bem limpo, bem-organizado, as bancadas de aço inoxidável reluzindo, os armários fechados, a frente de vidro dos gabinetes revelando filas de medicamentos, rastreadores, equipamentos e suprimentos. De modo aleatório, ela abriu algumas gavetas e portas. Não havia nada que não esperasse ver, apenas toda sorte de seringas em caixas fechadas, bandagens em seus invólucros e bandejas de instrumentos cirúrgicos cobertas por plástico.

Com uma sensação de medo, ela abaixou as cartas e seguiu para o escritório de Rick.

Indo para a porta aberta, acendeu a luz pelo interruptor da parede. A mesa e a cadeira dele não combinavam e estavam gastas, mas tudo estava imaculadamente limpo e organizado, o velho monitor e o teclado de um lado, o telefone fixo ao lado, o abajur num canto. Não havia documentos no tampo. Nenhuma pasta. E quando ela abriu uma das gavetas...

– Mas que diabos? – murmurou ao abrir a seguinte.

Todas elas estavam vazias. Não havia sequer uma bandejinha para canetas, ou um bloco de anotações, nem um clipe de papel.

Ao se endireitar diante da mesa, olhou ao redor. Não havia mais nenhum item pessoal. As fotos dele em várias caminhadas ao redor do país ou as trilhas de bicicleta tinham desaparecido. Sua jaqueta extra. Seu blusão com emblema do PEL. O calendário de cachorro. A garrafinha térmica e a bolsinha térmica de refeições.

Assim como na sua casa, ele não pretendia voltar ali. Limpara o espaço para a pessoa que viria a substituí-lo.

Rick estivera numa missão suicida com aquela bomba.

Apoiando a cabeça nas mãos, ela inspirou fundo, com um tremor. Em seguida, pigarreou e foi para a sala de exames onde o lobo estivera.

A gaiola estava vazia, o equipamento de monitoramento fora guardado, o espaço desinfetado e pronto para o próximo uso.

Com o coração na garganta, foi para uma porta de acrílico. Do outro lado do espaço embaçado, ela conseguia ver a gaiola de transição usada com os animais em recuperação prestes a ser reinseridos na reserva.

O lobo de Lydia estava do lado oposto, de pé e olhando diretamente para ela. Junto ao batente, uma prancheta com registros anotados com a letra cursiva de Rick: quando tinha sido a última alimentação, o que lhe fora oferecido para comer e quanto ele comera; quanta água bebera, observações em relação à atenção do animal.

Ela passou as pontas dos dedos na escrita. Depois tocou na caneta Bic presa a um fio.

A porta estava trancada só na maçaneta e, abrindo-a, conseguiu ouvir a voz de Rick em sua cabeça gritando com ela, dizendo-lhe que não deveria se aproximar do lobo.

Com um sorriso triste, ignorou os avisos que ouvira com tanta frequência.

Entrando no espaço fechado, olhou ao redor. As paredes, de mais ou menos um metro de altura, eram de concreto e, acima delas, uma tela de metal se erguia uns bons três metros. Ar fresco da primavera, aquecido pelo sol, soprou para dentro e ao redor da gaiola.

Os olhos do lobo permaneceram travados nela, brilhantes e dourados. Como o sol, ela pensou. E, embora as orelhas estivessem apontando para a frente, suas ancas estavam relaxadas, a respiração, equilibrada, e nenhuma tensão no corpo.

– Olá – disse com suavidade ao se agachar.

Tomou o cuidado de deixar a porta aberta atrás de si só para o caso de estar entendendo mal a situação. Mas sabia que não estava.

– Você parece muito melhor agora. Vou preparar o seu jantar à noite. E amanhã... vamos deixá-lo voltar ao lugar a que pertence.

O lobo abaixou a cabeça e deu um passo à frente. E mais um. Uma das orelhas se remexeu como se estivesse com coceira, e ele lambeu os lábios.

Lydia mostrou as palmas.

– Você está muito melhor. Você vai viver.

O lobo parou a poucos centímetros das suas mãos, e ela se esticou, tocando-o nos ombros.

– Você sabe quem eu sou, não sabe? – perguntou ela. – Sim, sim. Você sabe.

Ele moveu o corpo contra o dela, circundando, as orelhas agora frouxas, relaxadas, o pelo tanto áspero quanto macio ao se empurrar para o afago que ela lhe oferecia.

– Você teve um tremendo veterinário – sussurrou. – Preciso que saiba disso. Um tremendo de um veterinário salvou a sua vida.

Capítulo 26

Mais tarde, Daniel se questionaria o que exatamente o fez dar a volta até a parte de trás do edifício principal do PEL. Estivera fora do prédio de equipamentos, trabalhando no quadriciclo para consertar o tanque de combustível quando algo aguçou seus instintos. Tentou se livrar da sensação, como se fosse uma mosca, mas não havia como negar aquele incômodo.

Nem como ignorá-lo.

Tudo fez um pouco mais de sentido quando chegou à varanda com vista para o lago… e baixou o olhar para uma espécie de espaço fechado.

Ali, dentro de uma gaiola, Lydia estava agachada ao lado de um lobo, a cabeça junto à do animal, as mãos em seu corpo acariciando-o em círculos. Os dois se esqueceram do mundo, num momento só deles, enquanto lágrimas rolavam pelo rosto dela, caindo nas calças jeans que usava.

O primeiro instinto de Daniel foi de afastar o lobo. Mas não para salvá-la.

Era para poder ser aquele a quem ela afagava.

Em vez de ceder ao ciúme, ele ficou onde estava, sob o feitiço dela assim como estava o outro animal, aquela magia sobre a qual Rick o alertara, e ele próprio já experimentara, florescendo no ar como se Lydia fosse um objeto sagrado emanando uma bênção.

Uma criatura selvagem subjugada na palma da mão dela.

O mesmo se dava com Daniel.

Só que ele não queria ser amansado. Não podia se *dar ao luxo* de ser, mesmo que quisesse.

Com uma imprecação, ele recuou, sabendo que estava na hora de voltar ao trabalho. Seguindo para a moto, montou, deu a partida e foi pelo caminho de carros para sair da propriedade. Quando chegou à estrada rural, pegou a esquerda e acelerou a Harley até ela rugir.

A sensação do ar fresco no rosto foi boa, e a vibração no guidão em suas mãos era tão familiar que o acalmou.

Viram? No fim das contas, ele era livre.

Ou, pelo menos, foi o que disse para si mesmo. A realidade era diferente. Imagens da manhã continuaram a atingir a sua mente com flashes de estilhaços, a pior sendo a de Lydia sentada no chão com o corpo.

Daniel jamais se esqueceria de tê-la tomado nos braços, abraçando-a e encarando por cima da cabeça dela o que o homem fizera consigo próprio. Com tudo o que Daniel vira no curso da sua vida, era de se imaginar que pudesse ter lidado melhor com a situação. Em vez disso, ela o assombrava.

Embora fosse mais em relação a Lydia.

Ele não queria que ela visse coisas assim. Nunca.

Mais adiante, o centro da cidade – o pouco que era – surgiu em seu campo de visão, e quando ele se aproximou da lanchonete-mercadinho, parou no estacionamento um tanto deserto e verificou as horas. Passava um pouco das duas da tarde.

Puta que pariu, ele sentia como se fossem três da manhã.

Entrando na metade do estabelecimento que pertencia ao mercadinho, foi para o caixa. Quando a moça que lá estava ergueu o olhar do livro que lia, sorriu como se tivesse fisgado um belo peixe do que imaginara ser um lago vazio.

– Ora, olá, Daniel. – Ela afofou os cabelos loiros tingidos que estavam no lugar por causa de muito spray, parecendo um sorvete de casquinha de máquina. – Como tem passado hoje? Sou Susan, caso não se lembre.

Ele sentiu como se tivesse que dizer "olá" com sotaque do interior.

– Boa tarde.

– Quer bilhetes da loteria?

– Não. Estou aqui porque…

– Porque você me parece um homem de sorte.

– Pareço? – disse aquilo apenas porque sentia que certa cota de troca de palavras era necessária antes que ele pudesse comprar qualquer coisa. – Não sei se tenho alguma opinião sobre minha sorte ou falta dela.

Mentiroso, disse para si mesmo.

– Talvez esse seja o motivo de você ter sorte – disse ela.

– Por quê?

– A sorte é como um gato. – Susan balançou o indicador diante dele, como se estivesse corrigindo uma criança que deveria saber melhor as coisas. – Quanto mais você vai atrás dela, mais ela se esquiva. Você pode perseguir aquilo que não o deseja, mas só consegue apanhar aquilo que escolhe estar na sua palma.

Em sua mente, ele se lembrou do lobo esfregando o pelo nas mãos esticadas de Lydia, dos seus dedos mergulhando no pelo espesso, do belo rosto daquela mulher, luminoso com a tristeza que sentia por um homem que provavelmente merecera o seu amor, mas não o conquistara.

Daniel estava disposto a apostar que ela se culpava, como se, caso tivesse retribuído os sentimentos de Rick, ele ainda estaria vivo. Ainda que nada daquilo fosse culpa dela.

– Ou na sua carteira, como deve ser o caso.

Ele voltou a prestar atenção.

– Como é?

– A sua carteira é onde você vai querer essa sorte.

– Tem razão. – Ele apontou para trás dela, mas não para onde estavam os bilhetes de raspadinhas. – Quero um pacote de Marlboro vermelho.

– Caixa ou maço?

– Tanto faz… na verdade, pegue dois. E preciso de um isqueiro.

– A cor é importante?

– Preciso dos vermelhos. Não do maço suave…

– Não, me refiro ao Bic. Tenho azul, verde, amarelo, vermelho…

– Não importa.

Susan escolheu um vermelho e virou para trás em seu banquinho. Em vez de lhe entregar os quarenta pregos de caixão e o isqueiro, ela os segurou junto ao peito – de uma forma que o fez olhar para as roupas dela. Ela vestia um suéter casual rosa e branco e jeans claros, um reloginho de prata delicado demais para todo o resto dela. Com os cabelos todos arrumados, ela mais parecia alguém pronta para o baile de formatura, mas que ainda não colocara o vestido elegante.

– Tem certeza de que quer fazer isso mesmo? – perguntou ela.

Daniel piscou.

– O que disse?

– Veja bem, vendo muito cigarro para muitas pessoas. E aqueles que pararam e estão voltando são os que sempre compram dois maços e um isqueiro. Se fosse um fumante habitual, teria um monte de Bics pela metade na sua casa, no carro e em todos os bolsos. E estaria comprando um pacote. Ou, caso só precisasse de algo para aguentar até a hora de voltar para casa? Compraria apenas um maço, sem isqueiro. Mas aqui está você...

Ele estendeu uma nota de vinte dólares.

– Isto basta?

– Viu? É disso que estou falando. Se você fosse um fumante habitual, saberia quanto isto custa. E não basta.

Ele pegou mais uma nota de vinte.

– Isto, então, deve dar.

Susan o fitou do outro lado do balcão.

– E se você estivesse começando agora, filaria um de alguém.

Mas, pelo menos, ela aceitou o dinheiro dele e entregou os cigarros. Daniel saiu antes que ela pudesse lhe devolver o troco.

De volta ao PEL, Lydia deu uma última acariciada nas costas do lobo, disse-lhe que voltaria às cinco com o jantar e para garantir que ele estivesse bem – como se o animal falasse seu idioma. No entanto, ao fechar a porta, fitou-o nos olhos... e ele entendeu. Entendeu que ela não o estava abandonando para sempre.

Pensando bem, lobos eram assim.

– Falta pouco – prometeu. – Você logo vai voltar para lá.

Fechando tudo direitinho, trancou e...

– É verdade, então? – perguntou baixinho uma voz.

Lydia fechou os olhos por um instante. Depois ficou de frente para Candy. A mulher mais velha aparentava toda a sua idade, o rosto abatido, as mãos nervosas mexendo no colarinho da camisa. E nos punhos do suéter.

– Sim – confirmou Lydia. – Ele se foi.

Sua compostura foi imediata, uma máscara de reserva cobrindo-lhe as feições. Mesmo assim foi impossível não estender a mão a Candy e apertar seu ombro. Mas o que poderia dizer que tornasse qualquer parte daquilo melhor?

Ela pigarreou.

– Eu só...

Por onde deveria começar? Com o que acontecera na cerca de metal? Ou quem sabe com a sua entrada no escritório de Rick, onde vira os tênis de corrida aparecendo na ponta da mesa.

Que tal o cheiro de pólvora? O sangue?

– Não sei o que dizer – suspirou derrotada.

– Ele era um bom veterinário – disse Candy.

– Era isso o que eu estava dizendo para o lobo.

A mulher caminhou e foi para perto da janela de acrílico para espiar dentro da gaiola.

– Ele vai sobreviver?

– Sim. Graças ao Rick.

– Eu vi quando você estava aí dentro com ele. Eu estava na varanda... – Candy recuou rápido. – Acho que ele não gosta de todos os humanos.

O rosnado que atravessou a porta era uma advertência baixa.

– Ele só não te conhece. – Lydia afastou a colega. – Vou soltá-lo amanhã de manhã.

– Como?

– Vou sedá-lo. E depois levá-lo para a reserva na parte de trás do quadriciclo.

As sobrancelhas de Candy se abaixaram.

– Quanto ele pesa?

– Uns noventa quilos. Ele é maior do que a média dos lobos-cinzentos.

– E você vai conseguir erguer esse peso morto?

Não, Lydia pensou.

– Vou dar um jeito – disse.

– Talvez você possa pedir ao Daniel para ajudar.

– Claro...

– Como vamos prosseguir? – Candy perguntou. – Acho que a pergunta mais importante é: quanto tempo mais acha que vamos conseguir? Não quero ser pragmática, mas tenho contas para pagar. Preciso... encontrar outro emprego.

Lydia meneou a cabeça.

– Não sei.

Candy esfregou os cabelos curtos, as pontas loiras alisando debaixo da fricção.

– Desculpe. Talvez eu não devesse estar mencionando isso tão cedo... bem, você entendeu.

– Não, está tudo bem. As coisas só cessam para os mortos, não para os vivos. Vamos dar um jeito em tudo.

– Onde diabos está Peter Wynne?

– Não sei. E essa é a mais pura verdade.

Candy foi para a pilha de correspondência e começou a separar as contas.

– Bem, só para você saber, eu fico enquanto receber. – A mulher avaliou a área da clínica. – E eu gostava do Rick. Ele era um bom homem. Não sei por que sinto a necessidade de dizer isso em voz alta, mas é isso.

– Concordo plenamente. Ele era... um homem muito bom.

– Mas Peter? – Candy a encarou. – Eu não lhe daria cinco centavos por aquele merdinha.

Ambas se calaram por um instante.

Em seguida, Lydia disse de supetão:

– Posso lhe pedir um favor? Preciso do seu carro emprestado.

CAPÍTULO 27

VOLTANDO DA SUA COMPRA de nicotina, Daniel passou reto pela entrada do PEL. Enquanto seguia em frente, a saída que procurava parecia demorar a aparecer – ou talvez ele não estivesse seguro de que porra estava fazendo e talvez tudo parecesse indistinto e moroso.

A Travessa Farlan estava bem onde a deixaram, e ele não desacelerou ao se inclinar para tomar a pista da direita das duas faixas na estradinha de terra. Aprofundando-se nas árvores, foi até o local em que rebocaram o carro de Lydia, sendo que Paul da oficina fez o trabalho.

Era de se imaginar se o cara mencionaria a alguém que o problema foi só que uns cabos tinham sido arrancados do motor. Talvez não. Paul parecia o tipo de cara que vivia e deixava viver.

Mas, evidente, e se lhe fosse perguntado? Quem é que poderia saber.

Desligando o motor, Daniel passou uma perna por cima e levou a chave consigo. Enquanto caminhava, pegou um dos maços de Marlboro. A eficiência com que tirou o invólucro de plástico provava que um hábito antigo podia se sobrepor à parte de "habilidade perecível" em quase tudo. E, ao levantar a parte de cima e tirar um dos primeiros soldados com filtro, resolveu que essa recaída seria algo apenas temporário.

E não era uma escorregadela. Era uma escolha consciente.

De modo que pudesse "inconscientizar" a escolha depois que aquilo tudo acabasse.

Ou talvez fosse uma "não-escolha". "Desescolha." Tanto faz.

O fato de que Susan, a mulher no caixa, escolhera um isqueiro vermelho para combinar parecia uma declaração da filosofia do estilo dela. Nesse meio-tempo, do seu lado da transação, só o que lhe importava era a chama.

O acesso de tosse foi imediato após a tragada, e quando Daniel encostou o dorso da mão nos lábios, perguntou-se o motivo de sempre ter se sentido melhor ao estragar o fígado estando com a boca ocupada. Imaginou que seria o mesmo para um boxeador e seu saco de pancada.

Dava um alvo para as coisas, em vez de apenas ar.

Na terceira tragada, o incômodo se atenuou, e ele sentiu um torpor na cabeça e debaixo da pele. Na metade do cigarro, já estava de volta ao ritmo, exalando grandes colunas de fumaça como se fosse uma máquina a vapor, uma tranquilidade se apossando de si ao mesmo tempo que sentia a concentração se intensificar.

Não que tivesse se sentido confuso.

Quando chegou ao posto de observação, esmagou o toco entre o polegar e o indicador, a pontada de dor era algo que ele apreciava. Depois enfiou a bituca no bolso de trás da calça e olhou na direção do celeiro de Peter Wynne – não que conseguisse enxergar muita coisa.

Mudando de direção, seguiu em frente e encontrou com facilidade a caverna onde guardara o corpo – e a natureza imperturbável daquilo em que se esforçara para não perturbar era uma boa-nova.

– Onde diabos você estava ontem?

Ao som da voz, Daniel espiou por cima do ombro. E casualmente levou a mão ao bolso em que mantinha a arma escondida.

– Ora, ora, se não é o Senhor Personalidade – disse Daniel com escárnio.

Quando se virou, seu melhor amigo parecia meio puto da vida. Vestindo roupas folgadas que cobriam uma variedade de arma e munição, aqueles conhecidos olhos escuros se estreitaram debaixo da aba de um chapéu John Deere, que passava a impressão de que não havia nada de extraordinário no cara. A não ser pelo fato de que os ombros dele eram grandes e o maxilar parecia uma viga, tudo a seu respeito fora cultivado para que ele se disfarçasse. Deixasse de ser notado. Continuasse indetectável entre as pessoas pelas quais passava.

— E aí, onde diabos você estava? – foi a pergunta cheia de exigências.

— Ocupado. Estou começando um hobby novo.

— Ah, eu sei. O nome é Lydia Susi.

Daniel deu um passo à frente.

— Ela não faz parte disto.

— O caralho que não. Ela está no meio disso...

— Ela não está fazendo nada além de rastrear e garantir a segurança da população. Só isso. Ela não está envolvida.

O sorriso que lhe foi dirigido era a lâmina de uma navalha.

— Avaliou isso antes ou depois de comer ela?

Daniel deu um mergulho e agarrou o amigo pela garganta.

— Vai querer reformular essa frase enquanto ainda tem cordas vocais?

— Então. Foi. Durante.

As sílabas foram engasgadas, mas não havia medo de uma reação. Tampouco de oposição física.

Havia um motivo para se darem bem, maldição.

— Não é ela quem você procura. – Daniel deu-lhe um safanão, mas o equilíbrio do seu camarada não foi comprometido por muito tempo. A recuperação foi quase imediata. – Vai contra os princípios dela.

— Ah, então vamos procurar em algum outro lugar só porque a sua namorada tem uma tatuagem de patinha na testa.

Enquanto Daniel apertava a pegada na arma, teve que se obrigar a se acalmar.

— O PEL não tem recursos. Sabe disso...

— *Você* está fora de controle...

— Vai se foder.

Um indicador em riste apontou para ele como a mira de um laser.

— Você tem conflito de interesses. E acha que não sei que anda dormindo...

— Na propriedade dela, seu babaca – Daniel estrepitou. – Não estou dentro da casa.

– É questão de tempo até parar na cama dela. Sei como é isso.

– Porque é a porra de um gênio. Claro. Eu tinha me esquecido.

– Aconteceu isso comigo uma vez. Fiquei envolvido demais e fodi com tudo. – O tronco imenso do amigo se inclinou para a frente. – Fique afastado ou eu vou assumir. Não temos tempo nem interesse em resgatá-lo da confusão que vai criar.

– Você não está no comando.

– Quer que ela acabe morrendo? – Seu amigo deu de ombros. – Você se *importa* com essa mulher? O que acha que vai acabar acontecendo?

– Ela *não* é quem você está procurando.

– Bem, qual é a única coisa que você e eu sabemos com certeza? Vocês não são farinha do mesmo saco. Ou ela é culpada ou é inocente, mas, de todo modo, se continuar se envolvendo, ela vai acabar morta.

Daniel olhou ao longe. Escondera as armas do dia anterior, e maldito fosse ele, mas como queria estar com aquele silenciador.

– E aí, vai querer fazer isto? – disse ao colega num tom de tédio. – Ou vai continuar conversando comigo? Porque essa última opção está provocando uma diferença *enorme* na minha vida.

– Você precisa reconhecer a sua fraqueza, amigo.

– E você precisa dar um tempo. Não gosta do que estou fazendo, então faça com que me retirem do caso. Ou tente.

Dito isso, Daniel pegou o celular e acendeu a lanterna. Abaixou-se e entrou na caverna de teto baixo.

O corpo tinha sumido.

Como um idiota, ele moveu o facho ao redor só para o caso de não ter visto um saco de oitenta quilos – que já não respirava – largado no chão.

Inclinou-se para fora.

– Vocês já o levaram?

– Quem? – foi a resposta.

– Filho da mãe – Daniel resmungou.

Lydia não precisou ir tão longe quanto achou que precisaria. Estivera disposta a viajar uma hora ou mais. Em vez disso, seu destino só estava a dez minutos de um trajeto ao longo das estradinhas rurais ao redor da montanha.

E isso foi muito bom. Parecia que o tempo se escoava, como se um prazo final estivesse à espreita. A questão era que ela não sabia exatamente o que era para fazer, para onde ir, o que entregar para o professor proverbial.

Mas não era a primeira vez na vida que tinha que, sozinha, descobrir o que fazer.

E quando tossiu pela centésima vez – e pensou em Daniel –, não sabia como Candy aguentava ficar naquele carro. Havia tanto perfume compactado no interior que era como se estivesse inalando um bolo de confetes, cada inspiração era um pacote denso de frutas artificiais.

Pense num nariz entorpecido.

E foi quando a parede de pedras começou. Depois de uma curva na estrada, uma barreira de quatro metros e meio de altura surgiu do nada. As rochas empilhadas e cimentadas eram cinza, creme e rosa-claro, e o cimento que as unia tinha a cor de uma neblina apagada. Imaginou que devia ser bem grossa, e sabia que tinha sido construída há pouco tempo. Não havia nem musgo nem líquen sobre elas.

Depois do que lhe pareceu mais de um quilômetro, os portões apareceram. Eram majestosos, todos de ferro preto retorcido, que se erguia até uma crista em arabesco, e eram divididos ao meio de modo a se abrirem e permitirem acesso.

Parou o carro de Candy diante de um teclado acoplado com um alto-falante. Ao abaixar o vidro, ficou imaginando se...

Uma câmera estava afixada na parede, a lente apontando para ela. Ela quase acenou.

Pelo menos sabia estar no lugar certo, pensou ao esticar o braço e apertar o ícone de telefone.

Antes de fazer contato com o botão, houve um som metálico e de um mecanismo girando, e os portões se abriram como se ela fosse esperada. E não era. Relanceou pelo espelho retrovisor. Não havia ninguém atrás.

Mas era por isso que ela viera.

Acelerando, passou pelo baluarte, entrando por um caminho recentemente pavimentado, ladeado por cercas-vivas gêmeas tão altas e tão largas que não havia como enxergar através delas. Lydia estava numa rampa de folhagens perenes sem acostamento e desejou que houvesse outra forma de entrar e sair da propriedade. Se um caminhão de entrega se colocasse na frente dela? Ela não teria como manobrar nem...

Tudo se ampliou depois de uns quarenta e cinco metros, e a extensão do gramado era tanta que parecia estar num campo de golfe. E havia a casa. Ou... aquilo estava mais para um castelo, um castelo americano feito da mesma pedra do muro junto à estrada.

Jesus, a mansão era imensa, com três ou quatro andares e uma fachada frontal que parecia maior do que Walters inteira.

O caminho pavimentado fazia uma curva diante da casa, ladeando uma entrada coberta que parecia digna de um par de soldados de cada lado.

Parando, abriu a porta...

Ao longe, ouviu um barulho que não reconheceu de imediato, mas deixou de prestar atenção a ele enquanto avaliava a fachada da casa. Havia algo de estranho nas janelas. Em vez de permitir a visão do interior, espelhava a propriedade, mostrando o gramado, o caminho, a fonte. E não porque cortinas estavam fechadas e a luz da tarde estivesse provocando ilusões de ótica. Havia uma cobertura reflexiva...

O quarteto de Dobermanns veio disparado fazendo a curva da mansão, os quatro silenciosos em modo de ataque, as orelhas viradas para trás, dentes arreganhados, patas devorando o terreno enquanto avançavam.

Sem nenhum latido, nenhum rosnado, eram como balas no ar.

Lydia saltou para dentro do carro de novo e bateu a porta. A janela estava abaixada – droga! Ela remexeu na chave, deixando-a cair enquanto tentava enfiar a errada na ignição.

Bem quando os cachorros derraparam no caminho para carros, enfiou a chave certa, girou e apertou o botão da janela.

Eles saltaram sobre o vidro que se erguia, com os dentes à mostra e baba escorrendo por todo lado.

Nesse mesmo momento, um helicóptero sobrevoou a casa. A ave de rapina negra com suas duas lâminas rotatórias era grande como um ônibus, e quem quer que a estivesse dirigindo – pilotando? –, abaixou-a no meio do gramado logo na frente do carro perfumado demais de Candy. As rajadas de vento eram muito fortes e lançavam ondas de terra que bateram no para-brisa, obrigando os cachorros a fecharem os olhos mesmo enquanto continuavam a atacar.

Antes que as hélices desacelerassem, degraus foram desdobrados e abaixados do corpo lustroso.

Uma mulher de preto com cabelos brancos cor de gelo saiu do helicóptero e andou; a força do vento não parecia incomodá-la nem um pouco.

De repente, os cachorros deixaram de lado a agressividade e trotaram até C.P. Phalen, circundando e sentando em formação, dois de cada lado dela.

A pulsação de Lydia começou a desacelerar um pouco, ainda mais depois que a mulher fez um gesto e os Dobermanns se afastaram, disparando como jatos de caça para os fundos da casa.

Onde, sem dúvida, voltariam a morder os ossos do entregador de jornais. Ou do motorista da entrega das compras.

O barulho das hélices começava a diminuir e, uma vez que os cachorros não eram mais vistos, Lydia abriu a porta do carro e saiu de novo.

– Surpresa inesperada – C.P. Phalen disse acima do barulho.

Quando um vento fez os cabelos de Lydia açoitarem-na no rosto, ela os afastou.

– Eu precisava ver você.

– Chegou bem na hora.

Você também, antes que os seus cachorros arrancassem a pintura do carro de Candy, Lydia pensou.

C.P. Phalen sorriu.

– Um pouco antes ou depois e eu não a veria.

Atendendo a um gesto da mulher, Lydia a seguiu por baixo da cobertura que dava para uma entrada ornamentada. Não era difícil de se imaginar uma festa grandiosa na casa, carros caros parando debaixo do alpendre para descarregar todo tipo de smoking e vestido de gala.

O conjunto todo era intimidante. Mas Lydia não sairia até conseguir o que viera procurar.

A mansão, assim como o muro de pedras, com certeza fora construída para parecer antiga, mas não havia nenhuma tentativa de esconder outro teclado moderno junto à porta. E quando C.P. Phalen encostou o dedão na tela, houve um som abafado e um clique.

– Se alguém quiser entrar – disse a mulher com um sorriso sorrateiro –, vai ter que cortar o meu dedo para usá-lo como chave.

Dita essa frase jovial, ela empurrou a pesada porta de ferro e vidro, revelando… ok, uau. Aquilo muito bem podia ser a recepção de um hotel: o piso interno e as paredes eram de um mármore claro, lustroso e brilhante, assim como as escadas duplas que subiam como asas nas laterais adiante. Cômodos tão amplos quanto casas se estendiam em ambos os lados do espaço, e candelabros de cristal pendiam do teto como galáxias brilhantes.

Mas não havia mobília, nem tapetes, nem pinturas ou esculturas. Em lugar nenhum.

– Lydia?

Erguendo a mão para esfregar o formigar na base da nuca, ela se concentrou em C.P. Phalen. Embora os cabelos brancos tivessem estado num furacão, as ondas brancas e prateadas voltaram para seu lugar, e o terno preto continuava perfeitamente bem passado, parecendo recém--saído da lavagem a seco.

Com a boca secando de repente, Lydia engoliu e tentou encontrar sua voz.

– Rick, o nosso veterinário, está morto. Peter Wynne está desaparecido. Tenho quase certeza de que serei a próxima, e você é a única pessoa poderosa que conheço.

Capítulo 28

— Acabei de me mudar, sabe?

Enquanto C.P. Phalen a conduzia pelo que Lydia imaginava ser a sala de jantar, por conta da natureza do espaço comprido e estreito, os saltos da mulher produziam sons agudos que ecoavam.

— Ou melhor, estou me mudando. — Lançou um sorriso a Lydia que não aqueceu seus olhos cinzentos. — A mobília chegará nos caminhões amanhã.

Lydia teve a imagem de todo o equipamento de construção se afunilando pela área de construção do hotel. E se lembrou de Rick, agachado junto ao chão segurando o cortador de metal, abrindo caminho pela cerca para poder passar por ela. Com sua bolsa de lona.

— Venho construindo a casa há dois anos – prosseguiu C.P. Phalen. – Sempre morei em cidades grandes, mas agora só quero a tranquilidade e a privacidade que não se consegue em Manhattan. Não sou casada e não tenho laços que me prendam a ninguém, portanto a escolha foi minha e somente minha.

A mulher empurrou uma porta de vaivém para entrar num cômodo com bancadas em todo lugar e toda espécie de gabinetes com frente de vidro para pratos e cristais.

Lydia só deduziu que seria para organizar banquetes e jantares grandiosos. Não tinha experiência em casas como aquela.

— Nunca mais vou voltar para a cidade. — A mulher deu uma leve risada. — Já tenho meu quarto montado no andar de cima. Portanto, dormirei aqui esta noite e para sempre.

– Não tem medo? – perguntou Lydia. – Uma casa grande assim, você sozinha.

C.P. Phalen parou diante de outra porta de vaivém. Numa voz calma e equilibrada, disse:

– Não tenho medo de nada.

A declaração era a mesma proclamada por adolescentes e bêbados no mundo todo, Lydia pensou. Mas algo no modo com que as palavras foram ditas fez parecer que quem deveria ter medo eram os bandidos.

– Não sou lá grande cozinheira – a mulher disse ao empurrar a porta –, mas esta cozinha não é para mim.

E que cozinha era aquela, toda de aço inoxidável como a de um restaurante, com uma bancada inteira de fornos e uma batedeira do tamanho de uma banheira, e bocas de fogão suficientes para cozinhar para um exército.

– No entanto, posso oferecer café. – Quando os pés de Lydia desaceleraram, a outra mulher se aproximou de uma cafeteira solitária que mais parecia uma criança largada num campus universitário. – Qual o seu veneno?

Piada sem graça, Lydia pensou. Além do mais, seus nervos já estavam acesos.

– Estou bem, obrigada.

– Gosto do meu puro com um pouquinho só de açúcar. – A mulher relanceou por sobre o ombro. – Coisas doces de fato não me atraem.

– Posso me sentar aqui?

Sem esperar pelo sim, Lydia atravessou o que parecia ser uma área de preparação de alimentos, puxou um banquinho de uma fileira de outros e estacionou nele. Pendendo a cabeça, ficou se perguntando que diabos estava fazendo.

– Diga, então, o que quer que eu faça por você – disse C.P. Phalen.

Lydia observou enquanto uma caneca era retirada e uma cápsula era colocada na máquina. Um pacote cheio de açúcar foi tirado e depois uma colherinha de chá. Quando o café ficou pronto, um pouquinho de açúcar foi acrescentado e depois mexido.

– Você não me respondeu – a mulher disse ao se recostar na bancada do cozinheiro, amparando a caneca branca nas mãos. – O que exatamente quer que eu faça por você?

– Não sei aonde mais ir.

– Nisso eu acredito. E já conversei com o CEO do hotel.

As sobrancelhas de Lydia se ergueram.

– Conversou?

– O próprio Corrington me atendeu. Disse a ele que, da próxima vez que os nossos lobos aparecerem envenenados ou mortos, irei à Comissão de Valores Mobiliários com tudo o que sei a respeito da abertura do IPO da empresa dele, no ano passado.

– Pode repetir?

– A Corrington Hotéis e Resorts abriu o capital e um punhado de amigos teve a preferência de compra antecipada. Uma jogada clássica de informação privilegiada. Claro, sendo ele um arrogante filho da puta, achou que isso não era nada demais. Só mais um caso de mestre do universo escrito por Tom Wolfe, embora imagino que *O Lobo de Wall Street* se aplicaria melhor. – Quando Lydia só piscou, a mulher deu uma risada breve. – Vejo que isso não é do seu ramo de interesse, mas é do meu. Administro alguns fundos de investimento e, embora tenha me especializado em empresas farmacêuticas, tenho interesses em vários lugares. Motivo pelo qual sei o que Corrington aprontou.

Houve uma pausa, e quando Lydia não disse nada, C.P. Phalen sorriu.

– Você ficou perdida por completo ou só se chocou por eu ter dito "filho da puta"?

Lydia pigarreou.

– Qual foi a resposta de Corrington?

– Ele negou tudo, mas se empenhou em observar que o montanhista encontrado há alguns dias é um exemplo do motivo de que ele precisa proteger seus hóspedes. Eu lhe disse que mantivesse aquela cerca de metal sempre bem erguida e não terá que se preocupar com lobos em sua propriedade.

– Não há provas de que tenha sido um lobo.

O olhar recebido foi tão direto que Lydia abaixou seus olhos.

– O que mais posso fazer por você? – perguntou a mulher.

Lydia inspirou fundo.

– Sabe se alguma coisa com que Peter Wynne e o PEL possam estar envolvidos é perigoso? Ou ilegal?

– Não. Por que pergunta?

– Peter tem agido de modo estranho. – E Rick também esteve, mas não pelo mesmo motivo. – E fica afastado do escritório o tempo todo.

– Talvez esteja acontecendo algo em sua vida pessoal?

– Não sei nada a respeito dele – disse Lydia. – A não ser o fato de ele ter deixado de aparecer no trabalho e de que estamos ficando sem dinheiro.

– Isso é novidade para mim – C.P. Phalen disse um tanto distraída. – Digo, sobre o dinheiro.

– Verifiquei as finanças há dois dias. Não há praticamente nada nas contas operacionais e de funcionários. Na verdade, rasguei o meu contracheque para podermos bancar o zelador. E dispensamos a empresa de limpeza.

Quando os olhos de C.P. Phalen se estreitaram e uma carranca se formou no rosto que, de outro modo, não apresentava rugas, Lydia pensou...

Sim, foi por isso que ela foi até ali.

Daniel estava de volta ao escritório do PEL antes de ele fechar às cinco e meia da tarde. Quando entrou, Candy ergueu os olhos da mesa.

– Sabe onde ela está? – a mulher exigiu saber.

– Quem? Lydia? Não.

– Ela pegou meu carro; com a minha permissão. Mas tenho que ir para casa. Tenho um gato para alimentar.

Daniel franziu o cenho.

– Para onde ela foi?

– Ela não disse.

– Podemos ligar para ela? – Pegou o celular. – Só vou...

– Já tentei. Três vezes...

O som de pneus no cascalho da entrada fez com que ele se virasse. Através das janelas que davam para a frente, o conhecido sedan Chevy vinha descendo.

– Graças a Deus – disse Candy ao apanhar o casaco e a bolsa.

Daniel ignorou de propósito o ar que havia prendido.

– Tudo fica bem quando acaba bem.

Quando Candy passou por ele, parou.

– Você é fumante? Acho que eu não sabia disso.

– Não, não sou. – Só que ele farejou a manga da jaqueta corta-vento e conseguiu sentir também. – Está bem, fumei uns dois só.

– Se existe um dia para fazer isso, esse dia é hoje. – A mulher deu um tapinha no seu ombro. – Cuide bem da nossa garota. Precisamos que ela não desista. Se ela for embora, terei que procurar outro emprego. Diabos, acho que vou ter que fazer isso de todo modo. Eu te vejo amanhã, desde que ele exista.

Candy saiu pela porta da frente, a voz audível enquanto conversava com Lydia antes mesmo de ela sequer sair do carro.

As duas se encontraram na metade do caminho, entre o estacionamento e o prédio, onde mais palavras foram trocadas, com as chaves.

Depois disso, Candy chegou ao sedan, entrou e foi embora.

Lydia ficou parada lá, observando a mulher se afastar, com os braços cruzados diante do peito, e o sol banhando-a numa luz suave. Para chamar sua atenção, Daniel bateu na janela, mas logo se arrependeu disso quando Lydia se virou assustada, com o medo transparecendo no rosto pálido. Ergueu a mão no que desejou ser um gesto amigável. De maneira calma e composta.

Muito diferente de como se sentia.

Se seguisse suas emoções, estaria correndo para perto dela para abraçá-la. Segurá-la com firmeza. Sem soltá-la, possivelmente para sempre...

Porra, o Senhor Personalidade tinha razão, pensou.

Quando Lydia se aproximou do prédio, seus olhos estavam cravados no chão e, no segundo em que entrou, pareceu se recompor, os ombros se endireitaram, o queixo se ergueu.

— Desculpe ter ficado tanto tempo fora – disse ela.

— Acho que deve estar devendo dinheiro de combustível para Candy, hein?

— Enchi o tanque antes de voltar. – Ela inspirou fundo. – Você estava certo. Dirigir por aí ajuda a clarear a mente.

— Os meus melhores pensamentos acontecem quando estou na moto com uma estrada vazia à frente.

Houve uma pausa. E ela disse de modo distraído:

— Como você sabe quando deve partir? De um lugar, quero dizer. De um emprego.

Daniel deu de ombros.

— Não sei. Para mim é como um relógio interno. Ou como aqueles medidores de calor que saltam no frango assado? Alguma coisa dentro de mim muda e vou.

Quando Lydia olhou ao redor, seus olhos pairaram sobre a mesa de Candy e depois partiram para o corredor que dava para os escritórios e a entrada da clínica.

— Pode me ajudar a libertar o lobo amanhã? – pediu.

— Claro.

— Obrigada. – Ela pareceu se concentrar enquanto afastava os cabelos do rosto. – Vou lá alimentá-lo agora. Pode ir para casa. Ou melhor... para onde quer que esteja indo.

— Estarei na minha tenda de novo no seu jardim.

Quando ela assentiu distraída, Daniel não sabia se ela tinha ouvido. Mas, em seguida, disse:

— Você já ouviu falar de *suomen makaronilaatikko*?

— Não... Sou até que bem saudável, sabe. Uma tossezinha aqui e acolá, mas nada além disso.

Lydia piscou e depois riu.

– É macarrão com queijo finlandês. Tenho um pouco congelado lá em casa e estava pensando se você...

– Ah, entendi. Na verdade, adoro um macarrão solene. Um dos meus prediletos, uma refeição séria para um homem sem nenhum senso de humor.

O sorriso dela durou um pouco mais e Daniel ficou contente.

– Tudo bem. – Ela apontou com a cabeça para trás. – Vou ficar bem andando de volta para casa se já quiser ir...

– Eu te espero aqui. Demore o quanto precisar com o lobo.

Só para o caso de haver uma discussão, ele foi até o singelo sofá e se acomodou, cruzando as pernas na altura dos tornozelos. Felizmente, Lydia não discutiu, só murmurou que não demoraria.

Daniel esfregou o rosto e depois deixou a cabeça pender para trás. O sol se punha, a luz diminuía no céu, tudo começava a escurecer. Interessante como alguns dias parecem mais longos.

Pareciam durar uma vida inteira.

Bem quando seu pescoço começava a ficar dolorido, ele ouviu um carro entrar no estacionamento diante do prédio. Quando se endireitou e olhou pela janela, enfiou a mão na jaqueta, para segurar o cabo da arma. Era um caminhão da UPS, grandão e marrom, com o logo correto no lugar certo e na cor esperada. Um homem com uniforme de camisa curta coordenada saiu com uma caixa do tamanho de uma torradeira.

Parecia legítimo. Mas Daniel não confiava em nada.

Manteve a arma na mão ao se levantar e se aproximar da porta. Abrindo-a, sorriu com casualidade.

– Isso precisa de uma assinatura?

– Isso mesmo – respondeu o rapaz. – Aqui está.

– Obrigado. – Daniel rabiscou no leitor eletrônico com a mão esquerda. – Espero que seja sua última entrega.

– Mais duas e acabou por hoje. Tenha uma boa-noite.

– Você também.

Ao entrar, Daniel trancou tudo e foi para a janela. O caminhão fez uma curva ampla e quase raspou na Harley, mas foi embora, afastando-se pelo caminho de cascalho.

– Quem era? – Lydia perguntou ao enfiar a cabeça pela porta da clínica. – Vi os faróis traseiros de alguém.

– UPS. – Levantou a caixa. – E está endereçada para Peter Wynne.

CAPÍTULO 29

LYDIA SEGUROU O PACOTE durante todo o trajeto até sua casa. Manteve-o entre o corpo de Daniel e o seu, na moto, com um dos braços ao redor da cintura dele e a outra mantendo a caixa no braço, como uma bola de futebol americano.

Esqueceu-se de dizer a ele que tomasse o caminho mais longo para os fundos da propriedade, só para garantir que ninguém os veria. Mas, sério, depois de tudo o que acontecera? Quem é que se importava? Se Susan ou Bessie quisessem passar adiante a notícia a todos aqueles que comessem na lanchonete – ou comprassem leite ou um jornal – que o rapaz da manutenção lhe dera uma carona para casa, que assim fosse.

Além do mais, só o que todos comentavam era Rick.

Deus, como ele podia estar morto? Enquanto a pergunta ricocheteava em sua mente pela centésima vez, Daniel entrou no seu caminho para carros e foi até a casa...

Ela deixara as luzes acesas?

– O que foi? – perguntou ele ao desligar o motor, notando que Lydia não descia.

– Não consigo me lembrar se...

– A luz do seu quarto estava acesa quando saímos.

– Tem certeza?

– Tenho, mas me deixe entrar na casa na frente.

– Não vou ficar aqui. – Desmontou e pegou as chaves do bolso. – Sinto-me indefesa como um patinho na lagoa onde quer que eu esteja agora.

– Deixe-me levar a moto para trás.

Ela assentiu e andou com ele enquanto empurrava a Harley para longe das vistas da entrada da casa. Em seguida, entraram pela cozinha. Ao estarem fechados lá dentro, ela olhou ao redor.

– Tudo parece distorcido – disse ela. – Como se o meu mundo inteiro tivesse se movido meio centímetro para a esquerda.

– Alguma coisa está fora do lugar, então?

– Não. – Mas ela olhou de novo como garantia. – É só uma sensação.

Ao dar a resposta, Lydia sabia que Daniel não estava prestando atenção. Os olhos dele percorriam as janelas, a porta que dava para o porão, os quartos acima – que estavam escuros.

Ela desejou ter deixado todas as luzes acesas.

– Você sempre anda armado? – ela perguntou quando a mão dele continuou dentro do bolso da jaqueta.

Daniel olhou para ela.

– Ficaria incomodada se eu dissesse que sim?

– Considerando-se o dia que tive hoje? Não. Nem um pouco.

– Minha arma é registrada e sei usá-la.

– Que bom. – Ela deixou a caixa na mesa e depois virou a tranca da porta. – Vou com você para verificar tudo.

– Ok, mas fique atrás de mim. Balas não têm marcha à ré.

Bem quando ela foi segui-lo, voltou e apanhou a caixa. Com Daniel na frente, como se fosse um escudo, atravessaram a sala, inclinaram-se para dentro do escritório, depois se voltaram para a escada.

– Pelo menos você não tem uma enchente descendo por elas – observou Daniel ao começarem a subir para o primeiro andar.

– Onde diabos acha que Peter está? – ela perguntou, mais para si mesma do que para ele.

– Não sei se um dia o encontraremos.

O som de algo se deslocando dentro da caixa fez com que Lydia a sacudisse só para verificar se era essa mesmo a origem do som. Era. O que quer que tivesse sido postado para Peter estava solto.

Por favor, meu Deus, que não sejam ossos, ela pensou.

Daniel verificou rápido os dois quartos e banheiro, e foi para os armários e olhou debaixo das camas. Não havia um sótão.

– Verifico o porão quando descermos de novo – informou ele.

– Ele tem uma tranca por causa da porta corta-tempestades do lado de fora. – Foi para o assento da janela e se sentou. – Quero abrir isto agora. Aqui em cima.

Onde ninguém os veria.

Ele pegou algo do bolso de trás e jogou para ela.

– Use isto.

Lydia apanhou o canivete suíço e libertou a lâmina.

– Obrigada.

A caixa estava fechada com uma fita adesiva – todas as dobras, mesmo as que não tinham nada a ver com a abertura, tinham uma camada dupla de fita. A etiqueta da UPS tinha um endereço de remetente de Lancaster, na Pensilvânia, e de destinatário...

– Espere. – Ela ergueu o olhar. – Era para isto ter sido entregue na casa de Peter. Não no PEL.

– Talvez ele tenha alterado sua preferência de entrega. Costumávamos fazer isso de vez em quando em alguns dos prédios de apartamentos em que trabalhei, para alguns dos equipamentos com os quais a administração não queria ter que lidar.

– Foi postada doze dias atrás.

Quando ela virou a caixa, para não estragar a etiqueta ao cortá-la, o conteúdo chacoalhou de novo, algum peso se deslocando.

Um corte preciso, e Lydia abriu as abas.

– O que é? – perguntou Daniel.

– Só alguns disquetes antigos. – Ela tirou um. – Daqueles de antes de os drives de USB tomarem conta de tudo.

Os quadrados de plástico preto com partes deslizantes prateadas eram da marca Memorex e não tinham etiquetas de identificação. Estiveram em caixas, mas os três contêineres pela metade estavam tão soltos quanto os disquetes, incapazes de segurar seu conteúdo.

– Ora, ora – disse ela ao deixá-los de lado. – A RadioShack ainda está viva e passa bem.[10]

– Vai tentar ver se consegue abri-los?

– Talvez. – Pigarreou. – Quer comer?

– Ah, se quero. Estou morrendo de fome.

Voltaram para o térreo e enquanto Lydia retirava do freezer porções da sua comida afetiva finlandesa predileta, ele destrancou a porta do porão e desceu. Depois ela ligou o forno, dispôs dois blocos de carboidratos na assadeira e se sentou à mesa.

E sentiu vontade de chorar.

Em vez de ceder a essa tolice, pegou o medalhão de ouro que o avô lhe dera em seu leito de morte e ficou esfregando-o entre os dedos.

Quando Daniel voltou a subir, seu peso era tamanho que os degraus rangeram, e logo ele apareceu entre os batentes.

– Gostaria de ficar no quarto de hóspedes? – Lydia perguntou num rompante.

– Sim – ele respondeu. – Eu gostaria.

Lá fora, junto à Harley, Daniel acendeu um cigarro. Só tossiu uma vez, o que era um progresso na direção errada. Mas, tudo bem, assim que tudo aquilo estivesse resolvido, ele pararia de novo. Aquilo eram apenas férias, não uma realocação permanente para a Vila da Nicotina.

Mordendo o filtro com os dentes da frente, inclinou-se para baixo e soltou os alforjes. Quando se endireitou, analisou o gramado deserto e a linha irregular da floresta – ou o que conseguia enxergar visto que a noite sugava a luz do céu. Ainda assim, a silhueta ao redor dele era tão difundida que se viu propenso a acreditar no que seus ouvidos lhe diziam: não havia mais ninguém na propriedade.

Pelo menos por enquanto.

---

10 RadioShack é o nome de uma cadeia varejista de artigos eletrônicos nos Estados Unidos. (N.T.)

– Eu não sabia que você fumava.

Ele olhou por cima do ombro e segurou o cigarro entre os dedos ao exalar.

– Deixei de parar hoje.

– Não posso culpá-lo.

– Não fumarei dentro da casa, e isto não... bem, não vou fumar para sempre.

– Meu avô fumava cachimbo. Mais perfumado, mas não tão diferente assim. – Lydia se sentou num dos degraus. – Parar de fumar fez parte da sua mudança de hábitos saudáveis?

– Isso e a bebida. Nunca usei drogas... mas tinha uma afinidade profunda com Jack Daniel's. Isso eu nunca vou deixar de não consumir.

– Fico contente que tenha conseguido assumir o controle disso.

– Eu também. Não é um caminho que eu queira voltar a tomar.

Na estradinha rural, um carro se aproximou e seguiu em frente, os faróis dianteiros brancos, os traseiros vermelhos.

– Sinto muito que tenha sido envolvido nisto tudo. – Ela soltou os cabelos e esfregou a cabeça como se estivesse tentando se livrar de uma dor de cabeça. – Veio atrás de um emprego, e agora...

– Eu tenho um emprego.

– Bem, tecnicamente, só das oito e meia às quatro e meia. Portanto, está trabalhando horas extras sem receber por elas.

Daniel exalou por cima do ombro embora o vento já tivesse carregado a fumaça para longe.

– Não estou ficando aqui como parte do trabalho. Somos... amigos. Estou aqui porque uma amiga precisa de ajuda.

– Amigos.

– Exato. – Ele bateu as cinzas. – A menos que tenha uma palavra melhor.

– O inglês é a minha segunda língua. Eu não saberia.

– Uau. Você parece uma falante nativa para mim. – Ele olhou ao redor, para o gramado, a entrada de carros, a casa. – Não tem sotaque. Tem bom vocabulário. Se houvesse outra palavra, acho que você saberia.

– Então… acho que "amigos" serve.

Daniel assentiu, lambeu as pontas dos dedos e esmagou a ponta brilhante alaranjada.

– Ai! – disse ela ao saltar para a frente. Mas se conteve antes de tocar nele, voltando a se sentar. – Isso não doeu?

– A dor está na mente. – Ele cutucou a lateral da cabeça. – Está tudo aqui.

– Pensei que fosse o medo.

– Dor, medo, ansiedade. Os jogos mentais são tudo na vida.

– E quanto à alegria, amor e felicidade? Também são apenas partes da mente?

– Sim, exato. Tudo é uma ilusão, sinto dizer. Manifestado pela salada de frutas dos receptores sensoriais e fachos de neurônios disparando debaixo do seu crânio.

– Caramba, isso é incrivelmente…

– Biológico – ele observou.

– Cínico.

Daniel deu de ombros e terminou de soltar os alforjes.

– É a verdade e você sabe disso. Você é uma pesquisadora de comportamento animal. Só porque uma emoção é sentida com profundidade não significa que seja mais poderosa do que aquilo que é de fato: efêmera. A intensidade não muda a sua natureza, e todos os sentimentos somem com o tempo.

Houve um silêncio demorado.

– Sabe – ela olhou para o céu –, posso estar inclinada a entender o seu ponto de vista. Se eu não tivesse encontrado um homem bom poucos segundos depois de ele ter atirado no próprio rosto esta manhã.

Daniel passou os alforjes pelo ombro.

– Sinto muito. Não preciso ficar falando das minhas opiniões justo hoje.

– Está tudo bem. – Ela se levantou. – Além do mais, ou você não acredita de fato na sua teoria ou não é tão desinteressado quanto acredita ser. Se assim fosse, não teria voltado ao seu antigo vício, teria?

Capítulo 30

— Você tem toda a razão. O ketchup faz toda a diferença.

Enquanto Daniel colocava o molho em seu prato de *suomen maka-ronilaatikko*, Lydia assentiu para seu hóspede, do outro lado da mesa da cozinha.

— Meu avô sempre comia com molho de groselha, mas, para mim, ketchup é melhor. E congela tão bem. Como em *Flores de Aço*.

— Oi? — ele disse ao fechar a embalagem.

— É, esse filme provavelmente não faz parte do seu repertório. Annelle quer dar à família de Maline algo que "congele muito bem" antes do transplante de rim. Sempre me lembro dessa fala quando preparo uma fornada grande disto aqui.

— Comida afetiva clássica.

Calaram-se, nada além de garfos nos pratos produzindo algum som. Logo ele se servia de mais uma xícara de café e ajudava com a quase inexistente limpeza.

— Não consigo manter os olhos abertos. — Ela cobriu um bocejo com o dorso da mão. — Preciso me deitar.

— Vamos subir.

Ele atravessou a cozinha e verificou a tranca, e quando foram para a escada, também verificou a porta da frente. E algo nos cuidados dele a fez perceber o quanto vinha fazendo sozinha.

As pernas de Lydia estavam bambas na subida, e quando chegou ao patamar de cima, disse algo para ele sobre lençóis limpos na cama de hóspedes e que precisava tomar um banho e esperava não roncar. Palavras, palavras, palavras.

Pensando bem, aquele era o primeiro homem que recebia em sua casa.

Ou em qualquer casa que tivesse morado, na verdade. Bem, desconsiderando seu avô, e ele não contava muito numa situação assim.

– Você vai ficar bem – murmurou Daniel. – Só vai precisar de um tempo. Se precisar de mim, estou aqui.

Ele resvalou sua bochecha, e depois foi para o quarto de hóspedes, fechando a porta pela metade.

Já no quarto, Lydia se despiu junto ao cesto de roupas sujas, jogando tudo o que vestia nele, e depois colocou o roupão. Quando voltou para o corredor, olhou para os dois lados como se estivesse num cruzamento perigoso, e andou nas pontas dos pés pelas tábuas de madeira até o banheiro. Pouco antes de entrar, disse a si mesma para não olhar para o quarto em que Daniel...

Mas, claro, ela olhou.

Ele deixara os alforjes no chão do outro lado da cama, e estava inclinado sobre eles, pegando algo que largou sobre a colcha atrás dele. Quando se endireitou e olhou para a parede, abriu o zíper da jaqueta e a tirou. Depois foi a vez da camiseta, tirando-a pela cabeça.

As costas dele eram... espetaculares.

Ele era tão musculoso, mas também magro, como se fosse um atleta: da largura dos ombros para a linha forte da coluna, músculos se estendiam numa série de picos e vales que se uniam na cintura. Debaixo dela? Bem, aqueles jeans estavam bem baixos, mas não porque a bunda não fosse...

Daniel a fitou por cima do ombro.

Quando ela corou e desviou o olhar, ele perguntou:

– Precisa de alguma coisa?

– Desculpe, só vou tomar um banho – disse.

Gelado.

– Ok.

Fechando-se no banheiro, Lydia se inclinou contra a porta. Só o que conseguia ver por trás das pálpebras foi um adesivo de para-choque que notara uma vez: "Poupe água, tome banho com um amigo".

– Amigos – ela lembrou para si mesma. E como mais poderia lidar com qualquer outra coisa com todo aquele maldito dramalhão?

O chuveiro tomava conta do espaço e era a única coisa nova na casa – como se uma velha banheira vitoriana com pés em garra tivesse morrido, precisando ser substituída. O espaço envidraçado com sua banheira era maravilhoso quando estava limpo, mas impedir a incrustação de sabonete era um trabalhão. Ela por fim cedera a ter sempre um rodinho e uma embalagem de OxiClean em spray no chão de azulejos...

Caramba, estava mesmo tentando se distrair com aquela conversa esfarrapada.

Em vez da água fria para conter sua libido, certificou-se de que ela estivesse bem quente antes de entrar – e, Deus, que maravilha era aquilo. Mergulhando debaixo do jato, pendeu a cabeça e deixou que a água quente a percorresse. Quando começou a se preocupar com a quantidade de água quente restante no reservatório do porão – para o caso de Daniel também querer aquele milagre –, lavou os cabelos e o corpo com um "esfrega rápido", como dizia o avô. Voltando para o tapetinho, estava se sentindo parcialmente reavivada. Sem dúvida aquilo não duraria muito, mas aceitava a melhora pelo tempo que durasse.

De novo com o roupão, envolveu os cabelos numa toalha, escovou os dentes e disse a si mesma que depilara as pernas porque já estava na hora.

E não porque achava que ficaria nua com alguém...

Até parece que não estava pensando isso.

Com uma toalha de mãos, limpou a condensação no espelho acima da pia. Seu rosto estava tenso e os olhos estavam tão inchados que era como se estivesse atacada da alergia, com febre do feno. Não era bem a personificação da sensualidade, e chegou a pensar que precisava sair daquela fantasia toda.

Além do mais, mesmo que as coisas estivessem normais em sua vida, existiam regras. As tradições do avô pesavam sobre ela, como sempre pesaram. E as duas vezes em que as quebrara, ela não podia dizer que a noite da tal paixão valera a pena a culpa posterior.

Só que, com Daniel... tinha a sensação de que seria mais do que uma troca justa...

Encarando seu reflexo, era como se houvesse uma névoa entre ela e o que via. Teria mudado de alguma forma, como resultado do que testemunhara pela manhã? Ou pelo que fizera?

Foi igual ao momento em que entrara na cozinha, supôs, e descobriu que tudo parecia estranho, embora, na superfície, nada estivesse diferente.

Com mãos trêmulas, esticou uma para trás do pescoço e abriu o fecho da corrente de ouro. Soltando o gancho, retirou a medalha que o avô lhe dera e a deixou no cestinho com sua escova de cabelos, as pinças, a tesourinha e a lixa de unhas.

Não podia usá-la esta noite. Não com o que estava pensando sobre Daniel.

Mas, assim que a manhã chegasse, voltaria a usá-la.

Engraçado como seguimos as regras com as quais fomos educados, mesmo depois de estarmos crescidos. Era como se fossem parte dos ossos que nos levam à sua altura adulta.

Quando foi abrir a porta, seu coração acelerou, e o rangido das dobradiças fez a pele arrepiar – mas não de medo. De expectativa.

Apesar do rótulo de "amigos".

E tudo o mais.

Inspirando fundo, abriu a porta e fez uma pausa – e, parada ali na soleira, percebeu que sua convicção quanto a ficar afastada do homem não durou nada. *Puf!* Sumiu.

Deveria ter sabido quando tirou o pingente.

Lydia foi para o corredor.

Seus olhos retornaram para a entrada do quarto de hóspedes, e ela preparou uma explicação, uma justificativa, um motivo que fosse concreto e não irresponsável, para o fato de o desejar. E não no futuro. Não numa fantasia. Mas agora.

– Daniel? – chamou-o com suavidade ao se aproximar.

Do outro lado, ele estava esticado sobre a cama queen-size, o corpo tão comprido que teve que se posicionar num ângulo para que os pés ficassem sobre o colchão. Ele empilhara dois travesseiros e apoiara a cabeça, os braços cruzados sobre o abdômen. Com os olhos fechados, ele parecia morto.

Como se estivesse num caixão.

Em silêncio, Lydia andou nas pontas dos pés até a base da cama. Quando estava acordado, ele era muito vital, muito másculo, muito forte, que qualquer coisa menor que essa vibração era... algo que seu cérebro não conseguia entender: ele parecia exausto a ponto de chegar ao coma.

Visualizou-o lá fora naquela tenda dele.

E ficou feliz por ele ter um teto sobre a cabeça, e estar seco e aquecido.

– Boa noite, Daniel – sussurrou.

Lydia se sentou na cama apressada, o coração aos pulos dentro do peito, o arquejo ecoando no quarto silencioso. Remexendo no abajur sobre a mesa de cabeceira, acendeu a luz e piscou ao cegar diante do brilho.

Desviando as pernas debaixo dos lençóis, apoiou os pés descalços no chão e se inclinou para a frente. Quando os olhos se acostumaram, ela ouviu passos. Conversa. Luzes no gramado. Carros...

O gemido foi suave e distante, mas fez com que ela se levantasse. Apressando-se para a porta, abriu-a e se esticou para o corredor.

Foi quando voltou a ouvir o som. Um gemido de dor. Vindo do quarto de hóspedes.

Arremetendo pela passagem, a luz do teto entrava no espaço e recaía na cama, sobre Daniel. Por cima da colcha, ele se debatia, as pernas estavam agitadas como se corresse em seu sono, a cabeça ia de um lado a outro sobre os travesseiros, uma mão agarrava a colcha num punho que tremia. Com a boca aberta, o peito dele subia e descia com força.

– Daniel? – ela o chamou. E mais alto: – Daniel...?

Assim como ela, ele também se sentou num impulso, mas quando os olhos se depararam com os seus, ele não a enxergou. Não houve reconhecimento no olhar de Daniel enquanto as pálpebras continuavam abertas e o rosto era marcado pelo terror.

– Daniel. – Ela foi para o lado dele. – Daniel, está tudo bem, você está...

– Não consigo respirar. – Ele soltou a colcha e segurou o peito. Enquanto retorcia a camiseta que vestira para dormir, seu rosto se virou para ela, o olhar opaco finalmente fixando-se nas órbitas, embora ele não parecesse reconhecê-la. – Eu...

– Você está respirando.

– Estou?

– Sim, veja. – Ela apoiou a mão sobre a dele. – Viu? Está expirando, inspirando. Você está bem.

– Estou?

– Juro que sim. Vamos respirar juntos.

Dessa vez, os olhos dele cravaram nos de Lydia, como se ela fosse a única coisa mantendo-o no planeta, como se a gravidade tivesse resolvido esquecê-lo e ele corresse o risco de flutuar para longe sem ela.

– Não consigo respirar... – ele disse engasgado.

Sem aviso, Daniel despencou sobre ela, o peso do corpo todo se lançando sobre o peito dela. Ele era tão grande que Lydia cambaleou para segurá-lo enquanto ele pendia para a frente. E ela teve que ir para a cama, senão acabaria derrubando-o. No mesmo instante, o braço pesado deu a volta em seu corpo, atraindo-a para perto. Em seguida, ele se curvou em posição fetal. O tremor que o atravessou foi tão forte que sacudiu a cabeceira da cama contra a parede.

Reposicionando-se, ela aninhou a cabeça dele em seu pescoço e afagou os cabelos grossos.

– Psiu... Eu estou com você. Tem que se libertar, tem que deixar ir embora. O que quer que esteja preso aí dentro, solte...

– Não consigo – ele disse baixinho.

– Consegue, sim – ela sussurrou. – Dê para mim. Solte e dê para mim.

O gemido que escapou dele foi como se uma parte da sua alma tivesse se soltado e agora, abandonada e perdida, chorava no escuro do destino para encontrar seu caminho de volta.

– Dê para mim, Daniel. Sou forte o bastante para carregar o seu fardo. Posso carregá-lo toda vez que precisar. Entregue esse peso para mim...

– Não consigo respirar.

– Você está respirando...

– Nãoconsigorespirarnãoconsigorespirarnãoconsigo... Ela não está respirando. Deus, ela não está respirando...

– Conta para mim.

Houve um período em que Daniel não disse nada, nada além da respiração forçada tomando conta da casa inteira, do mundo todo. Mas, em seguida, quando por fim falou com Lydia, as sílabas eram como cascos se chocando no chão, as palavras se atropelaram cobrindo a distância entre o seu passado, nos momentos em que estava sozinho, e o presente, no qual ambos estavam.

– Ela está na água. Caiu da ponte no rio. A cabeça dela está debaixo da superfície. Está escuro, não consigo ver onde ela está... a correnteza é veloz... a água é escura... não enxergo. Estou pulando. Estou pulando. Bati na água fria. É dura como pedra e está... na minha boca, no meu nariz. Estou engasgando... estou nadando. Estou chamando por ela...

Ele respirava mais forte agora.

– Mãe... Mãe... *Mãe*... onde você está?

Lydia fechou os olhos com força.

– Consigo vê-la... a cabeça fica subindo e descendo... estou nadando na direção dela. Mãe! Mãe, estou chegando... Deus, meus braços estão cansados, mas estou nadando o mais rápido que consigo... *mãe!*

Lydia afagou-lhe os cabelos e murmurou palavras de empatia enquanto a história era contada. Era só o que ela podia fazer, mesmo não bastando. Nada bastaria.

– Ela não está... Jesus... ela não está...

Quando ele pareceu empacar, ela sussurrou:

– Ela o quê, Daniel?

– O rosto dela está pra baixo. Ela não está... está flutuando de cabeça para baixo no rio... – Ele soltou um gemido de dor. – Eu a peguei, a virei... estou puxando para a margem, estou nadando contra a corrente... mãe, eu te peguei... estou tentando te levar... para ajuda... socorro! Não consigo segurá-la... estou tentando... *mãe!*

De repente, os tremores cessaram.

E ela não se surpreendeu quando aquele homem se sobressaltou num rompante. E se afastou dela.

– O que você... Lydia? – ele perguntou. – Você está bem?

Capítulo 31

– VOCÊ ESTAVA SONHANDO – Lydia disse com voz baixa e preocupada. – Vim porque... você estava sonhando e chamou.

Na luz que entrava pela porta parcialmente aberta, Daniel tentou se lembrar de onde estava: o corpo contra o seu era muito feminino, e havia cheiro de xampu em seu nariz. O quarto em que se encontrava não era familiar, mas ele sabia quem estava com ele. Lydia estava ao seu lado.

O que não era nada bom.

Uma espiada no choque demonstrado pelo rosto dela e ele pensou: *cacete*. Que história saíra dele? O que lhe contara em seu sono?

Havia coisas que ela não podia saber sobre ele. Quando se vive em dois mundos, com um pé em cada barco... você tem que vigiar o que escapa da sua boca. Mesmo durante a porra do seu sono.

Talvez em especial enquanto se dorme.

Daniel se distanciou de Lydia, rolando de costas e erguendo as pernas. Mantivera os jeans, e empurrou as palmas ao longo das coxas, movendo a sarja dos quadris.

– Desculpe tê-la acordado com o barulho. – Tentou manter a voz leve, casual. – Às vezes falo dormindo. Deveria ter avisado. No futuro, é só me ignorar.

Pare de falar tão rápido, disse a si mesmo.

Quando ela afastou os cabelos do rosto e se sentou mais elevada, Daniel chegou a pensar que devia ser assim que ela ficaria depois que fizessem amor. Bem, talvez não com a mesma expressão no rosto.

Que se parecia muito mais com a de alguém saído de um acidente de carro. Ou que tivesse sido vítima de um assalto.

– Você não estava falando, Daniel. – Ela pigarreou. – Pelo menos, não no começo.

– Desculpe. – *Maldição.* – Então, do que eu fiquei falando?

– Da sua mãe.

Daniel ficou com a respiração presa.

– O que tem ela?

– Ela estava… na água.

De uma vez só, seus pulmões congelaram dentro da caixa torácica e seu tronco se tornou uma tábua de granito. Mas ele disse a si mesmo que isso era bom. Era melhor do que muitas outras opções que poderiam ter complicado demais as coisas.

Esfregando o peito – só para que ele pudesse distinguir entre estar no rio gélido e onde de fato estava, em terra seca naquele colchão –, balançou a cabeça.

– Caramba. Já faz um tempo que não penso nisso.

– Eu só queria… te ajudar – disse ela. – É por isso que entrei.

– Eu agradeço, mas, como já disse, se acontecer de novo, é só me ignorar. – Forçou a boca a sorrir. – E, olha só, se você quiser, posso voltar a ficar na floresta…

– Não.

– Tudo bem.

E então foi a deixa para um silêncio constrangedor. Era evidente que Lydia era educada demais, respeitosa demais para se intrometer, e ele não queria tocar naquele assunto de novo em nenhuma circunstância. Mas sentia como se lhe devesse uma explicação. Ou um contexto. Ou…

– Hum… – As palavras não saíam da sua boca. – E o jogo do Mets?

Quando Lydia não sorriu e só baixou o olhar para a cama, a tristeza dela era tão tangível que mudou a temperatura do quarto.

– Você não tem que se preocupar comigo – disse ele, quase conseguindo esconder a rouquidão da voz.

– É melhor eu ir.

No entanto, ir embora pareceu-lhe outro jeito de lhe dizer que ela deveria voltar para o próprio quarto: uma intenção sem nenhuma força por trás.

Daniel estalou os dedos de cada vez. E quando terminou com o polegar da mão esquerda, inspirou fundo – e sentiu como se não estivesse respirando.

– A minha mãe pulou, ok? De uma ponte, no Rio Ohio. – Balançou a cabeça. – Não é nada demais, está bem? Pessoas pulam de pontes o tempo todo.

A expressão aturdida dela era totalmente compreensível, mas ele não iria retirar o que disse.

– Como pode dizer isso...

– Porque tenho que acreditar nisso ou é tudo culpa minha. – Quando ela o olhou de pronto, ele desviou o seu olhar com a mesma rapidez. – Eu não fui planejado, entende? O meu nascimento não foi um evento feliz porque eu não era... o que ela queria. Com franqueza, não a culpo. Não culpava. Tanto faz.

– Ah, Daniel...

– Não fique com pena de mim. As coisas são como são.

Esfregando os olhos cansados, ficou imaginando quanto tempo ainda teriam que ficar na sua fossa...

– O que aconteceu naquela noite? – ela perguntou com suavidade.

Daniel franziu o cenho.

– Como sabe que foi de noite?

– Você disse. Disse que não conseguia enxergar nada.

– Ah. – A sensação de afogamento, da água fria no seu rosto, na sua boca, descendo pelos pulmões, ameaçou levá-lo de volta ao passado. E ele continuou falando só para tentar se afastar das lembranças. – Ela... hum... ela estava bêbada e dirigia. Parou no meio da ponte de quatro pistas. Quando ela saiu... achei que fosse só para correr. Você sabe, deixando a mim e ao carro, só para dar o fora dali. Mas ela... bem, ela foi para o gradil. Não hesitou. Quero dizer, ela só segurou a grade e passou as pernas para o outro lado. Lembro que uma delas ficou presa então ela meio que… caiu de lado? Deve ter batido na água de lado. Eu não sei.

– Ah, Daniel. Eu sinto tanto… ter visto isso…

– Fui um idiota, claro. Corri para onde ela tinha se jogado. Mas eu lá conseguia enxergar alguma coisa lá de cima? E havia o fato de a correnteza estar passando por baixo dali – ela já estava sendo carregada. Quando, por fim, deduzi isso, atravessei a pista e olhei para a água. A lua aparecia e havia luzes em toda a extensão da ponte. Eu a vi emergir logo abaixo de mim, por isso pulei. – Ele voltou a menear a cabeça. – Cara, a água estava congelante e o impacto foi forte. Fiquei sem ar, mas não por ter caído de mau jeito. Mergulhei com os pés primeiro. Foi atordoante porque a água estava fria demais.

Ele se envolveu com os braços.

– Assim que recuperei o fôlego, tentei encontrá-la. Não via porra nenhuma. A água espirrava no meu rosto e as ondas tornaram impossível que eu enxergasse ao redor e cada vez eu ficava mais afastado das luzes da ponte. Mas havia alguns cais mais adiante. Píeres. Tinham um monte de lamparinas a gás e, não sei como, vi a cabeça dela balançar. Nadei pra cacete. Nadei o mais rápido que podia. E quando a alcancei…

A sensação física retornou numa onda renovada de agonia, de frio, o acesso de tosse, a fraqueza em seu corpo. Em sua mente ele berrara e teria deixado escapar o grito, mas não fora capaz de dispensar o oxigênio.

Toda vez que piscava, via os cabelos molhados espalhados ao redor da cabeça da mãe e ela subindo e descendo.

– Eu a rolei para que pudesse respirar. Mas demorei demais para chegar até ela. Uma vida. – Tossiu um pouco. – E aí comecei a nadar. Pensei que, se conseguisse levá-la até a margem…

– Alguém o ajudaria.

– É. – Visualizou aqueles píeres, as lamparinas grandes a gás, o estacionamento que estivera deserto. – Mas o corpo dela escorregou da minha pegada. Eu mesmo estava me afogando… nadando com um braço só… e estava tão frio.

Saindo do seu torpor, Daniel deu de ombros.

– No fim, salvei a mim mesmo. Encontraram-na no dia seguinte depois de ter passado pelas corredeiras do Ohio. Vinte e cinco quilômetros rio abaixo.

Quando ele se calou, Lydia enxugou as lágrimas do rosto.

– Lamento muito.

– Foi o que aconteceu. – Ele a encarou. – Não posso voltar para o passado e mudar nada. Ela tomou sua decisão e não consegui salvá-la e é nisso que tenho que pensar. Chega de emoções, entende. Sentimentos não mudam merda nenhuma.

– Quantos anos você tinha? – ela perguntou com suavidade.

– Catorze.

Quando Lydia fechou os olhos e praguejou, ele deu de ombros.

– Olha só, a verdade nua e crua é que não importa a idade que eu tinha, eu não iria salvá-la. Não importava a minha altura ou se era ou não forte, o quanto eu pesava, sabe? Uma queda na água fria daquela altura quando a pessoa já está bêbada, talvez drogada? Acrescente a isso uma aterrissagem ruim e o resultado é esse.

– Você era uma criança.

O homem riu com aspereza.

– Crianças têm cinco anos. Faltavam apenas dois para eu ter a minha habilitação.

Lydia apoiou a cabeça nas mãos.

– O que aconteceu com você depois? Para onde foi?

– Fui colocado no sistema de lares temporários, mas não fiquei por muito tempo. Larguei o colégio quando completei dezesseis e fui cuidar da vida. No fim, acabei encontrando algumas pessoas como eu, então não estava completamente sozinho. E assim foi.

– E quanto ao seu pai?

A boca de Daniel afinou.

– Eu não falo sobre ele. Nunca. Desculpe.

Quando os olhos dele foram para a porta, medindo a distância para poder fugir, não tinha nenhum lugar para ir. E esse era o problema. Para todo lugar que ia, lá estava ele.

Além disso, Lydia ainda precisava de proteção.

– Então, essa é a minha história – concluiu.

– Agora sei a razão da sua opinião quanto a emoções. E por que você muda tanto de lugar.

Quando uma onda de exaustão o acometeu, ele fechou os olhos e oscilou.

– Cara, estou cansado.

– Você poderia se deitar.

– Acho que é o que vou fazer.

E foi assim que ele acabou dando-lhe um travesseiro e pegando um para si.

– Venha cá.

Quando ele se acomodou de costas e estendeu o braço, ela não hesitou. Foi bem para junto dele, a cabeça repousando sobre o peitoral.

– Vamos tentar dormir um pouco. – Ele conseguia ouvir a lentidão na sua voz e não tentou escondê-la. Para quê? – Amanhã é um novo dia.

Sem um preâmbulo, as pálpebras despencaram sobre os olhos e sua consciência foi sugada da sua vontade de ficar alerta. Deus, mesmo que a casa estivesse pegando fogo, ele não conseguiria combater o sono.

Daniel estava praticamente morto enquanto se deitava...

... ao lado do único ser humano a quem contara sua história.

Capítulo 32

Mais para o fim da noite, Xhex foi para a Montanha Deer. Deixando a motocicleta no início de uma das trilhas, verificou outra vez se as armas estavam no lugar e depois parou no que parecia ser a trilha principal. O caminho de terra batida era largo o suficiente para acomodar um carro e um pouco nivelado, uma raiz nodosa ocasional era o único perigo existente.

Deus, esperava mesmo que Blade não estivesse aprontando para cima dela. Mas ele lhe dissera que tinha um contato que sabia sobre os laboratórios... e que estaria esperando por ela na trilha principal.

Enquanto seguia em frente, manteve as mãos nas armas encaixadas nos coldres do quadril. Inspirando profundamente, sentiu o cheiro de pinheiros e de terra, e embora fosse normal que estivesse pouco se fodendo com a mãe natureza e aquela coisa de abraçar árvores, ela tinha que admitir...

Não era tão ruim assim.

Mas estava longe de se sentir relaxada. Até mesmo *symphatos* sabiam que não se deve confiar em *symphatos*.

Seguira por meio quilômetro, talvez um pouco mais, quando seu celular vibrou dentro da jaqueta de couro. Pegando-o, sorriu de leve.

— Estou bem — falou ao atender a ligação. — De verdade.

No alto-falante do outro lado da ligação, a voz de Blay era acolhedora.

— Bem, o seu garoto aqui se preocupa.

— Eu sei que se preocupa, John. Mas você está em campo hoje e, além do mais, sabe o que Blade disse.

Houve uma pausa e, em seguida, Blay murmurou:

– Ele não está nada impressionado com o seu irmão.

– Eu não te culpo. – Seus olhos analisavam da esquerda para a direita enquanto falava. – Mas essa pessoa vai me encontrar sozinha ou não vai me encontrar.

Outro silêncio. E Blay perguntou:

– Ele quer saber se você está tomando cuidado.

– Não estou me arriscando. E o rastreador de GPS ao redor do meu pescoço está ligado...

Ela parou. Virou-se. Farejou o ar que passava por ela, movendo-se pelo seu rosto.

– Sério. Vocês dois querem *mesmo* brincar disso?

Houve uma pausa. E os dois machos se materializaram bem na sua frente. Ela apoiou as mãos no quadril.

– Acharam que eu não ia perceber vocês? Estando a favor do vento?

John Matthew sorriu de um jeito encabulado e gesticulou: *Achei que a gente estava de boa.*

– Eu também – murmurou Blay.

Os dois tinham expressões esperançosas nos rostos, como se tentassem apelar para o seu lado bom – o que era uma piada, porque ela não tinha um lado bom.

Bem, a não ser quando se referia a... aqueles dois lutadores diante dela.

– Quer dizer que você não estava escalado hoje? – ela exigiu saber.

Com um aceno, John Matthew disse: *E era a programação original. Não tiramos o corpo fora.*

– Filhos da mãe – Xhex reclamou ao dar dois passos à frente e se ergueu para beijar o companheiro.

E deu um soco no ombro de Blay.

– Muito bem, venham se querem mesmo, mas vão se afastar de mim agora. Meu irmão me disse que eu tinha que fazer isso sozinha, e não vou foder com tudo por causa dos instintos de proteção de vocês dois. Estamos entendidos? Fiquem bem para trás e escondidos, e certifiquem-se de não se denunciarem – coisa que fizeram de propósito, não? Porque você odeia mentir.

Isso foi direcionado ao seu companheiro, e ele assentiu como um cachorro quando lhe é perguntando se quer passear.

O macho era um fofo, de verdade – desde que a largura dos ombros e todas aquelas armas cobrindo-lhe o corpo fossem ignoradas. Assim ele parecia o que de fato era: um assassino treinado que conhecia todos os truques de todo tipo de metal que fazia *clique-clique*, *bang-bang*. Ao lado dele, o mesmo acontecia com Blay. Com os cabelos ruivos cortados rentes nas laterais e num topete, e com couro preto dos pés à cabeça, ele era de outra página do manual "Não se meta com a gente".

Xhex balançou a cabeça.

– Vocês vão fazer com que quem quer que eu vá encontrar se cague de medo.

Não se for o inimigo, John observou. *Nesse caso, estamos onde temos que estar e faremos o que tivermos que fazer.*

– Não vou discutir – disse ela. – Mas podemos nos separar agora e, a menos que a coisa dê errado, não posso vê-lo outra vez até ter voltado para a moto.

Não havia motivos para mencionar o fato de que talvez já a tivessem exposto. Pelo menos o contato que viera encontrar não sabia por onde ela entrara na reserva. Havia muitas entradas para aquela imensa área.

Talvez ainda estivessem seguros.

Por favor, tome cuidado, John Matthew sinalizou.

– Sempre.

Quando Xhex se inclinou de novo para a boca dele, o macho abaixou a cabeça. Quando os lábios se encontraram, ela manteve o contato breve.

E depois que Blay se curvou formalmente para ela, como era seu costume, os dois desapareceram como fantasmas, deixando nada além de ar em seus rastros.

Xhex se virou e voltou a andar.

Havia uma característica atemporal na noite, minutos passando como horas, e o inverso sendo verdade também, uma hora passando num piscar de olhos. E, sim, ela também teria se desmaterializado, mas não tinha certeza do que veria. Ou onde exatamente na trilha iriam se encontrar.

Às vezes, é melhor manter a verdadeira natureza escondida. Mesmo entre as pessoas que, em geral, não a feririam.

E, em especial, entre as pessoas que poderiam.

Não ficou muito certo o quanto tinha andado até se sentir observada. Mas atribuiu isso às criaturas da noite que se moviam ao redor ou que se afastavam do seu caminho: lobos, cervos, corujas, guaxinins. Quanto mais adentrava na reserva, mais a fêmea era forçada a ceder à curiosidade das populações animais nativas.

E não se importava muito.

Não quando ela era evidentemente a predadora-mor...

Foi nesse momento que alguém parou na trilha mais adiante.

Xhex ficou imóvel onde estava. Quando um tremor a trespassou, não tinha nada a ver com a temperatura. Alguma coisa estava... muito estranha... com a criatura que se colocara em seu caminho.

Você veio à montanha em busca do seu passado.

– Olá – Xhex disse aborrecida. – Você é...

No entanto, desconhece sua verdadeira busca, criança.

Uh-hum... como se ela precisasse daquela tolice de cortina de fumaça e ilusão de espelhos.

Sim, sou quem você procura.

A entidade veio em meio aos pinheiros, mas não a pé. Ela flutuava como se estivesse num diciclo elétrico sobre o terreno acidentado, o manto tremeluzente girando ao redor.

O rosto que a criatura escolheu mostrar era o de uma mulher velha de cabelos brancos, com linhas de expressão profundas, olhos quase cegos debaixo das pálpebras pesadas, a testa enrugada ecoando as faces caídas. Mas só um tolo seria enganado. Uma força metafísica enorme emanava daquele ser, a ponto de sobrecarregar o ar ao seu redor, com centelhas finas estalando na escuridão.

Era isso que tremeluzia, e não o tecido do manto que cobria seu "corpo".

– Escute – Xhex disse –, o meu nome é...

O seu nome não importa aqui nas montanhas. Faça a sua pergunta e eu responderei.

Ela olhou para trás de si, perguntando-se caso...

Eles não estão longe de você, criança. Estiveram com você o caminho todo.

Virando-se de frente, Xhex abriu a boca. Fechou.

– Estou aqui para lhe perguntar sobre os laboratórios. Se eles voltaram a funcionar, e, se isso for verdade, onde posso encontrá-los.

Essa não é a sua pergunta.

– Olha, sem querer ofender, tenho bastante certeza de que é.

Essa não é a sua pergunta.

– Veja só, estou achando que isto é um erro. Sabe, uma brincadeira para cima de nós duas. – *Maldito Blade*. – Eu só queria saber onde o outro laboratório está...

Você está no nosso laboratório.

– Como é? – A fêmea praticamente conseguiu esconder o "vá se foder" da sua voz. – Na verdade, acho que já vou indo...

Eles realizaram experiências nos lobos que fizeram desta montanha o lar deles.

Xhex estreitou os olhos.

– O que vêm fazendo com... os lobos?

Eles querem a eternidade. É da natureza dos mortais humanos buscar aquilo que não lhes é devido. Para eles, isso é progresso. E, em seu desespero de serem bem-sucedidos, são cruéis. Mesmo aqueles que, em geral, não buscam infligir dor, tornam-se monstros para os inocentes.

– Puta que o pariu – murmurou Xhex.

E foi então que ela percebeu qual era o problema com a entidade. O que quer que aquilo fosse... não tinha uma grade de emoções. O que significava que Xhex estava com desvantagens às quais não estava acostumada.

Faça a sua pergunta, criança.

O ser se aproximou mais, chegando perto. E mesmo assim Xhex não sentiu medo. Na verdade, era como se tivesse entrado em transe, hipnotizada por uma aura.

Você está segura aqui. Faça a sua pergunta.

Xhex piscou. Debaixo do crânio, seu cérebro construiu outra frase do tipo *tenho que sair daqui*. No entanto, não foi o que saiu da sua boca.

– Um dia vou me libertar daquilo que foi feito comigo? – sussurrou.

A entidade esticou a mão brilhante, parando pouco antes de afagá-la no rosto. Contudo, ela sentiu o contato, um resvalar suave e cheio de compaixão em sua pele.

Há um caminho adiante para você, minha criança. Será longo e perigoso, e a resolução da sua busca não está clara neste momento. Mas, se não começar… você nunca, jamais terminará.

Xhex pensou em todos os dias em que despertara aterrorizada, arranhando seu companheiro, berrando dentro da sua pele, da sua alma.

– Era para eu já ter superado tudo isso – ela disse engasgada. – Foi há anos. As feridas todas já cicatrizaram, lidei com tudo.

A energia está aprisionada logo abaixo da sua pele. A menos que seja libertada, de uma vez por todas, você jamais ficará em paz.

De repente, ela pensou em todas as coisas da sua vida com as quais estava envolvida: a montagem da boate nova, o trabalho com Trez e os outros, seu relacionamento com John Matthew, seu lugar à mesa de jantar com a sua… família.

E havia a sua *mahmen*, a preciosa Autumn.

– Não tenho tempo para lidar com isso agora, está bem? – Visualizou Mary, a terapeuta da casa. – É o seguinte, vou conversar com alguém. Eu vou… sei lá, sentar e trocar umas palavras. Está bem? Será…

Você tem uma doença da alma. Se não a curar agora, ela a destruirá.

– Não quero fazer isso.

Mas deve, criança. Ou morrerá aos poucos… e levará tudo o que ama consigo.

– Você disse que não sabe o fim. – Por que diabos ela estava falando assim? Como se essa… coisa… soubesse algo sobre ela? – Você disse…

Começar é ter uma chance. Ficar onde está é uma sentença de morte.

Com isso, a entidade desapareceu bem diante dela. Mas não foi embora por completo. Mais um pouco adiante na trilha, voltou a se formar.

Já não era mais uma mulher idosa.

Era um majestoso lobo-cinzento.

A entidade se virou, trotando para longe.

Xhex ficou onde estava, incapaz de se mover. Era como se tivesse sido suspensa num bolsão de existência que não ficava nem aqui nem acolá, uma fenda no *continuum* tempo-espaço. E, merda, ela não sentia o corpo, não sabia se estava com calor ou frio, se estava de pé ou deitada...

John Matthew se materializou bem na frente da fêmea. Quando sua presença foi registrada, ela se sobressaltou e deu um grito.

Xhex? Xhex, você está bem?, ele sinalizou.

Forçando-se a voltar – de onde infernos estivera –, concentrou-se nos olhos do companheiro.

– Sim, sim, estou bem. – Esfregou o rosto. – Como você está?

Ele a fitou de modo estranho. *Estou bem.*

– Certo. Ok. Beleza.

Vai seguir em frente? Ou acha que ninguém vem?

Ela franziu o cenho.

– Do que está falando? Você não viu...

Quando ele só a encarou com uma pergunta preocupada no rosto, Xhex pigarreou.

– Não – respondeu. – Não acho que alguém virá. Isto foi só uma busca inútil. Meu irmão, fiel às suas raízes de *symphato*, estava brincando comigo.

John Matthew balançou a cabeça. *Que babaca.*

– É, resumindo, ele é isso mesmo.

Quando se virou, seu amado *hellren* passou o braço ao seu redor, e ela fez o mesmo na cintura fina dele. Blay, nesse meio-tempo, tinha esperado a uma distância discreta, e quando os dois chegaram perto, assentiu como se dissesse: *só estava respeitando a privacidade de vocês.*

Juntos, os três andaram de volta ao local de onde ela viera, à sua moto, às suas vidas.

Bem quando a trilha fez uma curva, Xhex olhou por cima do ombro.

Mas não havia nada atrás dela. Só pinheiros... e a escuridão da montanha silenciosa e pacata.

Entretanto, ela estava sendo perseguida.

Como se os eventos que macularam seu passado tivessem criado pernas e braços, a seguiam... e diminuíam a distância para matá-la.

Capítulo 33

Quando a madrugada chegou, Lydia acordou com uma fornalha às suas costas. Em algum momento durante a noite, ela e Daniel se viraram de lado e, com o braço dele ao seu redor e a mão entrelaçada à sua, era como se fizessem isso há anos, o leve ressonar acima da sua cabeça como um som conhecido, tranquilizador.

Mas ele estava bem desperto em uma parte do corpo.

Era impossível não sentir aquela saliência firme, e não estava muito longe de onde ela se descobriu desejando-a em total desespero.

Com uma bufada, Daniel se contraiu – e não se ouviu mais o ressonar.

Lydia encarou a porta aberta e ficou se perguntando o que deveria fazer. Saía de fininho, tipo, está na hora de ir trabalhar, não estou nada frustrada sexualmente, não, sério, estou ótima... Ou fazia o que queria fazer?

Que envolvia virar-se para os braços dele e trazê-lo para ainda mais perto.

Bem como outras coisinhas mais, da variedade sem roupas.

Daniel resolveu a questão ao se afastar dela, e logo aconteceu uma movimentação no colchão enquanto ele se espreguiçava e, uau, muitos estalos nas juntas.

Lydia resolveu deixar de se fazer de morta como fazem os gambás.

– Pronto para o café da manhã? – Espiou por cima do ombro, vendo aquelas pernas compridas nos jeans e os pés em meias pretas. – Não tenho muita coisa, mas o que quer que haja na minha cozinha é seu.

– Vou tomar um banho – disse ele. – Depois te ajudo com isso.

– Está bem. – *Sim, de verdade. Está tudo uma maravilha.* – Vai ser ótimo.

Qual é, não havia motivo para ela se sentir decepcionada. Lembrou-se de que se algo não lhe é oferecido, não pode lhe ser negado.

– Está cedo – disse Daniel ao se levantar do outro lado da cama.

Os ombros dele se movimentaram enquanto fazia alguma coisa na frente do quadril, e depois inclinou-se para baixo, acima dos alforjes. Pegando uma bolsinha preta, assentiu para ela e seguiu para a saída.

E foi quando aconteceu.

Na soleira, ele disse com casualidade.

– Você pode ficar descansando aí. Se quiser.

Dito isso, ele desapareceu para dentro do banheiro, fechando a porta, ligando o chuveiro.

Ele estaria sugerindo...

Antes de responder essa pergunta para si mesma, ela saiu rápido da cama e, silenciosamente, andou pelo corredor. Em seu quarto, abriu todas as gavetas: da mesinha de cabeceira, da cômoda.

– Merda... merda... *merda*.

No closet, penduradas atrás da porta, ela tinha duas bolsas cujo uso alternava. Ambas pretas, com alças longas, mas, qual é, ela não iria se preocupar com estilo de moda naquela hora. Tateando dentro delas, pegou o cartão de marcação de consulta do endodontista, óculos que achou ter perdido, uma chave extra da casa, lencinhos de papel amassados...

O antiácido foi um alívio. Mais ou menos.

O sabor era frutado, não de menta.

A questão era que não havia chiclete em lugar nenhum ali. Que é o que acontece quando alguém que nunca masca chicletes tenta encontrá-los. E com aquele homem no banheiro com a sua escova de dentes? Ela não conseguia chegar perto da Colgate que tanto desejava poder usar.

Rasgando a embalagem, pegou o primeiro da fila, que era meio rosado, e jogou na boca seca. Enquanto mastigava o tablete entre os molares, a coisa virou gesso que cobriu todo o interior da boca com uma camada de pó.

– Mas que droga...

Passando a língua como fazem os cachorros com pasta de amendoim, ela foi para a mesinha de cabeceira. Seu copo de água estava pela metade por conta da noite anterior, e ela deu uma virada nele antes de despejar na boca, enxaguando-a e engolindo.

Era o melhor que podia fazer.

Estava se apressando de novo pelo corredor quando ouviu o chuveiro sendo desligado. Considerando a área de superfície que o homem tinha que ensaboar, ele devia ter feito a lavagem expressa, e ainda bem que ela se movia rápido. Lançando-se entre os lençóis, seu coração estava disparado e o rosto corado, mas também se sentia uma tola por se preocupar com o hálito matinal. No entanto, não tinha toneladas de experiência no que se referia ao sexo, e não queria trazer uma nuvem verde capaz de derreter a pintura da lataria de um carro para o encontro...

Agora era a vez da água da torneira. Ele estava diante da pia e, junto com a fragrância do seu xampu, ela podia jurar que também sentia de espuma de barbear.

Lydia não se importava com o raspar da barba por fazer. Mas, pensando bem, ela o acolheria do modo que viesse.

Corando ante seus pensamentos, levou as mãos ao rosto quente. Debaixo da pele, seu sangue corria rápido de uma forma nada relacionada à sua corrida em busca de uma balinha de menta. E não desacelerou quando a porta do banheiro se abriu e uma nuvem de vapor escapou para o ar mais frio.

Daniel saiu do banheiro. Enrolado numa toalha. Que mal abarcava seu quadril, e não porque ele tivesse sobrepeso por conta de excesso de hambúrgueres e cerveja. Ah, caramba... seus cabelos estavam úmidos e enrolados nas pontas, e o tronco era marcado pelos músculos, as pernas fortes e firmes.

Ele parou na porta do quarto de hóspedes. Quando seus olhos se encontraram, ela inspirou fundo.

E afastou as cobertas para recebê-lo.

Daniel se aproximou dela, o corpo se movendo com fluidez, com eficiência.

– Ainda estou pingando – murmurou.

– Tudo bem para mim.

Dito isso, ela esticou os braços e ele não hesitou. Deitou-se e puxou as cobertas por cima deles. E começaram a derreter, os seios pressionados no peito nu dele através da camiseta e o quadril se aproximando do dela. Quando Daniel a rolou de costas e se apoiou nos cotovelos, os cabelos dele pingaram no seu rosto.

Lydia os empurrou para trás, afagando-os.

– Eu quero você.

– E eu morro por você.

Quando ele moveu o quadril contra ela, Lydia abriu as pernas para lhe dar espaço, e o seu peso era uma delícia, pressionando-a contra o colchão. Passando as mãos pelos ombros, descendo pelos braços fortes, a pele dele estava quente, era macia, os músculos por baixo eram rígidos e vigorosos. Olhando-o, ela pensou que ele era magnífico, mais animal que homem – ainda mais quando os olhos reluzentes cravavam nos seus.

– Lydia… – sussurrou ao abaixar a boca para a dela.

Ela gemeu quando o beijo tirou seu chão, inclinou a cabeça para o lado, abrindo-se para ele ainda mais. Quando se arqueou e inspirou fundo, não conseguiu acreditar no que estava acontecendo, que *aquilo* estava acontecendo… a nudez, as estocadas brutas do desejo, o fato de que ela não iria parar.

E nem ele.

Lydia tinha a certeza de que veria aquilo chegar ao seu ápice. Porque, nos recessos de sua mente, uma crença absoluta se formou a partir do pensamento presente e da memória recente: estavam ficando sem tempo. Os dois, Daniel e ela, tinham um relógio em contagem regressiva cujos números aceleravam na direção da zero hora.

Não fazia ideia de como sabia disso.

Ah, não, espere. Talvez fosse por conta das pessoas morrendo e – ou – desaparecendo ao seu redor.

Com esse pensamento, ela deslizou as mãos por baixo das cobertas e encontrou a toalha. A dobra feita para mantê-la firme no lugar tinha se soltado e quando percebeu a suavidade úmida, quis que ele estivesse completamente nu.

Por isso a tirou. Ao empurrar a barreira para o lado, ele soergueu o quadril para ajudar e logo encontrou o tecido macio da calça do seu pijama, a ereção uma marca de ferro quente no interior das suas coxas. No mesmo instante, o beijo se intensificou, a língua dele buscando a sua, investigando, lambendo. Bom Deus, ele era como uma droga que fazia a realidade desaparecer, nada além de sensações firmando-a – e, para ela, tudo bem.

Porra, chega de pensar. Era um alívio tão grande ceder, desistir, libertar-se naquele espaço particular, sagrado.

E quando sentiu a palma dele descendo pelo seu seio, Lydia se moveu na direção dele.

– Mais…

Foi ela quem subiu a camiseta e depois a arrancou como se a peça estivesse rasgando sua pele. Quando o ar fresco atingiu seus mamilos, eles empinaram e Daniel soltou um grunhido.

– Não se segura – disse ela. – Eu quero tudo.

Quando ele se abaixou para os seios, os músculos se moveram sob a pele, os braços se distendendo num arco ao suspender sua boca habilidosa sobre a clavícula, o esterno… debaixo dos dois. Os beijos eram suaves, apenas um resvalar de lábios, mas Lydia sentiu cada sensação e se deliciou com toda aquela provocação.

Por fim, ele a acarinhou com o nariz, depois… lambeu um dos bicos.

Gritando o nome de Daniel, ela espalhou os dedos pelos cabelos grossos, retorceu-se debaixo dele e jogou a cabeça para trás. Em resposta, ele se agarrou ao mamilo, sugando por um tempo antes de rolar a língua, dando uma pincelada com ela no fim. O prazer era grande demais para ela contê-lo. Retorcendo-se contra aquele corpo másculo, Lydia deslizou as mãos até a sua lombar e depois o envolveu com as pernas.

Para que seu centro ficasse onde a ereção dele batia.

Foi a vez do macho grunhir e, como se não conseguisse controlar a pelve, começou a bombear contra ela…

De uma vez só, ele parou com tudo. Afastou-se. Manteve-se acima dela.

Seus olhos estavam fechados e ele respirava pela boca. Olhando para baixo, entre os corpos, ela viu a imensa ereção dele, pronta, suspensa... tensa.

– Daniel? – chamou.

Por um momento, ela se preocupou que talvez houvesse um fim naquilo. Teria feito algo errado...?

– Preciso ir mais devagar, caralho – ele arfou. – Porra, Lydia...

Quando se moveu para o lado, o seu sexo resvalou naquele quadril delicado – e ele sibilou e mordeu o lábio inferior forte o bastante para quase arrancar sangue.

– Não para – ela implorou.

As pálpebras dele se abriram.

– Ah, não vou parar. Diabos, não mesmo.

Dito isso, voltou a abaixar a boca para um seio – mas não ficou ali. Começou a descer pelo seu corpo. Primeiro, pela lateral, nas costelas. Depois atravessou a barriga... e foi para a curva da cintura.

A princípio, Lydia não teve certeza do que ele fazia, mas logo acabou fechando os olhos e se curvou para cima.

Porque entendeu *exatamente* o que ele estava fazendo.

Os polegares se engancharam no elástico da calça do pijama e ela ergueu o quadril enquanto mãos firmes desciam a flanela xadrez. E logo estavam os dois nus. Ainda bem.

Daniel prosseguiu, a boca beijando um caminho para a cintura, para o quadril... descendo mais. Quando as palmas acariciaram as coxas, ela dobrou os joelhos e se abriu.

– Lydia – gemeu ao deslizar a língua pelo baixo ventre.

Ela já se contorcia, os bicos dos peitos ondulando na direção do teto.

– Não consigo esperar mais – ela arquejou.

Ora, se ele não sabia seguir instruções...

A boca desceu entre as pernas, pressionando um beijo na parte alta do sexo antes de ele penetrá-la com a língua. Com um grunhido, virou um redemoinho no centro dela, sugando, lambendo, penetrando-a com os dedos ao mesmo tempo.

Baixando o olhar pelo corpo, foi recebida pela visão da cabeça escura entre suas coxas, a vista dele junto com as sensações ardentes e molhadas levou-a para um orgasmo que a atravessou como um raio, a pelve lançada para a frente, a coluna arqueada de novo, todas as células do seu corpo explodindo.

Daniel a acompanhou, persistindo no orgasmo, os dois dedos dentro dela encontrando um ritmo que a levou ao limite de novo bem quando o primeiro gozo se esvaía.

Ele era perito em prazer. Era vigor e controle. Ele estava, de um modo estranho e indefinível, tomando não só o seu sexo, mas também a sua alma. Ela estava sendo...

Reivindicada.

Daniel estava preparado para algo quente. O que recebeu foi a superfície do sol.

Estivera pronto para entrar naquilo. Estava desesperado.

Estivera louco para se aliviar. Foi atingido pela porra de um tsunami.

Idolatrou o centro de Lydia com a boca, perdeu-se nas sensações e no gosto dela. Nos barulhos que fazia. No modo com que seus mamilos e seios balançavam ao saltar e se retorcer em meio ao prazer que ele lhe dava. E quando ele recuou um pouco e assistiu seus dedos molhados entrando e saindo dela...

Sua voz explodiu para fora da garganta.

— *Porra!*

De uma vez só, seu desejo ficou eletrizado, o orgasmo que ele esteve segurando, a dor nas bolas, a urgente necessidade de se aliviar atrapalhando o seu caminho. Como um adolescente, ele bombeou na toalha amontoada debaixo do seu quadril, ejaculando...

— Cacete — sibilou.

Lydia levantou a cabeça e olhou por cima dos bicos duros dos seios.

— O que foi?

Olhando sobre o sexo molhado dela, Daniel fechou os olhos. E depois disse uma coisa que jamais imaginou que fosse sair da sua boca:

— Isso nunca aconteceu comigo antes.

— Não estou entendendo...

Quando se sentou com a toalha no colo, ela baixou o olhar para ele. Subiu de novo.

— Eu juro, isso nunca aconteceu comigo antes — ele resmungou.

— Você acabou de...

— Quero dizer, vou ficar pronto para mais uma. — Seus olhos encarando-a pelas pálpebras abaixadas. — Isso *não* vai ser um problema com você.

Levando os dedos à boca, os chupou e, deliberadamente, passou a língua entre eles e foi recompensado pelo modo com que Lydia arquejou num impulso erótico. Incapaz de resistir, Daniel plantou uma palma junto à cintura dela e se sustentou acima daquele corpo. Levando a mão onde estivera antes, afagou o sexo dela, com o polegar no topo. Depois, abaixou a cabeça e açoitou um mamilo com a língua. Incitou-a devagar, a princípio, mas isso não durou muito. Rápido e mais rápido ele a masturbou e, com um novo gozo chegando, ele a tomou na boca.

E engoliu os gritos de prazer.

Isso quase compensou a sua falta de controle.

Quase.

Capítulo 34

— Muito bem, ele já está dormindo agora.

Enquanto olhava através da porta de acrílico para dentro da gaiola de transição na clínica do PEL, Lydia monitorava a respiração lenta e ritmada do lobo que jazia deitado de lado com os olhos fechados. Ela odiou ter que usar o tranquilizante, mas precisou fazer o que era melhor para o animal. Seus sentimentos não podiam interferir.

E esse clichê era meio que generalizado. Ainda mais depois do que ela e Daniel fizeram no quarto de hóspedes umas duas horas antes.

Suas emoções estiveram tumultuadas desde então. Depois daqueles orgasmos? Lydia conseguia sentir sua afeição a ele de um modo que ele não iria querer, e que ela acabaria não gostando mais para a frente.

Com um rubor quente subindo, relanceou para o outro lado da sala de exames. Daniel a observava recostado na bancada da pia. Na verdade, era como se não tivesse parado de olhá-la desde que descobrira tantas coisas a respeito do seu corpo...

— Quer que eu entre e o pegue no colo? — Ele desviou o olhar para a porta de acrílico. — Posso levá-lo para o quadriciclo.

— Acho que você é forte o suficiente para carregá-lo, não? — Ela mostrou as palmas. — E não se preocupe, o lobo está desacordado mesmo, e temos uns bons trinta minutos até que acorde. Você está seguro.

— Não tenho medo dele.

Baixinho, ela murmurou:

— Você e C.P. Phalen.

– Hein?

– Nada, nada. Sim, vamos fazer assim. Eu abro o portão da gaiola e podemos colocá-lo na traseira do quadriciclo para levá-lo até a reserva. Eu fico com ele.

Daniel assentiu e se aproximou. Por um momento, seus olhos se encontraram, e ela soube que ele estava pensando no que fizeram juntos.

– Lydia – disse com suavidade.

Ela só conseguia olhá-lo.

– Sim.

Era uma resposta, não uma pergunta, e ele assentiu, como se tivessem feito planos concretos para terminar o que tinham começado.

Por Deus, estava mergulhada até o pescoço, não estava?

Abrindo a porta de acrílico, Daniel se aproximou do lobo, passou os braços debaixo do animal e ergueu todo aquele peso peludo do chão como se só estivesse apanhando o jornal.

Rick não teria aprovado isso, Lydia pensou com tristeza ao sair pela porta da sala de exames.

Depois que abriu o portão, deram a volta até o quadriciclo estacionado junto à entrada dos fundos do prédio. Daniel tinha consertado o vazamento do tanque de combustível – ou remendado, como explicara – de modo que estava bom o bastante para usarem-no até a reserva. E se o motor morresse na metade do caminho depois que tivessem libertado o lobo? Quem se importava, poderiam andar.

– Vou me sentar na plataforma de trás – disse Lydia ao subir no compartimento de carga afixado acima dos pneus traseiros.

– Tem certeza? É meio duro.

– Vou ficar bem. – Ela se ajeitou e esticou os braços. – Deite-o no meu colo. E vá devagar.

Daniel se inclinou para baixo e depositou o lobo em cima das pernas dela. Para se certificar de que ficaria firme, Lydia afastou bem as botas de caminhada, apoiando-as nos cantos do compartimento de carga.

– Vocês estão bem?

Ela assentiu e afagou o pelo do lobo.

– Prontos. E siga por uns três quilômetros apenas a partir da trilha principal, virando em todas as direitas que surgirem. Quero libertá-lo o mais longe possível do hotel.

– Pode deixar.

Quando Daniel se sentou atrás do guidão, a suspensão absorveu seu peso, afundando e assentando.

Em seguida, o motor foi ligado e uma lufada de fumaça com cheiro de gasolina fez seu nariz coçar.

– Vamos em frente – disse ele.

Ele os conduziu pelo caminho particular do PEL até a trilha principal. Quando a estrada se alargou, acelerou e evitou as raízes que apareciam acima da terra batida, o balanço sutil do avanço deles era hipnótico.

Durante o trajeto, Lydia se segurou ao lobo.

Com as árvores passando pelas laterais e o cheiro fresco de pinheiros em seu nariz, ela... não se sentiu nada relaxada. Fitando o rastro que deixavam, mal registrava o fato de estar na traseira do quadriciclo. Se não fosse por causa do pelo ao encontro das suas mãos, não teria sabido onde estava.

Catorze.

Daniel tinha catorze anos quando a mãe se suicidara. Quando ele pulou de uma ponte para tentar salvá-la. Quando não conseguira segurá-la na água fria da qual, sem dúvida, quase não saíra com vida.

Não era de admirar que ele compartimentalizasse emoções assim.

Fechando os olhos, voltou ao ponto em que estivera na cama com ele, toda nua, exposta por completo. Ele fora um amante incrível, e, contrário ao que ele pensara, o fato de que Daniel esteve tão atento em lhe dar prazer que perdera o próprio controle basicamente foi o maior elogio que Lydia já recebera.

Ele não conversou muito depois.

Assim que ela despencou como um saco vazio, ele a segurou junto ao peito e afagou seus cabelos. E quando, por fim, cada um seguiu seu caminho, por assim dizer, ela para o chuveiro, ele atrás de comida, Lydia se sentira flutuar. Daniel preparou café da manhã para os dois.

Murmuraram entre bocadas de ovos. Ele os levara de moto para o trabalho bem cedo, antes de Candy chegar.

E, para todo lugar que ela ia, os olhos dele estavam sempre nela. Rastreando-a.

Mas não de uma forma assustadora. Era como se a considerasse... cativante. Um mistério.

Ela gostava de ser o fascínio de alguém.

Apague isso. Lydia gostava de ser o fascínio de Daniel.

Mas e quando ele se fosse, quando se mudasse dali? Ele deixaria um buraco enorme a ser preenchido.

Desde que ela permanecesse viva tempo o bastante depois disso.

Quando ele virou na primeira direita da trilha, conforme fora instruído, Lydia tentou parar de pensar daquele jeito. De pensar, e ponto.

Concentrando-se no lobo, passou a mão ao longo do pelo branco e cinza. As correntes de ar mexiam os mais compridos e brincavam com o rabo, e ela enviou uma prece de agradecimento a Rick – e outra na tradição do seu avô.

Pelo lobo.

Por Daniel.

Daniel era bom em distâncias. Depois de virar em duas direitas e avançar bastante na reserva – que até mesmo o desmatamento da floresta causado pelo hotel já não era mais visível – ele desacelerou e deixou o veículo parar.

Por cima dos engasgos finais do quadriciclo, perguntou:

– Está bom aqui?

– Está perfeito.

Desligou o motor e deixou a chave na ignição. Desmontando, deu a volta e parou num dos lados. Lydia acariciava o lobo, passando a mão na direção de crescimento dos pelos, uma vez depois da outra.

Ela não queria se despedir.

Enquanto a observava, Daniel sabia como ela se sentia – e talvez esse fosse o motivo de não conseguir parar de olhá-la. Não entendia o que mexia tanto com ele naquela mulher. Seria o cabelo? Os olhos? A sensação do corpo dela, o sabor dos lábios?

O que era, exatamente?

Algum tipo de magia, até onde ele podia afirmar. Só que não bastava para mantê-lo ali e, na verdade, era uma coisa que tornava a partida algo necessário.

Mas ele também não queria dizer adeus.

– Eu deveria apenas deixá-lo ir – disse ela com tristeza.

– Deve ser difícil – murmurou. – Pelo fato de Rick ter trabalhado nele. Últimos laços e coisas assim.

O cabelo de Lydia tinha caído para a frente, bloqueando seu rosto, então ele esticou a mão – como se tivesse o direito de reposicionar as ondas atrás da orelha. Antes de fazer o contato, porém, ele retraiu a mão.

– Você se importa se eu me afastar um pouco para fumar? – perguntou. – Vou ficar a favor do vento.

– Não, está tudo bem. Só quero mais um tempinho com ele.

Daniel assentiu, embora Lydia não o estivesse olhando.

Andando um pouco, encostou numa árvore e pegou o maço. Quando abriu a tampa, ficou surpreso em ver tantos dos Marlboros ausentes. Quando foi que fumou tanto? Tanto faz. Ao acender um, tossiu no punho e depois encarou o vale. A ponta mais ao norte do lago brilhava na luz do sol e o calor fora de época parecia uma oferta de paz do tempo, uma forma de fazer as pazes depois de um inverno longo e rigoroso.

Deus, como estava cansado. E o maldito sonho, bem do que ele não precisava...

– Acho que o lobo está recobrando os sentidos – disse Lydia. – Melhor o deitarmos no chão e nos afastarmos. Podemos observá-lo enquanto ele se recobra por completo, de longe. Rick sempre... – Sua voz se partiu e ela pigarreou. – Quando Rick e eu costumávamos fazer isto, nós nos certificávamos de que os lobos estavam seguros, mas não interferíamos. Ele não... bem, ele jamais aprovaria esta minha proximidade.

Daniel baixou o olhar para o Marlboro aceso. Por algum motivo, ele já estava quase no filtro, como se estivesse tragando há dez minutos.

Seu senso de passagem do tempo estava todo fodido mesmo, não estava?

– Você cuidou muito bem dele – disse ao apagar o cigarro com as pontas dos dedos e guardar a bituca no bolso de trás. – É só isso o que importa.

Quando se aproximou, ela disse:

– Os padrões de Rick eram mais altos que os meus – ou, talvez, o meu coração esteja só envolvido demais. Eu deveria ser mais profissional.

Avaliando-a, Daniel pensou: *quero guardar essa lembrança para sempre. Dessa mulher com seu lobo, ambos tão ameaçadores, tão frágeis.*

– Você é linda – falou, rouco.

Os olhos dela se ergueram para os seus.

– O meu cabelo está todo bagunçado.

– Não mude, Lydia. Mantenha seu coração exatamente como ele é. Vai me prometer isso?

Ela piscou como se Daniel estivesse falando outro idioma. Depois inclinou a cabeça de lado.

– Você está me parecendo muito agourento.

– Eu te ajudo com o lobo.

Ao se inclinar para baixo para passar os braços sob o animal, o cheiro de Lydia, do seu xampu, do sabão em pó que usava para lavar as roupas, da sua pele... bastaram para invadir seu cérebro e derrubar seu intelecto. Forçando-se a se lembrar que diabos estava fazendo, apanhou o lobo e se endireitou.

– Onde quer que eu o deite? – perguntou.

E ela estava certa quanto ao animal estar recobrando a consciência. As pálpebras fechadas já não estavam tão fechadas assim, e havia uma resistência nas patas de trás e no pescoço que não sentiu quando o carregara da jaula.

– Logo ali – apontou. – Naquela parte onde bate sol.

Lydia subiu uma leve inclinação e se agachou diante de uma cama de agulhas de pinheiro iluminada pelo brilho dourado.

Quando Daniel se aproximou e abaixou o lobo, os raios de sol banharam o animal numa poça linda de luz.

– Aqui ele ficará aquecido – disse ele.

– A ideia é essa.

Levantaram-se ao mesmo tempo. Ela apoiou as mãos no quadril e olhou para baixo.

– Venha – chamou Daniel. – Ele está acordando mesmo.

Dito isso, os olhos do lobo travaram em Daniel e a mandíbula começou a se mover com a agressividade inata que também voltava a funcionar – e o predador não gostava do que via. No entanto, nada daquilo era enviado na direção de Lydia. Era quase como se o animal a estivesse protegendo.

Pois é, bola de pelo, pode recuar, essa tarefa é minha, Daniel pensou consigo.

Por quanto tempo mais, porém?

Ele ergueu as mãos e deu um passo para trás, afastando-se do lobo.

– Relaxa, eu não vou machucá-la.

– Não sei se ele fala o nosso idioma.

Daniel descobriu seu olhar voltando para a mulher que o atormentava, mesmo enquanto permanecia parada ao seu lado.

– Bem – respondeu, rouco. – Fica valendo do mesmo jeito.

Capítulo 35

— Prometo que o trarei de volta inteirinho.

Diante da mesa de Candy, Lydia sorriu para a outra mulher como se tudo estivesse bem. Como se a vida não tivesse virado de ponta-cabeça. Como se ela não estivesse perdida em lugares conhecidos.

— Você está com uma aparência de merda — a mulher comentou.

— Voltamos a isso? — Lydia afastou os cabelos do rosto. — Chegamos ao acordo de não usar esse tipo de linguagem.

— Chegamos? Não me lembro. Está bem, cocozinho. Melhor assim? Ou prefere que eu diga "titica"? — Candy gesticulou ao redor da recepção deserta. — Deus bem sabe que eu não gostaria de ofender todas estas pessoas aqui. Quero dizer, temos uma sala lotada de fiéis de igreja. Se os lencinhos começarem a voar, estaremos no Six Flags sem as montanhas-russas.[11]

Lydia deixou a cabeça pender.

— Você está tentando ser engraçada.

— Está dando certo?

— Está.

---

11 Os lencinhos a que a personagem se refere seriam lenços colocados sobre as pernas das mulheres que usarem saias curtas demais, como forma de decoro, durante a cerimônia religiosa e Six Flags é uma corporação com mais de 27 parques de diversão nos Estados Unidos, Canadá e México, cujo logo mostram flâmulas hasteadas ao vento, dessa forma fazendo uma analogia entre as duas referências. (N.T.)

– Ah, que bom. A sua aparência melhorou bastante agora. – A colega lhe estendeu algo. – Meu Deus, pode dar um jeito nisso antes que você me contagie?

– Como é?

Uma caixa de Kleenex foi sacudida diante de Lydia com impaciência.

– Enxugue a cara, garota. Não vamos aceitar essa coisa de chorar por aqui.

Corando, Lydia puxou um lenço da caixa.

– Desculpe, ah, me desculpe. – Pressionou os olhos com o papel macio… Deus do céu, nem percebera que começara a chorar. – Estou bem. De verdade.

– Que bom. Eu também. – A caixa de Kleenex desapareceu e foi substituída pela chave do carro. – Nós duas estamos bem. Não atropele nada.

– Não vou.

A caminho da porta, Lydia teve a sensação de que mais palavras foram ditas. Mas não registrava nada, o que, considerando que acabara de prometer não passar por cima de ninguém com o carro de Candy, era algo em que ela provavelmente tinha que se empenhar antes de sequer afivelar o cinto de segurança.

Do lado de fora, inspirou fundo. E foi para o estacionamento. Acomodou-se atrás do volante, dedicou um instante para sentir o quanto parecia impossível que Rick nunca mais traria seu Jeep para o trabalho. Nunca mesmo.

No fim das contas, tantas partes da vida eram maleáveis. A morte, contudo, era uma parada final, o *rigor mortis* existencial que nunca abandonava o corpo, tudo congelado na posição em que estivera. Mais nenhum carro para ser dirigido, nem roupas para serem vestidas, nada de dinheiro gasto ou ganho, nem comida consumida da geladeira ou roupas molhadas colocadas na secadora.

Aprendera essa triste verdade com o falecimento do avô, em especial quando empacotara os objetos da casa e tivera que doar todas as roupas dele.

Porque, na verdade, qual era o motivo de guardar alguma daquelas coisas sem ele?

Tentando sair do espiral do luto, tomou um cuidado extra ao dar a ré, certificando-se de dar à Harley de Daniel bastante espaço – só para o caso de seus olhos não estarem avaliando bem as distâncias.

Antes de passar a marcha e acelerar, observou a moto. Os alforjes não estavam nela.

Porque ainda estavam no chão, num dos cantos do seu quarto de hóspedes.

E ela estava feliz por estarem lá.

Isso significava que ele ainda estava em Walters. Ainda na casa dela.

O que Daniel dissera quando libertaram o lobo sobre não a machucar fora… uma atitude adorável. No entanto, em vez de as palavras lhe aquecerem o coração, elas a congelaram até os ossos. Sentiu como se a morte estivesse espreitando e sabia que estava mais segura com aquele homem dentro dela. Além do mais, havia outros motivos – sexuais – para querê-lo lá.

Contudo, ele era uma ilusão.

Só que… algum mortal era mais do que isso?

Lydia saiu dirigindo pelo cascalho. Quando chegou à estrada rural, pegou a direita e seguiu para a autoestrada. A cidade maior mais próxima ficava a uns cinquenta quilômetros ao norte, distância coberta basicamente depois de duas saídas. Era o que costumava acontecer no norte do Estado. Muita distância entre tudo.

A escola de Ensino Médio pela qual procurava não distava da autoestrada. Sem dúvida fora colocada de propósito bem perto da interestadual para que as crianças de Walters e outras cidades-satélites menores pudessem se afunilar ali, vindas dos quatro pontos cardeais. Ao entrar no estacionamento, havia carros nas vagas – dos professores e de funcionários, talvez dos alunos mais velhos também – perfilando sedans, caminhonetes e minivans em filas bem-organizadas mais ao lado da vastidão do prédio térreo. Nesse meio-tempo, nos fundos, arquibancadas emolduravam um campo cercado por uma pista de corrida verde e vermelha.

A propriedade parecia parte do léxico de John Hughes.[12]

Encontrou uma vaga quatro filas distante da entrada e, depois de ter estacionado, apanhou a bolsa e saiu do "perfumóvel" de Candy. A bolsa estava mais pesada que de costume e, quando a pendurou no ombro, sentiu o pescoço sendo forçado.

Caminhando para a entrada, trotou e passou por baixo do beiral no qual se lia Colégio Lincoln em letras brancas. Do outro lado de uma fileira de portas de vidro, havia um saguão tomado por armários de vidro repletos de troféus, faixas e fotografias dos anos idos.

A recepção estava logo ali e, quando Lydia entrou, a recepcionista ergueu o olhar da mesa.

— Olá. Você deve ser...

— Sim, fui eu quem telefonou.

— Fico feliz que tenhamos o que precisa. — A mulher apontou para uma prancheta com uma caneta presa por uma cordinha. — Se puder assinar, direi aonde deve ir.

Lydia olhou para baixo e ficou atordoada ao ver que era o mesmo tipo de prancheta pendurada ao lado da porta de acrílico da gaiola de transição. E, entre um piscar de olhos e o seguinte, viu as anotações de Rick sobre o seu lobo. Quando e o que o animal comera pela última vez. Quando bebera e quanto.

— Você está bem?

Ela se sacudiu para voltar ao presente.

— Ah, sim, claro. Desculpe.

Lydia preencheu seu nome na coluna descrita como "Visitante". Depois a data e o horário. Na coluna de "Motivo da Visita", escreveu "Biblioteca".

— Muito bem — respondeu a recepcionista —, daqui você vai virar à...

---

12 John Hughes Jr. foi um diretor, produtor e roteirista de cinema norte-americano, famoso por ter escrito e dirigido filmes que se tornaram clássicos da década de 1980 e início dos anos 1990, como *Gatinhas e Gatões* e *Curtindo a Vida Adoidado*. (N.T.)

A mulher era muito animada, toda sorrisos e cheia de gestos, como se adorasse dizer às pessoas aonde ir. Distraída, Lydia percebeu que faltava pouco para ela chegar à meia-idade, a juventude ainda transparecia no rosto e nos olhos, apesar de as roupas a envelhecerem um pouco.

– Maravilha, obrigada – murmurou, afastando-se.

Ao voltar para o saguão, não fazia a mínima ideia de onde deveria ir. A recepcionista não lhe dissera para ir para a esquerda?

Felizmente, havia placas de sinalização em todos os cantos e bifurcações dos corredores e até mesmo setas que apontavam o caminho a seguir. E, vejam, a biblioteca era de fato o que ela imaginara: frente de vidro, com fileiras de prateleiras e uma saleta com revistas e periódicos, aparentando mais um retrocesso para uma era anterior, antes do "i-Tudo" e dos computadores que tornaram a vida virtual, mesmo para pessoas de frente uma à outra.

Ah, o cheiro da tinta seca dos livros.

O balcão de retirada ficava à esquerda e, quando ela se aproximou, um homem de camisa social azul-marinho e gravata-borboleta com estrelinhas douradas lhe sorriu.

– É você a moça que está procurando por computadores antigos?

– A notícia corre rápido. – Lydia retribuiu o sorriso para ser agradável. – Sou muita grata por isso.

– Recebemos pedidos peculiares de tempos em tempos e ficamos contentes em ajudar. Vem comigo. – O homem andou entre as fileiras, movendo-se num ritmo mais rápido do que ela imaginou ou que sua barriga sugeria que ele fosse capaz de aguentar. – Os alunos só usam os PCs novos, claro. Mas, nunca se sabe, e é por isso que mantemos tudo.

Havia uma escada ao lado de um elevador e o homem escolheu a primeira, descendo pelos degraus baixos e cobertos de borracha num passo rápido, virando num único patamar. Lá embaixo, no porão, havia mais filas de estantes, bem como uma máquina antiga de microfilmagem e…

– Aqui está. – Ele deu um tapa de leve num monitor creme meio sujo do tamanho de um forninho. – Ainda funciona. Claro, vai depender do tipo de programa que os seus arquivos precisam.

Lydia inspecionou a torre debaixo da mesa de madeira.

– Eu, ah... na verdade, não entendo muito de computadores. Só tenho estes antigos disquetes e queria ver se ainda consigo imprimir um caderno de resenhas de livros da quinta série.

– Então, você acha que podem ser arquivos de Word?

– Este computador está ligado à internet?

– Para falar a verdade, está, sim. Lembra da discada? Bem, esta coisa usava cabos mesmo naquela época. Era moderna quando foi presenteada por um dos nossos ex-alunos, por isso poderá acessar a internet se precisar. Sente-se, vou iniciar para você.

Ele se inclinou e apertou um botão e ouviu-se um som de algo girando.

– Temos acesso livre, por isso não precisará de senha para entrar, nem para acessar a internet. Contudo, existem sites restritos devido à idade.

– Você não tem que se preocupar comigo.

– Não achei que precisaria. – Ele voltou a sorrir. – Estarei lá em cima se precisar de mim. Não sou nenhum Bill Gates, mas sei mexer um pouco nesta máquina. É só gritar que vou ouvir.

Lydia retribuiu o sorriso e se sentou. E esperou até o rapaz ter ido embora antes de pegar um dos disquetes da bolsa.

Seu coração deu um salto quando se inclinou na direção da torre e inseriu o disquete. Antes de enfiá-lo de vez, esticou a mão ao redor da torre e encontrou o cabo que estava plugado ali, aquele que, segundo o homem, conectava o computador à internet. Ao desconectá-lo, terminou de inserir o disquete e, num deslize, ele ficou no lugar.

O monitor era antigo, os grafismos, rudimentares. Mas a tela arredondada lhe dava informações sem dificuldades. O disquete não estava protegido por senha. E o diretório estava... cheio.

A lista era composta de números e letras, sem palavras que fizessem sentido. E as datas eram de vinte anos antes, se é que estava lendo corretamente.

Abriu o primeiro arquivo da lista...

Lydia levou a cabeça para trás de repente. Depois se inclinou para a frente, tão para a frente que bateu no teclado.

Era uma página… de um documento. Não a primeira, mas algo no meio, a julgar pelo número no canto inferior, e a nota de rodapé que tinha uma espécie de código. Além disso, os parágrafos se referiam a uma "cobaia" que não estava definida. E a reação da "cobaia" a…

O arquejo que Lydia soltou foi tão alto que ela cobriu a boca com a mão e olhou ao redor só para o caso de o homem da recepção tê-la ouvido.

Quando ninguém apareceu na escada, ela se concentrou na tela. Seus olhos foram da esquerda para a direita, esquerda para direita, as palavras saltando como se fossem gritos no escuro: linfoma não Hodgkin, melanoma, osteossarcoma, glioblastoma. Não precisou do seu diploma em biologia para saber que todas as palavras se referiam a tipos de câncer, e muito graves.

E essas células malignas e letais tinham sido "introduzidas na cobaia". Para testar a "reação imunológica a essas doenças".

E esse era o fim daquela página.

Com a mão trêmula, moveu o mouse e fechou o arquivo para abrir outro. Também era uma página do meio de um relatório. Um número de página diferente. Mesma identificação na nota de rodapé. E agora ela percebia que a imagem era, na verdade, uma foto de uma cópia de xerox antiga, as letras estavam meio borradas, pontos pretos sujavam as margens de maneira aleatória, tudo meio inclinado como se o original não tivesse sido colocado alinhado na copiadora.

A segunda página também iniciava no meio de uma frase, mas agora notou outros detalhes. A cobaia era fêmea. Uma fêmea que pesava uns cinquenta e cinco quilos. A cobaia era considerada saudável, sendo que diversos resultados de testes de laboratório e imagem estavam listados: raio-x do tórax, ultrassom dos órgãos internos, eletrocardiograma, anotações quanto a batimentos cardíacos e pressão arterial.

Lydia leu o parágrafo seguinte num sussurro:

– O hemograma completo revela anormalidades tão extensas que seria impossível avaliar o que é normal para a espécie.

Então estavam fazendo experimentos num animal?, pensou.

Isso não fazia sentido. Por que infectavam um animal com doenças humanas?

Ela fechou aquele e abriu outro arquivo.

E foi quando leu a palavra que não fazia absolutamente nenhum sentido. Estava tão certa de ter lido errado que teve que reler duas vezes. E uma terceira.

Vampiro.

CAPÍTULO 36

Quando Lydia terminou de passar os olhos pelos quinze arquivos do disquete, inclinou-se sobre a torre, ejetou o Memorex e voltou a guardá-lo na bolsa. Em seguida, permaneceu sentada com a bolsa no colo e os braços ao redor do conteúdo do pacote endereçado a Peter Wynne.

Em tantos níveis, seu cérebro rejeitava tudo o que lera, mas os fragmentos de documentos eram o que eram: alguma empresa criara um programa para testar doenças humanas em outra espécie, uma espécie humanoide tão próxima à *Homo sapiens* que havia grandes justaposições anatômicas e enormes diferenças também.

– Ah, meu Deus...

Passou a mão pelo rosto e considerou vomitar no cesto de lixo ao lado da mesa de madeira.

– Tenho que ir – disse para o ar.

Levantando, derrubou a cadeira e, quando foi endireitá-la, os demais disquetes jorraram da sua bolsa. Pegava-os apressada no chão de linóleo, voltando a guardá-los na bolsa o mais rápido que podia quando o homem da recepção de gravata-borboleta de galáxia desceu as escadas.

– Está tudo bem aqui? – perguntou.

– Ah, estou bem, sim. – Segurou a bolsa com as duas mãos para que ele não percebesse o quanto ela tremia. – E já terminei.

– Foi divertido ler os seus trabalhos antigos?

– O que disse?

– As suas antigas resenhas de livros.

Lydia soltou o ar.

– Ah, sim. Claro. Uma viagem pelas lembranças.

– Estamos ficando velhos demais. Eu mais do que você, é evidente. Mas a vida é uma doença terminal, sabe. Nenhum de nós sai dela vivo.

– Verdade, verdade... – Ora se esse não era um pensamento animador. – Hum...

– Vai querer a impressora?

– O que disse? Ah, não... não, acho que vou esperar. Bastou eu saber que ainda tenho os arquivos.

– Muito bem. Você pode voltar quando quiser.

Lydia o seguiu escada acima até o andar térreo, certificando-se de manter bem afastada a conversa casual da tempestade violenta dentro da sua cabeça.

O que percebeu em seguida foi que já estava do lado de fora da recepção. A mulher que dera a sua entrada estava de costas, o telefone preso entre a orelha e o ombro enquanto digitava algo no computador. Sem querer atrapalhá-la, sem saber se devia avisar alguém que estava de saída, Lydia se encaminhou para as portas da frente.

Um sino tocou, alto e agudo, em toda a sua volta.

E alunos. Uma onda deles, conversando, andando, dirigindo-se para as fileiras de carros formada diante da escola.

Para evitar ser atropelada, encostou nos expositores de vidro. Para não fazer contato visual, virou-se para os troféus. Com os pensamentos confusos, Lydia não entendia nada: nem o que estava diante dela, tanto brilhante quanto empoeirado, nem o que estava atrás, tão caótico e agitado...

A princípio, a fotografia não foi notada a não ser pelo fato de ser em branco e preto, e que fora tirada nas arquibancadas. As meninas que eram o assunto da foto tinham sido dispostas em formação triangular, e seus uniformes, combinando de shorts e camisetas regatas, deviam ser o que ela imaginava serem as cores da escola: azul e vermelho. Mas a imagem não era recente. Seus penteados tinham a marca registrada de Farah Fawcett dos anos 1970.

"Atletismo Feminino", lia-se na moldura da foto. "1979-1980. Campeãs Estaduais de Nova Iorque."

E havia os nomes das atletas da equipe, em ordem alfabética...

C. McCullough.

Lydia franziu o cenho.

– Candy? – disse na confusão que a rodeava.

Inclinando-se para mais perto, procurou nos rostos das meninas e lá estava uma versão mais jovem de Candy na segunda fila a partir da mais baixa, à esquerda do treinador.

– Espere, o quê...?

O homem parado junto à equipe, usando calças pretas e uma camisa colorida com o emblema da escola, era alto, mas delgado, com um maxilar reto de quem não aceita bobagens e cabelos escuros cortados curtos. Considerando suas feições, ele devia estar na casa dos quarenta.

– Eastwind – inspirou ao ler a linha. – T. Eastwind.

De alguma forma impossível, o xerife Eastwind estava numa fotografia de quarenta anos antes...

... com a mesma aparência que tinha quando o vira no dia anterior.

– Você *não vai* acreditar nisso.

Quando Lydia passou pela porta da frente do PEL, Candy já estava concentrada nela, falando, como se estivessem conversando durante o tempo em que estivera ausente.

– O que foi? – Lydia perguntou exausta.

– Aqui está.

O envelope segurado acima do balcão da recepção não tinha nada escrito e não estava fechado. Lydia trocou a chave do carro por ele.

– Obrigada pelo empréstimo – disse ela. – Enchi o tanque. E, olha só, recebi uma mensagem do Paul dizendo que o meu vai ficar pronto amanhã.

Ela parou de falar ao tirar um cheque de dentro do envelope.

– O que é isto?

– Acho que é autoexplicativo? – Candy se recostou na cadeira. – Liguei para o banco para saber como andava nossa conta porque a conta de luz está para vencer e... Surpresa! Temos cinquenta mil no banco.

C.P. Phalen, Lydia pensou.

– Incrível – comentou.

– Então, hoje você consegue bancar o seu jantar. E, quem sabe, o de mais alguém.

– Não sei do que está falando.

– Ah, ok. – Candy sorriu com malícia. – Mas o marido de Bessie viu você na garupa de certa motocicleta bem cedo hoje. Então, a menos que o nosso zelador estivesse fazendo um bico como motorista de Uber...

Lydia balançou a cabeça.

– Só peguei uma carona para o trabalho porque íamos soltar o meu lobo. E você preferiria chegar ao trabalho às oito comigo?

– Não. – Candy ergueu as mãos. – Eu começo às oito e meia.

– Exato.

– Mas me diz uma coisa, onde ele está ficando?

Lydia não hesitou porque estivera esperando que alguém lhe perguntasse isso:

– Na floresta da reserva. Ele toma banho no chuveiro do Trick no prédio de manutenção.

– Ora veja. Acho que o mistério está resolvido.

Enquanto Candy a fitava do outro lado do balcão, ficou claro que a mulher não acreditava na história, mas e daí? Não se podia fazer nada a respeito disso.

Em seguida, Lydia olhou confusa para o cheque.

– Espera. Quem é que vai assinar isto? Não tem nenhuma assinatura aqui.

– Você tem que assinar.

– Mas não posso assinar o meu próprio pagamento, posso?

– Está bem. Eu vou até a floresta para encontrar um lobo que assine. Mas não se preocupe, vou garantir que a marca da pata esteja atualizada.

– Que tal se eu começar olhando o nosso regimento interno?

– Combinado, e quando isso não lhe der nenhuma resposta, voltamos para o plano do lobo.

Lydia deu uma risada de leve e começou a se afastar. Mas olhou para trás.

– Acabei de voltar do Colégio Lincoln.

Candy franziu o cenho.

– Foi fazer o que lá?

– Só precisava usar a biblioteca. Você fazia parte da equipe de atletismo.

A mulher gargalhou.

– Ah, meu Deus, você viu aquela foto. Faz com que meus cabelos cor-de-rosa não sejam tão assustadores, certo? O meu cabelo ficava frisado por dias e dias naquela época. Foi logo depois que meus pais nos fizeram mudar do Brooklyn para cá. Como deve ter notado, mantive o sotaque como um presente de despedida do meu bairro.

– Você era uma rainha dos anos 1970, com certeza. – Lydia hesitou. – O seu técnico. Aquele era o pai do xerife Eastwind, não era? Eles parecem… gêmeos.

O rosto de Candy não mudou de expressão. E a voz não se alterou. E… nada ficou diferente na mulher. Mas o ar ficou mais carregado ao redor dela.

– É, isso mesmo. Ele é a imagem cuspida e escarrada do pai.

Houve um longo momento. Depois do qual Candy ergueu as sobrancelhas.

– Mais alguma coisa?

Quando as têmporas de Lydia começaram a latejar, esfregou uma delas.

– Não, nada. Só achei a semelhança estranha.

Com um dar de ombros, Candy voltou a olhar para o monitor.

– Às vezes isso acontece. Não que eu saiba disso pessoalmente. Meu bebê peludo não se parece em nada comigo.

Capítulo 37

Na reserva, Daniel deu um tempo nas marteladas. A temperatura estava por volta dos quinze graus, o que seria bom para esforço físico. O céu estava sem nuvens, porém, o que significava que o sol o fritava como um ovo.

Felizmente, não teve que se afastar muito para se aliviar.

A última das três pontes era a que estava em piores condições, mas cobria um riacho com água fresca de montanha. Desceu saltando pelas rochas e se agachou para lavar o rosto e o pescoço. Quando endireitou a cabeça, a água fresca desceu pelo peito e foi absorvida pela camiseta.

Para resolver os problemas da ponte, Daniel teve que desconstruí-la por completo, tirando os corrimões, bem como todas as tábuas. Os três suportes de base eram o problema, o rio tinha comido a parte de baixo, apodrecendo a madeira. A boa notícia era que havia, ainda intacto, o bastante nas pontas junto às bases, então o que precisava fazer era afixar tábuas de suporte na horizontal do estrago e pregar toda aquela maldita passagem. Trouxera seis tábuas de três metros de comprimento consigo no quadriciclo e, com elas agora sustentando as partes mais fracas, tinha confiança de que a ponte aguentaria mais uma temporada.

Investigando ao redor, voltou a subir pela margem e encarou as tábuas. Havia cerca de duas dúzias. Terminaria de pregá-las em meia hora e depois poderia voltar para o PEL.

E ver como Lydia estava.

Depois que arrancou os pregos velhos das tábuas, voltou a dispô-las nos seus lugares e começou a prendê-las. O que se revelou uma tremenda linha de produção. O martelo em sua mão esquerda parecia pesar vinte quilos toda vez que o erguia acima do ombro – outro exemplo do poder do cérebro. Por conta do seu humor, o movimento simples parecia como se estivesse empurrando um tanque de guerra ladeira acima, embora nada tivesse mudado de verdade em sua vida, na sua situação, na sua realidade.

Bem… a não ser por Lydia…

– Cacete! – ele ladrou quando martelou o indicador com vontade.

Sacudindo a mão, sibilou e ergueu o olhar.

A centelha de luz veio da esquerda, embaixo, numa elevação mais baixa da montanha. Estreitou os olhos e ergueu a mão para proteger os olhos do sol.

E lá estava o brilho de novo, algo metálico refletindo os raios solares.

Indo até o quadriciclo, pegou os binóculos do porta-luvas do painel. Ao mirar as lentes para o ponto em que vira o brilho não produzido pela natureza, teve que procurar antes e encontrá-lo de novo.

Uma escotilha. Na terra. Ou, pelo menos, era o que parecia.

Até que enfim, pensou.

Terminou o trabalho com as tábuas bem depressa, guardou as ferramentas e o celular no quadriciclo, pegou a chave e cobriu-se com um poncho camuflado. Com o capuz ajustado, afastou-se da trilha, movendo-se com rapidez entre as árvores, a cabeça abaixada e os pés leves.

A arma estava na palma da mão. Ou melhor, a arma com o silenciador que surrupiara daquele perseguidor. Que, convenientemente, desaparecera.

Enquanto descia, percebia tudo ao seu redor: a brisa do ar, o brilho do lago ao longe, as agulhas de pinheiro suaves sob seus pés. Ninguém o seguia.

Que ele soubesse.

Aproximando-se de onde o brilho viera, havia uma sensação de inevitabilidade em seu caminho, como se uma corrente tivesse sido amarrada ao seu peito e o puxasse para uma localização predeterminada.

Fora um caminho longo e árduo, e enfim terminava a parte da busca. No entanto, a cada passo dado, dizia a si mesmo para não se precipitar. Não sabia de fato ainda se aquilo era o que viera procurar... No entanto, um sexto sentido não acreditava nessa asneira de mediação das suas expectativas.

Bem em seu íntimo, estava convencido...

Ao parar, olhou atrás de si. Ao redor. E se protegeu atrás de um tronco – ainda que, como não soubesse de onde vinha a ameaça, não tinha como ter certeza se encontrara um escudo ou se na verdade deixava o peito como um alvo mais certeiro.

Quando nada se moveu e não houve som algum, decidiu seguir em frente, embora com mais cautela, movendo-se de tronco a tronco como uma bolinha de fliperama.

As placas de "Proibido Ultrapassar" começaram cerca de cem metros mais adiante. Os avisos em preto e laranja afixados numa fila seguindo o declive da montanha na reserva demarcavam a mudança de proprietário.

Mas não havia uma cerca. Nenhuma câmera que ele enxergasse entre as árvores. Nada... de nada.

Seguiu em frente, entrando na outra propriedade.

Infelizmente, não percebeu o facho de luz infravermelha que seu pé atravessou.

Perdida em pensamentos, Lydia foi para seu escritório e para a sua mesa. Ao olhar para a forma de metal em que deixara a torre do computador, ficou feliz que o latão de lixo deles tivesse sido esvaziado no dia certo. Não havia como localizarem a unidade queimada agora, e se alguém da polícia viesse atrás dele, ela não tinha como ser culpada por jogar fora um PC arruinado quando não fazia parte de nenhuma investigação policial.

Ao olhar para o filtro de linha, disse a si mesma que precisava fazer alguma coisa. Em vez disso, só se sentou.

Na recepção, Candy atendeu ao telefone e falou com alguém. Depois de algumas frases, ficou claro que a família de Rick estava ligando para avisar quando e onde seria o funeral. Uns minutos mais tarde, houve o som do telefone voltando para o gancho e os rangidos nas tábuas enquanto Candy vinha pelo corredor.

A mulher começou a falar antes de entrar no escritório.

– O funeral vai ser no próximo fim de semana em Rhode Island. Eles têm família no exterior que quer vir para cá para isso. – Ela se inclinou ao redor do batente. – Você vai? Nós duas fomos convidadas e podemos ir juntas se quiser. É um… Oi?

– Hein? – Lydia sacudiu a cabeça. – Desculpe.

– Olha só, talvez seja melhor você ir para casa e se deitar. Parece que está precisando.

Não, o que ela precisava era encontrar um acessório de computador para imprimir todos os arquivos de cada um daqueles disquetes para lê-los com privacidade. E, depois, teria que…

Fazer o quê, ir aonde?, ficou se perguntando.

– Você tem razão – murmurou. – Tenho que me livrar da maldita confusão disso tudo.

– Bem, depois resolvemos quanto ao funeral. – Candy desapareceu e voltou em seguida. – Ah, tenho uma pergunta de trabalho. Vamos fazer a arrecadação de fundos no mês que vem ou não?

Lydia piscou e tentou traduzir as palavras das quais conhecia muito bem o significado.

– Ah… isso é algo a se perguntar ao Conselho. É o pessoal deles que vem, não o nosso. Bem, evidentemente meu não é, visto que não conheço ninguém.

– Então você tem que pegar esse telefone e descobrir o que vai acontecer. Tenho fornecedores ligando e fazendo perguntas. Locação de tendas, o que será servido, todo tipo de coisa. Não sei o que dizer a eles. Quero dizer, sou eu quem está na linha de frente aqui, tudo passa por mim, mas não tenho nenhuma autoridade…

Por algum motivo, tudo a respeito de Candy ficou muito claro, desde os cabelos muito loiros até a sombra azul que combinava com o suéter, e as calças rosa bem passadas.

– O que foi – perguntou a mulher. – O que é?

Lydia se levantou devagar.

– Preciso que seja franca comigo, Candy. – Quando as palavras saíram da sua boca, elas estavam uma oitava mais baixa do que seu tom normal. – Chega dessa merda toda. O que você sabe? O que está mantendo em segredo?

Os olhos da recepcionista se estreitaram.

– Você agora é a minha chefe. Se algo está acontecendo nesta organização...

– E você abre toda a correspondência que chega. Cada entrega de suprimentos. Todos os pacotes e envelopes da FedEx. – Lydia deu a volta na mesa. – Tem acesso a todas as contas bancárias porque paga as contas e faz a contabilidade. Você é a administradora do nosso sistema de computadores, é responsável pelos nossos celulares e é o meu contato de emergência com o meu médico.

Continuou em frente até estar diante da mulher.

– Muitos milhões de dólares sumiram das contas, que eu nem sabia que recebemos. O pacote que você queria que a UPS entregasse foi entregue aqui, em vez de no endereço da casa do Peter, que era o que estava na etiqueta. E não se mostrou nada surpresa com a morte do Rick. Por isso, vou perguntar de novo: que porra está acontecendo aqui, Candy?

A sobrancelha esquerda da recepcionista se ergueu, mas, fora isso, não houve nenhuma reação.

– Você me acusou de fazer o meu trabalho. Parabéns, Columbo.[13] E como me sinto a respeito de Rick não é da sua conta.

– Você sabe o que vem acontecendo debaixo dos panos aqui. Sabe a verdade. – Lydia observou as feições da mulher. – Você matou Peter Wynne. Não matou?

---

13 *Columbo* é uma série policial da televisão norte-americana dos anos 1970, em que a personagem principal, o detetive Columbo, é estrelado pelo ator Peter Falk. (N.T.)

Capítulo 38

Quando chegou à escotilha de metal que fora instalada no chão, Daniel olhou ao redor. A não ser por um par de corvos circundando acima, não havia ninguém perto dele.

E agora que estava bem diante daquele raio de coisa, via o motivo de ter refletido o brilho do sol. Um tronco podre caíra com raiz e tudo, e deslizara pela colina, arrancando uma faixa de agulhas de pinheiro que cobria a tampa circular – e, no processo, arranhara parte da cobertura metálica, deixando-a reluzente.

Um metro e vinte de diâmetro. Com uma manivela em forma de volante inserida na tampa.

– Olá, muito prazer, agulha no palheiro.

Guardando a arma, ajoelhou-se e agarrou a manivela, fazendo força. Puxou com vontade. Com uma imprecação, teve que colocar todas as suas forças no...

A manivela se rompeu da base com um guincho e Daniel caiu para trás, aterrissando de bunda.

– *Caralho!*

Ele tinha que entrar. Para completar o que viera fazer, teria que ter acesso completo.

Reposicionando-se acima da tampa, limpou mais da terra para entender do que precisaria para abrir aquela coisa. Pense em algo sólido. Não havia nenhuma fenda ao redor.

A bala passou raspando pela sua orelha num zunido antes de chegar às agulhas de pinheiro atrás dele.

Num mergulho, lançou o corpo por cima da árvore caída, mas por estar podre, boa parte do tronco era oco, oferecendo apenas cobertura visual em vez de tática. Espalmando a pistola, apressou-se para a base, onde as coisas eram mais sólidas.

Ao triangular a localização do ataque, viu o uniforme preto atrás de um agrupamento de rochas. Uns quinze metros mais distante...

– Ah, olha só para você – murmurou ao reconhecer o rosto. – Conseguiu recuperar seus olhos, não foi?

Era o guarda que ele matara. Aquele que ele desarmara...

Mais balas. Atingindo madeira. Atingindo o chão. Ricocheteando em pedras.

Daniel se abaixou. O que precisava agora era de uma retaguarda...

Quando a contagem de balas subiu o bastante, ele deu um salto para cima e disparou a correr, tirando vantagem dos nanossegundos necessários para recarregar a arma. E bem a tempo, apoiou as costas em um dos poucos carvalhos naquela parte alta da montanha.

O guarda ainda achava que ele estava atrás do tronco caído, e se concentrou, olhando adiante, enquanto mirava por trás daquelas rochas.

Daniel apontou a arma e ia puxar o gatilho...

Pop!

Uma bala que não era sua atingiu a lateral do crânio do guarda, vaporizando sua cabeça, uma nuvem vermelha com flocos brancos estourando em todas as direções. O corpo decapitado pendeu para a frente, aterrissando num baque e, assim como o tronco que relevara a escotilha, o cadáver ainda quente, ainda se retorcendo, deslizou colina abaixo até que o movimento cessasse com ele de cara no chão.

Ou, sem cara, na verdade.

Daniel virou o cano. E apontou para a figura alta que se esgueirara pela cena.

O xerife da cidade de Walters estava parado numa cumeeira a uns dez metros dele, com as botas plantadas com firmeza, e o canhão da sua arma de serviço começando a se abaixar.

– Acho que você está seguro agora – foi o comentário dito com secura. – Pelo menos de minha parte.

Com uma olhada por trás do ombro, Daniel se certificou de não estar sendo abordado pelo outro lado.

– Estou?

– Sou a lei. Não mato as pessoas.

– Vai me desculpar por não acreditar nisso.

O xerife deu de ombros e andou, guardando a arma no coldre. Mas não foi na direção de Daniel. Cobriu a distância, aproximando-se do guarda.

Ou do que restava do guarda.

Daniel manteve a arma apontada no homem, acompanhando-o enquanto ele se inclinava para baixo.

– Sei o que você é, Daniel Joseph – Eastwind murmurou. – E sei por que está aqui.

– Não sabe porra nenhuma a meu respeito.

– Está errado quanto a isso. – O xerife balançou a cabeça. – Sinto dizer que, desta vez, não há olhos para remover. É o que fez com o outro, não foi? É o que você faz.

– Não faço a mínima ideia do que está falando.

– Você matou aquele outro. Não sei o que fez com o corpo, mas alguma coisa fez. E levou as armas dele. Você as guardou em algum lugar? Aposto que sim, antes de você ter andado pela estradinha rural onde Lydia o buscou. Você as escondeu para que ela não descobrisse o que tinha feito.

Daniel ficou em silêncio. Que é o que se faz quando o seu oponente se ocupa partilhando exatamente o tanto que sabe a seu respeito.

– Não pode se dar ao luxo de que ela saiba que você o matou. – Eastwind o fitou ao longo da distância que os separava. – Ela não faz a mínima ideia do que você é, faz?

– E o que você fez para protegê-la? – Daniel exigiu saber. – Só por curiosidade. Quero dizer, depois que lhe disse que estava sendo seguida, que alguém esteve na propriedade dela, que havia um rastreador debaixo do carro dela... O. Quê. Você. Fez.

– Ela sabe cuidar de si.

– Ela é uma mulher morando sozinha...

O xerife soltou uma gargalhada.

– O seu chauvinismo está sendo desperdiçado em alguém como ela.

– E você está negligenciando os seus deveres...

– Você não faz ideia de quais são os meus deveres.

– Não é nada muito confuso, é? Supõe-se que seja proteger e servir, e no que se refere a Lydia Susi, você não está fazendo nenhuma das duas coisas.

– Bem, acabei de salvar a sua vida.

– Bobagem. Eu o tinha na minha mira.

– Tinha mesmo? – O xerife se levantou. – Então você é um homem que gosta de apostar e não reconhece as desvantagens quando as vê.

– Eu nunca aposto. Não preciso.

– Como quiser. – Eastwind inclinou a cabeça. – De todo modo, eis como lidaremos com isto. Vou cuidar do nosso assuntozinho aqui e você vai esquecer que me viu. Vai voltar para aquela ponte, subir no quadriciclo e vai voltar ao Projeto de Estudo dos Lobos. E vai pedir demissão. Em seguida, vai buscar as suas coisas na casa da senhorita Susi e vai deixar esta área, para a qual nunca mais voltará.

– Você não tem direito algum de me dar ordens.

– Sim, eu tenho. Esta terra é minha.

Daniel estreitou os olhos e sorriu de leve.

– Vai ter que se ver com uma autoridade maior do que a que permite o seu distintivo deste código postal se quer se livrar de mim.

– Não mesmo. – Eastwind uma vez mais deu de ombros, de modo casual. – Se continuar perto de Lydia Susi, você vai morrer. E daí já não será mais um problema meu.

De pé diante de Candy, Lydia balançou a cabeça devagar. E repetiu as palavras que dissera.

– Você o matou. Você matou Peter.

No silêncio que se seguiu, a expressão da outra mulher não se alterou. Pensando bem, ela devia ter imaginado que um confronto aconteceria, cedo ou tarde, e se preparara para isso.

– Você está muito enganada – disse ela numa voz baixa.

– Estou? Acho que não. – Lydia se inclinou para perto dela. – Você ficou com parte desses milhões de dólares? E depois quis mais? Ele a atrapalhou?

– Tenho uma casa de três quartos e um gato. Que diabos vou fazer com isso tudo de dinheiro?

– Diga você mesma, Candy.

– Por que me dar ao trabalho? – A mulher cruzou os braços diante do peito e ergueu o queixo. – Você parece ter inventado uma história de vida melhor para mim do que eu mesma seria capaz. O fato de ela não ter nada a ver com o que fiz e pensei, sem dúvida, não a incomoda. A ficção é tão mais divertida para as pessoas, não é? Então é isso, não tenho nada a acrescentar à sua fantasia, lamento.

Candy olhou para o corredor, para a sala de espera.

– Mas você está certa quanto a uma coisa. Faz dois anos desde que tive um dia de folga. Quer saber o motivo? Não é porque estou cometendo algum tipo de fraude. É porque este lugar é tudo o que eu tenho, e por mais que isso me torne uma infeliz, não faz de mim uma criminosa – ou assassina –, muito obrigada. Portanto, vou tirar o resto do dia de folga e quando amanhã chegar, vamos nos esquecer dessa merda que você disse para mim. Ou, se quiser, ligue para Eastwind. Mande-o para a minha casa com algemas e me mande para a prisão. Vá em frente. Vamos ver até onde isso chega, que tal? De todo modo, tenha uma noite de merda. Até amanhã.

A mulher mais velha deu as costas. E foi andando.

No rastro dela, Lydia ficou onde estava enquanto uma movimentação se ouviu na sala de espera, como se Candy estivesse vestindo o casaco e pegando a bolsa. Em seguida, a porta se abriu e se fechou.

Dando a volta na mesa, Lydia foi para a janela, afastou a persiana e observou Candy entrar no carro e dirigir pelo caminho de cascalho.

Nunca mais vou vê-la, Lydia pensou.

Difícil saber se essa premonição era boa ou ruim.

– Merda – disse para o silêncio absoluto do prédio.

Despencando na cadeira, apoiou a cabeça nas mãos e se lembrou da primeira vez em que entrara no PEL. Fora para a sua entrevista com Peter e conseguia se lembrar vividamente de ter saído do frio do inverno para o calor da sala de espera. Candy erguera os olhos da mesa e começara a falar, como sempre fazia.

Como se estivessem no meio de uma conversa. De anos.

Na época, Peter vinha ao escritório todos os dias, Rick estivera trabalhando na clínica e ela estivera muito animada com o seu emprego novo.

Depois de anos se sentindo sem chão, de estar sem chão, depois da morte do avô, ela pensou, sim, enfim.

Raízes.

A partir das quais crescer.

Mas agora, ali estava ela. Sozinha...

A porta da frente se abriu, e passos se aproximaram pelo corredor, lentos, pesados.

Quando ergueu os olhos, sua respiração ficou presa, embora soubesse quem era. Diabos, sem dúvida, por ter reconhecido as passadas. O rosto de Daniel estava bronzeado por ter passado o dia na reserva, e os cabelos estavam alisados por ter corrido pelas trilhas. Do mesmo modo, as roupas estavam sujas com a lama do rio que secara, virando terra.

Ela não lhe deu a chance de falar.

Levantou-se num pulo e correu na direção dele, lançando os braços ao redor do pescoço, jogando-se contra o peito forte.

– Ah, meu Deus... – disse baixinho. – Estou muito feliz por você estar aqui.

CAPÍTULO 39

EM REAÇÃO AO FORTE ABRAÇO de Lydia, Daniel passou os braços ao redor dela um tanto rígido. A princípio. Mas assim que ela se afundou em seu corpo e estremeceu, ele fechou os olhos e a aninhou debaixo do queixo.

– O que houve? – perguntou, ciente de que também precisava lhe dizer uma coisa.

Mas não podia.

– Eu só... só estou percebendo tudo de uma vez agora. – Ela se afastou um pouco. – Todos se foram. Peter. Rick. Agora a Candy. Todos eles se foram, mas você está aqui. Graças a Deus.

Enquanto ela o fitava, Daniel teve a intenção de falar. Só que descobriu que estava sem voz. Os olhos daquela mulher eram tão hipnotizantes, marejados de lágrimas, brilhando de emoção. Tudo o que ele mais queria era protegê-la de todo sofrimento. De todo o mal.

Passando a mão pelos cabelos dela, apoiou sua testa na dela.

– Lydia.

O nome dela foi um preâmbulo das palavras que, no fim, ele não conseguiu dizer. Ficaram em silêncio pelo que pareceu uma eternidade, os corpos criando um calor coletivo, as almas se amalgamando. Nesse meio-tempo, ao redor deles, destinos em vórtice que foram apenas insinuados eram como um anel de fogo se fechando ao redor do futuro deles.

Do presente deles.

Mas os dois tinham aquele momento. E se o inestimável era baseado na raridade, isso queria dizer que aquele momento de tranquilidade não tinha preço. Porque ele sabia que não voltaria a acontecer.

Quando baixou a boca para a dela, Daniel não teve um pensamento consciente. Não podia se dar ao luxo de pensar. Passara o trajeto de volta no quadriciclo revivendo a sensação da trava fria daquela escotilha nas mãos. Ouviu uma vez mais o tiro daquele embusteiro. Viu a cabeça do guarda uniformizado explodir.

Lembrou-se do jorro vermelho no ar.

Enquanto beijava Lydia, enquanto a lambia dentro da boca, tudo aquilo sumiu. Nada daquilo estava mais com ele. Aquela mulher era um enorme apagador.

E foi mais do que o presente que ela levou consigo. Também levou o passado.

Sem aviso, Daniel se lançou sobre aquela mulher, inclinando-a para trás até ela se agarrar aos seus ombros, e a sua força foi a única coisa que a manteve longe do chão. Ele a beijou cada vez mais intensamente, fechou a porta com um chute, e limpou a mesa com o braço, coisas bateram no chão, algo se quebrou.

Como se dessem a mínima para isso.

Ele a deitou no tampo da mesa, o corpo dela tremia ao encontro da madeira.

– Preciso de você – disse ele. – Tenho que...

A resposta dela foi levar as mãos à calça para soltar o botão, abaixar o zíper. Quando tirou as botas aos chutes, elas bateram na lateral da mesa, e fizeram um som abafado ao chegarem ao chão. E os jeans também se foram.

Daniel arrancou sua calcinha. Apenas rasgou o algodão da pele dela.

Queria seguir adiante, deixá-la toda nua, levar o tempo de que precisasse.

Mas isso não aconteceria naquele maldito escritório.

Daniel também arrancou as próprias roupas e o pau explodiu para fora do zíper. Plantando a palma junto ao ombro dela, inclinou-se sobre seu corpo, agarrando a parte de trás da coxa, puxando-a para a beirada da mesa. Quando a bunda nua deslizou pelo tampo num guincho, Lydia soltou um grito e as pernas se abriram.

Ele recuou só um pouquinho e baixou o olhar. Vendo o sexo dela molhado, exposto para ele, ávido por ele, Daniel sentiu o saco se contrair.

Ah, não, não mesmo, disse a si mesmo. *Não vamos por esse caminho de novo.*

Agarrando-se, ele grunhiu:

— Você é minha.

Cerrando os dentes, esfregou a cabeça da ereção para cima e para baixo do centro dela e, em resposta, Lydia deu um salto, a coluna se arqueou, a boca se abriu. Com os cabelos rodeando-a, soltos e brilhantes, e o rubor no rosto, e seus arquejos e dificuldade para respirar, ela era vida para o seu coração entorpecido, calor para sua alma fria.

Em outra época, em outro destino, ela teria sido a trilha que ele tomaria, o caminho em seu cenário mortal.

Mas eles se conheceram fora de ordem...

Daniel se enfiou dentro dela e Lydia o agarrou pelos ombros gritando seu nome. Abaixando a cabeça, ele começou a bombear. Teve a intenção de ir devagar. Não conseguia parar. Não estava no controle. Seu corpo funcionava de maneira independente, chocando-se contra ela, golpeando-a. Enquanto se dobrava sobre ela, fodendo, ele grunhia como um animal, totalmente descontrolado e, debaixo dele, ela recebia tudo o que ele tinha para lhe dar.

Ele entendera errado.

Ela não era sua. Era o contrário.

Ela o possuía.

Debaixo do seu amante, o corpo de Lydia absorvia as investidas fortes do quadril de Daniel balançando na base da coluna, a ereção a penetrava fundo e recuava, penetrava e se retraía. Foi forte – foi implacável. Foi selvagem.

E ela quis que o sexo durasse para sempre.

Foi esse o seu pensamento quando o orgasmo a assolou, girando o corpo, fazendo-a sentir uma descarga de sensações que nunca vivenciara antes. E bem quando ela alçou voo, Daniel se travou no corpo de Lydia, a ereção jorrando dentro dela, fazendo o prazer aumentar de novo.

A boca dele encontrou a sua, e eles se beijavam enquanto os orgasmos continuavam.

E depois acabou, com a mesma velocidade com que tinha começado.

Todavia, o sexo foi tão intenso que Lydia sentiu como se tivesse durado cem anos quando ficaram imóveis. No pós-gozo, ambos arfavam, e Daniel despencou sobre ela, o peso pressionando-a contra a mesa. Que muito bem poderia ter sido um colchão pelo que ela notava. Ou ligava.

– Porra – ele murmurou contra seu ouvido. – Desculpa. Não era isso que...

Passando as mãos pelos cabelos dele, envolveu-o pelo quadril com as pernas, cruzando os tornozelos.

– Do que está se desculpando? Eu também quis. E não se preocupe... não posso ter filhos. Eu não... nunca ficarei grávida.

Ele piscou, como se ela o tivesse surpreendido.

– Eu, ah... eu deveria ter pensado nisso.

– Como já disse, não precisa. – Quando ele se afastou um pouco, parecendo constrangido, ela balançou a cabeça. – Não vale a pena ficar emotivo a respeito disso. Usando uma frase sua, é o que é.

– Lamento muito.

Lydia o acariciou no rosto, maravilhando-se por ele estar dentro dela.

– Não vamos estragar este momento. Está bem? Vamos só... estar aqui, onde estamos.

– Lydia, eu queria que muitas coisas fossem diferentes.

Com o indicador, ela alisou as rugas da testa de Daniel.

– Pelo menos temos o agora. Ou... tivemos. – Quando a tristeza dela retornou, amparou o rosto dele entre as palmas. – Vamos trancar tudo e ir para casa?

– Tudo bem.

Ele a beijou de novo. E de novo.

Depois disso, ela inclinou a cabeça de um lado e ele do outro, e se moveram numa onda, mais suave, mais lenta, mas não de menor intensidade. Dessa vez, o prazer foi como uma chama em vez da explosão de uma bomba, mas queimou com o mesmo calor apesar de não haver urgência.

Segurando-se a ele, Lydia olhou para o teto acima da mesa. A cada estocada, a cabeça dela se movia para trás, a cada recuo, ela se endireitava, seu ponto focal mudando no ritmo em que ele fazia amor com ela.

Caramba, estava mesmo fazendo isso no escritório?, perguntou a si mesma. Aquilo estava mesmo acontecendo ou... era um sonho erótico do qual despertaria com as coxas apertadas e a respiração presa enquanto empurrava o rosto no travesseiro num gemido de frustração.

– Daniel... – gemeu.

Seu orgasmo foi mais suave dessa vez, mas maior em duração, e a boca dele cobria a sua de novo enquanto ela o aproveitava.

Cerrando os olhos, Lydia sentiu vontade de chorar. Em vez disso, segurou-o com ainda mais força.

Como se ele fosse capaz de desaparecer a qualquer instante.

Como um sonho.

CAPÍTULO 40

DANIEL COLOCOU O PRATO diante de Lydia e deu um passo para trás.

– A minha comida não é tão boa quanto a sua.

Quando olhou para ele, o sorriso triste partiu seu coração.

– Ah, para com isso. Isto é comida gourmet para mim.

Nem perto disso, ele pensou. Maldição, desejou poder fazer um churrasco para ela, ao pôr do sol de agosto, com milho enrolado em papel alumínio e uma enorme salada que ele mesmo colheria da horta que cuidara. Em seguida, sorvete feito em casa com cobertura de chocolate derretido que ele teria preparado com xarope de milho e gotas de chocolate meio amargo. E, ah, queria fazer tudo isso numa cozinha partilhada por eles, e comer na varanda na qual relaxariam nos domingos de preguiça.

– Espaguete saído da caixa – disse ele –, molho do pote.

Mas feito com amo...

Não, ele se deteve.

– Não vai comer? – Ela olhou para a pia e para o escorredor. – Espero enquanto você se serve.

– Comi bem no almoço lá na trilha.

– Um piquenique?

Sentou-se diante dela com uma das suas Cocas da máquina da sala de descanso do PEL. Com a quantidade que vinha bebendo no trabalho, acabaria com as latas vermelhas daquilo.

– Isso, um piquenique. Composto por itens de piquenique. – Ele se recostou e se esticou. – De todo modo, a última das pontes está consertada. O telhado do prédio de manutenção está bem fixado. O banheiro vai ficar bem por mais um tempo. O quadriciclo foi consertado.

– A sua lista de afazeres. – Lydia girou o garfo no prato. – Está tudo feito.

Ao deixar o comentário por isso mesmo, ele ficou se perguntando se sua amante adivinhara que ele estava de partida.

Maldito Eastwind. Mas o xerife não estava por trás da sua partida. No fim das contas, o mais importante que poderia fazer por Lydia era dar o fora da vida dela. No curto prazo, poderia mantê-la meio que em segurança, mas teria que ir embora uma hora ou outra, provavelmente logo. E ele tinha seus próprios inimigos.

– Onde está o resto da sua família? – perguntou. – Primos, tios, tias? Qualquer um.

Lydia deu de ombros.

– Éramos só meu avô e eu. Filha única de filhos únicos meio que restringe a árvore genealógica.

– O que aconteceu com os seus pais? – Em resposta à sua pergunta, Lydia só ficou olhando para o prato, brincando com o espaguete com as pontas do garfo. – Não estou me intrometendo, de verdade.

Até parece.

– Tudo bem – falou com um sorriso atormentado. – Eu só... me parece uma vida diferente e foi há tanto tempo. E acho que... bem, sempre vivi em dois mundos diferentes, nem aqui, nem lá. Falar sobre o meu pai e a minha mãe me soa tentar conciliar o irreconciliável.

– Conta – sussurrou.

O sorriso de Lydia se perdeu enquanto ela continuava remexendo o macarrão.

– Bem, a minha mãe me deixou logo depois que nasci e o meu pai nunca estava por perto. Se o meu avô não tivesse se prontificado, eu com certeza não estaria aqui.

– O que, espera... A sua mãe te abandonou?

– Quando nasci. – Os olhos dela se voltaram para ele como se estivesse verificando a sua reação. – Eu também não fui planejada. Você e eu temos isso em comum. E ambas as nossas mães nos deixaram, não?

– É, deixaram. – Daniel meneou a cabeça. – Quer dizer que ela simplesmente te abandonou no hospital?

– Nasci em casa. Na casa do meu avô. Minha mãe tentou interromper a gestação... tantas vezes. – Quando ele praguejou baixinho, ela prosseguiu, as palavras saindo mais rápido como se só quisesse acabar logo com a história. – Ela tentou provocar um aborto com um cabide. Depois foram duas tentativas de suicídio com remédios. A última vez... ela se jogou na frente de um carro. Mas eu persisti.

Daniel só conseguia piscar.

– Puta que o pariu, Lydia.

– Só fiquei sabendo porque o diário dela estava no meio das coisas que guardou para a ida à clínica. Mas o trabalho de parto foi rápido demais para atravessar a cidade, então, depois que nasci, assim que o sangramento parou e ela conseguiu andar, entrou num carro e foi embora. A mala era tudo o que eu tinha. Eu dormia com ela debaixo da minha cama. Quando estava com dez anos, enfim a abri. Ela com certeza a arrumara com a intenção de fugir do hospital. Li o diário, mas não entendi tudo até um pouco depois, quando estava mais velha. – Riu sem jeito. – A única foto que tenho dela era a da carteira de habilitação; ela sequer levou os documentos, e fiquei feliz por tê-los.

– Ela ainda está viva?

– Acho que não. Uma vez tentei encontrá-la. A foto da habilitação era real, mas o nome e o endereço eram falsos. – Abaixou o garfo e afastou os cabelos para trás. – Puxa, isso está tão parecido com uma novela.

– Quer dizer que você morou com o pai do seu pai?

Ela assentiu.

– Ele morava numa região mais afastada, cercada de árvores. Eu costumava dormir com a janela perto da cama aberta, mesmo no inverno. Os lobos uivando ao luar eram o meu maior conforto.

— Também amo esse som — murmurou ele. — É por isso que veio parar aqui? Para trabalhar com eles?

— Isto é um lar para mim. E, convenhamos, eu me saio melhor em lugares onde não tenho que ser nada além de mim mesma.

— Uma pesquisadora de comportamentos.

— Alguém que não pertence a lugar nenhum. — Ela ergueu de leve os ombros. — Aqui, nesta cidade pequena, onde não existem muitas pessoas. Isso não me incomoda muito. E tem os lobos... eles são criaturas tão lindas, e precisam ser protegidos. Mesmo predadores podem ser caçados, e os humanos são a maior ameaça a tudo.

Era por isso que ela não o impediria de partir, Daniel pensou. Ela estava acostumada a estar sozinha.

— Existem outros lugares em que você poderia morar — disse ele. — Outros empregos.

— Sei disso. — Inspirou fundo. — E terei que encontrar um... puxa, não foi assim que imaginei as coisas chegando ao fim.

— Você disse que Candy também foi embora? Ela apenas pediu demissão?

— Ela resolveu tirar a tarde de folga. Depois de tudo, por que não faria isso? Mas se ela vai voltar ou não amanhã cedo... eis a questão.

Ele assentiu.

— Sei que já disse isso antes, mas eu queria muito que as coisas fossem diferentes.

Lydia apontou para ele com o garfo.

— Nunca foram ditas palavras mais verdadeiras.

Ficaram em silêncio por um tempo enquanto ela comia o que lhe fora preparado. Quando terminou, Daniel pegou o prato e o garfo e deixou que ela terminasse de beber o resto do leite.

Junto à pia, ligou a torneira.

— O pacote destinado a Peter. Você vai tentar descobrir o que há naqueles disquetes?

— Não. Acho que só preciso dá-lo para o xerife e ele que descubra o que fazer com aquilo. O que posso fazer, não é?

– Sim, eu sei.

– Você vai embora amanhã cedo, não vai?

Quando Lydia disse as palavras, estava ciente de que o corpo todo estava tenso como se estivesse prestes a ser atropelada por um carro. E como era aquilo que sempre diziam?

Não faça uma pergunta cuja resposta não quer saber.

Neste caso, era verdade, ela não queria a resposta. Mas sabia qual era.

– Vou ficar bem – antecipou. *Aquilo era direcionado para ele ou para si mesma?*, ficou se perguntando. – Uma coisa que a vida me ensinou foi que sempre ficarei bem. De um jeito ou de outro, sempre fiquei.

Daniel abriu a boca. Fechou. Abriu de novo.

– Está tudo bem. – Ela sorriu de leve. Ou tentou. – Foi coisa demais. Quero dizer, até mesmo eu estou me afogando nesse drama e olha que estou envolvida com o PEL. Alguém só de passagem como você? Eu entendo.

– Eu queria que as coisas fossem diferentes. Jesus, fico repetindo isso, não é?

– Está tudo bem. – Ela pousou a mão sobre o coração. – E, de novo, estou propensa a concordar.

Houve mais um silêncio. E, então, ele disse:

– Você não tem que me pagar.

– Você trabalhou alguns dias para o PEL, merece o dinheiro.

– Não. Estou bem assim.

Lydia olhou pela janela. Afastando a cortina cor de malva, encarou a escuridão, e ficou imaginando o que haveria ali. E não em termos de ameaça a si própria. Ficou pensando aonde Daniel iria, para onde o destino o levaria.

Ela já sabia parte dessa resposta.

Para longe dela era aonde o destino o estava levando.

– Está tarde – falou para a janela.

— São oito e meia da noite — ele argumentou. — Acredito que ir dormir agora viole a sua regra de se deitar no mínimo às nove da noite.

— Puxa, sinto como se fossem quatro da manhã.

O piso rangeu perto de Lydia, que ergueu o olhar. Daniel estava ao seu lado, fitando-a do alto.

— Um dia vou me esquecer dos seus olhos? — ela murmurou.

Outra pergunta para a qual ela já sabia a resposta.

— Não sou nada de especial. — Os ombros dele se ergueram rapidamente. — Sou só um faz-tudo.

— Você é muito mais do que isso.

Daniel estendeu a mão.

— Venha. Vamos subir.

Deixando a cortina voltar ao seu lugar, levantou-se e deslizou a mão pela dele. Quando chegaram aos degraus que levavam ao andar de cima, ele a fez ir à frente, todo "damas primeiro". Ao resvalar no corpo dele, pensou que as coisas normais que os casais que moravam juntos faziam eram uma alegria tranquila. Escovar os dentes sobre a mesma pia. Colocar os pijamas juntos. Acomodar-se na cama e apagar as luzes.

Desejou poder ter uma vida inteira disso com ele.

Lá em cima, foram para o quarto dela, não para o de hóspedes, mas ele voltou ao corredor sozinho para ir ao banheiro. Depois que Lydia vestiu o pijama, Daniel veio e assumiu o lugar da cama mais próximo à porta, afofando os travesseiros e testando o colchão com as palmas largas. Deixando-o para que ele se acomodasse à cama, realizou sua rotina noturna no fundo do corredor diante da pia — e quando retornou para o quarto, notou que ele trouxera os alforjes bem ao lado de onde se esticara sobre os lençóis.

É ali que a arma dele está, pensou ao afastar a coberta do outro lado, deslizando junto a ele.

Era a coisa mais natural do mundo mover-se ao longo dos lençóis frios para encontrar o calor daquele corpo. Relaxou ao encontro do peito de Daniel, e ele esticou o braço comprido para desligar o abajur.

Lydia encarou a porta aberta. Deixara a luz do banheiro acesa, assim os suportes do corrimão lançavam sombras no piso de madeira do corredor.

Eu poderia fazer isto para sempre, pensou.

Coisas corriqueiras, como jantar, lavar a roupa e a higienização dental. Supunha que era meio patético ter objetivos de vida tão simples. Aspirações deveriam ser a respeito de carros e férias interessantes – e isso a fez pensar em Peter Wynne.

Quanto daquela reforma no celeiro fora pago pelas doações feitas ao Projeto de Estudo dos Lobos? Ele estivera comprando as informações sobre aqueles experimentos terríveis? Ou vendendo?

E que diabos ela faria com o que sabia?

– Tente dormir um pouco – murmurou Daniel. – A manhã logo chega.

Como um furacão.

E supôs que era um sinal do valor de Daniel que, com a longa lista de pontos que pesavam sobre si, ele era a única coisa em tudo aquilo que de fato importava. De que outro modo, porém, o relacionamento deles poderia acabar? Sério. Que outro fim eles poderiam ter?

Além do mais, se ele fosse embora?

Ela saberia que ele estaria em segurança.

Saber disso lhe dava paz.

CAPÍTULO 41

LYDIA DESPERTOU COM O SOM DO cantar dos passarinhos da primavera. Enquanto piscava para abrir os olhos, descobriu-se olhando para o lugar junto à janela, com seus travesseiros aconchegantes e seu cobertor e suas almofadas que nunca tiveram um gato, mas que realmente mereciam ter.

Com uma dor atrás do esterno, ela mudou a fantasia da alcova. Em vez de ficar ali sozinha com um livro e uma xícara de chá e o tal gato, imaginou duas pessoas recostadas em cantos opostos, com as pernas entrelaçadas no meio, debaixo de uma coberta. Enquanto trocavam seções do jornal, e jogavam no chão aquelas que já tinham lido, um rack para TV entre os dois servia de apoio para um par de canecas de café e um prato compartilhado salpicado com migalhas de muffins.

Rolando de lado, olhou para o lugar vazio em que Daniel dormira. Ele se certificara de que Lydia estivesse coberta depois que se levantara, e a marca no travesseiro era prova das horas que passaram, lado a lado, na sua cama.

No fundo do corredor, o chuveiro estava ligado.

Relanceando para o relógio, viu que passava pouco das sete. O tempo estava acabando.

Com uma sensação de urgência, ela arrancou as cobertas de cima do corpo e se apressou até as portas fechadas do banheiro. Mas, ao chegar, parou diante do painel. E bateu.

— Lydia? — foi a resposta abafada.

Ao abrir a porta, foi atingida por uma lufada de névoa quente. Do outro lado do espaço estreito, Daniel entreabrira o vidro e olhava ao redor dele, o peito amplo brilhando por conta da água, uma barra de sabonete na mão, bolhas descendo pelo abdômen e chegando às coxas.

E, quando olhou para o sexo dele, viu-o engrossar. Endurecer. Ficar ereto.

Lydia deu um passo à frente e entrou, fechando a porta atrás de si. Despindo o pijama, juntou-se a ele debaixo do jato quente, e com mãos trêmulas de expectativa, passou as pontas dos dedos pelos peitorais e o tanquinho do abdômen.

Afundando de joelhos, tocou as asas que se abriam da pelve, mirando na ereção. Bem quando Daniel gemeu e caiu para trás, para o canto da banheira, ela envolveu o mastro grosso com a mão e afagou...

– *Caralho!* – ele gemeu.

Abrindo a boca, ela provocou a cabeça com a língua, lambendo--o antes de chupá-lo bem fundo. Não sabia muito bem o que estava fazendo, mas do modo com que o quadril dele se projetou à frente e ele abriu os dois braços para se segurar, ela imaginou que seus esforços eram bons o suficiente. E ela amou. O membro era tão grande que ela teve que esticar os lábios e a sensação de abocanhar a extensão toda fez seu sexo se aquecer de vontade de recebê-lo.

Quando Lydia encontrou um ritmo, uma das mãos dele desceu para a sua cabeça, incitando-a. A cada estocada à frente, ela abria a garganta para aceitar o comprimento dele o quanto conseguia. E a cada recuo, o afagava com a palma.

Erguendo o olhar, foi recebida por um espetáculo erótico do abdômen dele ondulando, do peito e dos ombros tensos, e da parte de baixo do queixo de Daniel enquanto ele lançava a cabeça para trás.

Bem quando teve certeza de que ele estava prestes a gozar, Lydia se afastou e abriu a boca.

Daniel se moveu tão rápido que foi impossível acompanhá-lo. Num segundo, ela estava de joelhos com o jato quente de água batendo em suas costas e cabeça, com o sexo dele na boca e os seios balançando para a frente e para trás enquanto o chupava. No seguinte, ela estava de pé e de costas, com as mãos plantadas na beirada da banheira enquanto ele a inclinava para baixo.

A sondagem em seu centro foi rápida. Em seguida, ele mergulhou dentro dela bem fundo, sua cabeça e ombros foram empurrados na direção da porta do chuveiro. Afastando o vidro do caminho, ela se segurou à beirada da banheira quando ele começou a se mover dentro dela.

Rápido. Mais rápido ainda.

Quando sentiu as mãos grandes travando seu quadril, ela ergueu o olhar. Junto à pia, havia um espelho de corpo inteiro na parede e a visão daquele corpo se curvando sobre ela, o tronco tão magnífico cheio de músculos tensionados enquanto ele bombeava seu sexo, os olhos fechados e os dentes expostos.

Foi mais do que ela pôde suportar.

Lydia gozou forte. E quando o nome dele escapou dos seus lábios, ela soube que estava orando para que ele ficasse. De alguma maneira, de alguma forma.

Ela só não queria perdê-lo.

Quando Lydia começou seu orgasmo, Daniel não conseguiu mais aguentar. Libertando-se, a ereção saltou dentro dela, sua ejaculação a preencheu e o prazer fez com que sua cabeça ficasse tonta e o equilíbrio todo fodido.

Caramba, nunca tivera problemas com a tal chamada "resistência". Com Lydia? Era um garoto de dezesseis anos, cheio de hormônio e nenhum controle...

O som que escapou da sua garganta foi um grunhido e ele mudou sua pegada, passando o braço por entre os seios e prendendo-a pela clavícula e ombro. Depois afastou mais as pernas e seguiu em frente, como se seu corpo soubesse que aquele era o seu último momento com ela.

Sua última chance de se sentir assim.

Perdeu a noção do tempo enquanto continuava ali, aproveitando o prazer, deslizando para o eterno com seus corpos... mas assim como algo começava, também tinha um final e, quando ele por fim desacelerou até parar e lançou uma mão para a beirada da banheira para sustentar o tronco, sentiu-se como uma mesa dobrável de dobradiças frouxas.

O colapso total não estava longe dali.

Daniel foi gentil ao ajudá-la a se endireitar e, em seguida, abraçava o corpo dela contra o seu debaixo da água quente, a suavidade dos seios em seu peito duro, a doçura da boca dela continuava tentadora — embora ainda demoraria um pouco para ele poder fazer alguma coisa a respeito do desejo, que parecia nunca abandoná-lo.

Ou melhor, nunca abandoná-lo quando Lydia estava por perto.

Enquanto a água caía sobre eles, Daniel passou a mão pelos cabelos molhados dela e depois apoiou as palmas nos ombros estreitos.

O olhar sabido que ela lhe lançou o fez querer ficar, fez com que quisesse encontrar uma solução que permitisse que, usando um termo dela, o irreconciliável de alguma forma pudesse se encaixar. Estava desesperado para renegociar, mas convenhamos. O destino alguma vez quis tomar um lugar junto à mesa de negociações?

Porque era só o que podia fazer, ele pegou o frasco de xampu. Apertando um pouco na palma, lavou os cabelos por ela, formando espuma, mas tomando cuidado para que não lhe caísse nos olhos. Depois garantiu que não houvesse mais nenhuma espuma, passando a palma larga pela cabeça dela repetidas vezes.

Havia uma barra quase nova de sabonete na saboneteira, os cantos ainda meio retos quando ele o rolou pelas mãos. Lavou o corpo dela com o mesmo cuidado, e ver as bolhas descerem pelos seios brilhantes e escorrerem pelos mamilos quase bastou para deixá-lo duro de novo. Mas estavam sem tempo, a ampulheta tendo sido virada no segundo em que se conheceram, e a areia da parte de cima agora já acabava.

Era hora de ir embora.

Quando teve a certeza de que a pele macia e lisa estava limpa, beijou-a castamente.

– Vou pegar uma toalha.

Fechou a torneira ao sair e se esticar até o porta-toalhas do outro lado. Quando voltou, teve que parar só para admirar a mulher em meio à névoa. Ela era tão antiga quanto o tempo em sua nudez gloriosa e alguma ideia romântica na porra do seu minúsculo cérebro a transformou no ápice de tudo o que viera antes.

Ela era o ápice.

Pelo menos para ele.

E era assim que as coisas funcionavam, não? A perfeição era algo relativo, não uma característica única, nem mesmo um grupo delas, mas sim como a composição se encaixava para a pessoa que observava o todo.

Seria possível se apaixonar em poucos dias?, perguntou-se.

Ao diabo com isso. No que se referia a Lydia, ele se apaixonara em segundos, ainda parado na soleira do escritório dela naquela entrevista.

Daniel a enxugou e a ajudou a sair do box. Depois a enrolou na toalha.

– E você? – ela perguntou quando ele abriu a porta que dava para o corredor. – Vai ficar com frio.

Nada comparado ao que vai acontecer com o meio do meu peito, ele pensou.

– Não se preocupe comigo.

Quando Lydia abaixou a cabeça, Daniel ergueu o queixo dela. E a beijou com suavidade.

Lydia saiu do banheiro, dando-lhe as costas, e foi sozinha para onde dormiram lado a lado. As pegadas molhadas deixaram marcas na madeira e, quando ela desapareceu dentro do quarto, Daniel observou as marcas úmidas também desaparecerem.

Fechando a porta, abriu os alforjes que trouxera até ali. Usou a camiseta na qual dormira para se enxugar e vestiu umas roupas. De volta ao corredor, contemplou a porta aberta do quarto. Conseguia ouvi-la se movimentando, o rangido do piso e o barulho de tecido fazendo-o visualizá-la de frente para a cômoda, prendendo o sutiã, subindo a calcinha, passando a camiseta pelos cabelos ainda molhados.

Balançando a cabeça, foi para a escada com seus pertences. Se entrasse ali?

Nunca a deixaria.

Embaixo, na cozinha, deixou as bolsas junto à porta e se apressou até o porão. Durante o jantar, lavou e secou a roupa nas máquinas dela e, ao pegar cuecas, o outro par de jeans e três camisetas da secadora, levou as peças ao nariz porque estavam com o cheiro dela.

Estava subindo os degraus gastos, na metade de cima, quando ouviu uma batida na porta da frente.

Num alerta instantâneo, levou a mão à lombar...

Porra, estivera distraído e não colocara a arma ali.

Apressando-se para a cozinha, inclinou-se ao redor da porta do porão, usando-a como cobertura para espiar a porta da frente. No andar de cima, Lydia trotava escada abaixo.

– Está tudo bem – avisou. – É só o Eastwind.

– Lydia, não atenda à porta antes que eu...

– Deixa comigo.

Bem quando ela pegou a maçaneta, Daniel mergulhou na direção dos alforjes e sacou uma arma. Ao se virar, deu de frente com o xerife na entrada. O homem tirou o chapéu e o segurou diante do corpo com as duas mãos.

– Algo errado? – Lydia perguntou.

Um par de olhos castanhos-escuros passou por cima dela e se concentrou no rosto de Daniel. A expressão do outro homem se endureceu, parecendo granito.

– Xerife?

– Eu te dei uma chance – Eastwind disse para Daniel. – Para fazer o que era certo sozinho. Mas você não fez.

– Do que está falando? – Lydia relanceou por sobre o ombro. – O que está acontecendo aqui?

Daniel fechou os olhos.

– Ele não é quem você pensa que ele é. – Eastwind tirou uma pasta de trás do chapéu. – Daniel Joseph é um pseudônimo. Ele nunca trabalhou em nenhuma das empresas que listou como referência.

– Espere um instante. – Ela ergueu as mãos e balançou a cabeça. – Não sei o que você está...

– Candy me deu o currículo dele ontem de manhã. Ela não tinha certeza de ter feito a verificação correta de antecedentes e ficou preocupada porque ele... estava ficando próximo a você. Quando investiguei mais a fundo do que ela? Nada disso existe.

Quando a pasta foi empurrada à frente, ela a pegou com a mão trêmula. Depois olhou para a cozinha.

– Daniel?

Eastwind falou:

– Não vou lhe dizer como deve viver sua vida, senhorita Susi, mas o que quer que este homem tenha lhe dito a seu respeito, o que quer que ele lhe tenha feito... você não pode confiar em nada. Nem consigo encontrar a identidade verdadeira dele. Ele é, na real, um fantasma.

Houve um silêncio tenso. Em seguida, Daniel lhe deu a única resposta que podia.

Inclinou-se para baixo e apanhou seus alforjes. Passando-os por cima do ombro, pensou na noite em que ficara ao lado dela, fitando o teto, procurando por uma saída para que Lydia não o odiasse.

Não havia uma.

– Não entendo. Daniel... o que ele está dizendo?

Só que ela estava começando a entender. Mesmo sem olhar para o que o xerife colocara na pasta, começava a compreender a verdade. Seu coração só estava tendo problemas com o que o cérebro captava.

– Eu liguei – insistiu, olhando dele para Eastwind. – Conversei com alguém do prédio de apartamentos e eles me disseram que amaram o seu trabalho...

– Com quem, exatamente, você falou? – perguntou o xerife. – Porque eu liguei para cada um dos números e todos eles me fizeram relatos estelares. Mas quando verifiquei os sites, os números listados eram diferentes. E quando enviei um amigo meu para alguns dos endereços? Sim, claro, eram prédios de apartamento e escolas – só que com outros nomes. E nenhum deles jamais teve um Daniel Joseph trabalhando ali.

Lydia baixou o olhar para a pasta. E depois seus olhos voltaram.

– Daniel?

Com uma passada rígida, ele andou, enfrentando o olhar dela o tempo inteiro. Porque merecia cada pedacinho de incredulidade e de raiva emanando do rosto de Lydia.

– Eu sinto muito – respondeu.

– Então ele tem razão? – Ela abriu a pasta, mas não olhou para o relatório. – Você mentiu para mim?

Daniel estreitou os olhos para o xerife.

– Eu ia embora hoje de manhã.

– Você ainda está aqui – disse o homem. – Por isso, me desculpe se não acredito...

– *Por quê?* – Quando Lydia falou, colocou-se no caminho de Daniel, bloqueando a sua saída. – Por que você veio para o Projeto, para início de conversa?

– Nunca tive a intenção de magoá-la.

– Qual o motivo real de você estar aqui? É evidente que não se trata de um trabalho para um andarilho.

– Eu protegi você. Lá perto do posto de observação. Com o rastreador...

– Essa não é a resposta para a minha pergunta. – Ela ergueu a mão. – Na verdade, não se dê ao trabalho. Não vou acreditar em nada que diga e você não vai me contar a verdade de todo modo. Vai?

– Lydia...

– Sai da minha casa. – Ela se pôs de lado, de modo a ficar perto do xerife. – E vou dizer isso na frente da força policial: eu não quero te ver nunca mais. Se chegar perto de mim, vou me proteger com todos os meios de que dispuser e ao diabo com as consequências legais.

– Você não vai mais me ver – ele lhe disse.

– Que bom.

Daniel saiu pela porta da frente. E depois que andou até a Harley, tirou os alforjes do ombro e prendeu-os depressa na parte de trás da moto.

Não era assim que ele visualizara a sua partida.

Em retrospecto, sentia como se tivesse levado um tiro no peito – e esse tipo de ferimento sempre vira em seu futuro.

Claro, de maneira literal. Não por estar deixando uma mulher.

Capítulo 42

Lydia continuou de pé pelo tempo em que Daniel ainda estava em sua propriedade. Mas, no instante que a motocicleta dele desapareceu pelo caminho de entrada, ela cambaleou.

– Venha, melhor você se sentar.

Eastwind a levou até o sofá bem no momento que os joelhos cederam sob seu peso. Com uma onda de vertigem deixando tudo meio borrado, a pasta caiu das suas mãos e quando três ou quatro folhas voaram pelo tapete, ele as apanhou.

– Quer um pouco de água? – o xerife perguntou ao recolocar as folhas onde estiveram e deixar a pasta de lado.

– Não. – Na verdade, Lydia tinha quase certeza de que iria vomitar. – Estou bem.

Ao afastar os cabelos do rosto – que ainda estavam úmidos pelo banho que tomara com Daniel –, suas mãos tremiam tão violentamente que não passavam de um borrão.

Mas ela não iria chorar.

Não, não faria isso.

Não lhe daria mais fraqueza. Ela já lhe permitira ter isso em demasia.

– Sou uma tonta – murmurou.

– Não. – O xerife se sentou ao lado dela. – Você não é nada disso.

Bem, não havia motivos para debater a questão. Além do mais, ela não se importava com eles...

Não, não era bem isso. Havia sim um motivo pelo qual se interessava, mas não falaria com Eastwind a respeito desse assunto.

– Ah… – Pigarreou. – Encontrou o Peter? E, por favor, não me venha com aquela coisa de "investigação em andamento", está bem? Não tenho cabeça para isso agora.

Eastwind balançou a cabeça, mas, ainda bem, não fez rodeios.

– Não, ainda não o encontramos. Entramos em contato com os parentes conhecidos. Faz meses que não se falam. Não há nada nas mídias sociais; e o celular dele estava na casa. A última vez que o usou foi na noite antes de ter me telefonado, quando foi perseguida até o posto de observação. Depois disso… nada.

Ela olhou para o outro lado da sala, sem ver nada.

– Não sei se o Projeto de Estudo dos Lobos sobreviverá a isto.

– Irá sim. E você continuará trabalhando lá.

Então o encarou.

– A esta altura, cinquenta por cento de nós estão mortos.

– Você está aqui por um motivo. – Ele deu um tapa na coxa e se levantou. – De todo modo, não vou permitir que nada aconteça com você, mesmo tendo alterado aquela filmagem que me entregou.

Lydia piscou com franqueza, mas confusa.

– Do que está falando?

– Sei que modificou a filmagem do ataque ao montanhista no Espinhaço Granite Norte. Não vou levar isso adiante além desta conversa, mas nunca mais apronte uma dessa comigo, entendido?

O xerife acenou com a cabeça e colocou o chapéu.

Quando ele se aproximou da porta, ela perguntou:

– Como soube?

O homem virou a cabeça para trás e, então, Lydia o fitou no rosto, um tremor de alerta percorreu sua coluna.

Numa voz baixa, ele disse:

– Esta é a minha terra. Sei de tudo o que acontece nela.

Lydia se pôs de pé.

– Foram as marcas de mordida no caminhante. Claro que o médico-legista as reconheceria como sendo de um animal. Então você só está me testando para ver o que digo.

Eastwind meneou a cabeça devagar.

– Não. É porque eu estava na montanha e vi acontecer.

Lydia ficou completamente imóvel.

– Fiz o juramento sagrado de proteger tudo na minha montanha, Lydia Susi, e venho fazendo isso há muito tempo. – Tocou na aba do chapéu e inclinou a cabeça. – Tenha um bom-dia e fique bem.

Enquanto o xerife caminhava até sua suv e se colocava atrás do volante, ela o observou até que também fosse embora. Depois, atravessou o cômodo, trancou a porta e ficou encarando a casa.

Num acesso de paranoia – que talvez não fosse paranoico –, foi até a cozinha. Quando ela e Daniel retornaram na noite anterior, ele ficara um tempo na varanda para fumar – e ela usara esse tempo para guardar os disquetes que estivera carregando na bolsa.

Jesus, e pensar que se sentira mal por enganá-lo.

Na bancada ao lado da geladeira, havia uma fileira de potes de metal, nos quais se lia farinha, açúcar, arroz e sal, e ela foi para o primeiro, o maior deles. Virando a tampa, pegou o saco que colocara dentro de um plástico fechado.

Estavam todos lá.

Mas ela os contou. Duas vezes.

– Tudo bem – falou. – Está… tudo bem.

O cacete que estava; mas segundo a teoria de fingir até dar certo, talvez estivesse tentando convencer o universo com seu otimismo, e a maré viraria.

Pegando os disquetes, colocou-os na bolsa e percebeu que não só não tinha carro, como também não precisava, de fato, ir trabalhar.

Um passo de cada vez, o avô sempre lhe dissera. Era só o que precisava fazer.

O problema era que Lydia não fazia a mínima ideia de que direção tomar. E, ah, havia aquele detalhezinho chato de que seu coração tinha sido partido em um milhão de pedaços.

Mas que raios, ainda estava dolorida em lugares íntimos por ter dormido com aquele mentiroso.

Lydia ainda estava na cozinha, pensando nas possibilidades do que fazer com o pouco que tinha quando seu celular tocou.

Ao se sobressaltar, olhou para o relógio no fogão.

Quarenta e cinco minutos tinham se passado. Caramba, precisava se controlar.

Pegando o celular da bolsa, olhou para a tela. Era um número local, mas não da sua lista de contatos.

Ao aceitar a ligação, seu coração batia forte.

— Alô?

— Oi, acabei.

— O quê... Como? Espere, Paul?

— Isso — foi a resposta mal-humorada do proprietário da Oficina de Paul. — Já acabei, então você pode vir buscá-lo quando quiser.

Lydia se curvou.

— Graças a Deus.

— Eu disse que ele ficaria pronto. Achou que eu estava mentindo?

O problema não é o carro, ela pensou.

— Muito obrigada. Vou andando até aí agora.

— Como quiser.

Quando Paul encerrou a ligação batendo o telefone no gancho, ela pensou que era muito bom para ele ser um excelente mecânico sem concorrentes no mercado.

Lydia soltou um grito e pulou para trás.

Diante da casa, na janela ao lado da porta, Candy espiava dentro da sala. Quando seus olhos se encontraram, a mulher ergueu a mão.

— Desculpe — a recepcionista disse do outro lado do vidro. — Não quis te assustar.

Com uma imprecação, Lydia cobriu o coração acelerado com a mão e foi abrir a porta.

— Não sabia que você estava aqui...

— Quer carona para o trabalho? — Candy analisou ao redor como quem não queria nada, mas não porque estivesse avaliando a mobília. — Sabe, pensei... que talvez você fosse precisar de uma carona.

O quanto ela sabe a respeito de Daniel?, Lydia se perguntou. *Será que Eastwind contou para ela?*

Assim que os olhos da mulher voltaram para os de Lydia, sua expressão parecia mais aborrecida.

— Olha só, não vou me desculpar.

— Pelo quê?

— Por ter mentido ontem.

Lydia franziu o cenho.

— Sobre o quê, exatamente?

Candy espiou atrás de si.

— Vou entrar e fechar esta porta.

A mulher passou pela soleira, fechou a porta e se recostou no painel. Depois cruzou os braços diante do peito e ficou mexendo no brinco esquerdo. O flamingo cor-de-rosa combinava com o tema tropical do suéter, todo cheio de palmeiras numa cena praiana com o sol, como um cartão-postal feito de lá.

— Você está certa — falou, de repente. — Eu sabia... de algumas coisas.

Lydia se sentou no sofá.

— Conte.

Houve uma pausa, como se a recepcionista do PEL estivesse organizando seus pensamentos.

— Eu sabia que o dinheiro estava saindo das contas porque eu o via entrar e sair. Havia entradas do que imaginei serem fontes legítimas, mas não conseguia entender para onde a quantia estava sendo enviada. — Balançou a cabeça. — Peter definitivamente estava metido nisso porque, quando mencionei esse fato para ele, não se mostrou surpreso e disse que aquilo não me dizia respeito. Fez questão de me lembrar que eu era apenas uma secretária e que só precisava me preocupar em atender ao telefone.

Candy deu de ombros.

– Então, tudo bem. Atendi ao telefone. Abri a correspondência. Fiz pedidos de materiais. Mas continuei acompanhando. – Ela colocou a mão na bolsa e pegou um caderno em espiral. – Tudo começou há um ano. Dinheiro entrando, imagino que dos fideicomissários, e depois saindo, nestas transferências.

Ela abriu a capa.

– E não foi só isso. Rick encomendou lâminas, lâminas de vidro. Sabe, aquelas lâminas de vidro para análise de tecido em microscópio?

– Sim, nós as usamos durante os exames de sangue e...

– Mas por que encomendá-las aos milhares?

Lydia se sentou mais à frente.

– Como é?

– Milhares e milhares de lâminas. Para amostras.

– Isso não pode estar certo. – Lydia meneou a cabeça. – Trabalhei ao lado dele na clínica e nunca o vi fazer nada incomum ou testes desnecessários.

– E não era só isso o que ele encomendava. – Candy baixou o olhar para as suas anotações. – Ele encomendou uma porrada de uma coisa chamada... bromadiolona?

As sobrancelhas de Lydia se ergueram.

– Como é? O que você disse?

– Talvez eu esteja dizendo errado? – Candy virou o caderno e apontou para a palavra. Que tinha sido repetida em outras oito datas. – Brodi...

Abaixando a cabeça nas mãos, Lydia começou a tremer. Pensando em alguns meses antes, lembrou-se da irritabilidade de Rick e dos sinais evidentes de estresse que ele demonstrara. Agora que pensava nisso, deu conta de que ele emagrecera e estivera agitado. Mas pensava que fosse por causa do hotel do outro lado do vale e da ameaça representada por Corrington à população dos lobos.

Ela pode ter se equivocado muito nisso.

– O que foi? – Candy perguntou. – Você está bem?

Voltando a se concentrar, Lydia pigarreou.

– Esse… esse é o veneno. – Quando ela fitou a outra mulher, teve a certeza de estar num pesadelo. – Na floresta. É isso o que tem sido usado nos meus lobos.

Candy empalideceu.

– Que diabos Rick estava fazendo?

– Não sei. – Pensou no lobo que fora encontrado moribundo. – Como ele podia estar fazendo mal ao que supostamente deveria proteger?

– Ele vinha bastante depois do expediente. – Candy virou as páginas para uma seção diferente do caderno. – O sistema de segurança informa todas as vezes que é ligado ou desligado e de qual teclado. Mais ou menos um mês depois que os primeiros pagamentos do Conselho entraram, Rick começou a entrar pela porta da clínica à noite. A princípio, sem regularidade. Umas duas vezes, e de vez em quando. Mas desde o outono passado? Era toda semana, sem falta, às quintas à noite.

– Por quanto tempo ele ficava?

– Horas.

– Que diabos ele ficava fazendo? – Lydia pensou nas informações dos disquetes e sentiu uma raiva cega. – É melhor que ele não estivesse fazendo experimentos nos animais.

Erguendo-se num rompante, começou a andar. E parou.

– E se não foi o hotel esse tempo todo? E se foi o Rick quem envenenou esses lobos, cada um deles?

– Mas por quê? – Candy fez um gesto de incredulidade com a mão livre. – Não estou entendendo.

– Para trazê-los para testar os tecidos deles. Deus do céu, o que ele fez com os animais quando os trazíamos para a avaliação de saúde? Deve ter introduzido agentes no sangue deles e depois trazido de volta para fazer autópsias… – Lydia esfregou a testa, como se isso de alguma forma fosse ajudar. – Mas por que ele violaria todos os seus padrões e crenças profissionais?

– Bem, talvez… não era para eu te contar porque é confidencial, fica na pasta de Recursos Humanos dele. – Candy se inclinou de lado e olhou pelas janelas acima do sofá. – Mas ele tinha problemas com jogo.

– Como é? Não, ele não...

– Pouco antes de você ter sido contratada, Rick se internou de forma voluntária para se tratar disso. Ficou afastado por um mês e tive que suspender o pagamento dele, único motivo pelo qual eu soube. Aparentemente, era um problemão, mas, quando ele voltou, parecia estar muito melhor. Foi quando começou a se exercitar sem parar. Aqueles triatlos, as corridas, as competições de natação. Mas pensei que o vício dele estivesse sob controle.

– Ele era um apostador? – Lydia pensou nas seções de esporte que ele sempre tinha por perto. – Não consigo imaginar. Eu só...

O quanto ela conhecia de fato as pessoas com quem trabalhava?

Quando se calou, Candy fechou a capa do caderno em espiral e o entregou.

– Você queria saber o que eu sei e está aqui. É todo seu. E, ah, aquele pacote da UPS? Você estava certa. Eu o redirecionei da casa do Peter. Uns dez dias atrás, ele começou a me amolar sobre o paradeiro da entrega, passou o código de rastreamento e me ligava de três a quatro vezes por dia. Eles perderam mesmo o maldito pacote e quando por fim o localizaram, eu os fiz entregar no prédio do PEL, falsificando uma permissão do Peter. Imaginei que tivesse a ver com... com o que quer que estivesse acontecendo. E ele foi entregue há duas noites, mas não sei quem assinou e onde ele está.

Lydia pegou o caderno.

– Muito obrigada por isto.

– Imaginei que é o mínimo que posso fazer. E, olha só, ontem, quando você me pressionou, eu não soube reagir muito bem. E não sabia se podia confiar em você. – Candy ergueu a mão. – E, veja bem, de verdade, eu não matei Peter Wynne. Mas tenho a sensação de que... talvez Rick tenha feito isso.

CAPÍTULO 43

Enquanto Candy dava voz à acusação, Lydia folheou as páginas do caderno. Havia seções sobre o sistema de segurança, correspondência, listagem de encomendas junto a fornecedores, dias de faltas – sim, inclusive aqueles dois em que Lydia fora a Plattsburgh para o tratamento de canal. As informações tinham sido anotadas sempre na mesma letra cursiva legível, mas com cores diferentes de caneta e até mesmo a lápis.

– E aí, o que fazemos? – Candy perguntou.

– Não sei.

Onde posso levar isto?, Lydia se questionou. C.P. Phalen? Eastwind e a polícia estadual?

– Onde está o seu faz-tudo, a propósito? – Candy balançou a cabeça. – E não, não estou perguntando para contar a Susan. Ou Bessie.

Lydia controlou sua expressão. Ou tentou.

– Ele se demitiu. E sei que entregou o currículo dele a Eastwind.

– Eu estava preocupada com você.

– Obrigada por isso. – Não suportava mencionar as descobertas do xerife. – O que posso dizer?

– Eu sinto muito. Você gostava dele.

– Eu não o conhecia. – Pigarreou. – Ele era um desconhecido. São águas passadas e, falando em águas, ele consertou as três pontes.

– E o nosso banheiro.

Lydia voltou sua atenção para o caderno.

— Pode me fazer um favor?

— Talvez. — Candy estreitou as pálpebras azuis. — E se eu fizer o que quer que esteja me pedindo, fico livre por ter mentido ontem. Sem culpas.

— Bem, não sei se posso fazer parte dessa negociação. Não estou encarregada da sua consciência.

A mulher levantou a mão num sinal de "pare".

— Só estou mostrando como pode ser. Essa é a minha condição. Agora, do que precisa?

— Leve-me ao Paul para eu buscar o meu carro?

— Fechado. — O aceno de concordância foi firme. — Uma troca muito justa.

Lydia apanhou a bolsa, verificou de novo se a porta de trás estava trancada e saiu pela frente com Candy. Depois de trancar também a porta de entrada, entraram no carro com cheiro de doce e foram embora.

Quando já estavam na estradinha rural, Lydia ficou olhando o rio passar.

— Por que Rick ia querer colocar uma bomba no hotel se era ele por trás dos envenenamentos? Não entendo.

— Eu acho que sei. Recebi quatro telefonemas de parentes diferentes da família dele, certificando-se de que estávamos a par dos detalhes do funeral. Eu não conseguia fazer o tio desligar. — Candy deu de ombros. — Todos estavam tão orgulhosos dele, tão respeitosos. Se você sabe que vai se matar? Se vai dar cabo de si por estar fazendo umas coisas bem ruins no trabalho? Esse é um legado melhor a deixar às pessoas que te amam, concorda? Um guerreiro contra uma corporação que provoca danos à vida silvestre. Em vez de um criminoso qualquer motivado por um problema de vício em jogos.

— Juro que nunca o vi fazer nada de errado na clínica.

— Se você estivesse fazendo alguma coisa errada, não se empenharia em esconder isso? É igual a dar uma varrida na casa antes da visita dos seus pais. Você se certifica de que tudo esteja onde deve estar.

Calaram-se e pouco depois a oficina bagunçada de Paul surgiu, o negócio não passava de uma mancha de óleo e um campo de escombros de peças automotivas enferrujadas na lateral da estrada. Entrando na oficina, Candy embicou a frente do carro diante da parede de vidro sujo do escritório.

Saindo do carro, Lydia seguiu os sons de uma ferramenta elétrica na direção de três baias com elevadores de carro.

– Paul? – ela chamou.

– Oi – veio a resposta do buraco debaixo de um Toyota que parecia ter setecentos anos.

– É a Lydia…

– Eu sei – ele grasnou. – O seu carro está aí do lado.

– Obrigada. – O som da ferramenta surgiu de novo e ela teve que elevar a voz. – Oi? Quanto eu te devo?

– Nada – foi a resposta impaciente.

Ela relanceou para Candy mais atrás, que deu de ombros.

– Nada?

O homem grisalho largou alguma coisa no chão de concreto e subiu os quatro degraus do buraco debaixo do carro. Vestia um macacão tão manchado que provavelmente conseguia ficar de pé sozinho, e o boné estava tão imundo que o logo estava ilegível. Completando o visual, uma barba cinza da mesma consistência dos cabelos compridos que cresciam na nuca dele – a ponto de ser difícil afirmar onde uma terminava e o outro começava.

– Não vou cobrar nada. – Os olhos claros estavam entediados. – O seu amigo se matou. Isso já é o suficiente.

Lydia sentiu uma necessidade insana de abraçar o homem. Mas teve a sensação de que ele entraria em combustão instantânea.

– Obrigada – disse rouca.

– Está bem. – Ele se virou e desceu de novo. – A chave está no contato.

– Valeu.

– E as coisas que ele deixou para você.

Lydia olhou de novo para ele.

– O que disse?

Paul olhou da escuridão de baixo.

– As coisas que ele te deixou. Está tudo no porta-malas.

O mecânico desapareceu como se tudo estivesse explicado, portanto, não mais em suas mãos.

Quando uma sensação de completa dissociação a acometeu, Lydia se dirigiu distraída para onde os carros estavam estacionados. O dela era o último da fila e suas mãos tremiam quando abriu o porta-malas. Soltando a trava, a tampa subiu.

Lá dentro, havia uma bolsa de nylon preta.

Candy também deu uma espiada.

– Hum… pelo menos não está fedendo, o que quer dizer que Peter não está aí dentro.

Lydia disparou um olhar para a mulher. E deu uma olhada ao redor.

– Não posso abrir aqui. Onde?

– Vamos voltar para o PEL. A cena do crime. Onde mais?

– Sabe, num romance da Agatha Christie, isto seria uma enorme mansão – Candy comentou.

Quando ela fechou a porta do escritório de Lydia, esta depositava a bolsa na mesa – que ainda estava com o tampo desprovido de objetos por conta da noite anterior. Quando ela e Daniel perderam o controle sobre ela. E ela lá precisava de um lembrete daquilo? Nunca.

No entanto, lá estava ela com Candy… e com o que quer que Rick tivesse deixado para ela.

Por favor, que não seja uma bomba, pensou.

– Só quero dizer – anunciou Candy – que se isso for um monte de sacos hermeticamente fechados e congelados recheados de Peter Wynne, eu peço demissão. Nenhum salário vale ver um pé, ou, sei lá, uma mão. Talvez um ou os dois olhos. Parte da perna…

– Ok, ok. Dá para parar com a descrição? Já estou enjoada.

Inspirando fundo, Lydia desceu o zíper e afastou as metades do nylon. Lá dentro... uma pasta de doze centímetros de grossura. E só. Abrindo a capa sem título, ela se viu confrontada por um índice que detalhava cada uma das vinte e poucas divisórias. Assim como dois drives de USB numa bolsinha plástica.

– Acho que vou continuar empregada – Candy murmurou. – Até o barco afundar. Agora, que diabos é toda essa papelada?

Lydia começou a ler as páginas. E quando as costas começaram a doer por causa da posição inclinada – e ela *não* pensaria no sexo com Daniel de novo, não mesmo –, deu a volta até a cadeira. Ao sentir o cheiro de café fresco permeando o ar, chegou a pensar que bem que poderia...

Candy depositou uma caneca na frente dela.

– Do jeitinho que você gosta. Vou fechar esta porta para você, e você vai fazer – o que diabos está fazendo aqui – enquanto vou para a frente, fingindo que hoje é um dia normal e tranquilo. Quando tiver terminado, espero um relatório e mereço essa merda. Estou nisso com você, quer queira ou não. Entendeu?

Com um aceno distraído, Lydia sorveu um gole. E ergueu o olhar.

– Candy, está perfeito.

A outra mulher bufou.

– Estava mais do que na hora de alguma coisa por aqui dar certo.

Quatro horas mais tarde, Lydia chegava à última página do que Rick preparara. Fechando a capa da pasta de novo, ela se afundou na cadeira e olhou para o vazio.

Não, pensou. Lá no hotel, Rick não tivera a intenção de explodir junto com a bomba.

Ele só estava armando para que parecesse isso. Para poder desaparecer e começar uma nova identidade. E estes documentos eram a sua apólice de seguros. Mas quando ela e Daniel o abordaram na cerca, ele mudara de ideia. Talvez porque tivesse ido longe demais para sua própria consciência?

Achava que queria acreditar nisso, mas duvidava. Rick estava muito mais envolvido naquilo do que ela imaginara, e era difícil enxergar uma saída para ele.

Estivera fazendo experimentos nos lobos. Tentativas de manipulações genéticas para introduzir DNA humano nos animais através de hospedeiros virais. Ele de fato estivera tentando criar um híbrido de humano e lobo. E o veneno fora aplicado nas cobaias para que ninguém pudesse extrair os dados ou descobrir o que estava acontecendo, e as armadilhas foram espalhadas para fazer parecer que alguém vinha ameaçando a alcateia inteira. Na verdade, Rick perseguira lobos específicos, os sedara e colocara a carne envenenada bem diante deles, garantindo, assim, que os animais corretos fossem mortos.

E Peter Wynne estivera lhe pagando para fazer isso tudo.

O programa era mesmo sofisticado, e apenas uma parte dele estava naquela região. As amostras foram enviadas a algum outro lugar para processamento, e a carga viral/DNA que fora injetada também viera de fora.

A identidade desse novo nível não estava listada em nenhum lugar.

Ela pensou nos disquetes.

– Eles eram o passado. – Pousou as mãos na pasta. – Isto é o presente.

E, no fim, só havia um destino para ir com aquilo tudo.

CAPÍTULO 44

DEPOIS QUE A NOITE CAIU E O clima esfriou, Daniel acendeu uma fogueira no acampamento com pedras ao redor. Comprara umas achas de madeira seca no posto de gasolina perto da autoestrada – com um engradado de seis latinhas de Coca-Cola, um saco de Doritos e um pacote de Marlboro. Pagara em dinheiro, assim como o aluguel do acampamento e, às cinco horas, acomodou-se contra a pedra que planejara usar como travesseiro.

Lá ia embora a sua onda saudável.

Tanto esforço para nada.

Já eram oito horas. Oito e meia no máximo.

Deixando a cabeça cair para trás, ficou ouvindo os estalos da madeira nas chamas, observando a fumaça que subia para as estrelas. Estava a uns oitenta quilômetros de distância da fronteira com o Canadá, e a teria atravessado, mas precisava arranjar outra identidade.

Desaparecer estava mais difícil do que costumava ser.

Endireitando os olhos, encarou as chamas alaranjadas e vermelhas ao redor das achas. Só conseguia ver Lydia, um espetáculo de imagens dela passando na sua frente, tão nítidas como se não as estivesse apenas revivendo, mas estivesse nelas pela primeira vez.

Acendendo outro cigarro, bebericou da lata de Coca e esperou que um esclarecimento chegasse. Que bom que não segurava o fôlego enquanto isso.

Ao tossir, lembrou-se de quando estivera sentado diante dela naquele primeiro dia, o cheiro de antisséptico atingindo o seu nariz, as desculpas frenéticas dela enquanto balançava as mãos para secar o móvel mais rapidamente. Ela o olhara como se nunca tivesse visto um homem antes.

Toda vez que ele tivesse uma crise alérgica, Lydia estaria na sua mente.

Raios, ela nunca deixaria seus pensamentos, de todo modo...

O estalo num galho à esquerda fez com que ele fechasse os olhos, exausto.

– Sério?

– Daniel Joseph, mas que porra você está fazendo?

A grave voz masculina na escuridão era a pior das surpresas, uma que era tanto esperada quanto desagradável. E não era o Senhor Personalidade. Era o chefão.

– É assim que anuncia a sua presença? – Daniel disse ao bater as cinzas dentro da lata. – Nem mesmo um "e aí, tudo bem"?

– Prefere uma bala?

– Na verdade, preferiria nunca mais ter que ver você, Blade.

– Isso não vai acontecer. Existe uma saída, apenas uma. Você sabia disso desde o início.

Daniel encarou a ponta do cigarro.

– Você não veio aqui para discutir o meu cartão vermelho, veio?

– Eu nem deveria ter que vir procurá-lo.

– Mas veio.

– Sou talentoso. O que posso dizer?

Havia a tentação de espalmar a arma e botar para quebrar, mas isso só lhe daria certo atraso. Havia mais abaixo daquele visitante. Muitos. E alguém daquele grupo o pegaria vivo – ou de alguma outra maneira.

– Eis, então, o que vamos fazer, Daniel. Você vai voltar e vai terminar o que foi designado a fazer.

– Mande outra pessoa.

– Você se recusou a informar a localização da escotilha. Portanto, mesmo que o deixássemos ir, o que não faremos, você não nos deixou escolha a não ser forçá-lo...

– Então te conto agora.

– Não, você dirá qualquer bobagem na esperança de ir embora. E isto não é uma negociação. Você vai voltar e terminar o que foi enviado para fazer, ou aquela sua colega de quarto vai ter uma sequência de noites bem ruins. Porque a manteremos viva por um tempo. Um bom tempo.

Daniel se sentou e jogou o cigarro na fogueira.

– Deixa ela fora disso, porra.

– Então volta e faz o que disse que faria.

– Vocês são um grupo habilidoso. Se consegui encontrá-la, vocês também conseguem.

– Verdade, mas eventos mudaram o cenário. Você sabe disso. O tempo é algo crucial agora.

Daniel pensou no veterinário junto à cerca de metal. E depois em toda aquela água descendo pela escada do celeiro convertido.

– Você está forçando a mão. – Daniel balançou a cabeça ao falar na escuridão. – Estou pouco me fodendo com aquela mulher.

– Tudo bem, entendido. Ela servirá para afiarmos nossas técnicas, então. Treinar é muito importante, e você sabe disso melhor do que ninguém. E mesmo dizendo que não dá a mínima, do instante em que nos apresentarmos a ela até o seu último suspiro, nós a lembraremos de que foi você quem a colocou nessa posição. E quando nós escondermos o corpo dela para que ninguém o encontre? Nós nos certificaremos de deixar uma lembrança sua com ela.

– Você é responsável por cada crime que comete – Daniel ladrou.

– Assim como você.

O espetáculo de imagens de Lydia recomeçou, as fotografias mentais passando tão rápido que eram difíceis de acompanhar. Era tão fácil assim se apegar?

Galgando a onda de emoções, Daniel ficou de pé num salto.

– Escuta só, seu filho da puta, se chegar perto dela…

– Vai fazer o quê? Vai me matar? – Houve uma risada suave. – Acha mesmo que não há ninguém lá neste exato instante? Se eu não enviar um sinal nos próximos quatro minutos, ela morre… depois de algum tempo.

— Fique longe daquela casa.

— Ah, ela não está em casa agora, mas estamos por perto. E não se preocupe, nós a manteremos a salvo. Por enquanto. A vida dela está em suas mãos. O que vai fazer?

Quando a raiva aumentou, Daniel encarou as chamas.

— Também estamos de olho em você. — Houve uma pausa. Em seguida, a voz de Blade foi se distanciando. — Mais uma coisa. O compromisso que assumiu continua mesmo depois que parar de respirar. Portanto, se resolver solucionar este problema saindo de cena? Essa é outra escolha, mas ainda assim nós daremos seguimento com a nossa parte do acordo. Lydia Susi morrerá lenta e dolorosamente. O único modo de salvá-la é terminar a porra que você começou.

Lydia olhou para o relógio no painel do carro. Por causa do alerta luminoso atravessando o para-brisa, era fácil ver os ponteiros analógicos.

Oito e trinta.

Olhou para os portões de ferro da propriedade de C.P. Phalen. Estacionara bem diante deles, direcionada bem na mira da câmera de segurança, já há algumas horas. Não havia a menor possibilidade de a mulher não estar sabendo que ela estava ali no seu terreno, e não importava o tempo que levasse, ela iria...

Ao longe, o uivo de um lobo fez com que fechasse os olhos. Era um som tão solitário, e sua respiração ficou presa enquanto esperava ouvir se o chamado era respondido. Quando não foi, ela sentiu que isso era um comentário bem triste a respeito da sua vida. Sempre sozinha, sempre à parte, mesmo estando perto de outros.

Daniel ultrapassara aquele limite, porém. Mas, caramba, que estrago fizera.

Tentando ficar longe daquele abismo, concentrou-se nos portões. Estivera tão certa do que estava fazendo ao vir até ali, e as horas de espera não mudaram nada. Mesmo que levasse até a manhã, ela iria...

De repente, os portões começaram a se abrir lenta e silenciosamente, tudo muito bem lubrificado.

– E começa a festa – Lydia murmurou ao dar a partida no motor.

Seguindo pelos portões, a cerca-viva a envolveu e seu coração começou a bater forte. Mas não havia dúvidas quanto a fugir ou lutar. Ela não ia correr.

Pouco importava que fim aquilo teria.

Ao parar diante da casa bem iluminada, o som do rotor de hélices interrompeu a quietude da noite.

Acima do telhado, as luzes piscantes do helicóptero lançavam sombras e depois um facho de luz foi direcionado para o chão. A aeronave aterrissou no mesmo ponto do outro dia, na grama.

Lydia continuou onde estava. Os cachorros sem dúvida estavam em algum lugar da propriedade e, no escuro, ela não saberia de que direção eles estariam vindo. Mas será que os pontos cardeais fariam alguma diferença com aqueles dentes afiados?

C.P. Phalen uma vez mais emergiu dos degraus que se desdobraram do corpo do helicóptero e, quando desceu e caminhou na direção do carro, Lydia repassou o que havia ensaiado tantas vezes durante a sua espera.

Quando a mulher apareceu diante dos faróis, Lydia desligou o motor e saiu.

– Ora, ora, se não é a minha pesquisadora de comportamento lupino predileta. – C.P. Phalen sorriu daquele seu jeito gélido. – Lamento tê-la mantido esperando. Eu estava em Manhattan.

Estou pouco me fodendo onde você estava, dona.

– Precisamos conversar.

– Por favor, então, entre. – A mulher se virou e começou a andar. – Ainda não jantei. Talvez queira me acompanhar.

Lydia olhou a mansão a partir da entrada. Luzes estavam acesas em cada um dos cômodos, ao que parecia, e havia ainda mais iluminação dos arbustos que se perfilavam diante da imensa fachada. Mas ela ainda não conseguia enxergar lá dentro, o brilho difuso de cada janela sendo o resultado daquele estranho tratamento nos vidros.

Chegou a pensar que eram grandes as chances de não voltar a ver os raios de sol outra vez. Já não sabia mais com quem estava lidando – e isso incluía Eastwind. A única pessoa em quem achava seguro confiar era Candy.

E aquela mulher sabia o que ela estaria fazendo esta noite.

C.P. Phalen destrancou a porta de entrada com a impressão do polegar e adentrou em todo aquele mármore.

– Viu? Eu lhe disse que a mobília estava para chegar.

Ao entrar, Lydia viu que, sim, lá estava toda a mobília e, que surpresa, era toda branca. Como na casa de Peter Wynne. Bem, não exatamente. Os sofás e poltronas eram de seda ali, o brilho nas almofadas e assentos e os contornos de pele de camelo eram a prova de tudo o que um orçamento ilimitado é capaz de oferecer.

– Não vou passar daqui – Lydia anunciou quando a porta pesada se fechou atrás dela. – Vamos fazer isto aqui mesmo.

C.P. Phalen girou sobre os calcanhares nos saltos altos. Ela vestia outro terno preto, sendo que apenas as lapelas eram diferentes. Era evidente que aderira à teoria de Steve Jobs em relação ao guarda-roupa, em que os uniformes nunca variavam.

A mulher ergueu uma sobrancelha.

– Muito bem. Fale comigo.

– Sei que estava pagando Peter Wynne. Todos aqueles milhões nunca foram para o Projeto de Estudo dos Lobos. Serviu para o que você e ele estavam fazendo com a ajuda de Rick. O PEL foi usado como lavagem de dinheiro, e você se fez eleger diretora do Conselho só para esconder os pagamentos.

O sorriso naquele rosto maquiado à perfeição foi a coisa mais assustadora que Lydia já vira: era frio como um diamante, e igualmente indestrutível.

– Prossiga.

Pelo canto do olho de Lydia, uma figura apareceu e ela virou a cabeça naquela direção. Era um homem. Trajando um uniforme camuflado.

Entre um piscar de olhos e o seguinte, ela viu Daniel se lançando sobre as costas daquele "soldado" na floresta.

Mas Lydia não seria intimidada. Era tarde demais para isso.

– Você, Peter Wynne e Rick vinham fazendo experimentos genéticos – disse Lydia. – E Rick estava envenenando os lobos porque eles eram as cobaias, e era preciso tanto rastrear os resultados quanto controlar a exposição do programa. Se estivessem aos montes na reserva, vocês corriam o risco de um deles acabar caindo nas mãos de alguma outra pessoa. Um caçador. Um caminhoneiro, se os atropelassem. Eles estavam começando a demonstrar mudanças genéticas e ninguém sabia muito bem se isso levaria a mudanças físicas ou comportamentais. Sua esperança era de fato essa, mas sabiam que não se pode controlar a natureza, mesmo sendo aqueles que deixaram escapar a verdade.

Lydia mostrou a palma.

– E antes que negue isso, tenho tudo graças ao Rick. Um dossiê completo incluindo o fluxo dos fundos, os detalhes dos experimentos, os dados de monitoramento. Estou com tudo isso e o seu nome está em todos os documentos. Ele tinha resolvido pegar todo o dinheiro que recebeu e fugir e, para se proteger, anotou tudo; aquilo era a sua moeda de troca para continuar vivo, e ele não confiava em nenhum dos dois. Antes de encenar a própria morte, matou Peter porque sabia que corria perigo e Peter era o elo fraco a que tinha acesso e poderia eliminar. – Apontou para o guarda com a cabeça. – Você, por sua vez, nunca está desprotegida. Por isso ele deu cabo de Peter, e começou a encenar a própria morte. Mas, no fim, acabou morrendo de verdade. Ele se matou – e a morte dele, assim como a de Peter, é culpa sua.

A compostura de C.P. Phalen era absoluta. Não havia nenhum rubor no rosto, nenhuma mudança sutil na expressão, uma contração ou um endurecimento.

Ela estava completamente relaxada. Totalmente controlada.

– E agora é bem provável que eu também morra – disse Lydia. – Tudo bem. Não me importo em dispor da minha vida pelos lobos. Só saiba que, quer eu saia andando daqui ou meu corpo seja carregado, você já era. Certifiquei-me de deixar tudo nas mãos certas. A sua tentativa de criar uma espécie híbrida de lobo e humano foi para o saco hoje.

Nessa hora, aconteceu um movimento rápido da cabeça platinada.

– O que disse?

Lydia revirou os olhos.

– Ah, qual é. Você é sofisticada demais para dar uma de burra.

– Espécie híbrida? Não existe nenhuma espécie híbrida.

– E eu lá vou acreditar em você?

A mulher se empertigou ainda mais. Como se isso fosse possível.

– Você está certa. Estávamos fazendo experimentos, mas não para criar algo que não existe. A pesquisa era sobre o sistema imunológico e a divisão de células no que se refere à longevidade. Os lobos foram usados porque as alcateias da reserva são isoladas e de uma única ancestralidade, graças à reintrodução da espécie que aconteceu nos anos 1900. Além disso, os ciclos de vida são curtos o bastante, permitindo que medíssemos se as drogas estavam conseguindo mantê-los vivos por mais tempo. Não foi para sintetizar... lobisomens ou algo assim.

Lydia meneou a cabeça.

– Como já disse, não acredito numa palavra que você...

– Não ligo se acredita em mim ou não. A verdade é o que é, independentemente da sua bênção ou opinião.

Em seguida, a mulher deu de ombros e encarou Lydia com uma expressão entediada.

– Você tem as suas provas – disse C.P. Phalen. – E eu tenho as minhas. Venha, vou lhe mostrar.

Capítulo 45

— Comprei esta casa mais por causa do que há debaixo dela do que por qualquer outra coisa acima do solo.

Quando a narrativa de C.P. Phalen começou, Lydia a acompanhou e concluiu que aquilo devia ser como uma espécie de tour fodido num museu, onde as exibições eram inacreditáveis e a guia era uma mulher louca capaz de qualquer coisa.

As duas desceram uma escada de aço, nova e brilhante, decididamente reluzente, e chegando ao fim dela, Lydia foi recebida por um monte de paredes de concreto lavado branco.

Embora estivessem num subterrâneo bem profundo, o ar era fresco, como se estivesse sendo empurrado da superfície.

— Nos anos 1970 e 1980 — disse a mulher ao avançar por um corredor bem iluminado, largo como uma sala de estar e comprido como... bem, a maldita coisa parecia se estender ao infinito —, havia boatos de experimentos sendo feitos em coisas inexistentes. Coisas sem base evolutiva e por suposição impossíveis fora do mito de Halloween.

Os disquetes, Lydia pensou. Os vampiros.

— Como lhe disse, estou no setor farmacêutico por toda a minha carreira, investindo em empresas, promovendo suas pesquisas e desenvolvimento. Ouvi essas conversas sussurradas. Não acreditei. Era fantasioso demais, algo saído de um livro.

Lydia observou ao redor. Não havia portas, nem câmeras, nenhuma ramificação do corredor principal. Nenhum som a não ser o das solas das suas botas e dos saltos agulha de C.P. Phalen no piso de concreto.

– Dispensei as histórias, considerando-as fofocas contadas por bêbados em encontros anuais, nada além de uma obra criada por homens de negócios que tinham que acreditar que eram mais poderosos do que Charles Darwin. Mas, depois, algo mudou na minha vida e eu resolvi investigar mais. Foi quando descobri que era verdade, tudo era verdade. Havia instalações, secretas, protegidas, defendidas, fazendo trabalhos pioneiros que poderiam mudar o cenário da vida humana. Com o passar do tempo, contudo, muitas delas foram abandonadas, por falta de financiamento ou incompetência. Ou devido a acidentes.

Lydia pensou que não havia motivos para perguntar sobre os "acidentes".

Finalmente, uma curva, mais adiante.

Em seguida, uma porta.

C.P. Phalen encostou o polegar no leitor e houve um som surdo e alto. O painel de aço inoxidável pareceu se abrir sozinho e, do outro lado...

– Puta merda – sussurrou Lydia.

– Bem-vinda ao meu laboratório.

Lydia se esqueceu por completo da outra mulher e passou pela soleira. A área aberta era fácil, fácil do tamanho de uma arena esportiva, e estava repleta de pessoas com jalecos brancos em estações de trabalho equipadas por completo. Ninguém levantou o olhar nem prestou atenção nela ou na dona do laboratório. Ninguém estava nervoso, nem com medo. Aquilo parecia... uma operação legítima.

– O FDA e os sistemas regulatórios deste país sufocam a inovação – disse C.P. Phalen. – Cansei-me disso. Decidi fazer tudo por conta própria e lidar com as consequências, se a descoberta que eu queria acontecesse – e ela vai acontecer. Talvez já tenha acontecido. A imunoterapia ainda está na sua infância, e a comunidade médica pensa pequeno demais. Não se trata apenas de curar o câncer, mas sim de prolongar a vida. O sistema imunológico é muito mais do que apenas o guardião da saúde do corpo humano. Faz parte do prazo de validade da vida. Mas não tem que ser.[14]

A mulher se virou para Lydia.

– Você está certa. Paguei mesmo Peter Wynne e ele fez o que tinha que fazer no Projeto de Estudo dos Lobos com Rick para que eu obtivesse o que precisava. Mas essa coisa de híbrido que mencionou? Isso nunca fez parte. Sim, infringi a lei, e não vou me desculpar por isso. Mas foi por causa do trabalho que eu queria fazer, que agora está sendo feito depois que reformei esta antiga instalação e contratei funcionários. O meu relacionamento com Peter e Rick já estava terminando. Eles cumpriram o que prometeram, por isso encerramos nossos negócios. Só tomei parte do trabalho no sistema imunológico. Só fui até aí. Não faço a mínima ideia do que está falando sobre experimentos com humanoides. Esse não é o meu campo de interesse.

Lydia foi adiante, sem ter certeza se acreditava naquele discurso.

– Este laboratório é…

– Magia em tubos de ensaio – disse C.P. Phalen. – É isso o que estamos fazendo aqui. Venha, vamos continuar.

À medida que prosseguiam pela lateral das estações de trabalho, a mulher continuou falando.

– Estamos tão próximos. Eu sinto isso. Só preciso de um pouco mais de tempo. Que é o que todos nós precisamos, certo? Só mais tempo para viver, permanecer vivos. E saudáveis enquanto estivermos aqui.

Ela abriu a porta de uma sala de reuniões com uma mesa comprida e telas de projeção nas duas pontas. Duas prateleiras laterais com garrafas de água e refrigerantes criavam uma impressão estranha – e inapropriada – de segurança. Porque a sala era um lugar normal num mar de anormalidade.

Com a porta se fechando atrás delas, o som do laboratório foi

---

14 O Food and Drug Administration, FDA, é uma agência federal do Departamento de Saúde e Serviços Humanos dos Estados Unidos, um dos departamentos executivos federais dos Estados Unidos, semelhante à Anvisa. (N.T.)

abafado, mas, através da parede de vidro, Lydia continuou a ver os cientistas indo de um lado a outro entre suas estações de trabalho.

– Eu já administro uma empresa de sequenciamento de DNA – disse C.P. Phalen ao se sentar. – Bem como outra que faz perfis de antepassados. Obtive dados de milhões e milhões de pessoas.

Lydia relanceou para ela por sobre o ombro.

– Você não pode fazer isso.

A mulher ergueu um indicador.

– Ah, posso, sim. Está na documentação que cada pessoa que pagou pelos serviços teve que assinar. Não é minha culpa se eles não leem no que estão se metendo e, além disso, todos os dados estão blindados. Sem endereços e nomes, apenas informações demográficas. Está tudo dentro da legalidade, acredite em mim.

No momento que Lydia voltou a olhar pela vitrine, a mulher disse:

– Quando você estava na entrada da minha casa, acreditou honestamente que morreria na minha propriedade. Posso lhe garantir, tem a liberdade de ir embora. Você pode sair daqui e pegar o seu carro quando bem quiser. E não vou tentar impedi-la de procurar as autoridades, se é que já não o fez. Contudo, não irá muito longe, e eu já enfrentei desafios, mesmo por parte do governo americano. Assim como você, porém, eles têm a liberdade para investigar. Eu disponho de recursos ilimitados, dos melhores advogados que o dinheiro pode pagar, e você se admiraria com o tanto que as pessoas, nas circunstâncias corretas, fingem não ver.

Lydia piscou e enxergou o lobo deitado de lado, sofrendo.

– Você sabia que eles estavam envenenando os animais? – Olhou por cima do ombro. – Sabia?

As sobrancelhas de C.P. Phalen se uniram.

– Não, eu não sabia. Motivo pelo qual acreditei quando você me disse que tinha sido o hotel.

– Está mentindo – rebateu Lydia. – Rick encomendou o veneno e o administrou, e ele estava fazendo isso por sua causa.

– Não, não estava. – A mulher se inclinou à frente na poltrona de couro. – Isso nunca fez parte do nosso acordo. O que injetamos naqueles lobos teve o intuito de fortalecer o sistema imunológico deles. Era inofensivo por completo.

– Mentira!

C.P. Phalen meneou a cabeça.

– Eu *não* tinha um programa que envolvia o envenenamento dos lobos.

O olhar da mulher foi tão direto, tão firme, que ou ela era a melhor mentirosa do planeta ou...

– Então com quem mais eles estavam trabalhando? – C.P. Phalen disse com suavidade. – Quem *diabos* estava lhes pagando?

Horas e horas mais tarde, a luz da aurora chegou ao jardim dos fundos da casa de C.P. Phalen e iluminou o caminho de entrada de pedras recém-criado, a piscina que estava no processo de ser escavada e o terraço de trás. Enquanto Lydia estava sentada junto a uma janela e fitava a vista, um prato de ovos, bacon e torradas foi colocado na sua frente por um mordomo.

Do outro lado da mesa circular, C.P. Phalen também contemplava o cenário.

– É um fantasma. Um maldito fantasma – disse C.P. Phalen.

Lydia voltou a olhar para o laptop no qual vinha trabalhando nas duas últimas horas. Não podia afirmar que confiava na outra mulher. Mas confiava nos fatos que conhecia: nada na ciência aplicada naquele laboratório subterrâneo se relacionava à tentativa de criação de outra espécie. Passara a noite toda revisando as informações, que, de fato, tinham sido geradas na clínica de Rick no PEL. Sabia disso porque identificara relatórios que estiveram na pasta dele.

Junto a outros que, evidentemente, não estavam relacionados ao que ela vinha fazendo.

– Sei o que vi nos documentos de Rick – murmurou Lydia. – Os experimentos estavam lá. Mas havia muito mais.

— Acredito em você.

Observando o outro lado da mesa, ela começou a comer.

— Por que está confiando todas estas informações a mim?

C.P. Phalen sorveu o café da xícara de porcelana.

— Eu lhe disse, não tenho medo de nada. A confiança só entra em cena quando outra pessoa pode lhe fazer mal. Sem querer ofender, mas você não tem como me atingir.

Lydia repensou. Depois deu de ombros.

— É justo.

A comida não tinha gosto de nada, mas, na verdade, o mundo inteiro parecia parte de um sonho. Talvez fosse a exaustão. A mágoa. A incredulidade.

As mortes.

— Para mim, tudo começou há seis anos — disse a mulher numa voz desconectada.

— O quê?

— Esta... corrida desenfreada. — A mulher afastou o próprio prato. — Fui diagnosticada com leucemia. Nunca pensei na morte... irônico, certo, para alguém do ramo farmacêutico...? Eu só decidi... que tinha que me salvar. O tipo que tive vai voltar. É inevitável. Portanto, se eu encontrar um modo de prolongar a vida, posso ter a chance de um futuro.

— Você está doente?

— No momento, não. Mas ficarei em algum momento. Todo o dinheiro do mundo, e ainda tenho um túmulo à minha espera. — Ela sacudiu sua xícara de café para salientar seu ponto de vista. — Mas vou morrer lutando. Faz parte da minha natureza e, quem sabe, posso salvar outros e receber o Prêmio Nobel enquanto isso.

— Mas e quanto a todas as ilegalidades?

— Detalhes. Meros detalhes. Vai me dizer que os Barões Ladrões do século xix estavam dentro da lei? A indústria siderúrgica? As grandes de tecnologia do presente? Ora, por favor. Não seja ingênua. E não me venha com o governo norte-americano.

Lydia se calou e terminou o que havia no prato.

– Híbridos – murmurou C.P. Phalen como se estivesse perdida em pensamentos. – Fico imaginando se isso é possível. Um humano e um lobo.

– Acho que você já está trabalhando em muita coisa, não concorda? – Lydia comentou com secura.

– Sim. – A mulher sorriu de leve. – Você talvez tenha razão.

Ela sabia sobre os experimentos nos vampiros?, Lydia se perguntou.

– Vamos descobrir quem é esse outro desgraçado que estava trabalhando com eles – anunciou. – De um jeito ou de outro, vamos ao fundo disso. Você está comigo nessa?

Lydia ficou olhando para a aurora. E pensou nos lobos que tinham sido mortos.

– Sim – respondeu séria. – Estou.

Capítulo 46

Daniel abriu caminho pelas árvores da reserva, movendo--se o mais silenciosamente possível, ficando atrás dos troncos quando dava. A mochila às suas costas estava pesada com as ferramentas para a tarefa, bem como com explosivos, e seu corpo estava carregado de armas. Contudo, a despeito do seu propósito sombrio, seus pés estavam pesados de um modo nada relacionado ao que ele trazia consigo. Puta que o pariu, sentia como se arrastasse um carro atrás de si.

E mesmo assim, seguiu atravessando a montanha, no momento em um leve declive.

Acima, o céu estava nublado e, em pouco tempo, começou a chover, mas uma chuva preguiçosa, apenas pingos esparsos que Daniel ignorou mesmo quando caíram em seus olhos. Ele apenas estava pouco se fodendo com qualquer coisa.

O que o tornava pouco confiável, não?

Pessoas sem nada a perder eram pouco confiáveis. Em retrospecto, ele tinha uma coisa com que se preocupar, não?

Uma pena do caralho que já a tivesse perdido.

À medida que seguia em frente, o caminho tomado era uma proposital trilha sem sentido, seu avanço cheio de retornos e viradas aleatórias. Com suas botas pesadas, ele se atinha ao protocolo de rastreamento por nenhum outro motivo que não o hábito – e, enquanto levava um tempão para chegar ao destino, não estava com a mínima pressa.

Sendo "destino" a palavra decisiva.

Seguiria o exemplo de Rick, só que sem a cerca de metal – ou as interrupções.

E havia uma coisa apenas, uma única coisa, com a qual podia contar. Assim como matariam Lydia caso não fizesse aquilo... se ele seguisse seus planos, ela estaria, de verdade, a salvo. Ao inferno com a honra de Blade. Quanto mais corpos, maior a probabilidade de exposição, e com o que estava prestes a fazer, Daniel chamaria muita atenção para aquilo a que eles tanto queriam lidar com discrição. Depois do seu showzinho de luzes explosivas, haveria tanto acompanhamento por parte das autoridades que, no que se referia a Lydia Susi, seria mais interessante para Blade deixá-la em paz. De outro modo, o homem se arriscaria a um exame minucioso e à perda do anonimato e da autonomia.

Lydia estaria a salvo porque ações tinham ramificações, mesmo aquelas fora da lei.

Caramba, mal podia esperar para que aquilo acabasse de vez.

Ao fazer uma pausa, espiou entre as árvores. Estava na metade da subida da montanha e, se sua memória lhe servia – e ela nunca falhava –, não tinha que ir muito mais longe.

Maldição, estava tão perto.

Quando as pernas voltaram a se mover, o corpo acompanhou e desviou sua mente, essa última pegando carona no crânio. E não demorou muito até que as placas de "Proibido Ultrapassar" aparecessem, tudo exatamente como ele se lembrava.

Ali estava, logo ali em cima. A escotilha – embora o metal já não estivesse reluzente. O que queria dizer que Eastwind devia ter recolocado as agulhas de pinheiro por cima. A árvore caída, contudo, estava onde estivera antes, e foi assim que Daniel teve a certeza de estar no lugar certo.

Aproximando-se dos avisos de não ultrapassar, deu uma última olhada ao redor e não hesitou quando atravessou para a outra propriedade. À medida que avançava, estava muito ciente do ambiente que o cercava. O pior dos cenários? Seria alvejado por alguém em sua abordagem final e Lydia morreria não por ter deixado de cumprir sua parte, mas por ser atrapalhado e estar exausto e ter levado um tiro por conta disso.

O destino, porém, tinha um senso de humor filho da puta, não é mesmo?

E Daniel chegou à escotilha.

Suas botas pararam e ele relanceou para a esquerda. Para a direita. Que soubesse ou pressentisse, a barra estava limpa.

Inclinando-se para baixo, afastou a cobertura e expôs a face da escotilha. Supunha-se que existissem quatro no total; era o que a planta das instalações subterrâneas informava. Mas eles só precisavam de uma para entrar.

Aquela estúpida da Phalen devia ter deixado as coisas como estavam.

Mas não, ela precisava ter ideias brilhantes e tentar ressuscitar o passado. Aquilo tudo era culpa dela; e se pessoas inocentes fossem um dano colateral? A responsabilidade era dela.

Ao descarregar a mochila, ele a abriu. O maçarico de acetileno com seu tanque era pesado pra cacete; os explosivos não pesavam tanto.

Afastando mais das agulhas de pinheiro aos chutes, ajoelhou-se, pegou o isqueiro vermelho que aquela Susan lhe vendera com seus maços de cigarro carregados de culpa. Liberando um pouco de gás e movendo o polegar, formou uma chama amarelada.

Pôs-se a trabalhar no lacre da escotilha, o aço se aquecendo e começando a brilhar devagar. Mas Daniel não se importava com isso.

Queimaria aquela porra, desceria pelo buraco e colocaria os explosivos em toda a instalação – e depois fumaria seu último Marlboro antes que tudo virasse um grande 4 de Julho.

A limpeza daria trabalho, e ele não se referia aos danos ao cenário. Mas a interpretação, pelo menos para o mundo externo, já estaria a postos.

Ativistas pelos direitos dos animais. Protestos contra o hotel por algo que eles supostamente vinham fazendo com os lobos. As manchetes se escrevendo sozinhas, e ele conseguia visualizar as *hashtags* na mídia social. E esse era outro motivo pelo qual Lydia Susi ficaria bem. Ela não tinha nenhum histórico de ativismo, nenhum registro criminal de nenhum tipo. Pessoas que explodiam coisas por aí ou faziam isso num padrão de comportamento ou num momento psicótico, e ela não se encaixava em nenhuma dessas descrições.

Se a matassem e tentassem culpá-la pelas explosões? Isso não passaria pela revisão editorial.

Além do mais, Blade tinha os próprios problemas internos. Sempre teve.

Daniel se sentia vazio ao fitar a chama sibilante. Morto, apesar de estar vivo – só que ele logo daria um jeito nisso. Logo mesmo…

A bala foi silenciosa ao vir na sua direção. E o golpe no meio do seu peito não passou de um *pfft*.

O impacto, entretanto, foi o de uma bola de canhão, lançando-o para trás da sua posição agachada, o maçarico voando, seu campo visual passando da escotilha para os pinheiros até o céu cinzento enquanto ele voava para trás, roubando-lhe a visão ao mesmo tempo.

Quando Daniel aterrissou e arquejou, as pernas se moveram sobre as agulhas dos pinheiros e os braços bateram no peitoral para encontrar a entrada da bala de chumbo. Mas e isso ia lá ajudar em alguma coisa?

Os passos se aproximando dele estavam abafados, mas talvez porque sua audição já estivesse começando a falhar. E quando tossiu e sentiu o gosto de sangue, seu cérebro se debateu em busca de um plano para se salvar.

O rosto que entrou em seu campo de visão não foi uma surpresa.

– Oi, querido, cheguei – disse de maneira arrastada o Senhor Personalidade.

CAPÍTULO 47

LYDIA TROTAVA PELA FLORESTA da montanha, saltando sobre rochas, pulando sobre riachos. Tomara cuidado ao entrar na reserva – não pelo início da trilha, mas por uma rota complicada partindo do escritório do PEL. E a despeito de todo o sono que não vinha desfrutando, a adrenalina a deixava hiperciente e lépida.

Respirando profundamente, chegou ao declive e depois voltou a subir. Estava perto, muito perto...

E, de repente, desacelerou. Parou.

Agachou-se para ficar atrás de um pinheiro.

A trilha principal estava logo adiante, o espaço amplo desprovido de caminhantes. Mas ela esperou, só para se certificar de que estava sozinha e no lugar certo.

Satisfeita com as duas coisas, atravessou a faixa de terra batida e entrou na reserva. Quatro metros. Seis metros. Nove...

– Ah, Deus – arquejou. – Oh... *meu Deus.*

Ao tropeçar nas próprias botas, não conseguia acreditar que estivera certa: o corpo estava deitado de costas, os braços e as pernas amarrados a estacas que tinham sido cravadas na terra. As roupas eram inconfundíveis. Calças cinza de flanela. Blazer azul.

– *Peter.*

Aproximou-se do corpo devagar. Os olhos do morto estavam abertos no rosto descorado, e no momento em que o fitava, era incerto o motivo da sua morte.

Bem, homicídio. Claro. Mas o que o matara? E quem?

Olhando seu corpo de cima a baixo, Lydia não viu nenhuma pista da causa. Mas o culpado ficou esclarecido. Palavras tinham sido arranhadas num pedaço limpo de terra no meio do leito de agulhas de pinheiro.

Você sempre Faz a Coisa Certa.

Rabiscado, meio confuso, com letras maiúsculas em alguns lugares. Como se isso importasse.

Rick o matara ali de propósito. Bem no lugar em que ela encontrara aquele lobo e telefonara para o veterinário do PEL durante o véu. Foi naquele exato lugar... tinha certeza disso por conta da orientação das árvores, tudo gravado a fogo em sua memória, desde ter se deitado – nariz com focinho – com o animal, enquanto ele sofria.

Ao se agachar, viu um fio de sangue escorrendo pelo ouvido de Peter. E foi nesse instante que ela se deu conta.

Agora entendia o motivo de a água estar escoando lá no celeiro.

Como um rato que tivesse ingerido Ratol, k-Rato ou Rat-off, Peter estivera atrás de água. Antes de desmaiar.

Por causa do veneno.

Lydia esfregou o rosto.

E quando abaixou a mão e ergueu o olhar...

– Vovô?

Nas sombras em meio aos pinheiros, parado na escuridão, a aparição fantasmagórica do seu *isoisä* a fitava, a boca se movia como se tentasse falar através das dimensões que os separavam.

Lydia se pôs de pé e deu um passo à frente.

– Preciso de você, vovô. O que faço? Para onde vou?

Ela estendeu as mãos quando os olhos se encheram de lágrimas.

– Por favor... não vá. Só desta vez, fique e me ajude.

Daniel tossiu com tanta força que os olhos marejaram e, como resultado, o rosto impassível do Senhor Personalidade, que dominava seu campo de visão cada vez menor, tornou-se ondulado e indistinguível. Mas Daniel tinha problemas maiores com que se preocupar. Tinha dificuldades para respirar, arquejava e gorgolejava em busca de ar, por isso, virou-se de lado e tentou liberar a boca do sangue que parecia estar jorrando do seu esôfago.

Quando, por fim, conseguiu inspirar um pouco de oxigênio, abriu os olhos que nem se dera conta de ter fechado.

E lá estava o seu antigo colega de quarto, ainda bem perto.

O homem sorria em sua posição agachada.

– Sabe, eu costumo ter boa mira, mas acho que não levei em consideração as minhas emoções ao puxar o gatilho. – Aquela expressão desapareceu. – Não queria que fosse assim, não com você. Sinto um pouco de lealdade em relação a você, cara. De verdade. Ou sentia. Sei lá.

Daniel gemeu.

– Lydia…

– O quê? Ah, a mulher?

– Salve… Lydia…

O Senhor Personalidade franziu o cenho.

– Ela está envolvida demais nisto, cara. Lamento.

– Vá em frente… e me mate agora. Faça… o que tem… que fazer. Só… salve… Lydia. Você me deve…

Os olhos claros demais, quase brancos, se desviaram.

– Não pedi que fizesse o que fez há tantos anos.

– Você… me… deve…

– Não tenho como protegê-la de Blade. Sinto muito.

Daniel se esforçou para se levantar. Tentou respirar. Obrigou-se a ficar vivo para poder…

– E Lydia tem que morrer. – O Senhor Personalidade apontou o cano da arma para a cara de Daniel. – Sim, você fez a sua parte. Fez com que eu chegasse até aqui. Mas só porque eu o segui. E o mais importante, ela sabe coisas *demais* para continuar vivendo…

O ataque foi tão rápido e tão potente que o outro homem não viu acontecer, e só o que Daniel viu foi um borrão de pelos castanhos e cinza.

Confuso, conseguiu erguer a cabeça.

Um lobo-cinzento com uma faixa prateada no dorso atacara o antigo colega de quarto de Daniel e dilacerava a sua garganta. O homem lutava com o que podia, tentando erguer a pistola, socando e chutando. Mas o animal violento era demais para ele, aquelas presas arreganhadas, os grunhidos e os rosnados, o tipo de coisa das quais os pesadelos eram feitos.

E não demorou muito. Sangue jorrou da jugular, salpicando a mandíbula do lobo, o peito, as patas dianteiras – e assim que o jorro vermelho começou, não havia mais dúvidas de quem venceria.

Quando a arma caiu e o humano começou a perder forças, o lobo montou em cima do corpo e atacou de vez: roupas rasgadas, pele arrancada dos músculos, músculos separados dos ossos, ossos quebrados e cuspidos ou engolidos.

Daniel assistiu a tudo. E, quando acabou, quando o lobo se afastou e lambeu os beiços e olhou para o humano – só o que ele conseguiu fazer foi rir por dentro.

Depois de tudo, depois de todas as coisas que fizera em segredo para o governo americano... ele morreria como ração. No meio da floresta.

O lobo deu um passo na direção dele. E mais um.

– Pode vir – disse ele rouco. – Vem...

O lobo emitiu um uivo de dor e cambaleou para o lado. E caiu.

O que aconteceu em seguida... Daniel não conseguiu entender. E não só porque estava com uma hemorragia interna letal.

Quando o guarda de uniforme preto retornou – o mesmo que Daniel matara uma vez e depois vira o xerife matar, com as mesmas feições e as mesmas armas –, o lobo começou a ter convulsões.

E começou a se contorcer na cama de agulhas de pinheiro, batendo as patas na terra, debatendo-se, as traseiras coiceando.

Mas não foi só isso o que ele fez...

A transformação foi inexplicável. O pelo começou a se retrair para dentro dos poros dos quais saíam, e as patas se metamorfosearam, formando mãos e pés, mãos humanas, pés humanos. O peito e o abdômen lupino também se distenderam... mudando...

tornando-se um peito humano, uma cavidade abdominal humana... uma pelve humana.

E, por fim, o focinho se retraiu formando um queixo e um nariz, enquanto as orelhas pontudas encolhiam dentro do crânio que se arredondava, transformando-se... o conjunto todo revelando um rosto que ele conhecia.

Um rosto que ele amava.

– Lydia...? – ele grasnou em confusão e incredulidade.

De todas as coisas que ele poderia vir a saber antes de morrer.

– Lydia! – berrou.

Num movimento em câmera lenta, numa outra faceta daquele sonho horrível, o soldado de uniforme preto se adiantou e pairou acima do corpo nu da mulher.

O cano da arma foi levantado, mas não muito, ao ser apontado para o peito dela.

Havia muito sangue na sua pele, mas era difícil entender onde ela fora atingida e o que era apenas o resultado do que acabara de fazer com o antigo colega de quarto de Daniel.

– Não... – Ele virou de barriga e tentou se arrastar até ela. – Não... a machuque...

Os olhos de Lydia farfalharam. Quando se concentrou no homem, lágrimas caíram pelo rosto dela.

– Eu sinto muito... – sussurrou ela.

– Eu te amo, Lydia. – Ele não entendia nada, mas essa era a única coisa que sabia com certeza. – Eu te amo, está tudo bem... eu vou...

Ele se arrastava para a frente, pensando que, talvez, embora estivesse a apenas três respiros de desfalecer, embora ela estivesse a apenas um aperto de gatilho de ser morta, havia algo que pudesse fazer para salvá-la.

– Eu te amo também... Daniel...

Essas foram as últimas palavras dela. E quando os seus olhos reviraram para trás e se fecharam, ele soltou um grito de dor.

Grunhidos. De todas as direções.

Forçando a cabeça a se erguer, Daniel viu lobos saindo de trás dos pinheiros. Uma dúzia deles. Talvez mais.

O guarda, do mesmo modo, pareceu voltar a ficar alerta, como se ele também tivesse ficado hipnotizado pela inacreditável transformação de Lydia de uma espécie a outra.

O guarda mal teve tempo de redirecionar a arma.

Os lobos o atacaram de todas as direções e quando o furor derrubou o homem, Daniel olhou para Lydia.

A última coisa que ele fez antes de morrer foi esticar a mão… e segurar a dela, ainda quente, na sua.

Olhe para mim, ele enviou um pensamento para ela. *Olhe para mim.*

Mas era tarde demais para Lydia.

E, no fim, era tarde demais para ele também.

Capítulo 48

Enquanto Lydia morria, sua consciência foi sumindo até virar um pontinho em sua mente, não mais um universo de sensações e pensamentos, não mais um planeta deles, nem mesmo uma faixa de terra, nem uma rocha, tampouco um grão de areia.

Apenas um pontinho.

Mas ela sentiu a mão de Daniel na sua, e soube que ele segurava o que podia dela e ouviu as palavras que ele disse.

Tanto as palavras a seu respeito para o homem que o atingira, quanto as dirigidas a ela depois do que acontecera – o que, sem dúvida, o chocara intimamente: ele a amava. E fora honesto com ela no fim, apesar de ter mentido antes, apesar de tudo o que ela não entendia e, todavia, não podia questionar.

Quando Daniel não tivera nada a perder, e não soubera que ela estava ali, tentara protegê-la em sua missão, qualquer que fosse ela. Ele se esforçara ao máximo.

Portanto, fora fiel a eles e ao que tiveram juntos.

Isso era tudo o que ela poderia pedir, de fato.

Lydia tentou contrair a palma. E, enquanto ouvia os lobos da reserva atacarem para protegê-la, para protegê-lo, começou a chorar...

Algum tempo depois, o que lhe pareceu anos, só havia o cheiro de sangue e o silêncio ao redor.

Abrindo os olhos pela última vez, olhou para o rosto do lobo que ela e Daniel libertaram na floresta.

Obrigada, dirigiu o pensamento para o animal.

Ele resfolegou e abaixou a cabeça, dando-lhe uma focinhada, como se estivesse pensando o que mais poderia fazer para ajudar – desejando que houvesse mais a fazer para recompensá-la pelo que fizera por ele.

E foi quando ela ouviu o som repetitivo, umas pancadas, acima.

Quando o lobo ergueu o olhar e depois recuou, ela se concentrou no céu... e não conseguiu entender como o helicóptero de C.P. Phalen estava chegando ali para aterrissar numa clareira a uma centena de metros de distância. Como foi que a mulher ficou sabendo...

A alcateia se espalhou pelas árvores, os lobos desapareceram nas sombras debaixo e ao redor dos pinheiros. Em seguida, Lydia teve uma espécie de visão entorpecida de homens camuflados aproximando-se pela floresta, segurando macas.

A mulher de cabelos curtos brancos era inconfundível e, para variar, C.P. Phalen não estava trajando um terninho preto. Ela também estava camuflada.

– Não tenho batimentos cardíacos aqui.

Ante o anúncio solene da voz masculina, Lydia gemeu e virou a cabeça para Daniel. Era difícil enxergá-lo porque os homens o cercavam, abrindo kits médicos.

– Acesso para soro no lugar – alguém disse.

– Pás ligadas e carregadas.

Quando o corpo de Daniel sofreu um espasmo, ela olhou para as mãos deles.

Ele soltara a sua. Era ela quem se segurava a ele agora.

O rosto de C.P. Phalen entrou no seu campo de visão.

– Já vamos cuidar de você também. Não se preocupe.

– Salve-o – foi só o que Lydia conseguiu dizer antes de desmaiar.

– Só o salve...

Capítulo 49

— Daniel!

Quando Lydia se sentou num salto e gritou, a dor que respondeu ao seu chamado foi do tipo que revirava o estômago e fazia a visão ficar quadriculada.

Com um gemido, ela se largou de novo sobre algo suave como um travesseiro – ah, era sim um travesseiro. Na verdade, ela estava numa cama – num leito hospitalar –, ligada a um acesso intravenoso e monitores de todo tipo. Do outro lado, havia uma TV afixada à parede, e nenhuma janela. Uma porta de madeira, que não parecia ter nenhuma tranca, estava fechada.

Não continuou assim.

Foi empurrada e aberta.

— Está acordada. Como está se sentindo?

C.P. Phalen ainda trajava a roupa camuflada com a qual aparecera com seu...

— Ele está vivo? – Lydia perguntou com voz rouca. – Daniel, ele está vivo?

A mulher assentiu e fez com que a porta se fechasse embora ela estivesse fazendo isso sozinha.

— Ainda está em cirurgia. Mas o prognóstico é que ele sobreviverá.

Lágrimas encheram os olhos de Lydia e ela não se deu ao trabalho de contê-las. E quando o choro iminente fez seu ombro urrar de agonia, percebeu que estava enfaixada em todo aquele lado, até mesmo o braço.

– Está tudo bem. – C.P. Phalen se aproximou da cama e se sentou. – Você levou um susto e tanto. Bote tudo para fora.

– Pensei que ele tivesse morrido. Pensei que... eu estivesse morta também.

Quando o pior do colapso emocional passou, Lydia enxugou os olhos com uma toalha de mão que a mulher lhe entregou, e depois inspirou num tremor.

– Você está na minha clínica particular. – Ela indicou o leito e os monitores. – O padrão de tratamento daqui é de primeira.

– Como sabia que... estávamos lá?

– Você não é a única com câmeras na montanha.

A respiração de Lydia parou dentro do peito.

– Quer dizer que me viu...

Os olhos de C.P. Phalen baixaram para o chão, algo que Lydia tinha certeza de que ela fazia muito raramente. Se é que fazia.

– Eu vi, sim. Foi algo... incomparável. – De repente, a mulher relanceou para ela. – Acho que não precisamos desenvolver algo que já existe, não é mesmo?

Lydia tentou se erguer na cama e fracassou.

– Não sei o que dizer.

– Não precisa dizer nada e, não, não disse nada para os seus amigos.

– Amigos?

Houve uma batida à porta. Em seguida, Candy enfiou a cabeça dentro do quarto.

– Ah, que alívio, porra – a recepcionista disse ao entrar no quarto. – Eu fico péssima de preto, mas teria usado para o seu maldito funeral. Por uma ou duas horas.

Logo atrás, o xerife Eastwind era uma presença alta e silenciosa, o chapéu do uniforme era segurado entre as duas mãos e o rosto forte estava preocupado.

Lydia cobriu os olhos com o braço que conseguia mover quando as lágrimas voltaram.

– Nem começa. – Candy pigarreou. – Eu... ah, que droga. Quem é que tem um Kleenex aí?

Uns vinte minutos mais tarde, quando o xerife e Candy foram embora, Lydia pensou que era muito estranho... o modo com que desconhecidos se tornam uma família.

E ficou feliz de ver até mesmo Eastwind, embora tivesse perguntas que estava cansada demais para fazer, como o que aconteceu exatamente quando Candy fez o que ela havia pedido, entregando-lhe a pasta de Rick e os disquetes de Peter... qual foi a reação dele... e o que tudo aquilo significava. Mas tinha a sensação de que, já que estavam ali com aquela mulher...

Bem, a mulher tinha contatos, não tinha? E dinheiro. E poder.

E, de verdade, Lydia não estava nem aí para o resto do mundo. Não mesmo.

— Onde está Daniel? – perguntou. – Quando posso vê-lo?

E foi nessa hora que aconteceu uma leve mudança na expressão de C.P. Phalen.

— O que foi? – Lydia se ergueu um pouco mais no travesseiro, apesar de isso doer demais. – Tem que me contar. Agora.

A mulher esticou os dedos e inspecionou as unhas com esmalte gel da sua francesinha.

— O que foi... – Lydia sussurrou. – Você me disse que ele iria sobreviver. Você disse...

— Ele sobreviverá à cirurgia.

— Ele ficou paralisado? Está cego? Ele foi atingido em algum lugar que...

— O problema não é o ferimento.

Depois de um longo momento, C.P. Phalen virou a cabeça. O fato de os olhos frios e impassíveis estarem marejados fez o coração de Lydia parar.

— Ele tem câncer.

— O quê? – Lydia se sentou ereta, apesar de toda a dor. – Pode repetir, você disse que...

– Ele tem em vários lugares. O câncer está nos pulmões e no fígado. O fato de ele ter chegado até aqui é um milagre. Encontramos os tumores por causa das chapas de raio-x que foram feitas antes de ser operado para conter a hemorragia interna. Está claro que está no estágio quatro, embora o tumor inicial ainda não tenha sido determinado.

– O que... você... ele está...

A mulher esfregou os olhos e pigarreou. Quando se levantou da cama, apoiou as mãos no quadril e encarou a porta.

A sua imobilidade quando falou foi assustadora.

– Vamos transferi-lo para uma sala de recuperação na minha casa. Ele pode ficar o tempo que desejar, pelo tempo que precisar. Você também. E agora faz parte da família, com toda a sua bagagem. Vocês dois.

– Quando posso vê-lo?

– Assim que ele estiver estável e acordado. – C.P. Phalen foi para a porta. E olhou para trás. – Que bom que aqui não nos preocupamos com as normas federais de saúde, não?

– O câncer é terminal?

Quando Lydia deu voz às palavras, segurou-se a uma esperança que, em sua mente, não conseguia justificar. Ainda assim, milagres aconteciam em relação ao câncer, não? Milagres acontecem o tempo todo...

... Certo?

CAPÍTULO 50

No sonho, Daniel corria, corria no meio da noite, corria no luar, atravessando um campo de flores. Em seus calcanhares, o mais próximo possível, uma linda loba-cinzenta galopava atrás dele.

Toda vez que ele olhava por cima do ombro, lá estava ela, a luz dos seus olhos dourados era de amor e adoração, de felicidade e de lealdade.

Ele gargalhava.

Inspirando lufadas de ar límpido e fresco da primavera, ele ria...

Os olhos de Daniel se abriram. Acima... não havia o luar do céu noturno. Do outro lado... não havia uma campina, mas uma parede sem nada.

Ao seu lado, porém, largada numa cadeira, com o queixo encostado no peito...

... estava a sua loba.

Como se Lydia tivesse sentido a sua atenção, seus olhos se abriram e foi então que a luz surgiu de algum lugar: a luz era tão forte e ofuscante que ele teve que tentar levantar o braço para proteger os olhos.

– O que aconteceu? – ela perguntou.

– A luz... está muito forte. Não consegue ver?

– Não há... não, ah, não, você está tendo um AVC...

No mesmo instante, a luz começou a sumir e ele meneou de leve a cabeça.

– Não, não é um AVC. Foi... estranho. Foi um facho de luz forte pelo qual você apareceu.

Quando Lydia se inclinou na direção dele, seus olhos estavam marejados de lágrimas.

– Eu... apareci?

– Sim... foi isso.

Seus olhos se prenderam um no outro e Daniel sentiu sua dor sumir. Mas, pensando bem, o amor era uma droga que curava, não era?

– Fico feliz que não esteja anoitecendo – disse ela.

– Por quê?

– Porque, dessa forma, eu seria o seu passado. Em vez do seu futuro. É o véu. É madrugada agora.

Ele lhe segurou a mão – ou talvez tenha sido o contrário.

– Quero ser... o seu tudo.

– Você é.

– Você está bem?

– Sim, estou. – Ela limpou a garganta. – E estamos na clínica e laboratório de C.P. Phalen. É uma longa história.

Depois disso, os olhos de Lydia se desviaram e abaixaram. Um aperto da mão dele fez com que os erguesse de novo.

– Você é linda – sussurrou ele. – Para mim. Do jeitinho que é.

As lágrimas tremularam nos cílios dela como cristais, e quando escorreram pelas bochechas, Daniel as quis enxugar, mas não tinha forças.

– Tem certeza? – perguntou rouca.

– Não tenho que entender nada. Só sei que te amo. Exatamente do jeito que você é.

Ao repetir as palavras, as lágrimas de Lydia caíram cada vez mais rápido. E ela abaixou a cabeça sobre as mãos unidas deles.

– Eu também te amo, Daniel.

Na quietude que se seguiu, o silêncio só foi interrompido pelos sons sutis dos monitores, mas o ar estava acolhedor e cheio de paz – e não por conta da morfina que ele recebia. Ele só estava contente em poder fitá-la porque, a cada respiro daquela mulher, e cada expressão em seu rosto, e cada mudança de posição do corpo... ele se certificava de que ela estava viva.

E, puta merda, ele também estava.

– Você salvou a minha vida. – Ele deu um sorriso de leve. – *Susi.* "Lobo" em finlandês.

– Sim. Meu avô.

Ele inspirou fundo e se deixou levar por uma onda de energia que surgiu de algum lugar bem dentro dele.

– Eu trabalho para o governo, Lydia. Para uma agência secreta que protege a composição genética e a integridade da espécie dos *Homo sapiens*. Ela foi criada em virtude de experimentos que foram conduzidos nos anos 1970 e 1980. Vim para cá para impedir... bem, o que C.P. Phalen vem fazendo. Meio irônico que eu tenha acabado aqui, hein? E, sim, sei tudo a respeito deste laboratório e da clínica dela.

Ele deu uma tossida e, ao ver o rosto pálido dela, passou a mão pelo ar.

– Não se preocupe. Esta não é a minha primeira cirurgia. Vou superar, embora pareça que estou em dívida com aquela mulher de cabelos brancos.

– Quer dizer que você é um agente do governo?

– Eastwind estava certo. Daniel Joseph não é o meu nome verdadeiro, mas tenho sido ele há tanto tempo que passou a ser. E eu sabia o que o seu sobrenome significava, embora achasse que fosse apenas uma coincidência engraçada. – Inspirou fundo e tentou não ceder ao acesso de tosse que parecia querer aparecer. – Um dia você me conta? A sua história inteira?

Levou um tempo até ela responder.

– Sim. Um dia eu conto.

– Gostei disso. – Quando desviou o olhar para ele, Daniel sorriu. – "Um dia" significa que temos um futuro.

As lágrimas que surgiram nos olhos dela cravaram uma estaca no coração dele.

– O que foi? O que aconteceu?

Quando Lydia recomeçou a chorar, ele soube que nem mesmo a morfina daria conta da dor que surgiu atrás do seu esterno. Ele não queria que ela ficasse triste nunca.

E foi daí que ele descobriu o que devia estar acontecendo.

– Olha só – disse ele –, se acha que não vai dar certo porque... por causa do que vi... eu faço o que for preciso. Juro o que precisar jurar. Você tem que acreditar, o seu segredo está seguro comigo e eu vou te proteger sempre.

Porra, e ainda havia os caras da Agência Federal de Genética.

Que o perseguiriam por não explodir o laboratório de C.P. Phalen.

Que iriam atrás de Lydia pelo mesmo motivo.

As implicações da realidade em que ambos estavam passavam pela sua mente enquanto uma tristeza inacreditável mudava a cor dos olhos de Lydia.

Uma imobilidade tomou conta do seu corpo.

– Não é nada disso, é? – ele disse baixinho.

O modo com que ela lentamente meneou a cabeça o gelou até os ossos.

– O que eles encontraram? – perguntou num tom sem vida. – Quando eles me abriram, o que encontraram?

Ele sabia, Lydia pensou.

Sentada ao lado do leito hospitalar de Daniel, tentando não se descontrolar por completo, ela teve a sensação de que ele não ficaria surpreso.

Quem haveria de pensar que ela ser meio lobo seria a coisa menos chocante com que teriam que lidar?

– Melhor eu chamar o médico, não? – disse ela.

Ao se levantar, ele a agarrou pelo braço com força surpreendente.

– Não. Quero ouvir de você.

Quando ela hesitou, ele sussurrou:

– Estou com medo, Lydia.

Voltando a se acomodar na cama, ela segurou as duas mãos de Daniel. Com voz emocionada, retoou:

— Eu te amo. E quero te dizer isso de novo antes de...

O sorriso oblíquo dele foi de partir o coração.

— Porque não vou ouvir mais nada depois do que me disser, hum? Bem, estou feliz em ouvir você me dizer isso. — Seus olhos passearam pelo rosto dela. — Lembra que me perguntou um dia por que eu fiquei? Qual foi a palavra?

Quando ela assentiu, ele lhe apertou a mão.

— É amor. Foi por isso que fiquei. Acho que me apaixonei no momento em que te vi.

— Eu também. — Ela deixou um suspiro emocionado escapar. — Soube quando te vi... que nada mais seria igual.

Daniel deu uma piscada.

— Mesmo sem eu ter senso de humor?

— Ainda acho que você está cego quanto ao seu potencial nesse departamento.

— Então vamos passar os próximos cinquenta anos debatendo sobre isso, que tal? Maravilha. Está combinado.

O rosto de Lydia mostrou sua tristeza, e ela não teve como esconder. Mas, pensando bem, queria ser honesta com ele. Tinha que ser.

Daniel inspirou fundo.

— Está bem, fala de uma vez. Só desembucha, o que quer que seja, vamos dar um jeito. Só que, como vou ter que largar o meu emprego, não vou mais ter seguro de saúde, então...

Quando a voz dele se perdeu, ela sentiu uma lágrima deslizando para fora do olho. Enxugando-a com impaciência, quis ser forte. *Precisava* ser.

— São os seus pulmões, Daniel.

Ele repousou a mão de leve sobre o peito, sobre as faixas cirúrgicas.

— Estou com pneumonia?

Quando ela balançou a cabeça devagar, ele praguejou. Desviou o olhar. Imprecou novamente.

— Filho da puta. A maldita tosse.

— Também está no seu fígado, Daniel.

Quando ele fechou os olhos, ficou calado por um instante. Em seguida, suas pálpebras se ergueram e ele olhou para o teto e assentiu.

– Comecei a tossir sangue há uns seis meses, mais ou menos. Eu me fiz de forte, disse para mim mesmo que não era nada sério porque não acontecia toda hora. E tenho estado cansado e enjoado para cacete. Venho emagrecendo. Só pensei que... bem, agora sei o que é.

– Eu sinto tanto. – Afagou-o no braço. – Eu não... é como você disse. Vamos cuidar disso juntos, está bem? Nós conseguimos lidar com isso juntos.

O silêncio se tornou tão pesado no quarto que era como um grito. Ou, talvez, aquele fosse o som na cabeça dela, aquela dor agonizante por conta da injustiça se tornando supersônica em seu volume.

Ter encontrado o amor da sua vida, que conhecia a verdade impossível sobre ela e ainda assim a aceitava... só para perdê-lo antes mesmo de eles começarem? Ah, qual é, destino.

– Preciso saber mais – pediu, por fim. – Quero saber de que tipo é e... tudo. Talvez a gente receba um milagre. Ou boas notícias ou...

– Isso. – Lydia assentiu e faltou pouco para rastejar pelo peito dele. – Vamos ter esperanças. Vou rezar por isso. E você vai fazer a mesma coisa.

Ela levou a mão à nuca.

– Pegue. Fique com a medalha de São Cristóvão do meu avô. Você vai usá-la.

Com dificuldades para erguer a cabeça, ela o ajudou, e a delicada corrente de ouro mal coube ao redor do pescoço dele. Mas quando Daniel relaxou contra o travesseiro, ela ajeitou o que o avô lhe dera.

– Ele aprovaria que ficasse com isso – disse. – Foi ele quem me guiou até você na floresta. Ele apareceu para mim... e me levou lá para salvá-lo.

– E aqui estamos nós agora – Daniel murmurou numa voz entorpecida.

– Só temos que rezar por boas notícias. E por um caminho adiante.

Capítulo 51

De volta a Caldwell, na mansão da Irmandade, Xhex estava à toa num dos sofás na sala de bilhar, assistindo a John Matthew, Qhuinn, V. e Butch discutindo sobre qual dupla jogaria primeiro na mesa favorita de todos. Mesmo havendo mais umas duas, a central era, sei lá, uma espécie de talismã ou alguma merda parecida.

Ela não sabia. Não participava de jogos com bolas.

Está bem, não aquele tipo de bolas.

Quando John Matthew a olhou e balançou as sobrancelhas, ficou claro que ele e Qhuinn seriam os primeiros. Sem dúvida, o vencedor da partida disputaria contra o próximo da fila, e assim por diante. Até a aurora chegar e Fritz servir uma farta Última Refeição, com pedaços suficientes de carne cozida para um covil de leões.

Naturalmente.

Nesse meio-tempo, em toda a casa, as outras pessoas conversavam. Riam. Relaxavam.

Era raro que todos tivessem uma noite de folga ao mesmo tempo, mas Wrath dera início a essa tradição há alguns meses, e parecia que a mudança viera para ficar. E o dia de folga deste mês, por acaso, caiu num domingo, e Xhex não tinha que ir para nenhuma das boates.

Portanto, lá estava ela. No sofá. Bastante determinada a não pensar em tudo o que vinha ignorando.

Um copo de suco de toranja apareceu diante dos seus olhos e ela os ergueu, surpresa, para Rehvenge. Aceitando a vitamina C, disse:

– Como diabos conseguiu que Lassiter o deixasse usar o espremedor dele?

O rei dos *symphatos* se sentou ao seu lado com seu copo de água tônica.

– O que ele não sabe, mal não faz.

– Dito como um verdadeiro membro da Colônia.

– Ah, qual é, isso lá é jeito de agradecer?

Ela brindou com ele.

– Obrigada.

Debaixo das dobras do longo casaco de marta, que ele usava mesmo num cômodo cuja temperatura estava nos agradáveis vinte e poucos graus, Rehv cruzou as pernas na altura dos joelhos e se certificou de que as duas metades cobriam seu corpo por completo – o que era uma pena. Ele vestia um terno cinza-escuro de corte impecável, que teria sido muito elogiado por Butch, o outro entendedor de roupas da casa.

– Falando em *symphatos* – disse Rehv de um jeito arrastado –, você sabe o que é, de verdade, bem incômodo neles?

Ao contemplá-lo, deparou-se com os olhos de ametista. Há pouco, Rehv tivera as laterais do moicano raspadas por V., e o topo também fora aparado, ficando com, no máximo, cinco centímetros de altura. Recostado no sofá do jeito que estava, parecia um animal perigoso, mesmo naquela posição relaxada.

– Acha que esqueci? – Ela sorveu mais um gole do suco, e seu amargor a despertou. Um bônus. – Ou é por você ser o rei de todos nós, sociopatas, e acha que...

– *Symphatos* enxergam o que os outros escondem. – Os olhos brilhantes seguiram para a mesa de bilhar e se detiveram em John Matthew, inclinado sobre o taco, prestes a dar uma tacada nas bolas. – Nós sabemos o que os outros desejam que ninguém saiba.

Xhex se enrijeceu.

– É rude da sua parte ler a minha grade emocional.

– Leia a minha de volta, então, e estamos quites. Mas, com toda a sinceridade, posso lhe dizer o que encontrará. Ao contrário de você.

Se eu fosse te perguntar como *você* está, com certeza mentiria dizendo alguma cretinice sobre estar dormindo bem e estar perfeitamente alerta e... – Aqueles olhos de ametista voltaram para ela – ... perfeitamente. Bem. Pra. Cacete.

Balançando a cabeça, Xhex sorriu com frieza.

– Você é um maldito.

– Não. O filho da puta é o seu irmão.

– Ah, está bem, não vou falar sobre Blade agora. E estava tendo uma noite bastante agradável até você chegar e...

– A sua grade está em colapso.

Xhex piscou. E começou a se levantar.

– Bem, com isso em mente, só vou pegar o meu suco e...

Rehv a segurou pelo braço.

– Não estou de brincadeira aqui, fêmea. A sua grade está desmoronando. Você sabe o que isso significa?

Quando ela puxou o punho, Rehv a soltou.

– Estou tendo uns probleminhas para dormir – retrucou. – Nada demais.

Cara, ela não dormia desde que fora para a Montanha Deer e falara com... com o que quer que aquilo tivesse sido.

Licantropo.

Quando a palavra ricocheteou em sua mente, ela tentou ignorá-la. Tentou dispensar... a preocupação evidente no rosto em geral severo e impiedoso de Rehv...

Nessa hora, o celular de Xhex tocou e ela se sobressaltou de novo, derramando suco em todo lugar.

– Vai querer atender a essa ligação – Rehv disse com seriedade.

– Por quê?

– Fui eu quem disse a eles para telefonarem para você.

– Quem?

– Atenda. Ao. Telefone.

Se tivesse sido qualquer outra pessoa, qualquer um no planeta – exceto John Matthew –, ela teria mandado a ordem às favas. Mas uma sensação estranha tomou conta de si, fazendo-a pegar o aparelho que vibrava.

E. Atendeu. Ao. Telefone.

– Alô? – Pelo canto do olho, viu John Matthew erguer o olhar da terceira tacada, como se debatesse os méritos de vir ver o que estava errado.

– Alô – repetiu ela com mais força. – Diga alguma coisa, porra.

– É Alex Hess? – uma voz grave masculina perguntou.

– Sim.

– Preciso conversar com você. Sobre os laboratórios. Isso mesmo, aqueles sobre os quais nós dois sabemos.

Xhex virou os olhos para Rehv. Seu velho amigo, seu colega *symphato*, seu outro rei, a encarava com algo que ela nunca vira antes em sua expressão.

Era terror absoluto. Por ela.

Entre um piscar de olhos e o seguinte, ela ouviu aquela voz da entidade fantasmagórica em sua mente, certa como se tivesse sido inserida ali de propósito: *Essa não é a sua pergunta, criança.*

– Quem é o idiota que está falando? – exigiu saber.

– Você não sabe quem sou. Mas precisamos conversar.

Quando uma premonição surgiu, ela desviou os olhos para John Matthew. Ele errara a tacada e estava de lado, olhando para ela.

Ele era o amor em que Xhex jamais ousara acreditar, a única coisa pura em sua vida, não contaminada pelo seu lado ruim... e pelo que lhe fora feito durante todos aqueles anos antes.

Há um caminho adiante para você, minha criança. Será longo e perigoso, e a resolução da sua busca não está clara neste momento. Mas, se você não começar... nunca, jamais terminará.

– Não sei o que você tem que fazer – Rehv disse com suavidade –, mas precisa cuidar desse seu assunto. Não tem mais muito tempo.

– Alex Hess? – a voz do outro lado da conexão repetiu.

– Se a sua grade despencar – anunciou Rehv –, a psicose vai te possuir e todos que a amam vão te perder mesmo você estando viva, respirando, na nossa frente.

Com uma sensação de terror, Xhex encarou John Matthew. E só conseguiu pensar em quanto o amava.

– Está bem – ouviu-se dizer. – Eu me encontro com você. É só dizer quando e onde.

EPÍLOGO

TRÊS SEMANAS MAIS TARDE, a noite estava quente para aquela época do ano, e enquanto Lydia saía da mansão de C.P. Phalen, indo para o terraço, concluiu que, no fim, não precisaria do suéter.

Como Daniel não a seguiu de imediato, ela espiou para trás, para a cozinha profissional.

Através da porta de correr de vidro, ela o viu junto à bancada, rindo e dizendo alguma coisa para o cozinheiro. Depois se virou para ela. Caminhou na sua direção. E sorriu.

Ele estava como sempre fora, alto e forte, poderoso.

Era difícil de acreditar que estivesse morrendo. Que, debaixo daquela pele macia e dos ombros ainda musculosos, havia células tumorais malditas se multiplicando exponencialmente, desenvolvendo suprimentos sanguíneos confiáveis, espalhando-se por todos os lados.

Era difícil de acreditar que tinham tão pouco tempo.

Hoje, mais ou menos às três e vinte e um – não que ela estivesse contando –, descobriram que sim, estava confirmado que o tumor dos pulmões também se espalhara para o cérebro.

Não demoraria e sua qualidade de vida despencaria... porque ele recusara qualquer tratamento. Uma equipe de médicos de C.P. Phalen, após ter avaliado todos os exames de imagem, consultou-se com outros especialistas do país e chegaram ao mais próximo de um plano de ação.

Ele dissera "não, muito obrigado".

Nada de quimioterapia. Nem radiação. Nada além de medidas paliativas.

Ela não o culpava. Seis bons meses sem tratamento, nove meses miseráveis tratando-se. Por que arruinar o tempo que lhe restava? O tempo que tinham...

– Em que está pensando? – perguntou ao sair para a varanda e fechar a porta atrás de si. – Ou prefere guardar isso para você mesma?

– Só estou me lembrando do que fizemos lá em cima, na Jacuzzi.

– Ah... gosto desses pensamentos. – Ele tomou um gole do seu uísque com água gaseificada – e, quando tossiu, cobriu a boca rápido, e falou no fim do acesso, como se, ignorando-o, ele não existisse. – Gosto muito deles.

Quando ele passou um braço pelos ombros de Lydia e a atraiu para perto, ela moldou seu corpo no dele e recebeu seu beijo de bom grado. No rastro do sol que se punha, e no conforto do ar quente da primavera, a mulher absorveu a eternidade que juntavam em cada momento que tinham lado a lado.

Quando Daniel se afastou, ela passou as mãos pelo rosto dele.

– Eu sinto muito – sussurrou ele.

– Pelo quê?

– Por trazer o fim tão malditamente cedo.

– Ah, meu Deus, mas não é culpa sua. – Ela balançou a cabeça. – Daniel. Não é culpa sua.

– Só quero que saiba que as últimas três semanas foram as melhores da minha vida. E não importa o tempo que tenhamos à nossa frente, é mais do que esperaria ou mereceria. Você é a melhor coisa que já me aconteceu.

– Eu sinto o mesmo. – Quando a expressão dele ficou distante, ela perguntou: – O que foi?

Segurando-lhe a mão, ele a conduziu para uma mobília de ferro disposta ali. Não é preciso dizer que se sentaram juntos na namoradeira. Ela queria ficar o mais próximo possível dele, e ele queria o mesmo.

Daniel girou seu Jack no copo com gelo.

– Tem uma coisa que quero fazer antes de partir.

Lydia inspirou fundo.

– Tudo bem. Vamos fazer. O que quer que seja...

– Nós vamos encontrar a sua família, o seu povo.

Ela ergueu as sobrancelhas.

– Eu te disse, o meu avô morreu.

– Não essa família.

– … ah.

Daniel segurou sua mão e esfregou o meio da palma com o polegar.

– Não vou te deixar sozinha neste mundo. Existem outros como você. Em algum lugar. Eu tenho um contato que pode nos ajudar a encontrar…

– Qual é, Daniel. Este não é um romance de Stephen King. O que você acha, que existe algum covil de licantropos em algum lugar da floresta?

– Nós vamos encontrar o seu povo, para que não fique sozinha. Depois que eu me for.

Lydia olhou para os fundos da enorme casa de C.P. Phalen. E pensou em Candy e em Eastwind, ambos vinham com frequência depois que ficaram sabendo do câncer de Daniel.

A história sobre tudo o que aconteceu no PEL foi uma ilusão vendida à imprensa e aos agentes da força policial estadual: Rick matara Peter e depois se suicidara por conta de um simples esquema de fraude que, por milagre, não estava ligado a nada que se relacionasse a experimentos genéticos. Passados ou presentes. Fora uma notícia bem divulgada por um tempo – depois que o ciclo de informações chocantes marteladas à nação vinte e quatro horas por dia se encerrou, o foco passou para alguma outra coisa.

E Lydia ainda trabalhava no PEL. Pelo menos no papel.

Na realidade, ela não deixou aquela propriedade desde que chegara de helicóptero para tratar do tiro que levara. E não sairia dali. Daniel fora convidado a ficar para receber tratamento paliativo e aceitara a oferta.

Portanto, não iriam a parte alguma.

– Mas pensei que você tivesse dito que não era seguro sair daqui.

– Ela se concentrou no horizonte. – Porque, pelo modo como tudo aconteceu, a sua agência ainda viria atrás de mim. Ainda virá atrás de C.P. Phalen.

Murmurando, ele deixou o copo de lado.

– Eu não posso mesmo partir... sem saber que estará com pessoas que te entendem e que podem te proteger.

Ela pensou nos lobos da reserva, no modo como chegaram e os cercaram. Como os protegeram. Salvando os dois.

– Foi por isso que você recusou tratamento, não foi? – Ela virou o queixo de Daniel quando ele desviou o olhar. – Foi por isso.

– Não tenho muito mais tempo, Lydia. E encontrei alguém que acho que pode ajudar. Usei alguns canais escusos para conseguir esse contato. É uma mulher que atende pelo nome de Alex Hess. Nunca a vi, mas alguém que conheço e em quem confio já a viu. Dizem que ela tem alguma familiaridade com os experimentos daqueles disquetes.

– Ela trabalhou nos laboratórios?

– Não sei, mas a minha fonte me disse que ela é uma espécie de porteira. Que ajudará, caso queira.

Lydia meneou a cabeça.

– Olha só, não quero desperdiçar o pouco tempo que temos com...

– Por favor. Esta é a minha última missão. Eu quero completar... a minha última missão. Por você.

Com um suspiro de resignação, ela se acomodou no peito dele e...

– Eu queria que as coisas fossem diferentes – Daniel desabafou, emocionado.

Engraçado, era exatamente isso que ela estava pensando.

Lydia fitou o rosto dele.

– O amor é imortal. Sobrevive a tudo. – Relembrou o momento em que o vira no véu. E quando o mesmo aconteceu com ele. – Você é o meu futuro, não importa o pouco tempo que teremos.

– E você é meu tudo.

Beijaram-se. E uma vez mais.

– Tudo bem, se isso é importante para você – disse ela ao afagar o rosto dele um pouco mais –, vou me encontrar com essa mulher. Mas o meu foco é você. Isso é tudo o que me importa agora.

– Isso vai me ajudar a... desistir, quando for a hora.

Lydia fechou os olhos quando as lágrimas ameaçaram aparecer. Nas duas últimas semanas, tomara muito cuidado para não deixar as comportas se romperem. Porque, caso cedesse, choraria até não ter mais ar nos pulmões.

E chegaria um tempo em que teria que respirar por ambos.

— Está tudo bem — Daniel disse com tristeza. — Estou aqui agora. Estou te abraçando... agora.

Ouviram o som da porta de correr se abrindo, seguido por passos de salto alto na varanda.

Lydia inspirou fundo e sorriu para C.P. Phalen.

— Ora, se não é nossa anfitriã com seu mais... — Ela franziu o cenho. — Você está bem?

A mulher não era de ficar irrequieta. Nunca hesitava. E nunca, jamais mesmo, ficava escolhendo as palavras.

No entanto, ela começou a andar de um lado a outro diante do sol poente, o perfil tomado de linhas sérias.

— Muito bem — falou Daniel com secura —, acho que já provei nas últimas semanas que sei lidar com más notícias. Ou não percebeu todos os relatórios de patologia e os resultados dos exames de imagem que tenho recebido?

Quando C.P. Phalen se virou de frente para os dois, ela hesitou um pouco mais.

Em seguida, disse as palavras que mudariam tudo:

— E se eu lhes dissesse que existe outra opção para você?

— Em vez de morrer? — Daniel perguntou de modo arrastado ao erguer a mão de Lydia para beijar-lhe o dorso. — Não quero ofender, mas não tenho o mínimo interesse em ser empalhado e deixado num canto.

Os olhos da mulher se fixaram em Daniel.

— E se eu pudesse lhe dar... uma vida nova? Através de uma cura?

AGRADECIMENTOS

MUITO OBRIGADA AOS LEITORES dos livros da Irmandade da Adaga Negra! Esta tem sido uma longa jornada, maravilhosa e excitante, mal posso esperar para ver o que vem em seguida neste mundo enorme que todos nós amamos. Eu também gostaria de agradecer a Meg Ruley, Rebecca Scherer e todos da JRA, e Hannah Braaten, Andrew Nguyen, Jennifer Bergstrom e a família inteira da Gallery Books e da Simon & Schuster.

Agradeço também à incrível Robin Covington por toda a sua ajuda e apoio em relação ao xerife Eastwind!

Para o Team Waud, amo todos vocês. De verdade. E, como sempre, tudo o que faço é com amor e adoração tanto pela minha família de origem, quanto pela adotiva.

E, ah, muito obrigada, Naamah, minha cadela assistente II, que trabalha tanto quanto eu nos meus livros!